Beverly Lewis

Postkarte zum Glück

FRANCKE
Verlag der Francke-Buchhandlung GmbH

2. Auflage 2002

ISBN 3-86122-485-2

Originaltitel: The Postcard

Published by Bethany House Publishers, Minneapolis, USA

Deutsch von Silvia Lutz
Umschlaggestaltung: Reproservice Jung, Wetzlar
Satz: Verlag der Francke-Buchhandlung GmbH
Druck: Wiener Verlag, Himberg, Österreich

Francke-Lesereise

Eine Wolke schob sich vor den elfenbeinfarbenen Mond und verdunkelte das Zimmer, wenn auch nur für einen kurzen Augenblick. Er zündete die Öllaterne an und begann, in den Schubladen seines Schreibtisches zu wühlen. Er suchte etwas, irgendetwas, worauf er schreiben könnte. Er konnte es nicht erwarten, den überraschenden Brief seiner geliebten Freundin umgehend zu beantworten.

Amische Worte sprudelten aus seinem Herzen, das vor Freude schier zerspringen wollte. Er schrieb sie auf die Rückseite einer einfachen weißen Postkarte …

Prolog: Rachel

Es ist alles, was ich heute bringe:
Das und mein Herz,
das und mein Herz und alle Felder
und alle Wiesen und die Wälder.
Emily Dickinson (um 1858)

Ich träumte immer davon, eine kräftige Portion Selbstvertrauen zu besitzen. Oft malte ich mir aus, wie es wohl wäre, wenigstens „ein bisschen Mumm in den Knochen" zu haben, wie Mama es oft ausdrückte, als ich noch klein war.

Ich bin als amisches Mädchen aufgewachsen und stamme von vielen Generationen beherzter Frauen ab. Frauen wie meine Großmütter und meine Urgroßmütter, die an sich selbst glaubten und daran, schwer zu arbeiten, die ganz nach dem alten Sprichwort lebten: „Hilf dir selbst, dann hilft dir Gott."

Aber trotz all dieser vererbten Entschlossenheit und Tatkraft war ich das exakte Gegenteil: überängstlich und furchtbar schüchtern. Manchmal hatte ich fast vor meiner eigenen Stimme Angst. Mich trennten Welten von den Geschichten, die mir über meine Vorfahrinnen erzählt wurden.

Elizabeth, meine zwei Jahre ältere Schwester, machte sich schreckliche Sorgen um mich, als ich nach meinem sechzehnten Geburtstag zu schüchtern war, um zu meinem ersten Singen zu gehen. Der sechzehnte Geburtstag ist in der Amischgemeinschaft ein wichtiges Datum: Man wird erwachsen. Das ist wunderbar. Damit verbunden sind lang ersehnte Privilegien. Zum Beispiel darf man ab diesem Tag mit Jungen ausgehen.

Lizzy war so besorgt, dass sie eine Enkelin unseres Ältesten Seth Fischer ins Vertrauen zog. Ich sollte es nicht hören, deshalb flüsterte sie: „Rachel ist von Geburt an schüchtern." Mit diesen Worten entschuldigte sie mich liebevoll.

Ich hörte es trotzdem. Aber der Grund, mit dem meine Schwester mein ständig gerötetes Gesicht erklärte, half mir keineswegs, mich besser zu fühlen. Wenigstens damals nicht.

Genauso wenig half es, dass mein ganzes Leben hindurch sich immer wieder die eine oder andere Verwandte genötigt sah, mich darauf hinzuweisen, dass mein Name *Lamm* bedeute.

„Rachel wird schon noch. Ganz bestimmt. Auch wenn es sie viel kostet", hatte Lavina Troyer bei einem Nähtreffen vor Jahren verkündet. Mein Weg war also schon früh vorgezeichnet. Ich begann, dem Ausspruch der entfernten Kusine meines Vaters gerecht zu werden. Ich arbeitete schwer, um das Haus vom Dachboden bis zum Keller makellos sauber zu halten; ich pflegte Gärten für andere und auch meinen eigenen; ich brachte in den Sommermonaten frisches Essen auf den Tisch und lagerte mehr als genug Eingemachtes für die Wintermonate ein; und ich nahm an jeder Menge Arbeitstreffen teil.

Inzwischen bin ich seit über sechs Jahren verheiratet. Ich bin Mutter zweier Kinder und erwarte mein drittes Kind. Ich bin ein bisschen aus meinem Schneckenhaus herausgekrochen. Das verdanke ich meinem Mann, Jakob, und seiner liebevollen Art, mit der er mich immer wieder ermutigt. Trotzdem frage ich mich, was es wohl kosten würde, wirklich tapfer zu sein, diese bewundernswerten Eigenschaften zu entwickeln, die meine elf Geschwister, die fast ausnahmslos älter sind als ich, auszeichnen.

Was die Kirche angeht, so haben Jakob und ich die strenge Alte Ordnung der Amisch verlassen, als wir heirateten, und uns den Amischen Mennoniten angeschlossen. Das brach Mama fast das Herz. Sie hat es uns nie vergessen! Vermutlich hofft sie immer noch, dass wir zur Vernunft kommen und eines Tages zurückkehren.

Beachy-Amisch, so nennen uns die Nichtamischen (die „englischen" Leute). Der Name geht auf Moses Beachy zurück, der 1927 die erste Gruppe dieser Art gründete. Unsere Kirche belegt Gemeindemitglieder, die weggehen und sich anderen amischen Gruppen anschließen, *nicht* mit dem Gemeindebann. Wir treffen uns nicht in Privathäusern, sondern in einem öffentlichen Versammlungsraum zum gemeinsamen Gottesdienst. Oft lässt unser Bischof, Isaak Glick, die Prediger aus der neu in unsere Mundart übersetzten Version des Neuen Testaments vorlesen statt aus der althochdeutschen Fassung, die die jungen Leute sowieso nicht verstehen. Wir glauben, dass wir erlöst sind, und wir benutzen Strom und andere moderne Errungenschaften wie Telefone. Einige Gemeindemitglieder fahren aber immer noch lieber mit dem Pferdewagen als mit einem Auto.

Trotzdem kleiden wir uns schlicht und halten an unserem anabaptistischen Lebensstil fest. Neben meinem Mann habe ich, wofür ich dem Herrn sehr dankbar bin, eine enge Vertraute in meiner Kusine, Esther Glick. Meiner Kusine, die von Pennsylvania nach Ohio umgezogen ist, kann ich meine tiefsten Gedanken anvertrauen. Das tut sehr gut. Es fällt mir leichter, ihr in einem Brief mein Herz auszuschütten, als mich mit einer meiner Schwestern zu unterhalten. Esther und ich haben uns als Jugendliche alle unsere Geheimnisse anvertraut. Wir sind uns schon, so lange ich mich erinnern kann, sehr nahe. Vielleicht sogar noch länger. Ich habe gehört, dass bei Esthers Mutter, Tante Lea, und bei meiner Mutter genau zur selben Stunde die ersten Wehen einsetzten. Meine Kusine und ich sind also ein treues Abbild der Schwesterliebe unserer Mütter.

Jeden Freitag unterbreche ich meine Arbeit, egal, was ich gerade tue, und schreibe Esther einen Brief.

Freitag, 17. Juni
Liebste Esther,
hier ist zur Zeit sehr viel los. Kein Wunder in dieser Jahreszeit, mitten im Sommer. Jakob sagt, wir haben bald genug Geld gespart, um nach Holmes County ziehen zu können.
Oh, ich vermisse dich so sehr! Stell dir nur vor: Wenn wir eure Nachbarn werden, können wir wieder gemeinsam nähen, einmachen und unsere Kinder erziehen!
Morgen ist auf dem Bauernmarkt viel los. Jakob hat viele schöne

Eichen- und Fichtenmöbel für unseren Marktstand gebaut. Besondere Mühe hat er sich damit gegeben, wieder ein paar kleine Holzschaukelstühle und Spielzeuglastwagen herzustellen. Die Touristen hier in Lancaster reißen sie ihm förmlich aus der Hand und zögern nicht, dafür tief in die Tasche zu greifen. Wir sind zu sehr auf Außenstehende ausgerichtet, fürchte ich. Aber andererseits ist der Tourismus in diesen Tagen unser wichtigster Wirtschaftszweig. Ganz anders als damals, als es in Lancaster County noch jede Menge Ackerland gab und das Land noch nicht so teuer war. Die Dinge ändern sich schnell.

Weißt du noch, wie ich mich unter den Markttischen in Roots und Green Dragon versteckte? Weißt du noch, wie Mama dann immer schimpfte? Hin und wieder schaue ich in den Spiegel und sehe immer noch ein junges Mädchen. Wenn ich früher in halsbrecherischer Geschwindigkeit am Mühlbach entlanglief, in dem schimmernden Schatten der Weiden und Ahorne, tat ich so, als wäre ich der Wind. Ich genoss meine Kindheit so sehr. Es war herrlich, hier auf dem Land aufzuwachsen, weit weg von dem Lärm und der Hektik, die in Lancaster zu spüren sind.

Da ich gerade von unserer Kindheit spreche: Ich entdecke bei unserem kleinen Aaron starke Ähnlichkeiten mit seiner Mama. Und das schon mit fünf Jahren! Annie dagegen ist eher wie Jakob: freundlich und ohne die geringste Menschenscheu. Mein Mann lacht, wenn ich ihm das sage, obwohl er sich wahrscheinlich im Innersten riesig freut.

Was unseren nächsten kleinen Yoder angeht, so glaube ich, dass er oder sie ein ziemlich lebhaftes Kind wird. Dieses Baby strampelt so kräftig in meinem Bauch wie keines der beiden anderen Kinder. Das ist eine völlig neue Erfahrung für mich. Ich vermute fast, dieses Kind ist ein Junge, wahrscheinlich der nächste Lausbub in dieser Familie! Keines meiner Kinder zeigt die geringste Spur von Schüchternheit oder Scheu wie ihre Mama. Darüber bin ich sehr froh.

Ach, vergib mir, dass ich so weit aushole.

Ich hörte auf zu schreiben und rückte den Taillenbund meines Arbeitskleides zurecht. Ja, ich fühlte mich in diesen Tagen ziemlich unwohl. Es war höchste Zeit, das Umstandskleid einzusäumen, das ich gestern zu nähen begonnen hatte. Aber immer eines nach dem anderen ...

Jakob kann es nicht erwarten, Erde zwischen den Fingern zu spüren. Es dauert nicht mehr lange, dann hat er seinen sechsundzwanzigsten Geburtstag. Ich bin ihm mit meinen vierundzwanzig Jahren dicht auf den Fersen. Immer noch jung genug, um Träume zu haben und darauf zu vertrauen, dass der Herr sie Wirklichkeit werden lässt. Wir haben zwar jung geheiratet, aber wir arbeiten ziemlich hart dafür, dass wir uns bald ein Stück Land kaufen können wie du und Levi. Wir können es beide kaum erwarten. Die Landwirtschaft steckt uns einfach im Blut.
Jakob ist ein guter Familienvater und ein liebevoller und zuvorkommender Ehemann. Wir sind auch gute Freunde, was bei Eheleuten nicht allzu oft vorkommt. (Ich kann dir nicht genug danken, dass du uns damals zusammengebracht hast. Wenn du nicht gewesen wärst, wäre ich vielleicht nie zu meinem ersten Singen gegangen!) Ich möchte nie in die Zeit zurückkehren, als ich noch ledig war. Ach ja! Mein Gesicht lief vor Schüchternheit immer knallrot an. Weißt du noch?
Wenn ich in Aarons strahlende Augen schaue, sehe ich darin die Hoffnung auf die Zukunft. Er ist so klug. Dafür bin ich wirklich dankbar. Wenn Annie mir die Farben eines Rosengartens im Morgentau oder die herrlichen Farben des Himmels bei Sonnenuntergang zeigt (sie hat mit ihren gerade einmal vier Jahren wirklich ein offenes Auge für die Natur), halte ich inne und freue mich, dass ich so reich gesegnet bin. Ich bin wirklich sehr reich gesegnet!
Manchmal denke ich, der Herr überschüttet mich mit zu vielen wunderbaren, herrlichen Dingen. Du weißt, wie zurückhaltend ich bin, Esther. Ich habe wirklich allen Grund, dankbar zu sein. Mama und Papa sind endlich in ihr neues Haus eingezogen. Ich

fand es irgendwie nicht richtig, dass sie aus dem alten Bauernhaus auszogen. Aber sie sind glücklich mit ihrer neuen Aufgabe: „Zooks Gästehaus am Obstgarten", so nennen sie ihre Frühstückspension an der Olde Mill Road, unweit der Beechdale Road. Ich kann nur darüber staunen, dass sie in ihrem Alter (Mama ist immerhin schon dreiundsechzig!) etwas vollkommen Neues anfangen wollen. Papa meint, er sei zu alt für die Landwirtschaft. Wenigstens ist ihr Anwesen nicht in fremden Händen gelandet. Es blieb in der Familie, so wie Papa es immer gewollt hat. Meine beiden älteren Brüder und ihre Frauen haben die Arbeit auf den Feldern übernommen. Sie führen auch die Milchwirtschaft weiter. Ich glaube, meine Eltern haben wirklich eine Gabe, sich um müde Reisende zu kümmern. Mitten zwischen den amischen Bauernhöfen und Dörfern einen Ort der Erholung anzubieten, ist etwas, das sich mehr von uns überlegen sollten.

Dieser Brief ist schon ziemlich lang, und es gibt nicht viel Neues. Bitte schreibe bald.

Liebe Grüße,
Deine Kusine
Rachel Yoder

Meine Gedanken drehten sich um Ohio und Esther, als ich den Brief zusammenfaltete und den Umschlag auf den Küchenschrank legte.

„Zeit für das Abendgebet", sagte Jakob und schaute von seinem *Budget* auf. Er hatte die amische Wochenzeitschrift über den ganzen Küchentisch ausgebreitet und auf der Seite mit den Anzeigen für Holzbearbeitungswerkzeuge aufgeschlagen.

„Ich gehe und rufe die Kinder." Ich schaute von der Hintertür aus zu, wie Aaron und Annie angelaufen kamen. Ihre Hände und Gesichter waren vom Graben in der Erde ganz schmutzverschmiert. „Papa will aus der Bibel vorlesen", sagte ich und scheuchte sie zum Waschbecken, wo sie sich sauber machen sollten.

Jakob holte die Bibel von ihrem angestammten Platz im Eckschrank und setzte sich in den alten Hickoryschaukelstuhl seines Großvaters. Der Schaukelstuhl war sein Lieblingsplatz. „Hört gut zu, Kinder", forderte er sie auf und lächelte sie aus seinem sonnengebräunten Gesicht an.

Aaron und Annie saßen im Schneidersitz zu den Füßen ihres Vaters. „Welche Bibelgeschichte liest du heute Abend?", fragte Aaron. Ohne auf eine Antwort zu warten, bettelte er: „Können wir noch einmal die Geschichte von David und Goliath hören?"

Jakob musste schmunzeln und fuhr dem Jungen liebevoll über den Kopf. „Lieber etwas Friedliches."

Ich zog einen Stuhl neben Jakob heran und war dankbar für unsere besondere Zeit miteinander. Aber das Haus war so warm und fast zu heiß und zu feucht, um von den Kindern erwarten zu können, dass sie ruhig sitzen bleiben würden. Sowohl die Hinter- als auch die Vordertür standen sperrangelweit offen, die Mückengittertüren erlaubten einen Luftzug durch das Haus und hielten trotzdem Fliegen und andere lästige Insekten fern. Mücken gab es im Überfluss, für mich das Lästigste im ganzen Sommer.

Wir hörten gespannt zu, als Jakob aus Psalm 128 vorlas. Ein festliches Loblied, das König David möglicherweise selbst gesungen hatte. Doch ich ertappte mich dabei, dass meine Gedanken zu dem bevorstehenden Umzug nach Ohio abschweiften. Dieser Umzug würde wahrscheinlich erst im Winter stattfinden. Trotzdem rückte die Verwirklichung unseres Traumes mit Riesenschritten näher.

Jakobs angenehme Stimme holte mich aus meinen Zukunftsträumen in die Gegenwart zurück: „‚Der Herr wird dich segnen aus Zion, dass du siehst das Glück Jerusalems dein Leben lang.'"
Er machte eine kurze Pause. Aus seinen Augen sprach eine tiefe Zuneigung, als sein Blick über die Köpfe der Kinder ... zu mir wanderte. Mein Herz schlug ein wenig schneller, als sich unsere Blicke begegneten und wir uns tief in die Augen sahen.

Liebster Jakob, dachte ich und erwiderte sein Lächeln.

Er begann wieder zu lesen: „, ... und siehst Kinder deiner Kinder. Friede sei über Israel.'"

Ich freute mich über die Bibelstelle, die Jakob für diesen Sommerabend ausgewählt hatte. Für diesen ruhigen, angenehmen Abend, der so viel Frieden und Zufriedenheit ausstrahlte, bevor wir uns am nächsten Tag in die Hektik und den Lärm auf dem Markt begeben würden ...

Sobald Aaron und Annie friedlich in ihren Betten lagen, eilte ich den Gang hinab in Jakobs wartende Arme. Ich dachte wieder an die Worte aus dem Psalm, die immer noch deutlich in meinem Gedächtnis waren. *Du siehst Kinder deiner Kinder ...*

Seufzend lächelte ich in die Dunkelheit hinein. Ohio lag in greifbarer Nähe. Endlich würde unser Herzenswunsch in Erfüllung gehen. So der Herr wollte, ginge er in Erfüllung.

Wir unterhielten uns bis tief in die Nacht, aber es kam mir trotzdem so vor, als wäre die Nacht noch jung. „Es gibt so vieles, auf das wir uns freuen können", flüsterte Jakob.

Ich spürte einen Anflug von Selbstvertrauen. „Es wird ein neuer Anfang, nicht wahr?"

Er lächelte mich an, und wir besiegelten unsere Liebe mit einem zärtlichen Kuss, bevor wir uns schlafen legten.

Wie hätte ich damals ahnen können, dass diese Nacht, diese friedliche, wunderschöne Nacht, unsere letzte gemeinsame Nacht sein würde? Genauso wenig konnte ich vorhersehen, dass meine sensible, scheue Natur, die mich von Geburt an hartnäckig verfolgte, mein Leben radikal ändern und mich in tiefste Dunkelheit und Verzweiflung stürzen würde.

Teil 1

Ein guter Freund ist wie ein Spiegel.

Deutsches Sprichwort

1

Es ist etwas so Unbedeutendes, und doch bringt es immer alles durcheinander, wenn man am Morgen verschläft und zu spät aufsteht.

Je mehr ich mich abhetze, umso länger brauche ich, dachte Rachel resigniert, als sie den Morgen so hektisch begann. Schnell wusch sie sich das Gesicht und warf einen kurzen, prüfenden Blick in den ovalen Spiegel über dem Waschbecken. Danach bürstete sie sich die langen Haare, die ihr bis über die Hüften reichten, teilte sie mit einem geraden Mittelscheitel, flocht sie und legte die Zöpfe in einem sauberen Knoten auf ihren Hinterkopf, so wie sie es jeden Morgen machte.

Sie hatte ihr ganzes Leben in dem ländlichen Bird-in-Hand im Herzen des Amischlandes in Pennsylvania verbracht. Ihre Eltern und ihre Geschwister betrieben Ackerbau und Viehzucht und fanden darin Erfüllung. Aber wie es bei den Amisch üblich war, hatten auch in ihrer Familie nur die jüngsten verheirateten Brüder Ackerland von ihren Eltern bekommen und den ursprünglichen Familienbesitz unter sich aufgeteilt. Es gab nicht mehr so viel freies Land. Die Preise stiegen immer höher, und das kostbare Land wurde immer rarer. Aus diesem Grund hatten Levi und Esther Glick ihre Sachen gepackt und sich von ihren Familien und Verwandten verabschiedet. Das alles nur, weil sie ein eigenes Stück Land besitzen wollten.

Trotzdem hatte das ländliche Dorf und das umliegende Land Rachel und ihren inzwischen erwachsenen Geschwistern alles geboten, was sie sich wünschen konnten. Sogar noch viel mehr: den herrlichen Anblick schaukelnder Weiden, die Stille klarer, plätschernder Bäche, die Freiheit des weiten, blauen Himmels und den Segen und die überfließende Liebe der Amischgemeinschaft.

„Gott, unser Vater, deinen Namen loben wir", flüsterte sie und begann den Tag, so spät es auch war, mit einem Dankgebet.

Ehrfurchtsvoll legte sie sich den weißen Gebetsschleier auf den Kopf und drehte sich um. Sie sah ihren Mann am Fenster stehen. Seine große, kräftige Gestalt sperrte die Sonne aus.

„Wir sollten uns lieber beeilen", sagte sie und trat an seine Seite. „Wir dürfen nicht zu spät auf dem Markt sein."

„Wir nehmen die Abkürzung. Dann brauchen wir uns nicht so zu hetzen", erwiderte er und zog sie zärtlich an sich heran.

„Die Abkürzung?" Rachel mied gern die Straßen, die zu der Kreuzung führten, einer gefährlichen Stelle, an der in der Vergangenheit schon mehrere tödliche Unfälle passiert waren.

Jakob beruhigte sie. „Es wird schon nichts passieren. Nur dieses eine Mal." Als sie sich in seinen Armen entspannte, flüsterte er: „Wie wäre es, wenn wir ein bisschen früher nach Ohio umzögen?"

„Wie viel früher?" Ihr Herz schlug vor Aufregung immer schneller.

„Sagen wir, Ende Dezember ... vielleicht nach Weihnachten."

Entzückt erinnerte sie ihn an die vielen Briefe ihrer Kusine. „Esther schreibt, dort, wo sie wohnen, gibt es noch reichlich Ackerland." Ihre Gedanken wanderten in die Zukunft. Sie zählte die Monate. „Unser Baby ist bis dahin zwei Monate alt, wenn es nicht früher auf die Welt kommt als geplant."

Jakob nickte nachdenklich. „Also vielleicht genau die richtige Zeit."

Rachel konnte nicht leugnen, dass Esthers Briefe eine gespannte Vorfreude in ihr geweckt hatten. Und wenn sie jetzt Jakob so sprechen hörte! Sie konnte es kaum erwarten.

„Uns bleibt noch viel Zeit, um die Einzelheiten zu besprechen." Er schaute sie mit ernsten Augen an. „Das Tischlergeschäft bringt fast mehr Aufträge, als ich erledigen kann. Wir müssten also genug Geld haben, um im Dezember umziehen zu können."

„So der Herr will", flüsterte sie. Gottes Wille stand bei ihren Plänen immer an oberster Stelle, aber sie sehnte sich nach dem herrlichen, süßen Duft von frisch gemähtem Heu und dem erdigen Geruch der Kühe, die zum Melken in den Stall getrieben wurden.

Rachels Eltern und ihre Großeltern sowohl väterlicher- als auch mütterlicherseits bis zurück zu den frühesten Zweigen des Familienstammbaumes waren Milchbauern gewesen. Einige von ihnen hatten auch Hühner und Schweine gehalten. Sie hatten viele anstrengende Stunden auf dem Feld verbracht, um Dung auszubringen und alles für eine gute Ernte zu tun.

Aus Gesprächsfetzen, die sie während ihrer Kindheit hier und da aufgeschnappt hatte, wusste sie, dass es nur einen einzigen in ihrem Stammbaum gab, der die Familientradition über Bord geworfen hatte. Angesichts der rund zweihundert konservativen Leute, die durch Blutbande oder Heirat mit ihr verwandt waren, war der Verlust eines einzigen Mitglieds – anders als bei einigen anderen amischen Familien – sehr leicht zu verkraften. Uralten Gerüchten zufolge hatte Großonkel Gabriel, der Onkel ihrer Mutter, irgendwann um seinen siebenundzwanzigsten Geburtstag herum der Amischgemeinschaft den Rücken gekehrt. Normalerweise hatte ein junger Mann sich in diesem Alter schon längst für die Kirche entschieden und vor Gott und der Gemeinde seinen Gemeindeeid abgelegt.

Es gab verschiedene Versionen dieser Geschichte. Einige sagten, Gabriel Esh sei ein selbst ernannter Evangelist gewesen. Andere behaupteten, er habe eine so genannte „göttliche Offenbarung“ bekommen ... und sei nur wenige Wochen später gestorben.

Soweit es Rachel beurteilen konnte, schien niemand genau zu wissen, was damals geschehen war, obwohl sie natürlich nicht der Typ war, der andere mit Fragen bedrängte. Tatsache jedoch blieb, dass fast jeder, der Gabriel gut gekannt hatte, längst selbst durch die Tore in das himmlische Jerusalem eingegangen war. Mit Ausnahme natürlich von Seth Fischer, einem Ältesten der Alten Ordnung, und seiner Frau sowie Jakobs und Rachels Eltern. Aber keiner von ihnen schien geneigt, über diesen „Unruhestifter“ auch nur ein Wort zu verlieren. Als solchen hatte vor einigen Jahren ein Prediger Gabriel bezeichnet. Außerdem gab es da noch Martha Stoltzfus, Gabriels einzige noch lebende Schwester. Aber die kurz angebundene und verbitterte alte Frau weigerte sich, über ihn zu sprechen, und hielt die *Meidung,* den Gemeindebann, aufrecht, der offenbar über ihn verhängt worden war – aus Gründen, die Rachel nicht kannte. Über Lavina Troyer ging das Gerücht um, sie sei eine Mitschülerin von Gabriel Esh gewesen. Aber über das alles sprach seit Jahren kein Mensch mehr.

Es gab also einen abgebrochenen Ast an Rachels Familienstammbaum, aber niemand, weder jemand aus dem Hause Esh noch aus dem Hause Yoder oder Zook war willens, sich an den Grund hierfür zu erinnern.

Sie ging die Treppe hinunter, um ihrer Familie das übliche Frühstück zuzubereiten. Die Gedanken an die Vergangenheit ließ sie hinter sich und konzentrierte sich auf die Zukunft, während sie neun große Eier aufschlug, Weizenbrei und Bratkartoffeln machte und reichlich Toastbrot, Butter, Beerenmarmelade und Apfelbutter auf den Tisch stellte. Allein schon das Wissen, dass sie und Jakob mit ihren Kindern so weit von Zuhause fortziehen könnten und dass dort in Ohio eine konservative, bibeltreue Gemeinde ihre Ankunft erwartete – wenigstens hatte Esther das gesagt –, machte ihr Herz froh. Die Zukunft strahlte ihnen so hell wie noch nie entgegen.

Rachel und Jakob setzten sich mit den Kindern an den Tisch, aber sobald Jakob seinen Teller leer gegessen hatte, eilte er in den Hof, um den Marktwagen zu beladen. Rachel ermahnte die Kinder sanft, nicht zu trödeln, während sie das Geschirr spülte und abtrocknete.

Bald rief Jakob aus dem Hof, sie sollten kommen. „Höchste Zeit, loszufahren. Kommt jetzt!"

Rachel trocknete sich die Hände ab und packte ihren Korb mit Nähsachen ein. Es war immer gut, auf dem Markt etwas zu tun zu haben, besonders wenn eine Flaute einkehrte, obwohl das an einem Samstag im Sommer kaum der Fall sein würde. Touristen drängten um diese Jahreszeit im Allgemeinen in Scharen auf den bekannten Bauernmarkt.

Ihr Blick fiel auf den Brief an Kusine Esther, der noch auf dem Küchenschrank lag. Sie steckte ihn schnell ein und wollte gerade gehen, als Jakob noch einmal in die Küche kam. „Ich glaube, wir haben alles", sagte er und winkte den Kindern, zur Hintertür zu kommen.

Die Yoders stellten sich auf eine zwanzigminütige Fahrt über die Abkürzung ein. Ein gelegentlicher Windstoß brachte etwas Abkühlung in der warmen Junisonne. Jakob trieb das Pferd zu einem schnellen Trab an. Trotzdem zwang sie das primitive Fortbewegungsmittel, langsamer zu treten und wieder ruhiger zu werden. Ehrlich gesagt, war Rachel froh, dass sie sich immer noch mit Pferd und Einspänner fortbewegten statt, wie einige ihrer jungen Beachy-Verwandten, mit einem Auto. Der Gedanke an befahrene Schnellstraßen und breite Durchgangsstraßen ließ sie vor Angst erzittern. Sie hoffte und betete, in Holmes County wäre viel weniger Verkehr und Betrieb.

„Wir haben noch jede Menge Zeit", hatte Jakob in Bezug auf ihren Umzug gesagt. Am liebsten hätte sie jetzt im Wagen noch einmal dieses Thema angesprochen. Aber sie überlegte es sich anders und schwieg lieber.

Dafür sprach Aaron umso mehr. „Plappern" kam der Sache wohl näher. Nachdem der Junge mehrere Minuten pausenlos geredet hatte, tadelte Jakob ihn. „Das reicht jetzt, mein Sohn."

Auf der Stelle schwieg Aaron. Rachel hörte Annie leise kichern. Die beiden neckten sich schon wieder, wie es bei Kindern nun einmal der Fall ist.

Kinder sind eine Gabe Gottes, dachte sie und warf einen Blick über die Schulter auf ihre zwei geliebten Kinder. Wie glücklich sie doch alle mit dem Leben waren, für das sie sich entschieden hatten. Das Haus ihres Mannes würde sicher bald voll Nachkommen sein.

Ihre Gedanken wanderten zurück zu den Hausgeburten ihrer zwei Kinder. Es kam ihr vor, als wäre es erst gestern gewesen, dass

Mattie Beiler, Hickory Hollows bekannte Hebamme, am frühen Morgen gekommen war, um ihr zu helfen, Aaron auf die Welt zu bringen. Rachel hatte den Vorschlag ihrer Mutter, einen Zauberdoktor zu holen, entschieden abgelehnt. Auch noch nach zwanzig Stunden anstrengendster Wehen. Ihr Erstgeborener würde dann das Licht der Welt erblicken, wenn es gut für ihn sei, hatte sie trotz Susannas dringender Ratschläge erklärt. Dieses eine Mal hatte Rachel ihrer Mutter widersprochen, und sie war froh darüber.

Ein Jahr und zwei Monate später war die süße, kleine Annie mit den angenehmsten und kürzesten Wehen, die je eine Frau in dieser Gegend gehabt hatte, gegen Mitternacht auf die Welt gekommen. Zu Annies Geburt war kein Wunderheiler gerufen worden. Und auch keine Hebamme.

Rachel genoss diese Erinnerungen. Sie versuchte, ihre Unruhe wegen der Wunderheiler von sich abzuschütteln. Einer dieser Wunderheiler beunruhigte sie besonders: Blue Johnny. Die Kinder nannten ihn *Doktor,* aber Rachel wusste, dass er alles andere als ein richtiger Arzt war. Er war auch nicht amisch.

Der große Mann mit den buschigen braunen Haaren kam fast jeden Dienstagmittag und klopfte bei dem einen oder anderen an die Tür. Im letzten Monat war er ziemlich unerwartet zum Haus der Yoders gekommen. Er hatte einen starken Geruch nach Pfeifentabak verbreitet, während er ihrem Sohn ein kleines schwarzes Kästchen über den Rücken bewegt hatte, ohne zu fragen, ob Rachel sein Handeln erlaubte. Trotzdem hatte er innerhalb weniger Sekunden von einer winzigen Warze an Aarons linker Hand gewusst, die noch fast nicht zu sehen war.

„Um sie verschwinden zu lassen, musst du nur die Füße eines Hahns braten und die Warze damit einreiben. Dann vergräbst du die Hähnchenfüße unter dem Dachvorsprung deines Hauses, und die Warze verschwindet“, hatte der Mann gesagt und sie dabei seltsam angeschaut.

Da Rachel ihm nicht traute, briet sie nie solche Hähnchenfüße. Sie wünschte ehrlich, sie hätte Blue Johnny an diesem Tag nicht die Tür geöffnet. Jakob hatte auf der anderen Seite des Hofes in seiner Werkstatt gearbeitet. Trotzdem war Rachel zu schüchtern gewesen, um sich zu wehren. Solche Leute, die sich selbst Glaubensheiler nannten und für dies und das ein Amulett oder einen Kräutertrank parat hatten, kamen häufig zu amischen Familien. Das war schon immer so, solange Rachel zurückdenken konnte. Einige von ihnen waren selbst amisch. Die Wunderheiler in den Reihen ihrer eigenen Familie waren jedoch schon vor Jahren ausgestorben. Sie selbst war als mögliche Wahl betrachtet worden, weil sie als junges Kind gewisse Veranlagungen besessen hatte. Aber dank ihrer großen Schüchternheit war sie nie ernsthaft in Betracht gezogen worden.

Was Blue Johnny betraf, so fühlte sie sich in seiner Nähe immer sehr unwohl und auch in der Nähe von anderen, die behaupteten, sie hätten „Gaben der Heilung". Daran änderte auch nichts, dass Blue Johnny vor Jahren Lizzy von ihrem Rheuma geheilt hatte. Er war in das Bauernhaus der Zooks gekommen und hatte die Krankheit weggenommen, indem er einen blauen Wollfaden um die schmerzenden Glieder ihrer Schwester gebunden und dreimal einen Zauberspruch wiederholt hatte. Bei dieser Prozedur hatte der Mann die Krankheit selbst auf sich genommen. Sie wusste das genau, denn er war aus dem Haus gehinkt und die Stufen hinter dem Haus hinabgehumpelt, während Lizzy innerhalb von fünf Minuten frei von ihren Schmerzen gewesen war!

Die meisten Amisch in der Gegend machten sich nicht viele Gedanken über die Praxis des Wunderheilens. Wunderheiler und Hausmittel wurden als selbstverständlich und normal hingenommen. Sie waren von den ersten holländischen Siedlern mit nach Pennsylvania gebracht worden. Diese Heiler hatten angeblich besondere Gaben vom Heiligen Geist und von den heiligen Engeln bekommen. Aber es gab auch andere, eine kleine Minderheit, die glaubten, diese Gaben der Heilung seien alles andere als von Gottes Geist gewirkt. Sie waren davon überzeugt, dass sie okkulter Natur seien.

Rachel wusste genau, woher ihre eigene Unsicherheit in Bezug auf Zauberdoktoren stammte: von einem alten Artikel im *Budget,* einer weit verbreiteten Zeitung für amische Leser, die in Ohio herausgegeben wurde. Darin war ein Artikel von einem gewissen Jakob J. Hershberger, einem Ältesten der Beachy-Amisch, der in Norfolk, Virginia, lebte, aus dem Jahr 1961 abgedruckt gewesen. Esther hatte diesen Artikel entdeckt, als sie wegen ihres bevorstehenden Umzugs nach Ohio den Dachboden ausräumte.

Aus irgendeinem Grund hatte ihre Kusine den Artikel für so wichtig gehalten, dass sie ihn aufhob und ihn schließlich Rachel und Jakob zum Lesen gab. Der Verfasser dieses Artikels hatte sich strikt gegen Zauberei und Wunderheilen ausgesprochen und diese Machenschaften als das Werk böser Geister bezeichnet. Jakob Hershberger hatte außerdem amische Gemeinschaften überall in Amerika ermahnt, ihren Aberglauben, den sie „von gottlosen Heiden" übernommen hatten, aufzugeben. Er wies sie an, „Kranken die Hände aufzulegen, sie mit Öl zu salben, die Ältesten der Gemeinde zu rufen und zu beten", wie Gottes Wort es lehrt, statt sich an Zauberer und Wunderheiler zu wenden.

Als Rachel diesen Artikel gelesen hatte, fragte sie sich, ob es stimmen könnte, dass Wunderheiler ihre Gaben vom Teufel und nicht von Gott bekamen. Konnte das der Grund dafür sein, warum sie sich in ihrer Nähe immer so unwohl fühlte? Aber wenn das der Fall war, warum empfanden dann andere in der Gemeinde nicht das gleiche Unbehagen wie sie?

Da Rachel nicht den Mut aufbrachte, mit ihrem Ältesten oder den Predigern über ihre Fragen und Sorgen zu sprechen, war sie froh, dass sie sich außer Jakob wenigstens noch einem zweiten Menschen anvertrauen konnte. Esther war immer so freundlich und sagte: „Ja, ich verstehe", oder sie brachte vorsichtig und liebevoll einen Einwand vor, wenn sie anderer Meinung war als Rachel. Für Esther war eine Sache entweder schwarz oder weiß. Rachel schätzte ihre klare Art, unumwunden die Wahrheit zu sagen. Diese tiefe und mitfühlende Freundschaft war für die beiden Frauen schon seit Jahren ein kostbares Geschenk.

* * *

Rachel blickte liebevoll auf die starken Hände ihres Mannes, die die Zügel hielten und das Pferd antrieben. Ihre Augen wanderten zu der schmalen, zweispurigen Straße. Sie genoss den Anblick der Gersten- und Weizenfelder zu beiden Seiten. Das Grundstück ihres Gemeindeältesten Glick mit seinen riesigen Rosensträuchern würde bald auf der linken Seite auftauchen. Danach wären es noch etwa drei Kilometer, bis sie an der Steinmühle und dem Hof vorbeikämen, auf dem sie in einem Haus voller Menschen aufgewachsen war.

Sie bewunderte die Schönheit, die sie umgab: die Sonne, die sich auf den Bäumen mit den breiten grünen Blättern widerspiegelte, und den Efeu und die Schlingpflanzen, die am Straßenrand rankten. Der atemberaubende Duft des Geißblatts und der Rosen lag in der Sommerluft.

„Glaubst du, wir werden Lancaster vermissen?", fragte sie Jakob leise.

Er streichelte ihre Hand. „Wir vermissen immer das, was wir nicht haben. Das liegt in der Natur des Menschen." Er lächelte viel sagend, aber seine Worte waren ernst gemeint.

„Als Nachbarn von Esther und Levi zu leben, wird wunderbar und herrlich sein", überlegte sie laut. „Wir werden wieder Landwirtschaft betreiben ... nach so vielen Jahren."

Ihr Mann nickte langsam. Sein sauber geschnittener Bart strich über seine Brust. „Ja, die Erde zieht uns wieder zu sich zurück. Aber ich frage mich, ob du und Esther vielleicht etwas ausgeheckt habt." Jakob schaute sie fast zu ernst an. „Vielleicht sollten Levi und ich dich und deine Kusine nicht so oft zusammenkommen lassen."

Rachel wusste nicht, ob sie lachen oder weinen sollte. „Das meinst du doch bestimmt nicht im Ernst."

Er schaute sie augenzwinkernd an. „Du kennst mich doch zu gut, um das zu glauben."

Sie musste lachen. Die ganze Anspannung dieses Augenblicks

brach sich über ihre schüchternen Lippen Bahn. „Ja", sagte sie und lehnte ihren Kopf an seine starke Schulter. „Ich kenne dich, Jakob Yoder."

Eine Weile fuhren sie schweigend weiter, während sich die Kinder hinter ihnen verspielt neckten. Sie schloss die Augen und genoss das Zwitschern der frisch geschlüpften jungen Vögel und das rhythmische Klappern der Pferdehufe. Das bekannte Geräusch einer Windmühle verriet ihr, dass sie am ehemaligen Hof ihrer Eltern vorbeikamen. Sie fühlte sich eng mit der Erde verbunden. Die kleinen Nebenstraßen vermittelten ihr ein wohliges Gefühl der Geborgenheit, während sie in dem langen, geschlossenen Marktwagen von einem starken, zuverlässigen Pferd über die ruhigen Landstraßen gezogen wurden.

Doch die Stelle, an der die Ronks Road und die Bundesstraße 340 sich kreuzten, *die* Kreuzung, erfüllte sie immer mit großer Angst. Aber diese Kreuzung war noch gut zwölf Minuten entfernt, und die tragischen Unfälle waren längst vergessen. Zum Glück war nach dem letzten Verkehrsunfall eine Ampel aufgestellt worden. Dadurch war die Kreuzung nicht mehr so gefährlich.

Rachel wollte einfach die Fahrt genießen, mit ihrem Mann zusammen sein und sich Aarons zunehmende Dummheiten hinten im Wagen anhören. Sobald sie auf dem Markt wären, würde sie die Kinder zum Postamt schicken und ihnen auftragen, den Brief an Esther aufzugeben.

2

Mit großer Erwartung schaute Susanna Zook durch das Fenster auf die Straße, wo ein offener Wagen, der von einem alten Pferd gezogen wurde, klappernd den Privatweg zum Gästehaus am Obstgarten hinaufrollte.

Sie konnte ihre Neugier nicht länger zähmen und stürmte durch die Mückengittertür, die hinter ihr in den Angeln hin- und herschlug, hinaus auf die Veranda. Sie lehnte sich an den Pfosten und rang nach Atem, während ihr Mann und sein englischer Freund von dem Wagen stiegen, das Pferd an den Zaunpfahl banden und dann einen großen Schreibtisch aus glänzendem Kirschbaum abluden.

„Endlich ist er da!", seufzte sie und musste an die letzten Wochen denken, in denen sie mit der mennonitischen Antiquitätenhändlerin um das handgearbeitete Möbelstück gefeilscht hatte. Sobald sie diesen herrlichen Rolloschreibtisch in Emmas Antiquitätenladen erblickt hatte, hatte sie ihn sich gewünscht und ihn insgeheim schon für eines ihrer neu eingerichteten Gästezimmer verplant. Sie hatte schon daran gedacht, ihren Schwiegersohn, Jakob Yoder, zu bitten, ihr einen ähnlichen Schreibtisch zu bauen, und wollte ihm sogar vorschlagen, sich den Schreibtisch anzusehen, damit er ihn so gut wie möglich nachbauen könnte. Etwas so Altes und fast noch vollkommen Unbeschädigtes sah man nicht oft in Schaufenstern. Solche schönen Stücke wurden meistens bei Privatverkäufen veräußert oder innerhalb einer Familie weitervererbt.

Es ging das Gerücht um, dass der Rolloschreibtisch aus der Familie von Seth Fischer stamme. Angeblich sei er im Schuppen des englischen Neffen seiner Frau irgendwo oben in Reading in einem ziemlich heruntergekommenen Zustand gefunden worden. Jemand in dem Antiquitätenladen erwähnte, dass der Schreibtisch aus den 90er Jahren des 19. Jahrhunderts stamme und in den letzten Jahren restauriert worden sei. Doch auf

Susannas Fragen nach weiteren Informationen bekam sie nur vage Auskünfte. Es war nahezu unmöglich, frühere Besitzer von Antiquitäten ausfindig zu machen.

Susanna hielt den Atem an, während sie von der Veranda aus zuschaute, wie die Männer den riesigen Schreibtisch kippten und dann vom Wagen hievten. Vor ihrem geistigen Auge sah sie den Platz, den sie für dieses Möbelstück freigehalten hatte – oben im südöstlichen Zimmer. Es war frisch gestrichen und tapeziert und wartete auf einen Übernachtungsgast. Die vier anderen Zimmer waren nur wenige Wochen, nachdem sie und Benjamin dieses alte Gebäude übernommen hatten, fertig gestellt worden.

Die architektonische Kombination aus rotem Ziegelstein im Kolonialstil, typischer weißer Veranda und grünen Fensterläden war gleichzeitig ungewöhnlich und attraktiv. Zusätzlich an Reiz gewann es durch die herrliche Landschaft, die das Haus umgab: der Apfelgarten und der Mühlbach im Norden hinter dem Haus, ein Fichtenwald im Süden sowie weite Wiesen vor und neben dem Haus. Verwandte und Freunde hatten mitgeholfen, das Haus zu renovieren. Nach nur wenigen Wochen war das geräumige zweistöckige Haus bereit, Touristen zu beherbergen.

Mit einem entzückten Seufzen schaute sie zu, wie Benjamin und sein Freund den Schreibtisch den von roten und rosa Petunien gesäumten Weg hinaufschleppten. „Er ist furchtbar schwer, nicht wahr?“, rief sie.

Bens Antwort war ein leises Knurren. Es war offensichtlich, wie schwer das alte Stück war. Es kostete ihren starken Mann, mit dem sie seit fast fünfundvierzig Jahren verheiratet war, alle Kraft, das Möbelstück zu tragen.

Sie hatte ihn nicht direkt darauf angesprochen, aber sie vermutete, dass Ben sie ermutigt hatte, sich den Schreibtisch als eine Art Geburtstagsgeschenk zu kaufen. „Es kommt nicht jeden Tag vor, dass ein solcher Schatz bei Emma im Schaufenster steht und dann in deinem Haus landet“, hatte er mit einem Augenzwinkern bemerkt.

Als er das sagte, wusste sie, dass er ihr diesen Schreibtisch kaufen wollte. Eine leichte Röte stieg vor Aufregung in ihre Wangen. Aber so war Benjamin nun einmal, wenigstens bei besonderen Gelegenheiten. Wie viele amische Bauern war auch er gern bereit, ein Bündel Banknoten auszugeben, solange er damit seine Frau glücklich machte. Susanna war nie eine anspruchsvolle Frau gewesen. Sie war mit dem, was sie besaß, zufrieden. Eine amische Bauersfrau hatte normalerweise ziemlich viel, besonders wenn es um Nahrung, Kleidung und ein Dach über dem Kopf für ihre Familie ging. Sie brauchte nicht die eitlen, weltlichen Dinge wie schnelle Autos, modische Kleider und Schmuck. Solche Sachen wünschten sich die modernen Engländer.

Sie hielt die Tür auf, damit die Männer ihre Last an ihr vorbei in die Eingangshalle schleppen konnten. Sie beschloss, den Männern bei ihrer anstrengenden Arbeit, das Möbelstück in das Zimmer im oberen Stockwerk zu befördern, nicht länger zuzuschauen, und verschwand lieber in der Küche und kümmerte sich um das Mittagessen: Brathähnchen, Silberzwiebeln, Karotten und Kartoffeln.

Als sie befriedigt festgestellt hatte, dass das Essen bald fertig wäre, trat sie an die Hintertür des Hauses. Ihr neues Hündchen, ein Cockerspaniel mit goldenem Fell, wartete ungeduldig ganz nahe an der Mückengittertür, ohne sie jedoch mit seiner feuchten Schnauze zu berühren.

„Du kannst es nicht erwarten, in die Küche zu kommen, nicht wahr?“, sagte sie lachend und schob die Tür gerade so weit auf, dass er hereinschlüpfen konnte. Sie vertrieb die Fliegen und überlegte, ob sie ihre Fliegenklatsche holen sollte, um die lästigen Insekten, die Krankheiten übertrugen, loszuwerden. Wie sie diese Tiere hasste!

Sie staunte immer noch darüber, dass Benjamin nichts gegen ihre Idee einzuwenden gehabt hatte, ein Haustier zu halten. Sie füllte die Wasserschüssel des Tieres mit frischem Wasser und plauderte vergnügt mit ihm, während der Hund die kühle Erfrischung ausschlürfte. Sie war damit aufgewachsen, dass Tiere – wilde Tiere ebenso wie landwirtschaftliche Nutztiere, aber auch Hunde und Katzen – draußen im Stall oder irgendwo anders lebten. Niemals im Haus. Deshalb verstand sie eigentlich selbst nicht ganz, warum sie plötzlich ihre Meinung änderte, als sie das hübsche Hündchen in der Zoohandlung sah und in ihr der Wunsch aufkeimte, ein Tier im Haus zu halten. Vielleicht war es die niedergeschlagene, aber trotzdem bewundernswerte Art gewesen, mit der das Tier den Kopf auf die Seite gelegt hatte, als habe es sagen wollen: „Nimmst du mich bitte mit nach Hause?"

Am Ende war Benjamin sehr großzügig gewesen und hatte Susanna bei dieser Entscheidung vollkommen freie Hand gelassen. Vielleicht wurde er auf seine alten Tage sentimental, obwohl er gerade erst Mitte Sechzig war. Doch sie vermutete, dass der Kauf eines Haustieres irgendwie für sie beide ein gemeinsames Geschenk für ihre alten Tage war, das sie einander machten. Möglicherweise spielte unterschwellig der Gedanke eine Rolle, dass der Hund einem von ihnen Gesellschaft leisten könnte, falls der Ehepartner in den nächsten Jahren starb. Ein solches Haustier musste jeden Amisch sehr seltsam anmuten, da sich die vielen Katzen und Hunde auf dem Hof, den sie Noah und Josef, ihren jüngsten Söhnen, und deren Frauen übergeben hatten, monatlich vermehrten.

„Copper, Kleiner, komm hierher zu Mama", sagte sie zärtlich zu dem Tier mit den leuchtenden Augen und dem wedelnden Schwanz. „Du möchtest etwas Gutes, nicht wahr?"

Der Hund schien einen Mittagsimbiss auch für durchaus angebracht zu halten und folgte ihr durch die gemütliche Küche, in der es an keinen modernen Annehmlichkeiten fehlte. Neben dem Kühlschrank blieb er stehen und wedelte in Erwartung eines guten Essens mit seinem buschigen Schwanz.

Sie war insgeheim froh, dass sie ein Haus gekauft hatten, in dem die Stromkabel bereits verlegt und angeschlossen waren. Und erst die moderne Küche! Was würden ihre Schwestern und Kusinen dafür geben, wenn sie so leben könnten. Gott sei Dank hatte der Älteste Seth Fischer ihnen die Sondererlaubnis erteilt, ihre Frühstückspension auf diese Weise zu führen. Mit einer einzigen Einschränkung: Susanna und Benjamin war in ihren Privaträumen die Nutzung von Elektrizität verboten, und natürlich durfte es nirgends im Haus ein Fernseh- oder Rundfunkgerät geben. Aber damit war Susanna voll und ganz einverstanden. Solche weltlichen Geräte machten für Übernachtungsgäste sowieso viel zu viel Lärm.

Sie hörte ihren Mann und seinen Freund oben auf dem Treppenabsatz miteinander sprechen. *Gut,* dachte sie. *Sie sind anscheinend mit ihrer schweren Arbeit fertig.*

„So, hier ist dein Essen." Sie gab Copper eine hellgrüne Leckerei in der Form eines winzigen Knochens. Dann verließ sie die Küche, ging um die Ecke und eilte durch den Frühstücksraum, der sich in der Mitte eines mit Pflanzen geschmückten Wintergartens befand, und dann durch das Esszimmer. Hier stieß sie auf die beiden Männer.

„Dein Schreibtisch sieht wirklich schön aus", sagte Ben mit einer Kopfbewegung in Richtung Treppe. „Wenn ich nicht mit eigenen Augen gesehen hätte, wie er nur so eben durch den Türrahmen passte, würde ich es nicht glauben."

„Danke, Ben." Sie bedankte sich auch bei dem Freund ihres Mannes. Sie bot ihm einen heißen Kaffee und süßes Gebäck an und lud ihn ein, noch ein wenig zu bleiben und sich zu setzen. Aber der Mann lehnte dankend ab. Er verabschiedete sich und verschwand durch die Haustür.

Ben blieb mit einem verschmitzten Grinsen stehen. „Nun komm schon, Susie. Ich weiß doch, dass du es nicht erwarten kannst, einen Blick darauf zu werfen."

Sie konnte es *wirklich* nicht erwarten. „Ja, ich gehe hinauf und werfe einen kurzen Blick darauf." Mit diesen Worten eilte sie die Treppe zu dem Gästezimmer hinauf. Ihre Augen erblickten den Schreibtisch sofort. Sie stand einen Augenblick lang da und bewunderte das Möbelstück, das würdevoll an der langen, tapezierten Wand stand. „Er ist wirklich schön", flüsterte sie und eilte zu dem Wäscheschrank im Flur, in dem sie die Putzsachen aufbewahrte.

Doch bevor sie daran ging, den Schreibtisch abzuwischen, zog sie einen Stuhl heran. Sie setzte sich und ließ die abgerundeten Holzrollos hinab und spähte in jede Schublade und in jeden Winkel des Möbelstücks. Jede kleine Schublade und Öffnung war genau so, wie sie sie in Erinnerung hatte. Bei dem Gedanken, dass sie nun Besitzerin eines so herrlichen Stückes war, lief ihr eine angenehme Gänsehaut über den Rücken. „Ich werde nicht stolz sein", sagte sie laut. „Vielmehr will ich dankbar sein."

Sie staubte die Ablagefächer mit den vielen kleinen Öffnungen und den kunstvollen Schnitzarbeiten, in denen der Staub leicht hängen blieb, ab. Sie ließ sich Zeit und polierte alle Fächer. Mit Ausnahme einer kleinen Schublade auf der linken Seite. Susanna rüttelte und zog daran, aber die winzige Öffnung ließ sich nicht bewegen. Sie würde Jakob bitten, sich die Schublade einmal anzusehen.

Als sie damit fertig war, den Schreibtisch zu polieren, und wieder durch den Flur zur Treppe ging, hörte sie das Heulen einer Sirene. Das durchdringende Geräusch kam immer näher und bewegte sich dann an der Abbiegung der Beechdale Road, gleich südlich ihres Gästehauses am Obstgarten vorbei, weiter auf der Bundesstraße 340. Für einen Augenblick zuckte sie zusammen, wie sie es oft tat, wenn sie einen Krankenwagen oder ein Feuerwehrauto in ihrer Gegend hörte. Aber sie verdrängte die besorgte Unruhe aus ihrem Denken und ging wieder ihrer Arbeit nach: Schließlich musste sie das Mittagessen für ihren Mann zubereiten.

3

Jakob brachte das Pferd und den Wagen zum Stehen und wartete als erster in der Schlange an der Kreuzung darauf, dass die Ampel auf Grün umschaltete. „Heute ist viel Verkehr", bemerkte er, ohne den Blick von der Fahrbahn abzuwenden.

„Die Schulen haben bereits frei", sagte Rachel und schaute zu, wie die Autos auf der Bundesstraße 340 an ihnen vorbeirasten. „Touristen von überall her sind im Dorf."

„Das ist gut für das Geschäft." Jakob warf ihr einen schnellen Blick zu, konzentrierte sich aber sofort wieder auf die Straße vor ihnen.

„Ja, und für unseren baldigen Umzug nach Ohio", erwiderte sie mit einem nervösen Zittern in der Stimme, während sie die stark befahrene Kreuzung betrachtete.

Aaron hinter ihnen tat so, als wolle er den Touristen etwas verkaufen, und plapperte lachend vor sich hin. „Kommt her, Leute, schaut euch diese handgearbeiteten Spielzeugzüge und Hubschrauber an! So schöne Spielsachen findet ihr sonst nirgends auf der ganzen Welt."

Rachel drehte sich um und sah, wie ihr Sohn mit beiden Händen die Holzspielsachen hochhielt. „Papas Kunstwerke werden heute nicht lange liegen bleiben", bemerkte sie.

„Aber nur, wenn wir irgendwie über diese Ampel kommen", murmelte Jakob.

In diesem Augenblick riss ein unerwarteter Windstoß Rachel den Brief an Esther aus der Hand. Er flatterte aus dem Fenster, tänzelte über die Straße und landete schließlich am Straßenrand rechts neben dem Wagen.

„Ach, dein Brief", sagte Jakob.

„Ich laufe schnell und hole ihn", erklärte Rachel und sprang aus dem Wagen, bevor Jakob sie daran hindern konnte. Aber der Wind spielte Fangen mit ihr und wehte den Brief auf das Feld. Mit einem schnellen Blick über die Schulter, ob die Ampel immer noch rot wäre, lief sie stolpernd hinterher. *Gut,* dachte sie, als sie sah, dass die Ampel noch nicht umgeschaltet hatte, und lief weiter, um den Brief einzufangen.

Endlich erwischte sie ihn. Sie steckte ihn in ihre Schürzentasche und drehte sich um. Genau in diesem Augenblick stieg das Pferd mit den Vorderbeinen hoch. Der Verkehr hatte es aufgeschreckt.

„Himmel, nein ... nein", flüsterte sie und lief zur Straße zurück. Das Herz schlug ihr bis zum Hals.

Jakob kämpfte mit aller Kraft. Er hielt die Zügel fest und zog sie an. Aber die Stute stieg schon wieder hoch ... hoch auf die Hinterbeine. Sie wieherte laut und schüttelte ihre lange schwarze Mähne.

„Bleib ruhig, Mädchen", flehte Rachel und verkrampfte die Hände an ihren Seiten. Sie war ohnmächtig und konnte nichts tun.

Sie sah, dass Jakob alles versuchte, um das Pferd unter Kontrolle zu bekommen, aber nach einigen Augenblicken raste das verängstigte Tier schnaubend und stampfend davon.

Rachel schrie entsetzt auf. Aber ihre Schreie konnten die Stute nicht daran hindern, den Marktwagen auf die dicht befahrene Einmündung zu ziehen. Den Bruchteil einer Sekunde später erfüllten schreckliche Geräusche die Luft: das Quietschen von Bremsen, das Hupen eines Autos. Diese Geräusche begleiteten ein heranrasendes Auto, das dem Wagen frontal in die Seite fuhr. Jakobs Seite.

Rachel stand wie erstarrt da. Ihr stockte der Atem. Sie wurde Zeugin dieses Aufpralles und musste mit eigenen Augen zusehen, wie ihr Marktwagen wie ein Turm aus Streichhölzern in tausend Teile zerbarst. Oh, mein Gott, ihre Familie ... wie sollten sie diesen Zusammenstoß nur überleben?

Einige Sekunden vergingen. Alles um sie herum wurde totenstill.

Plötzlich kehrte die Kraft in ihre Beine zurück. Sie begann, stolpernd über das Feld zu der Unfallstelle zu laufen. Schluchzend suchte sie ihre geliebten Kinder und den lieben, lieben Jakob.

Rachel wühlte in dem zersplitterten Wagen und rief mit panischer Angst: „Aaron! Annie! Mama ist da. Aaron ... Annie! Könnt ihr mich hören?"

Sie konnte ihre Kinder nicht finden, schlug sich die Hände vor das Gesicht und lief panisch um den Wagen herum. Sie meinte, vor Angst den Verstand zu verlieren.

Sie setzte ihre Suche fort und zuckte entsetzt zusammen, als sie ihren Mann erblickte, der, von Dutzenden kaputter Spielsachen und Holz- und Metallsplittern von dem demolierten Marktwagen umgeben, auf der Straße lag. Sie kniete auf der Straße nieder. Der Teer drückte sich schmerzvoll in ihre Knie, als sie das entstellte Gesicht ihres Mannes hochhob. Liebevoll drückte sie ihn an sich, als wäre er ein kleines Kind. „Oh, Jakob ..."

Er stöhnte vor Schmerzen, als sie ihn festhielt, obwohl sie es nicht wagte, ihn zu bewegen, so schwer verletzt war er. „Herr, bitte lass meinen Mann am Leben", betete sie mit zitternden Lippen und schaute sich dabei die ganze Zeit nach ihren Kindern um.

Jakob atmete noch. Sie konnte die langsame und mühsame Bewegung seiner Brust fühlen. Die klaffenden Wunden an seinem Kopf und unter dem zerrissenen Hemd und den kaputten Hosenträgern erfüllten sie mit großer Angst und Sorge. Sie zögerte einen Augenblick, dann berührte sie die Wunde an seiner linken Schulter und ließ ihre Hand dort liegen, als würde ihre Berührung seine Schmerzen lindern. An diese Schulter hatte sie in zahllosen Nächten ihren müden Kopf gelehnt, wenn sie spät in der Nacht im Bett lagen und in der Dunkelheit flüsternd von ihrem Traum sprachen, nach Ohio zu ziehen und dort mit Gottes Hilfe ein neues Leben zu beginnen. Jakobs Schulter hatte ihr Kraft gegeben, als sie mit neunzehn Jahren die Wehen vor der Geburt ihres ersten Kindes bekommen hatte.

Jetzt hörte sie Stimmen, als ob Menschen in der Nähe wären, obwohl sie das nicht mit Bestimmtheit sagen konnte, so verworren und verschwommen war alles um sie herum. Wie in einem Traum, den sie tatsächlich durchlebte, ohne unterscheiden zu können, was Wirklichkeit war und was Phantasie. Sie dachte, sie würde auch sterben, so übel war ihr und so schwach fühlte sie sich.

In der Ferne heulte eine Sirene auf und kam mit einer seltsam pochenden Bewegung immer näher auf sie zu. Das rhythmische Heulen der Sirene schien sich über die Schnellstraße fortzupflanzen und in ihrem Körper weiterzuschwingen, während sie Jakob festhielt.

Mitfühlende Hände berührten ihren Mann, hoben seine Augenlider hoch, fühlten den Puls an seinem Handgelenk. Dann wurde er auf eine lange Trage gelegt und von ihr weggebracht. In diesem Augenblick verlor sie das Bewusstsein. Sie sank auf die Straße. „Wo sind meine Kinder?", brachte sie noch mühsam über die Lippen. „Ich muss meine Kinder finden."

„Die Sanitäter sind schon bei ihnen." Die Stimme des Mannes, der das sagte, kannte sie nicht. „Wie heißen Ihre Kinder?"

„Aaron und Annie Yoder", antwortete sie leise und meinte, das Leben in ihr welke dahin.

„Und Ihr Mann?"

Sie versuchte, seinen Namen auszusprechen, aber ein tiefer und durchbohrender Schmerz ergriff sie und raubte ihr den Atem. Dann wurde alles um sie herum schwarz.

* * *

Als sie wieder zu Bewusstsein kam, fühlte sie eine kühle Hand auf ihrem Puls und gleich darauf ein kurzes Stechen in ihrem Arm. Sie hatte jegliches Zeitgefühl verloren. Sie wurde auf etwas Weiches und Flaches gehoben. Einen kurzen Augenblick blendete sie die Sonne. Die Bewegung bereitete ihr große Schmerzen. Als sie ein entsetzliches Stöhnen hörte, wurde ihr erst bewusst, dass es aus ihrer eigenen Kehle kam.

„Sie leiden unter einem Schock", hörte sie eine Stimme sagen.

„Wir werden uns gut um Sie kümmern ... und um Ihr ungeborenes Kind."

Eine niederdrückende Hilflosigkeit übermannte sie, als sie hochgehoben und fortgetragen wurde, obwohl sie keine Ahnung hatte, wohin sie gebracht wurde oder wer sie trug.

„Mama!", rief ein Kind.

In ihrer Orientierungslosigkeit konnte sie nicht erkennen, woher diese Stimme kam, obwohl sie ihr bekannt vorkam. „Aaron?", murmelte sie und begann, unkontrolliert zu zittern. „Oh, Herr Jesus ... hilf uns, bitte."

Eine warme Decke wurde auf ihren Körper gelegt, und für einen kurzen Augenblick dachte sie, die starken Arme ihres Mannes würden sie trösten. Dann tauchten schreckliche Bilder vor ihrem geistigen Auge auf: zwei Straßen, die aufeinander stießen, ein Pferd, das vorne hochstieg, schreiende Kinder ...

„Nein ... nein", stöhnte sie und versuchte, diese Bilder von sich abzuwehren. Doch sie waren stärker als ihre Kraft, sie zu bekämpfen.

Der Klang eiliger Schritte riss sie aus ihren Gedanken und holte sie in die Wirklichkeit zurück. Wo war sie? Sie bemühte sich, den Kopf wenigstens ein bisschen zu heben, und versuchte zu begreifen, wo sie sich befand. Sie fühlte sich schrecklich und vollkommen allein. Der Lärm um sie herum ebbte ab. Sie konnte nicht mehr erkennen, was um sie herum vor sich ging. Ein durchbohrender, starker Schmerz in ihrem Unterleib raubte ihr fast das Bewusstsein.

Das Heulen der Sirene zerrte an ihren Nerven. Allmählich gab sie dem guten Zureden der fremden Menschen nach. *Entspannen Sie sich ... ruhen Sie sich aus ... bitte, ruhen Sie sich aus ...*

Sie spürte, dass sie immer schwächer wurde und sich unfreiwillig den schrecklichen Schmerzen ergab. Und einer Angst, die so schwarz und bedrohlich war, wie sie es noch nie erlebt hatte.

* * *

In den Stunden nach dem Unfall war es Rachel unmöglich, zwischen der Wirklichkeit und den alptraumähnlichen Bildern zu unterscheiden. Sie wusste nur eines: Ihre Eltern waren bei ihr und auch mehrere ihrer Geschwister mit ihren Ehepartnern. In ihrem Zweibettzimmer im Städtischen Kreiskrankenhaus befanden sich jede Menge fürsorglicher Amischleute; enge Verwandte, denen die Sorge ins Gesicht geschrieben stand.

Rachel litt noch unter den Folgen ihrer Fehlgeburt. Doch schließlich war sie in der Lage, die Frage auszusprechen, die ihr auf der Seele brannte: „Wo sind Jakob ... und Aaron und Annie?"

Ihre Eltern standen links und rechts neben ihrem Bett. Ihre Gesichter waren todernst. „Annie geht es gut", sagte ihr Vater. „Ihr rechter Arm ist gebrochen, und sie hat Schürfwunden, aber sie wird bald wieder gesund sein."

„Was ist mit Jakob und Aaron?", kam ihre ängstliche Frage.

Bei dem Blick, den ihr Vater und ihre Mutter miteinander wechselten, wurde sie von einer entsetzlichen Panik ergriffen. Sie befürchtete, jeden Augenblick den Verstand zu verlieren. „Ich muss wissen, was mit meiner Familie ist!"

Als keiner ihrer Eltern sofort antwortete, spürte sie eine nie geahnte Verzweiflung in sich aufsteigen. „Bitte sagt mir, was geschehen ist. Ich muss *alles* wissen", flehte sie.

Die blassen Gesichter ihrer Eltern verrieten die entsetzliche Wahrheit. „Es tut mir Leid, meine liebe Tochter", sagte Papa schließlich.

„Du willst doch nicht etwa sagen ..." Sie brach ab und rang nach Luft, ehe sie weitersprechen konnte. „Jakob ist doch nicht ..." Sie konnte das unmögliche Wort einfach nicht über die Lippen bringen. „Ist Aaron ... ?"

Mama nickte langsam. In ihren Augen glitzerten die Tränen. „Jakob und Aaron starben bei dem Unfall."

„Es ist ein Wunder Gottes, dass Annie noch am Leben ist", fügte ihr Vater hinzu. Seine Stimme klang ungewöhnlich rau und belegt.

Mama nahm Rachels Hand in die ihre. „Wir bleiben natürlich

hier an deiner Seite, bis du entlassen wirst und nach Hause gehen kannst."

Nach Hause ...

Rachel stöhnte. Ihr ganzer Körper zitterte. Ihr Zuhause wäre nie wieder so wie früher. Ohne Jakob und Aaron. Von Schmerz und Trauer überwältigt, schloss sie die Augen und sperrte das ernste, betrübte Gesicht ihrer Mutter aus. Mamas Worte waren mitfühlend und wahr, aber Rachel konnte kein einziges davon begreifen.

Jakob ... Aaron tot? Wie kann das sein?

In ihrem Kopf hämmerte die Wahrheit wie ein schweres Gewicht, das auf das lange, flache Krankenhauskissen klopfte. Es tat so weh, sich zurückzulehnen. Was sie auch machte, ihr Kopf schmerzte unerträglich, und ihr Herz blutete vor Trauer um den Verlust der zwei geliebten Menschen. Sie wünschte, sie hätte den lieben kleinen Aaron festhalten können, als er mit seinen Schmerzen auf der Straße lag. Es quälte sie, dass er an der Unfallstelle allein gestorben war, dass er vielleicht nach ihr gerufen hatte: „Mama, oh, Mama, mir tut alles so furchtbar weh!" Oder noch schlimmer, dass er ihren Namen überhaupt nicht mehr hatte aussprechen können.

Sie legte die Hände auf ihren Bauch, ihren flachen, leblosen Bauch und sehnte sich nach ihrem ungeborenen Kind.

Mehr als alles andere wünschte sie, sie könnte bei ihrem Mann, ihrem Sohn und ihrem jüngsten Kind im Himmel sein. Das Leben ohne Jakob wäre so furchtbar einsam. Unerträglich. Das Leben auf dieser Erde ohne ihren geliebten Sohn wäre so hoffnungslos. Wie sollte sie die Jahre, die vor ihr lagen, bewältigen können? Wie könnte sie den Schmerz ertragen? Sie vermisste beide so sehr.

Eine weiß gekleidete Gestalt betrat unauffällig das Zimmer. Rachel vermutete, dass es die Krankenschwester war, die mit einem Beruhigungsmittel kam. Doch eine Decke der Taubheit legte sich über sie, bevor sie fühlte, wie die Nadel in ihre Haut eindrang.

* * *

Esther und ihr Mann kamen am darauf folgenden Nachmittag. Sie hatten einen mennonitischen Fahrer dafür bezahlt, dass er sie von Holmes County nach Lancaster brachte. Innerhalb eines halben Tages waren sie hier.

Das Wiedersehen verlief tränenreich. Rachel suchte wiederholt Esthers mitfühlende braune Augen und betrachtete die bekannten rosigen Wangen und die ovale Gesichtsform ihrer Kusine. Esther trug ihr bestes blaues Kleid, obwohl ihre schwarze Schürze von der Fahrt ein wenig verknittert war. „Du brauchst jemanden, der sich eine Weile um dich und die kleine Annie kümmert", erklärte sie und küsste Rachel auf die Stirn und hielt ihre Hand. „Levi und ich bleiben gern so lange hier, bis du wieder auf den Beinen bist."

„Ich bin so froh, dass du da bist."

„Ich bin gekommen, um dir zu helfen und um mit dir dein Leid zu tragen", versprach Esther. „Levi und ich können bleiben, solange du uns brauchst." Sie erklärte, dass ihre Kinder bei amischen Freunden in Holmes County untergebracht waren.

„Ich wüsste nicht, was ich ohne dich tun sollte", sagte Rachel mit zittriger Stimme. „Wusstest du, dass ich dir am Abend vor dem Unfall einen Brief geschrieben habe? Ich kann mich nicht daran erinnern. Mama fand ihn in meiner Schürzentasche." Sie deutete auf den kleinen Schrank. „Er ist irgendwo dort drinnen", sagte sie, bevor eine neue Welle der Trauer sie übermannte.

Esther umarmte ihre Kusine. „Still. Ich bin jetzt hier. Wir stehen das gemeinsam durch, ja?"

Als es Rachel nicht gelang, sich von selbst wieder zu beruhigen, setzte sich Esther auf die Kante des Krankenhausbettes und drückte Rachels Hände. Sie sprach leise von Annie und darüber, wie froh sie seien, dass das Mädchen und Rachel verschont geblieben waren. „Der Herr hat euch beide bestimmt aus einem besonderen Grund am Leben erhalten", sagte Esther mit Tränen in den Augen.

Rachel wusste nicht genau, was sie davon halten sollte: Sie sollte zu einem *besonderen* Zweck am Leben geblieben sein? Gottes souveräner Wille durfte natürlich nicht in Frage gestellt werden. Doch es war schwer, Esther widerspruchslos zuzuhören, während Rachel sich doch nichts sehnlicher wünschte, als dass der Herr sie ebenfalls heimgeholt hätte.

Warum *hatte* Gott sie am Leben erhalten?

Mama und Esther traten leise ans Fenster und forderten Rachel auf, sich ein wenig auszuruhen. Wie durch einen Nebel hörte sie ihr leises Flüstern. Jakobs und Aarons Namen wurden immer wieder genannt. Ehrlich gesagt, wollte sie überhaupt nicht wissen, worüber die beiden sprachen. Höchstwahrscheinlich über Beerdigungspläne.

Bei dem Gedanken an die Beerdigung der zwei geliebten Menschen tauchten wieder die schrecklichen Bilder vor ihrem geistigen Auge auf: das Auto, das in den Wagen raste, Jakobs Körper, der bis zur Unkenntlichkeit entstellt war. Sie schüttelte den Kopf und wollte diese Bilder von sich abschütteln. Sie drückte die Augen fest zu, um diese Bilder, die sie hartnäckig verfolgten, auszuschließen. „Nein!“, rief sie.

Mama und Esther drehten die Köpfe zu ihr um. „Was ist denn, Liebes?“, fragte Mama. Esther eilte an Rachels Bett.

Rachel atmete schwer, als die schmerzlichen Erinnerungen langsam wichen. Dann kam ihr ein neuer, schrecklicher Gedanke in den Sinn: Der Unfall war ihre Schuld gewesen. *Ihre Schuld.* Sie atmete tief ein, dann sprudelte es aus ihr heraus: „Ich habe den Wecker nicht gehört! Wir haben verschlafen. Wenn wir nicht verschlafen hätten, wenn ich wie immer den Wecker gehört hätte, hätten wir nie, *niemals* diese Abkürzung genommen. Wir wären nicht auf der Kreuzung gewesen, und Jakob und Aaron wären noch am Leben.“

„Du darfst dir so etwas nicht einreden“, sagte Esther und streichelte Rachels Arm. „Du darfst dir nicht selbst die Schuld geben.“

Aber Rachel konnte sich dieses Gedankens nicht erwehren. Die

Erinnerung war immer noch sehr lebendig. „Wir hatten es eilig, zum Markt zu kommen ... wir trieben das Pferd zum Galopp an. Oh, Esther ..."

„Der Unfall war nicht deine Schuld", wiederholte ihre Kusine. „Glaube mir doch. Du konntest nichts dafür."

Mama stand jetzt an der anderen Seite des Bettes. Sie beugte sich vor und drückte Rachels freie Hand. „Das Pferd scheute und lief in das Auto hinein. Das war alles."

„Ich ... ich kann mich an nichts erinnern", gestand sie weinend. „Woher weißt du das?"

„Es gab Zeugen", erklärte Mama. „Einige Leute sahen, was passierte, und berichteten es der Polizei."

Es war das erste Mal, dass sie von der Polizei und von Zeugen hörte. Alles klang wie irgendeine furchtbare Geschichte.

Esther blieb weiterhin neben ihr sitzen. „Du darfst nicht bei dem stehen bleiben, was *war,* Rachel. Schau auf den Herrn ... er hat dich und Annie bewahrt", sagte sie. Aus ihren Augen sprachen Liebe und Mitgefühl. „Wir vertrauen darauf, dass der Herr dich auch weiterhin beschützen wird. Und wir alle sind für dich da und werden dir helfen."

„Ja", sagte sie, jetzt etwas ruhiger. Sie wusste, dass das, was Esther sagte, der Wahrheit entsprach. Trotzdem durchlebte sie die Gefühle noch einmal. Sie gab Mama und Esther Recht, aber ohne große innere Überzeugung. Sie war jetzt von Gott dazu bestimmt, Witwe zu sein und Annie, ihr einziges Kind, allein aufzuziehen.

Ganz allein.

Esther blieb nahe bei ihr. Mama schaute sie an. „Ruhe dich jetzt aus", riet sie und drückte Rachels Hand. „Bitte, ruhe dich einfach aus."

Sie würde sich nicht besonders gut ausruhen, sie konnte nicht in den tiefen, Kraft spendenden Schlaf fallen, der sich nach einem langen Tag körperlicher Arbeit auf einen Menschen legt. Sie würde eindösen, aber das würde und konnte nicht im Entferntesten ein erholsamer Schlaf sein.

* * *

An diesem Abend war Rachel das erste Mal allein. Mama und Esther hatten Rachels Krankenzimmer verlassen, damit sie ungestört schlafen konnte. Aber ihr Schlaf war unruhig, und sie wurde immer wieder wach. Die entsetzlichen Bilder verfolgten sie gnadenlos, obwohl sie sich mit aller Kraft bemühte, die nagenden Erinnerungsfetzen an den Unfall zu verdrängen, und sich weigerte, die Bilder zu sehen, die vor ihrem geistigen Auge auftauchen wollten.

Sie gab es auf und drehte sich zur Seite, um die Nachttischlampe einzuschalten und in ihrem Neuen Testament zu lesen. Doch in ihrem Zimmer blieb weiterhin alles verschwommen und dunkel. Sie blinzelte und kniff die Augen zusammen und versuchte, dieses verschwommene Bild von sich abzuschütteln. Was hatte das nur zu bedeuten? Vermutlich waren ihre Augen nur übermüdet. Dann, langsam, lichtete sich die Dunkelheit.

Sie hatte erst kurze Zeit in ihrem Neuen Testament gelesen, als die Worte anfingen, wie ein grauer Film vor ihren Augen zu verschwimmen. Zum Glück dauerte dieser Zustand nur wenige Sekunden an und verschwand dann wieder. Sie erzählte der Nachtschwester kein Wort davon und fiel bald wieder in einen unruhigen Schlaf. Das Neue Testament lag aufgeschlagen in ihren Händen.

Stunden später erwachte sie und sah von ihrem Krankenbett aus den sternklaren Nachthimmel. Es war ein herrlicher, friedlicher Anblick. Sie stand auf, trat ans Fenster und schaute zu dem funkelnden Halbmond hinauf. „Oh, Jakob, wenn du nur nicht gestorben wärst“, flüsterte sie. „Du warst so ein friedliebender Mann. Warum mussten du und Aaron nur auf so furchtbare Weise sterben?“

In ihren Träumen quälten sie jetzt andere schreckliche Bilder. Ein Pferd, eine schlanke braune Stute, lag ausgestreckt auf einer Schnellstraße. Tot. Ein Wagen, der früher einmal ein amischer Marktwagen gewesen sein könnte, lag kaputt auf der Seite, in seine Einzelteile zerlegt. Sie schauderte erneut und schüttelte diese Bilder von sich ab. Sie wollte und *konnte* diese Bilder nicht sehen, die ihre ganze Welt zerstört hatten. Doch je mehr sie sich bemühte, die Bilder aus ihrem Kopf zu verbannen, umso stärker wurden ihre stechenden Kopfschmerzen, als ob sich lange Nadeln in ihren Kopf bohren würden.

Sie schloss auch die Erinnerung an Schreie in der Ferne aus ihrem Gedächtnis aus. Die herzzerreißenden Schreie eines Kindes.

Aaron? Annie?

Sie drehte sich vom Fenster weg und humpelte zu ihrem Krankenbett zurück, obwohl ihr das warme Bett wenig Trost brachte. Wieder fiel sie in einen unruhigen Schlaf und träumte, dass sie auf der Straße panisch jemanden suchte, während die Krämpfe in ihrem Unterleib und die stechenden Schmerzen in ihrem Kopf sie daran hinderten, sich zu bewegen. Sie sah Jakob hilflos, verwundet und blutend auf der Straße liegen. Sie schrie im Schlaf und fuhr in ihrem Bett hoch. Doch in dem schwach erhellten Krankenzimmer war wieder alles zur Unkenntlichkeit verschwommen.

* * *

Am nächsten Morgen saß Rachel auf einem Stuhl neben dem Bett und trug ihren eigenen Bademantel, den Esther ihr von Zuhause mitgebracht hatte, als die Krankenschwester mit einem großen Frühstückstablett das Zimmer betrat.

„Guten Morgen, Rachel“, begrüßte die Schwester sie, obwohl Rachel nicht viel mehr als eine verschwommene weiße Gestalt ausmachen konnte.

„Guten Morgen“, antwortete sie. Sie konnte nicht erkennen, wo sich auf dem Tablett der Kaffee oder der Saft, die Eier oder das Toastbrot befanden. Ihr stand der Sinn ohnehin nicht nach Essen. Also blieb sie still sitzen, bis Mama und Esther anfingen, ihr gut zuzureden, sie solle doch „wenigstens ein bisschen etwas probieren".

„Ehrlich. Ich habe keinen großen Hunger."

„Ach, schau doch nur, wie lecker das alles aussieht", ließ Mama nicht locker.

„Ja, wenn man das sieht, bekommt man sofort Appetit", sagte auch Esther, stand auf und nahm etwas von dem Tablett. Vielleicht ein Glas Saft oder Milch. Rachel war nicht ganz sicher. „Komm, trinke doch wenigstens einen Schluck."

Obwohl sie sich von den beiden wie ein trotziges Kleinkind behandelt fühlte, fügte sich Rachel den gut gemeinten Ratschlägen und streckte die Hand nach der verschwommenen Gestalt aus. Aber sie griff daneben und konnte das Glas nicht berühren. Es fiel klirrend zu Boden. „Oh, das tut mir wirklich schrecklich Leid."

„Rachel? Was ist los mit dir?", fragte Mama, während Esther die Scherben aufsammelte.

„Ich glaube, etwas ist mit meinen Augen ... ich habe leichte Probleme mit den Augen. Das ist alles."

„Was für Probleme?", fragte Esther besorgt.

„Es ist manchmal alles so verschwommen ... das kommt und geht wieder."

„Hast du das dem Arzt schon gesagt?", wollte Mama wissen.

Rachel seufzte und hatte ein schlechtes Gewissen wegen des zerbrochenen Saftglases. Außerdem fühlte sie sich überhaupt nicht wohl dabei, so viele Fragen beantworten zu müssen. Sie wollte am liebsten einfach nur in Ruhe gelassen werden und um ihren Mann und ihren Sohn trauern. „Ich möchte deshalb niemanden belästigen. Wirklich nicht. Wahrscheinlich ist es nichts Schlimmes."

Aber als die Schwester kam, um das Tablett wieder mitzunehmen, erkundigte sich Esther trotzdem: „Was könnte die Ursache dafür sein, dass Rachel plötzlich alles so verschwommen sieht?"

„Können Sie mir die Symptome genauer beschreiben?", bat die Krankenschwester.

„Ich kann nicht mehr deutlich sehen. Alles ist so verschwommen."

„Sehen Sie Licht und Umrisse?"

„Ja, aber es ist fast so, als schaue man durch eine Wolke."

Esther mischte sich wieder ein. „Es ist doch nicht normal, dass sie so verschwommen sieht, oder? Hat das etwas mit der Fehlgeburt zu tun?"

„Das kann ich nicht sagen. Ich werde jedenfalls den Arzt davon unterrichten", versicherte die Schwester. „Er wird wahrscheinlich Rachels Augen untersuchen und sie, wenn nötig, an einen Augenarzt überweisen."

„Ich danke Ihnen", erwiderte Esther.

Als die Schwester das Zimmer verließ, tastete Rachel nach der Hand ihrer Kusine und drückte sie fest. „Ich danke *dir*", flüsterte sie.

* * *

Der Arzt verlor keine Zeit. Wenige Minuten später war er in Rachels Krankenzimmer. In der Hand hatte er ihre Krankenkartei, und um den Hals hing sein Stethoskop. „Ich höre, Sie haben Probleme mit den Augen."

„Ich habe keine Schmerzen. Es ist nur so, dass ich alles irgendwie verschwommen sehe."

„So können wir Sie aber nicht nach Hause gehen lassen", sagte er ruhig, zog ihr Augenlid vorsichtig in die Höhe und leuchtete ins Auge hinein. „Wie viel können Sie im Augenblick erkennen?"

Rachel bemühte sich, den Verlust ihrer Sehkraft zu beschreiben, während der Arzt ihr viele Fragen stellte.

„Ich brauche Ihnen ja nicht zu sagen, dass Sie viel durchgemacht haben, Rachel. Sie haben es noch nicht überwunden, dass Sie etwas mit ansehen mussten, was kein Mensch jemals sehen sollte. Sie brauchen Zeit, um sich zu erholen."

Erholen?

Sie konnte sich nicht vorstellen, wie sie sich jemals von einem solchen Verlust erholen sollte. Und sie wollte nicht an das schreckliche Bild von der Unfallstelle erinnert werden. Nein, sie wollte es mit aller Kraft vergessen.

„Aber was kann die Ursache dafür sein, dass sie plötzlich nicht mehr richtig sehen kann?“, fragte ihr Vater, der auf der anderen Seite des Zimmers saß und sich mit dieser ungenauen Erklärung nicht zufrieden geben wollte.

„Das kann ich nicht mit Bestimmtheit sagen, Mr. Zook. Aber so, wie Rachel mir gerade ihren Zustand geschildert hat, könnte die Sehstörung mit einem so genannten posttraumatischen Schock zusammenhängen.“

„Wie lange wird das andauern?“, fragte ihr Vater, jetzt mit leiserer Stimme.

„Ich schätze, nicht länger als eine Woche“, kam die vorsichtige Antwort. „Nur in seltenen Fällen wird es dann nicht besser. Aber falls dies eintreten sollte, empfehle ich Ihnen einen Augenspezialisten und ... vielleicht auch einen Psychologen, der auf die Begleitung von Trauernden spezialisiert ist.“

Rachel konnte zwar nur verschwommen sehen, aber der nervöse Blickwechsel zwischen ihrer Mutter und ihrem Vater entging ihr trotzdem nicht. Esther hörte still zu. Ihr Blick war auf den Arzt konzentriert.

Er sprach weiter: „Ich bin zuversichtlich, dass Rachel mit der liebevollen Unterstützung der Menschen, die ihr nahe stehen, sehr bald genesen wird, falls das die Ursache sein sollte.“

Rachel wiederholte im Geiste noch einmal die seltsame Beschreibung ihres Zustandes aus dem Mund des Arztes. Es klang fast so, als glaubte er, sie brauche einen Irrenarzt. *Ich bin doch nicht verrückt,* dachte sie.

Papa und Mama stellten dem Arzt noch mehrere Minuten lang ihre besorgten Fragen, bevor er das Zimmer verließ und seine Visite fortsetzte. Rachel fand einen gewissen Trost in seiner Aussage, dass ihre Augen bald wieder normal sehen würden.

Nicht länger als eine Woche ...

Ehrlich gesagt, war sie durch die Trauer und die Niedergeschlagenheit aufgrund der schrecklichen Erinnerungen so entmutigt, dass ihr die Probleme mit ihren Augen im Vergleich dazu fast banal erschienen.

4

Die gemeinsame Beerdigung von Jakob und dem kleinen Aaron wurde um vierundzwanzig Stunden verschoben, um es Rachel zu ermöglichen, daran teilzunehmen, auch wenn es ihr noch sehr schlecht ging und sie unter ihrer Trauer fast zusammenbrach. Ihre Eltern und Geschwister und auch Jakobs Familie standen ihr liebevoll zur Seite. Auch Esther war da. Aufmerksam wie immer.

Rachel benötigte Hilfe, um zum Einspänner zu gehen und um in das Bauernhaus der Yoders zu gelangen. Nach ihrer Entlassung aus dem Krankenhaus hatte es Augenblicke gegeben, in denen es mit ihren Augen tatsächlich besser zu werden schien. Heute jedoch konnte sie alles um sich herum wieder nur ziemlich undeutlich erkennen.

Eine sengende Sonne brannte auf die Amisch herab: fast zweihundert Leute, die meilenweit gefahren waren – die meisten von ihnen mit der Pferdekutsche –, um sich im Bauernhaus von Jakobs Vater, Caleb Yoder, zu versammeln. Die Yoders, sowohl Caleb als auch seine Frau Maria, hatten aufgrund der tragischen Umstände, unter denen die beiden ums Leben gekommen waren, und weil es die gemeinsame Beerdigung von Vater und Sohn war, gewünscht, dass die Beerdigung bei ihnen zu Hause stattfinden sollte.

„Das hat nichts damit zu tun, dass wir Amische der Alten Ordnung sind“, hatte Caleb Rachel versichert. „Eine Beerdigungsfeier zu Hause ist immer besser.“ Er sagte das mit dunkel umrandeten Augen. Sein faltiges Gesicht war so grau wie der Tod.

Rachel war klug genug, seine Entscheidung nicht in Frage zu stellen, denn Caleb Yoder war kein Mann, der sich bei dem, was er tat, hineinreden ließ. Außerdem wäre ihr so etwas sowieso nie in den Sinn gekommen. Als jüngste Tochter in einer Reihe von Geschwistern hatte sie gelernt, sich still unterzuordnen. Unterordnung war auch eine der zwölf Charakterstärken, von denen ihr Vater so gern sprach. Benjamin Zook war davon überzeugt, dass gewisse Charakterzüge in Familien von Generation zu Generation weitervererbt werden. „Alte Stärke" nannte er sie gern. Werte wie Großzügigkeit, Verantwortungsbewusstsein, Geduld und Schlichtheit. Und natürlich Unterordnung.

Drei große Räume waren vorbereitet worden. Die Zwischenwände hatte man entfernt, damit die Anwesenden die Prediger von allen Seiten sehen konnten. Die Luft war stickig und feucht, als die vielen Menschen zusammenkamen und auf den eng gestellten Holzbänken, die in jedem Raum längs angeordnet waren, Platz nahmen. Die Frauen saßen auf der einen Seite des Hauses, die Männer auf der anderen. Mehrere von Jakobs englischen Kunden, die seine Holzwaren gekauft hatten, und von seinen englischen Freunden kamen ebenfalls, um ihm die letzte Ehre zu erweisen. Das Haus war bis auf den letzten Platz gefüllt. Hier und da wurden am Ende einer Bankreihe Stühle dazugestellt, um, wo immer es möglich war, noch jemanden im Raum unterzubringen.

Rachel saß wie erstarrt neben ihren Verwandten, die zugleich Jakobs und Aarons nächste Verwandte waren, und hatte das Gesicht den Särgen zugewandt: Der eine Sarg war groß und der andere herzzerreißend klein. Während sie mit dem Rücken zu den Predigern saß, quälte sie die schmerzliche, nagende Erinnerung daran, wie sie sich an jenem letzten Morgen abgehetzt hatten. Sie hielt ihre Tochter fest. Annie lehnte sich an ihre Mutter, die aufpasste, dass sie nicht an den gebrochenen Arm stieß. Rachel war froh, dass ihre Tochter noch so klein war, dass sie Annie auf dem Schoß halten konnte. Es steckte etwas Tröstliches darin, ein Kind zu umarmen. Vielleicht empfand sie das auch deshalb so stark, weil sie das winzige Baby, das in ihr herangewachsen war, verloren hatte.

Während sie auf den Beginn des Gottesdienstes wartete, haderte sie mit ihrer Situation und wünschte, sie könnte die Zeit zurückdrehen, das Geschehene rückgängig machen und ihren letzten gemeinsamen Morgen noch einmal neu erleben. Tausendmal am Tag wünschte sie sich das.

Was hatte Jakob gesagt? Dass sie viel Zeit hätten? Sie verdrängte solche Gedanken. Sie brauchte alle ihre Kraft, um die nächsten Stunden durchzustehen, bis ihre Lieben in der Erde begraben wären, obwohl ihr tragischer Tod für sie genauso real war wie das geliebte Kind in ihren Armen.

Die Amisch warteten schweigend, ehrerbietig auf die Beerdigungsstunde. Schließlich begannen die verschiedenen Uhren im Haus, neun Mal zu schlagen, und der erste von mehreren Predigern nahm seinen Strohhut ab. Die anderen nahmen ebenfalls ihre Hüte ab.

Der Prediger wählte einen Platz zwischen dem Wohnzimmer und der Küche. Rachel musste sich nicht umdrehen und ihre Augen anstrengen, um ihn klar zu sehen. Sie kannte diese Szene auswendig. Sie hatte in ihrem Leben schon vielen traditionellen amischen Beerdigungen beigewohnt. Von ihr wurde erwartet, dass sie nach vorne schaute, dass sie ihre Augen, so unklar und verschwommen auch alles war, auf die handgearbeiteten Fichtensärge richtete.

„Wir sind heute aus einem wichtigen Grund hier zusammengekommen", begann der Prediger. „Gott spricht zu uns, zu uns allen, durch den Tod unseres Bruders und seines jungen Sohnes."

Rachel hörte aufmerksam zu und hielt Annie auf ihrem Schoß liebevoll fest. Ihre kleine Tochter würde sich vielleicht nie an diesen traurigen Tag erinnern können, aber es wäre Rachel nie in den Sinn gekommen, sie nicht mitzunehmen.

Der Prediger sprach weiter: „Wir wünschen weder unseren Bruder Jakob Yoder noch seinen Sohn, Aaron, wieder in dieses Leben zurück. Vielmehr sollen wir uns darauf vorbereiten, den von uns Geschiedenen zu folgen. Wir werden ihre Stimmen nie mehr in unserer Mitte hören. Wir werden ihre Nähe nie mehr fühlen. Ihre Stühle sind leer; ihre Betten sind leer."

Er beschrieb ausführlich, wie grausam es sei, in seinen Sünden zu sterben, obwohl er herausstellte, dass Jakob Yoder den guten und richtigen Weg gewählt hatte. Nur so konnte ein aufrichtiger und gerechter Amischmann am Tag des Jüngsten Gerichts vor Gott stehen und sich sicher sein, wo er die Ewigkeit verbringen würde.

Wir werden ihre Nähe nie mehr fühlen ...

Rachel schaute über Annies Schulter an ihrem eigenen schwarzen Kleid und ihrer dunklen Schürze hinab. Es war ein Segen, dass der Herr sie bei Jakobs und Aarons Beerdigung äußerlich so ruhig bleiben ließ. Dadurch, dass sie nicht so sehr auf den kleinen Sarg schaute, der an den Schultern etwas breiter war und an beiden Enden schmal zulief, konnte sie ihre Gefühle mehr oder weniger unter Kontrolle behalten. Ihr Erstgeborener lag still und regungslos in dieser Kiste, mit einer steifen weißen Hose und einem weißen Hemd bekleidet. Sie hatte ihm zärtlich die Haare gekämmt, aber sie hatte nicht den Mut aufgebracht, seine kleinen Füße vor der Beerdigung in die „Ewigkeitsschuhe" zu stecken. Stattdessen hatte sie die schwarzen Schuhe behalten und sie in ihrem Schlafzimmer verstaut. Die Füße eines Kindes hatten etwas Kostbares an sich. Aaron würde also in Socken beerdigt werden, in sauberen schwarzen Socken. Der Herr würde sich daran bestimmt nicht stören. Ganz im Gegenteil, sie war fast sicher, dass ihr Aaron im Himmel ohnehin barfüßig lief. Und auch sein Vater. Das waren sie immerhin gewohnt. Jesus würde dafür sorgen, dass ihre Füße am Ende eines jeden Tages im Paradies gewaschen und gekühlt würden.

Sie stellte Gottes Willen, dass beide so früh sterben mussten, wirklich nicht in Frage, denn man hatte sie gelehrt zu glauben, dass Gottes Wille über allem stand. Doch die unbeschreibliche Traurigkeit begann bereits, ein sehr tiefes Loch in ihr Herz zu bohren.

Ihre Stühle sind leer ...

Der zweite Prediger erhob sich und hielt die Hauptansprache. „Wir kommen an diesem Tag unter dem Segen Gottes, unseres himmlischen Vaters, zusammen, im Geist vereint, um unseren

Bruder, Jakob Yoder, und seinen jungen Sohn, Aaron Yoder, zu beerdigen." Seine Worte hallten in dem langen Wohnzimmer des Bauernhauses wider.

Rachel vermisste den Geist ihrer Gemeinde. Er fehlte heute leider, obwohl sie nicht ihren eigenen Willen hatte durchsetzen wollen. Caleb und Maria Yoder hatten bestimmt, wie der Beerdigungsgottesdienst ablaufen sollte. Trotzdem wäre es ihr lieber gewesen, wenn wenigstens Aarons Beerdigungsgottesdienst in dem vertrauten Versammlungsraum stattgefunden hätte, in den sie, Jakob und die Kinder immer zur Sonntagsschule und zum Gottesdienst gegangen waren und wo sie jede Woche amisch-mennonitische Freunde und Verwandte getroffen hatten. Aber so, wie es aussah, waren ihre Freunde trotz des traditionellen Gottesdienstes in großer Zahl zu diesem traurigen Anlass erschienen. Rachel wäre ohnehin nicht so mutig gewesen, auf einer getrennten Trauerfeier zu bestehen.

Was geschehen ist, ist geschehen, entschied sie und konzentrierte sich auf die Bibelstelle aus dem fünften Kapitel des Johannesevangeliums:

„,Wahrlich, wahrlich, ich sage euch: Es kommt die Stunde und ist schon jetzt, dass die Toten hören werden die Stimme des Sohnes Gottes, und die sie hören werden, die werden leben.'" Der Prediger las alle Verse, bis er zum vierunddreißigsten kam. Dann begann er, die Bibelstelle auszulegen, und sagte, dass der Text davon spreche, wie man vom Tod zum Leben kommt.

Als die Amisch sich umdrehten und auf ihren Bänken niederknieten, faltete Annie trotz ihres gebrochenen Armes die Hände und lehnte sich nahe an Rachel. Während der Prediger betete, bemerkte Rachel zum ersten Mal seit dem Unfall, dass ihre Knie furchtbar schmerzten. Sie hielt die Augen während des langen, weit ausholenden Gebetes geschlossen, fuhr aber mit der Hand nach unten, zog ihr Kleid von ihren Beinen weg und berührte neugierig die aufgeschlagenen Stellen an ihren Knien. Sie fragte sich, wie um alles in der Welt diese Schürfwunden dorthin gekommen waren und was passiert war. Sie konnte sich beim besten Willen nicht erinnern, sich die Knie aufgekratzt ... oder verbrannt zu haben.

Die Amisch standen auf, als der Segen erteilt wurde. Es gab keine Musik, was Rachel als furchtbar leer empfand und sie noch trauriger stimmte. Sie liebte die Harmonien des Gesangs. Ein Seufzer kam über ihre Lippen. Sie hoffte, Jakob würde ihr vergeben, dass sie nicht für die Art von Beerdigungsfeier gesorgt hatte, die er vorgezogen hätte. Wenn die Zeit käme, dass sie auch in die Herrlichkeit Gottes einginge, würde sie versuchen, ihm ihre schwierige Situation zu erklären. Jakob würde das bestimmt verstehen. Das wusste sie.

In dem Augenblick, als sie wieder an den Himmel dachte und an die Hoffnung, ihren Mann eines Tages wieder zu sehen, brachen sich ihre Tränen Bahn. So sehr sie es auch versuchte, sie konnte sie nicht aufhalten, auch nicht, als der Prediger das Alter von Jakob und seinem Sohn nannte, die einzige formelle Aussage am Ende der Trauerfeier.

„Wir werden Jakob Yoders Gedächtnis immer in Ehren halten, genauso wie das seines Sohnes. Ihre Seelen sind in Gottes Hand. Die Erinnerung an sie ist in unseren Herzen“, schloss der Prediger endlich.

Wir vermissen immer das, was wir nicht haben ...

Rachel weinte leise. Später bei der Beerdigung brach sie am Grab in ein unkontrollierbares Schluchzen aus. Schnell nahmen Rachels Mutter und ihre Schwester Elizabeth die kleine Annie in ihre Obhut, während die Totengräber anfingen, Erde und Steine in das Grab zu schaufeln und es aufzufüllen.

Das dumpfe Geräusch, mit dem die Erde auf den Särgen aufschlug, ließ Rachel erzittern. Sie war dankbar, dass ihre Schwiegermutter und ihre Kusine Esther, die nicht von ihr wichen, sie an beiden Armen stützten, als der traditionelle Beerdigungspsalm gelesen wurde und die Männer zum letzten Mal die Hüte abnahmen.

An diesem Abend steckte Rachel Aarons schwarze Schuhe auf Jakobs Seite des Bettes unter die Decke. Als sie dann ins Bett ging, streckte sie die Hände danach aus und drückte die Schuhe an ihr Herz. Sie dachte an den kleinen, barfüßigen Jungen mit den strahlenden, glücklichen Augen ... und an seinen fröhlichen Vater. Sie wusste, dass sie das, was sie jetzt tat, niemandem erzählen würde. Nicht einmal Esther oder ihrer Mutter.

Es war ihr Geheimnis. Rachels und Gottes Geheimnis.

5

In den Tagen nach der Beerdigung war Rachel Esther für deren unschätzbare Hilfe sehr dankbar. Von ihrer Verzweiflung übermannt, schlief sie an manchen Tagen rund um die Uhr. Wenn sie wach war, war sie oft zu benommen, um sich auf den Beinen halten zu können. Also kochte Esther, putzte und flickte und machte alles, was Rachel normalerweise erledigt hätte.

Am Ende der Woche stand Rachel nur mit reiner Willenskraft aus dem Bett auf und half bei einigen Hausarbeiten. Besonders dankbar war sie dafür, dass sich Esther so liebevoll um Annie kümmerte, und dafür, dass sie leidenschaftlich für Rachel betete.

„Kann Esther bei uns bleiben, Mama?“, fragte Annie, als Rachel sie abends zu Bett brachte.

„Das wäre schön.“ Sie setzte sich auf die Bettkante und strich ihrer Kleinen zärtlich über die Stirn. „Aber Esther und Levi müssen bald nach Ohio zurückfahren und sich um ihre eigene Familie kümmern.“

Annie schwieg einen Augenblick. Ihre blauen Augen hatten die Farbe eines strahlenden Sommerhimmels. „Kümmert sich Gott um Papa und Aaron?“

„Ja, mein Schatz. Der Herr kümmert sich gut um sie.“ Sie küsste Annie auf die Wange und hielt sie noch lange, als das Kind eigentlich schon schlafen sollte, in den Armen.

„Ich vermisse Papa und Aaron“, schluchzte Annie.

Rachel seufzte schwer und hatte selbst große Mühe, ihre Tränen zu unterdrücken. „Ich vermisse sie auch, aber wir werden sie im Himmel wieder sehen.“

Nachdem sie Annie liebevoll zugedeckt hatte, blieb Rachel noch eine Weile im Türrahmen stehen. Oft hatte sie sich seit der Beerdigung gefragt, ob es klug sei, das Kind allein einschlafen zu lassen. So schwer es *ihr* auch fiel, einen ruhigen Schlaf zu finden, hoffte sie doch, dass Annie dieses Problem nicht hätte.

„Mach dir keine Sorgen, wenn du Annie hin und wieder zu dir

ins Schlafzimmer holst", sagte Esther, als Rachel sie unter vier Augen um ihre Meinung fragte. „Das liebe Mädchen fühlt sich furchtbar allein auf der Welt. Sie ist immer noch ein kleines Kind. Es ist wichtig für sie zu wissen, dass es ihrer Mama nichts ausmacht, dieses riesengroße Bett mit ihr zu teilen."

„Sie ist mit vielen Verwandten gesegnet, die sie lieben", erwiderte Rachel schnell. Sie wusste, dass es Annie nie an Gesellschaft mangeln würde. Sie würde mit der Liebe und Fürsorge einer ganzen Gemeinde aufwachsen, sowohl der Beachy-Amisch als auch der Amisch der Alten Ordnung.

„Wir brauchen Annie nicht zu bemitleiden", bemerkte Esther. „Und dich auch nicht. Man kann einen Menschen eine Weile bemitleiden, aber dann muss er sozusagen die Hand wieder an den Pflug legen. Das Leben geht weiter."

Für dich schon, dachte Rachel und verbannte diesen undankbaren Gedanken schnell aus ihrem Kopf und bat den Herrn, ihr zu vergeben. Sie wusste, dass ihre Kusine es gut meinte. Sie zweifelte nicht im Geringsten an Esthers Motiven.

* * *

Als Esther und Levi wieder nach Ohio zurückgefahren waren, musste sich Rachel dem ganzen Ausmaß ihres Verlustes stellen. Sie litt unter der Schuld, die wie ein schweres Gewicht auf ihrer Seele lastete. Jeden Morgen setzte sie sich in ihrem Bett auf und schaute in die Morgendämmerung, wenn die Sonne gerade über dem Horizont aufging – aber nie ohne Tränen in den Augen. Diese äußere Trauer war die Reaktion ihrer Seele auf den Schmerz in ihrem Herzen. Dieser Schmerz machte sich besonders nachts bemerkbar, während sie sich im Laufe des Tages um Annies willen absichtlich um ein Lächeln bemühte.

Mamas weisem Blick entging nicht, was ihre Tochter durchmachte. Eines Vormittags, als sie Rachel bei der Gartenarbeit half, sprach Susanna sie darauf an. „Deine Augen sind immer geschwollen und rot. Weinst du um Jakob und Aaron oder um dich selbst?"

Rachel fühlte, wie sich ihr Herz zusammenzog. Sie wusste nicht, wie sie den Schmerz in ihrem Inneren erklären sollte. Die Schuldgefühle waren immer da und gleichzeitig das starke Gefühl, wertlos zu sein. „*Ich* hätte sterben sollen", erwiderte Rachel mit tränenerstickter Stimme.

Auf Mamas Gesicht spiegelte sich ihre liebevolle Fürsorge wider. „Es steht uns nicht zu, Gottes Wege in Frage zu stellen."

„Ja", war die einzige Antwort, zu der Rachel fähig war. Aber sie überlegte, ob sie ihrer Mutter die Wahrheit sagen sollte: Dass sie auch jetzt noch wünschte, sie könnte sterben.

„Wir müssen dem Herrn vertrauen, dass sein Wille unter uns geschieht", sprach ihre Mutter weiter. „Jeder von uns muss das zu gegebener Zeit lernen."

Zu gegebener Zeit ...

Tränen traten in Rachels Augen. „Es ist nicht so schwer, sich dem Willen Gottes unterzuordnen." Sie schwieg kurz und musste tief durchatmen, bevor sie weitersprechen konnte. „Es ist das Wissen, dass es anders hätte kommen können, ja, hätte kommen *sollen.* So ganz anders." Sie konnte die unablässigen, bohrenden Gedanken in ihrem Herzen und das Gefühl, für den Unfall verantwortlich zu sein, nicht annähernd beschreiben. Den Tod ihrer Lieben zu akzeptieren würde ihr viel leichter fallen, wenn dieser entscheidende Umstand nicht wäre.

„Es ist Zeit, nach vorne zu schauen, Tochter, und die Trauer hinter dir zu lassen", sagte Mama. Eine so oberflächliche Antwort war für Rachel nichts Neues. „Um Annies willen musst du das einfach."

Im Grunde sagte ihre Mutter genau das Gleiche, was Esther vor ihrer Abreise auch zu Rachel gesagt hatte: Die Zeit des Mitleids ist vorbei! Es war leicht für die anderen, so etwas zu sagen. Rachel fragte sich, wie wohl die beiden Frauen mit dem unerwarteten und gewaltsamen Tod ihres Ehepartners umgingen, falls sie davon betroffen wären. Aber sie wollte nicht zu lange über solche Dinge spekulieren, verbannte diese Frage deshalb aus ihrem Kopf und betete um Gnade, dass sie den Verlust ertragen könnte und auch die Ermahnung durch die anderen Frauen.

Sie schleppte sich mühsam die Stufen hinter dem Haus hinauf und in die Küche. In der Hand trug sie eine große Plastikschüssel mit Blattsalat und eine Hand voll frischer Karotten aus dem Garten. Ihr Augenlicht versagte, und der Raum um sie herum wurde ganz unscharf. Es dauerte nicht lange, bis sie wieder richtig sehen konnte. Sie hätte sich wahrscheinlich kaum Gedanken darüber gemacht, wenn der englische Arzt nicht gesagt hätte, dass alles bald wieder vergehen würde. *Höchstens eine Woche,* hatte er gesagt. Aber seit dem Unfall waren zwei Wochen vergangen, und ihre Augen funktionierten immer noch nicht so, wie sie sollten.

Sie und Mama begannen, grünen Paprika und Gurken für einen Salat zu schneiden. Aber als wieder alles vor ihren Augen verschwamm, zögerte Rachel, etwas zu sagen, und hielt schweigend ihr Messer fest. Dieses Mal dauerte es viel länger als sonst. Sie führte das Messer mühsam auf das Schneidebrett und wartete. Je länger der Nebel anhielt, umso lauter klopfte ihr Herz. Trotzdem versuchte sie, eine grau aussehende grüne Paprika zu erkennen.

„Stimmt etwas nicht, Rachel?", fragte Mama. „Was ist los?"

Sie blinzelte mehrmals und versuchte, das, was ihr die klare Sicht raubte, von sich abzuschütteln, was immer es auch war. Langsam richtete sie den Blick auf das Messer in ihrer Hand und auf die Paprika auf dem Schneidebrett. Sie strengte sich mit aller Kraft an, klar zu sehen und die Umrisse zu erkennen. Doch so sehr sie sich auch bemühte, sie war in einer nebligen Welt aus Grau und Weiß versunken.

„Rachel?" Sie fühlte Mamas Hand auf ihrem Arm. „Du bist ganz blass. Komm, setz dich ein bisschen."

Sie ließ das Messer los und folgte ihrer Mutter zu dem Hickoryschaukelstuhl. Jakobs Lieblingsstuhl. Wenn sie täte, was Susanna vorschlug, sich setzte und entspannte und sich ein wenig Luft zufächerte, wäre bestimmt bald wieder alles in Ordnung.

Während sie in dem Hickoryschaukelstuhl saß, wurde ihr schmerzlich bewusst, wie dunkel und traurig in den letzten Wochen alles geworden war. Sie sehnte sich nach Jakobs Fröhlichkeit. Oh, wie sie sein herzliches Lachen vermisste! Und der Gedanke an sein Gesicht, wenn er gut gelaunt in sich hineinlachte, trieb ihr neue Tränen in die Augen.

„Ach, Rachel, kannst du denn nicht endlich damit aufhören?", tadelte Mama sie. Aber sie trat trotzdem hinter den Schaukelstuhl und streichelte Rachel den Rücken.

„Ich muss dir etwas sagen, Mama", sagte sie leise und wünschte, sie wüsste, ob Annie in der Nähe war. Sie fühlte das lange Kleid ihrer Mutter an dem Stuhl und hörte das Tapsen ihrer nackten Füße auf dem Linoleumboden.

Susanna schien zu verstehen. Sie nahm Rachels Hand und drückte sie fest. „Wenn du an deine Fehlgeburt denkst ... Glaube mir, ich weiß, wie du dich fühlst, Rachel." Sie begann, ihr von der Leere und Traurigkeit zu erzählen, die sie erfüllt hatte, als sie vor Jahren ein Baby verloren hatte.

Rachel hörte aufmerksam zu, auch wenn sie nicht aufhören konnte zu weinen. „Was ich dir sagen will, hat nichts mit dem Baby zu tun, das ich verloren habe", flüsterte sie. Dann schwieg sie kurz und fragte schließlich: „Ist Annie in der Nähe?"

„Aber nein, sie spielt draußen im Hof. Sie gräbt in der Erde. Du weißt schon, so wie sie und Aaron immer ..." Susanna brach ab. „Was soll das heißen? Warum fragst du mich, ob Annie in der Nähe ist? Hast du immer noch Probleme mit deinen Augen?"

„Ja. Im Augenblick kann ich fast überhaupt nichts sehen."

„Ich finde, wir sollten Blue Johnny holen. Er ist dafür bekannt, dass er innerhalb von vierundzwanzig Stunden ein Geschwür in den Augen heilen kann", erklärte Mama schnell.

Bei der Erwähnung des Pfeife rauchenden Zauberdoktors zuckte Rachel unwillkürlich zusammen. „Ich glaube nicht, dass ich in meinen Augen ein Geschwür habe, Mama. Es ist einfach so, dass ich mir große Sorgen mache ... ich kann sie einfach nicht von mir abschütteln."

„Wenn ich das deinem Papa erzähle, sagt er bestimmt, dass du dir die Augen ausweinst. Ganz einfach. Genau das würde er sagen."

Rachel blinzelte immer wieder und streckte jetzt die Hände vor sich aus, drehte sie hin und her und versuchte, sie deutlich zu sehen. Aber sie konnte immer noch nicht die Umrisse ihrer eigenen dünnen Finger erkennen. „Was steckt *wirklich* dahinter?", überlegte sie laut. „Glaubst du, es stimmt, was der Krankenhausarzt sagte?"

„Du hast etwas Grauenhaftes, Furchtbares mit ansehen müssen, Rachel. Wenn du mich fragst: Ich finde, wir sollten es nicht auf die leichte Schulter nehmen. Warum lässt du mich nicht Kontakt zu Blue Johnny aufnehmen?"

„Es tut mir Leid, Mama, aber nein, ich will das nicht." Sie richtete sich ein wenig auf und war fest entschlossen, sich trotz ihres angeschlagenen Augenlichtes von Susanna nicht deren Willen aufzwingen zu lassen.

Es stimmte, die Wunderheiler waren viel billiger. Die meisten von ihnen kamen sogar umsonst. Das war allgemein bekannt. Und oft waren sie sogar ziemlich erfolgreich. Trotzdem hatte sie nie viel davon gehalten, sie zu rufen, und sie war auch nicht erpicht darauf, jetzt damit anzufangen.

Mamas Stimme erhob sich. „Ich würde nicht so schnell über die Wunderheiler die Nase rümpfen. Und schon gar nicht, wenn du weiterhin diese Probleme hast."

Rachel lehnte den Kopf an den Schaukelstuhl. „Ich glaube, ich würde lieber wieder zu einem englischen Arzt gehen ... wenn ich überhaupt zu irgendjemandem gehe. Außerdem würde Jakob ..." Sie schwieg kurz. „Wenn mein Mann hier wäre, würde er mir wahrscheinlich sagen, dass ich mich von Blue Johnny fern halten soll."

„Aber Jakob ist nicht hier. Er sieht nicht, was du durchmachst, Tochter. Er würde das wollen, was für dich am besten ist, oder nicht?"

Was für mich am besten ist ...

Sie kam zu dem Schluss, dass es besser war, Mama nichts von dem scharfen, durchdringenden Schmerz zu erzählen, der sie manchmal nachts befiel, wenn sie sich schlafen legte. Meistens war er begleitet von dem Klappern von Pferdehufen und dem Rollen von Wagenrädern auf einer Straße. Und er kam gleichzeitig mit dem ständig wiederkehrenden Geräusch eines Automotors. Sie fürchtete, dass dieser Schmerz eines Tages käme und nie wieder verginge.

Seufzend stand sie von ihrem Schaukelstuhl auf. Ihr Blick war etwas klarer geworden, wenigstens so weit, dass sie den Weg zur Hintertür fand und Annie zum Mittagessen ins Haus rufen konnte.

* * *

Vielleicht wäre sie nicht so früh an diesem Abend zu Bett gegangen. Vielleicht hätte sie sich dagegen gewehrt, in einen unruhigen Schlaf zu fallen, wenn sie gewusst hätte, dass die Schmerzen, die sie wie tausend Nadelstiche quälten, fast unerträgliche Ausmaße annehmen würden.

Sie setzte sich am nächsten Morgen auf und schaute zu, wie die Sonne aufging. Derselbe Sonnenaufgang, den sie früher immer voll Freude bewundert hatte. Einen Augenblick später kehrten die quälenden Bilder zurück. Sie schrie vor Schmerzen auf und wehrte sich mit aller Kraft dagegen. „Nein! Ich *will* diese Dinge *nicht* sehen. Ich will sie *nicht* sehen!" Sie wiederholte diesen Satz immer wieder und schloss die Augen und sperrte die hartnäckigen, quälenden Bilder aus ihrem Denken aus. Dabei schaukelte sie vor Schmerzen vor und zurück.

Wie lange sie zusammengekauert in ihrem Bett gesessen hatte, konnte sie nicht sagen. Aber als sie schließlich wieder die Augen aufschlug und zu weinen aufhörte, hatten sich die ersten Sonnenstrahlen dieses Morgens in einen dunklen und düsteren pechschwarzen Schatten verwandelt.

Sie schwang die Beine über die Bettkante und stand auf. Sie

tastete sich quer durch das Zimmer zum Fenster. Jakob und sie hatten an ihrem letzten gemeinsamen Morgen genau an dieser Stelle gestanden und hatten zum Fenster hinausgeschaut. Aber sie konnte die sauberen, gepflegten Felder, die sich vor ihrem Fenster ausbreiteten, nicht erkennen. Die Bäume, das nach vier Seiten geöffnete Vogelhaus und selbst das Silo des Nachbarn waren so verschwommen, dass sie nur raten konnte, ob sie noch dort standen.

Die Dunkelheit verschwand auch nicht, als sie versuchte, sich anzuziehen, und sich dann ihre langen Haare bürstete und scheitelte. Sie konnte den goldbraunen Schimmer ihrer Locken nicht mehr sehen. Weder die Form noch die Farbe war im Spiegel zu erkennen. Nur verschwommene, schemenhafte Bilder kamen und gingen und quälten sie.

Sie musste sich frühere Bilder ins Gedächtnis rufen, um ihren Gebetsschleier richtig aufzusetzen. Angst und Panik ergriffen sie, als ihre Finger die Haube zurechtrückten. Jakob und Aaron würden nie zurückkommen, so sehr sie es auch wünschte. Ihr Leben als Jakob Yoders Frau gehörte endgültig der Vergangenheit an. Das war jetzt ihr Leben. Sie hatte alles gehabt. *Alles* war richtig und gut und schön gewesen ... und alles war in einem einzigen Augenblick ausgelöscht worden. Sie hatte nicht das Gefühl, Gottes Handeln in Frage stellen zu dürfen. Aber in ruhigen Augenblicken, kurz bevor sie einschlief, hatte sie trübe Gedanken voll Wut und Angst zugelassen, so sündig diese auch waren.

Sie tastete sich an der Wand entlang und stolperte zu dem Bett zurück. Dieses Bett, das sie und Jakob als Ehemann und Ehefrau geteilt hatten. Sie wagte es nicht, sich an die Liebe, die sie einander gezeigt hatten, oder an ihre Träume, ob ausgesprochen oder unausgesprochen, zu erinnern. Sie weigerte sich einfach. Das war die einzige Möglichkeit, den Schmerz in ihrem Leben zu ertragen.

Sie unternahm einen Versuch, das Bettlaken und die Decke glatt zu streichen und ihr einsames Kissen auszuschütteln. Aber der stechende Schmerz in ihrem Herzen quälte sie immer wieder, und in der Tiefe ihres schweren Herzens glaubte sie tatsächlich, dass das Licht aus ihrem Leben für immer verschwunden sei. Selbst als ihr die Tränen über die Wangen liefen, ergab sie sich in die Blindheit, diesem selbst auferlegten Schutzraum, in den keine schmerzlichen Bilder eindringen konnten.

„Was geschehen ist, ist geschehen", flüsterte sie.

Teil 2

Mitten auf diesem Lebensweg, der uns bestimmt ist,
erwachte ich und befand mich in einem dunklen Wald,
in dem der richtige Weg nicht mehr zu finden war ...

Dante

Der Herr ist geduldig und von großer Barmherzigkeit
und vergibt Missetat und Übertretung,
aber er lässt niemand ungestraft,
sondern sucht heim die Missetat der Väter
an den Kindern bis ins dritte und vierte Glied.

4. Mose 14,18

6

Zwei Jahre später

Philip Bradley erreichte die erste amische Frühstückspension, die er abseits der Hauptstraße finden konnte. Etwas abgeschieden und malerisch, bot die Olde Mill Road genau die Kulisse, die er sich gewünscht hatte, oder besser gesagt: die er in dem Reisebüro bestellt hatte.

Die Tourismusbranche in Lancaster hatte sich zu einem wichtigen Wirtschaftszweig entwickelt und übte eine unwiderstehliche Anziehungskraft auf moderne Leute von heute aus, die sich danach sehnten, zu den nostalgischen, einfachen Tagen und in das schlichte Leben des letzten Jahrhunderts zurückzukehren. Die Läden verkauften die typischen amischen Steppdecken und Sticktücher, handgefertigte Möbel und Spielsachen aus Holz sowie selbst gezogene Kerzen. Fahrten in Einspännern und Rundfahrten zu amischen Bauernhöfen standen ebenfalls auf der breiten Programmpalette.

Doch *er* suchte die abgelegenen Straßen im Hinterland, bodenständige Bauernhöfe, in denen traditionelle, „natürliche" Amisch lebten. Nicht die Einrichtungen, die Touristen mit falschem Namen und Märchen von gestrichenen blauen Gartentoren und Häppchen mit „sieben süßen und sieben sauren Sachen" anlockten. Aber vor allem wollte Philip für diesen Auftrag recherchieren, ihn schreiben und ihn so bald wie möglich abliefern. Er war todmüde von den hektischen Reisen der letzten Wochen und dachte an seine vielen Aufträge und engen Termine, die im nächsten Monat vor ihm lagen.

Mit seinen siebenundzwanzig Jahren war Philip bereits ausgelaugt und erschöpft, obwohl er das nie zugegeben hätte. Schon als Jugendlicher hatte er es vermieden, Aufmerksamkeit auf sich zu lenken, auf die private Seite von Philip Titus Bradley. Diese sah ganz anders aus als sein Bild in der Öffentlichkeit. Obwohl er es in die oberste Riege der Journalisten für die Zeitschrift *Family Life Magazine* geschafft hatte, hütete er sein Privatleben mit Argusaugen und ließ niemanden zu nahe an sich herankommen.

Philip saß auf dem vierbeinigen Himmelbett und schaute aus dem Fenster auf eine Gruppe von Nadelbäumen. Die freie Fläche links neben den Fichten erregte seine Aufmerksamkeit. In der Ferne erspähte er eine weiße zweistöckige Scheune mit Silo. Unweit davon stand ein graues steinernes Bauernhaus, das von großen Bäumen umgeben war. Er fragte sich, ob dieser Hof vielleicht in amischem Besitz war. Sein Kontaktmann, Stephen Flory vom Historischen Verein der Mennoniten in Lancaster, hatte ihm erklärt, dass fast alle Höfe rund um Bird-in-Hand in amischer Hand waren. Sobald das Gerücht umging, ein englischer Hof werde verkauft, klopfte auch schon ein junger Amischmann an die Tür und bot den Höchstpreis für das Land.

Philip fuhr sich mit den Händen durch seine dichten dunklen Haare und betrachtete die Sonnenstrahlen, die durch die Öffnung der blauen Vorhänge fielen und ein strahlendes Muster auf die blaugrüne Blumentapete warfen. Unübersehbarer Blickfang des Zimmers war ein großer Schreibtisch, ein kostbares Antiquariat. Er betrachtete ihn jetzt genauer. Falls er je das Glück haben sollte, auch einmal ein solches Stück zu besitzen, würde es ebenfalls einen zentralen Platz einnehmen und seine Umgebung in den Hintergrund rücken. Obwohl solch ein riesiger Schreibtisch in seinem Appartment in Upper Manhattan völlig fehl am Platze wäre.

Der Schreibtisch, der gegenüber der Tür an der Wand stand, schien auf erstaunliche Weise genau für dieses Zimmer gemacht zu sein. Lauren hätte das natürlich nicht so gesehen. Bei diesem ungewollten Gedanken verzog er das Gesicht. Zum Glück hatten sie sich lange vor diesem Auftrag getrennt. Sie würde nicht das geringste Interesse an seinen Recherchen in Lancaster zeigen. Wahrscheinlich hätte sie vielmehr einige abfällige Bemerkungen über die Hinterwäldler fallen lassen, die er interviewen wollte.

Die Beziehung zu Lauren Hale war der größte Fehler in seinem Leben als Erwachsener gewesen. Diese Frau hatte ihn vollkommen zum Narren gehalten und erst am Ende ihr wahres Gesicht gezeigt. Offen gesagt, war sie ein Snob, deren intolerante Augen nur einen Blick für Ruhm und Geld hatten.

Auch Philip hatte Laurens Erwartungen nicht genügen können. Es musste für sie ein grausames Erwachen gewesen sein, als sie entdeckte, dass unter seiner weltmännischen, journalistischen Fassade ein Herz schlug. Ein warmes und lebendiges Herz. Und kein noch so starkes Wunschdenken und keine noch so raffinierten Manipulationsversuche ihrerseits konnten diese Seite seines Charakters ändern. Dafür war er sehr dankbar. Er hatte sich ihr an diesem letzten Abend nicht in den Weg gestellt, er hatte ihr nicht widersprochen, als sie mit ihm Schluss machte. Eigentlich hatte er geplant, selbst diesen Schritt zu ergreifen, wenn er von seiner Europareise, von der er gerade zurückgekommen war, nicht so ausgelaugt und erschöpft gewesen wäre.

* * *

Philip betrachtete das alte Bett mit dem Baldachin. Ebenfalls ein kostbares Antiquariat. In Übergröße. *Handgenähter Baldachin,* dachte er, als er das filigrane, gebrochene weiße Muster sah. Dank seiner lebhaften Nichte wusste er über Stickstiche bestens Bescheid.

Die kleine Kari hatte ihn angefleht, sie doch bei dieser Reise mitzunehmen. Sie hatte begeistert gekichert, als er anrief und sagte, dass er nach Lancaster County fliegen wolle. „Dort leben die Leute, die so komisch sprechen, nicht wahr?", rief sie aufgeregt. „Gibt es in dieser Gegend nicht Pferde und schwarze Einspänner, und sind die Leute nicht alle ganz altmodisch gekleidet?"

„Sie sind amisch", hatte er ihr erklärt.

„Bitte, nimm Mama und mich mit, Onkel Phil. Wir laufen dir auch bestimmt nicht zwischen den Beinen herum und stören dich nicht bei deiner Arbeit. Das verspreche ich dir."

Leider hatte er ihr diese Bitte abschlagen müssen, auch wenn es ihn geschmerzt hatte. Er hatte versucht, ihr seinen Termindruck zu erklären. „Du hättest nicht den geringsten Spaß dabei, Kleines. Ich muss die ganze Zeit arbeiten."

„Du könntest doch wenigstens darüber *nachdenken* und uns zurückrufen. Bitte!" Sie konnte es nicht erwarten, etwas Neues zu erleben, obwohl sie eigentlich zu Hause bleiben und ihren Unterricht nicht versäumen sollte – den Fernkurs für die sechste Klasse, den ihre Eltern kürzlich bezahlt hatten. Die staatlichen Schulen in New York City waren nicht mehr das, was sie damals waren, als er in der Stadt aufwuchs. Er hatte versucht, seine Schwester und seinen Schwager zu überreden, von ihm finanzielle Hilfe anzunehmen, damit Kari auf eine der vornehmen Privatschulen gehen könnte, aber ohne Erfolg. Sie waren Mitglieder einer evangelikalen Gemeinde und waren ziemlich religiös. Daher rührte ihr starker Wunsch, Kari zu beschützen und sie nach dem Willen Gottes zu erziehen. Was gar nicht so schlecht war, wie er fand. Immerhin war es noch nicht so lange her, dass er selbst am Altar niedergekniet war und Jesus gebeten hatte, in sein junges Leben zu kommen. Aber zu viele ehrgeizige Bemühungen und hektische Termine hatten seitdem seinen geistlichen Weg in eine andere Richtung gelenkt.

Bevor er auflegte, hatte er seiner Nichte versprochen, dass sie ihn ein anderes Mal begleiten dürfe. „Ein anderes Mal. Vielleicht nehme ich dich und deine Mutter mit, wenn ich nach London fahre ... falls ich dann nicht so müde bin."

„Lebensmüde und Todesangst?" Das Mädchen nahm kein Blatt vor den Mund. „Einverstanden, Onkel Phil, ich nehme, was ich kriegen kann ... wenn das ein Versprechen war. Das mit London, meine ich."

Er wollte auf keinen Fall so weit in die Zukunft blicken und an seine Termine in Übersee erinnert werden. Damals nicht und auch jetzt nicht.

Wenn er dem pochenden Gefühl hinter seinen Augen und der allgemeinen Müdigkeit, die ihn in diesem Moment befiel, nachgäbe, würde er wahrscheinlich nicht rechtzeitig aufwachen, um überhaupt irgendwelche Recherchen durchzuführen oder auch nur einen einzigen Satz zu schreiben. Dieser Gedanke war verlockend. Eine großartige Möglichkeit, die nächsten drei Tage zu verbringen.

Doch das Abendessen mit Kerzenbeleuchtung, das im Übernachtungspreis inbegriffen war, wollte er auf gar keinen Fall versäumen. Also stand er auf und verwarf den Gedanken an ein gemütliches Nickerchen. Mrs. Zook, die gastfreundliche Hausherrin, hatte Schweinekoteletts, die in reiner Butter gebraten wurden, zum Abendessen angekündigt. Schlecht für die Arterien, aber ein Genuss für die Zunge. Die Frau, die darauf bestanden hatte, dass er sie Susanna nennen solle, hatte ihn mit einer so überschwänglichen Begeisterung begrüßt, dass er sich anfangs gefragt hatte, ob er wohl der einzige Gast sei, der hier übernachte.

Doch er fand bald heraus, dass dieses historische Gebäude bis in den Oktober hinein fast ausgebucht war. „Die meisten der kleineren Zimmer sind ausgebucht", hatte Susanna Zook ihm erklärt. Zooks Gästehaus am Obstgarten war also tatsächlich eine beliebte Frühstückspension.

Er konnte dringend eine Dusche vertragen und erhob sich von dem gemütlichen Bett mit der handgenähten amischen Steppdecke. Er stellte seinen Laptop auf den schönen Schreibtisch. Der Rollladen war bereits geöffnet, gleichsam als Willkommensgruß. Philip war für den vielen Stauraum, den der Schreibtisch bot, dankbar und würde jeden Quadratzentimeter davon nutzen.

Nachdem er seinen Computer aufgestellt hatte, begann er, seine Sachen auszupacken. Er wollte ungefähr drei Tage bleiben, je nachdem, wie viel seine Recherchen hergaben. Im Voraus hatte er bereits beim Historischen Verein der Mennoniten in Lancaster angerufen und mit Stephen Flory einen festen Termin vereinbart. Stephen Flory würde ihm bei seinen Recherchen helfen und hatte ihm sogar ein persönliches Interview mit einem „gesprächsbereiten amischen Bauern“ versprochen. Darüber hinaus schienen die Besitzer dieser Pension ebenfalls eine gute Informationsquelle zu sein. Sie waren anscheinend pensionierte Bauern, obwohl er das nicht mit Bestimmtheit sagen konnte. Ihre großzügige Art und ihre freundliche, hilfsbereite Mentalität waren faszinierend. Nur schwer arbeitende Bauern hatten solche Charakterzüge. Wenigstens hatte das sein Großvater immer gesagt. Großvater Bradley hatte ihm viel über Bauern erzählt, als Philip noch ein kleiner Junge war und die Eltern seines Vaters in Südvermont besuchen durfte. Sie hatten ein großes, schönes Stück Land gleich außerhalb von Arlington besessen, unweit von Norman Rockwells früherem Zuhause.

Als er das Haus seines Großvaters das erste Mal gesehen hatte, war sein sieben Jahre altes Herz vor Aufregung fast stehen geblieben. Schlagartig hatte er jeden beneidet, der unter einem so blauen und so weiten Himmel leben konnte. Und wie riesig die Bäume waren! Kein einziges hohes Gebäude sperrte das Sonnenlicht aus, es gab keine lärmenden Schluchten zwischen Wolkenkratzern, die im Wind schaukelten. Auf Großvater Bradleys Land fühlte er sich richtig frei.

Philips Großvater hatte sich dieses Haus in Neuengland als Sommerhaus gebaut. Es stand auf steilen Felsen und bot einen herrlichen Blick auf den Battenkill River. Das Haus mit den fünf Zimmern besaß allen Reiz der Natur, den ein Junge aus der Großstadt sich nur vorstellen konnte, obwohl Philip bis zu jenem ersten Sommer keine Ahnung von einem Leben auf dem Land gehabt hatte. Besonders nicht von einem Land, wo anstelle der fingerdünnen Gebäude mit neunzig oder noch mehr Stockwerken hohe Bäume bis zum Himmel reichten. Die Gemüsegärten waren in der satten braunen Erde angelegt. Er kannte bis dahin nur die künstlich angelegten Gärten in Kisten oben auf zugigen Penthousedächern.

Und es gab Lamas. Großvater hatte eine Schwäche für diese haarigen Geschöpfe mit den langen Hälsen. Obwohl sie zutraulich waren, konnte Philip selbst als Teenager nie ganz das Gefühl von sich abschütteln, dass er lieber einen weiten Bogen um diese Tiere machen sollte. Er hatte gelesen, dass Lamas manchmal spuckten, wenn sie aufgeregt waren oder Angst bekamen. Der kleine Philip stellte sich entsetzt vor, wie es wäre, wenn er den Speichel eines Lamas im Gesicht hätte. Eine solche Erfahrung, so hatte er schon sehr früh beschlossen, musste um jeden Preis vermieden werden.

Das geräumige Sommerhaus war eine Nachbildung der Bauernhäuser in jener Gegend. Allerdings war es weniger groß und einfacher gebaut. Es spiegelte den natürlichen Charme der roten Chisselville-Brücke wider, der überdachten Brücke, die eine knappe Meile davon entfernt war. Philip genoss besonders die vielen kilometerlangen Wanderpfade und Schilanglaufwege in der unberührten Natur um das Haus seiner Großeltern herum. Im Sommer spielte er, er wäre ein Forscher in den Wäldern. Im Winter war er genau das Gegenteil: Er startete Suchaktionen nach Leuten, die er für sein Spiel erfunden hatte.

Die Usambaraveilchen seiner Großmutter blühten immer und verliehen der südlichen Ecke der großen Frühstücksnische einen gemütlichen Flair. Nach allem, was er über amische Küchen gelesen hatte, könnte die Küche, die er in den Bergen von Vermont kennen gelernt hatte, es leicht mit jeder Küche von Amischen der Alten Ordnung aufnehmen. Sie war mit einem Holzofen und einem langen Holztisch und Holzbänken eingerichtet gewesen. Aber er musste natürlich erst noch herausfinden, ob das stimmte, denn die moderne und praktisch eingerichtete Küche, in der Susanna Zook das Essen für ihre Gäste zubereitete, war zweifellos Welten von den Küchen aus der Jahrhundertwende, die er anzutreffen hoffte, entfernt.

Nachdem er geduscht und sich angekleidet hatte, schlenderte er gemütlich die Treppe hinab, um einen Nachmittagstee oder -kaffee zu trinken. Als er gerade am Salon vorbeigehen wollte, fiel sein Blick auf eine junge Frau, die in ein langes graues Kleid mit einer schwarzen Schürze gekleidet war. Diese dunkle und bedrückende Kleidung war die düsterste Trauerkleidung, die er je zu Gesicht bekommen hatte. Doch die Farbe und das Aussehen ihrer Haare faszinierten ihn: Zarte flachsblonde Strähnen mit hellbraunen Tönen waren mit einem Mittelscheitel geteilt und zu einem tief im Nacken sitzenden Knoten gebunden und teilweise von einer weißen durchsichtigen Haube bedeckt. Die Frau saß regungslos da und hatte die Hände würdevoll auf dem Schoß gefaltet. Zuerst dachte er, sie schlafe vielleicht, aber dann sah er, dass sie den Kopf hochhielt und die Augen offen hatte.

Ein kleines Mädchen in einem langen hellgrünen Kleid und mit honigbraunen Haaren, die in Zöpfen um seinen Kopf gelegt waren, lief an ihm vorbei in das Zimmer. Sie war zierlich und flink. Er war so fasziniert, dass er unwillkürlich stehen blieb und wartete, was sie wohl als nächstes tun würde.

Anmutig drehte sich die junge Frau um und berührte das Gesicht des Kindes, das aussah wie aus einem Bilderbuch. „Ach, Annie, du bist es."

„Ja, ich bin es, Mama. Willst du etwas zu trinken?"

„Ein Glas Wasser genügt mir", antwortete die Frau, deren Hand immer noch auf der Wange des Kindes ruhte. „Danke, Kleines."

Eine solche Begegnung hatte Philip noch nie zuvor erlebt. Ja, er hatte als Kind die Hand seiner Mutter auf seiner Stirn gefühlt, aber hier zu stehen und eine solch zärtliche Geste aus der Ferne zu beobachten, war reine Poesie.

Augenblicke der Liebe lohnten, dass man sie beobachtete, ja genoss, selbst wenn man selbst überhaupt nichts mit den Betroffenen zu tun hatte. Ein ähnliches Gefühl hatte er gehabt, als er einmal einen Jungen und ein Mädchen sich an den Händen haltend in der sechsundachtzigsten Straße die Stufen zur U-Bahn-Station hinablaufen sah. Sie hatten versucht, sich gemeinsam durch das Drehkreuz zu quetschen. Augenblicke wie diese gehörten für ihn zum Kostbarsten der Welt.

Selbst wenn es nur seine angeborene journalistische Neugier war, fand er diese Szene faszinierend, besonders die Frau, obwohl ihm ihr Kind ebenfalls gefiel. Da er jedoch nicht neugierig dastehen und andere Leute beobachten wollte, drehte er sich schließlich um und begab sich in den Aufenthaltsraum, der mit einer hohen Kommode, zwei Sofas und mehreren gemütlichen Sesseln eingerichtet war. Ein primitives Butterfass stand zur Zierde in einer Ecke neben einem Kaminfeuer.

Susanna Zook, die stämmige amische Hausherrin und Wirtin, hatte ihn bei seiner Ankunft aufgefordert, sich wie zu Hause zu fühlen. „Haben Sie keine Hemmungen. Lesen Sie, entspannen Sie sich und unterhalten Sie sich mit den anderen Gästen“, hatte sie ihm geraten. Also betrat er das gemütliche Zimmer mit den Bücherregalen, die an einer Wand vom Boden bis zur Decke reichten. Auf dem Kaffeetisch mit Marmorplatte lag ebenfalls viel Material zum Lesen. Das alles war nur wenige Meter von einem einladenden Esszimmer entfernt. Er gratulierte sich zu der guten Wahl, die er, ohne die Pension vorher gesehen zu haben, für seinen Aufenthalt getroffen hatte.

Ein junges Paar saß aneinander geschmiegt auf einem Sofa neben dem offenen Kamin – mit Kacheln aus dem achtzehnten Jahrhundert – und wechselte schweigend zärtliche Blicke miteinander. Er grüßte und setzte sich dann in einen Sessel und blätterte in einem Touristenführer über das Gebiet um Lancaster.

„Oh, da sind Sie ja wieder, Philip.“ Er blickte auf und schaute in das runde und fröhliche Gesicht seiner freundlichen Gastgeberin. „Möchten Sie etwas zu trinken?“, fragte sie. „Ich kann Ihnen Kaffee, Tee, einen Saft oder ein Glas Milch bringen.“

„Wenn das so ist, hätte ich gerne eine Tasse schwarzen Kaffee. Danke.“

„Aber denken Sie daran, dass Sie noch Platz für das Abendessen lassen müssen. Es wird pünktlich um siebzehn Uhr serviert, zweimal in der Woche – montags und mittwochs“, erklärte Susanna und richtete diese Worte auch an das Paar auf dem Sofa. „Sie können gerne jederzeit einen kleinen Imbiss vor oder auch nach dem Abendessen haben. Wirklich jederzeit.“ Sie deutete auf einen Ecktisch, auf dem verschiedene Käse- und Obstsorten, Schokolade, Kartoffelkekse und Buttergebäck liebevoll angerichtet waren. „Selbst gebackene Brötchen sind auch da, wenn Sie wissen, wo man sie findet.“ Sie öffnete eine Schranktür unter dem Tisch und holte ein Holztablett mit weiteren Köstlichkeiten hervor. „So, jetzt bringe ich Ihnen Ihren Kaffee. Schwarz, sagten Sie?“

Er nickte und lehnte sich gerade wieder in den Sessel zurück, als das kleine Mädchen, das er im Salon gesehen hatte, mit einem großen Glas Wasser durch das Zimmer gesaust kam.

„Pass auf, dass du nichts verschüttest“, rief Susanna ihr nach und sagte dann, an Philip gewandt: „Das ist Annie, unsere sechsjährige Enkelin. Sie ist fleißig wie eine Honigbiene.“

„Das sehe ich.“ Während sie sich ungezwungen unterhielten, achtete er besonders auf die ungewohnte Sprechweise der Frau. „Wohnt Annie bei Ihnen?“, fragte er, als in dem Gespräch eine Pause einkehrte.

„Ja, sie und ihre Mutter.“

Er wartete und dachte, eine Erklärung würde folgen. War Annies Mutter geschieden, verwitwet ... was? Aber die Frau ließ ihn darüber im Unklaren, und Philip kam zu dem Schluss, dass es ihn sowieso nichts anging.

Die Amischfrau wandte sich zur Küche. Jetzt erst bemerkte er, dass ihr glattes blaues Kleid und die schwarze Schürze, die bis zu den Knien reichten, ähnlich geschnitten waren wie das Kleid der jungen Frau im Salon. Außerdem trug sie ebenfalls die obligatorische weiße Kopfbedeckung aus dünnem Netzstoff, die allen Kinogängern durch Hollywoodfilme von den Amisch in Lancaster County bestens bekannt waren. Die durchsichtige Kopfbedeckung wurde von Leuten außerhalb der Amischgemeinschaft als Gebetsschleier bezeichnet. Die Amisch selbst nannten sie „Kapp“ oder Haube. Soviel wusste er.

Er hatte den starken Wunsch, ein paar echte Amisch näher kennen zu lernen. Vielleicht wäre er sogar bereit, irgendwo beim Heuwenden zu helfen. Bestimmt keine schwere Sache für ihn. Dafür wurde er schließlich bezahlt. Es war seine *Gabe,* wie seine junge Nichte ihm bei seinem letzten Besuch verschmitzt zu verstehen gegeben hatte. Doch er wusste, dass er seine Neugier zügeln und jede einzelne Frage sorgfältig auswählen musste, besonders die Fragen, die er den Amisch direkt stellen wollte. Seine Schwester hatte mehrere Jahre lang eine amische Brieffreundin in der Nähe von Harrisburg gehabt und ihn gewarnt. Philip seufzte erschöpft. Er konnte nicht verstehen, warum er sich auf diesen Auftrag überhaupt eingelassen hatte. Im Moment wünschte er, er hätte Janice mehr gelöchert und genauere Einzelheiten von ihr in Erfahrung gebracht. Aber meistens war er so mit seinen eigenen Dingen beschäftigt und drehte sich zu sehr um sich selbst, als dass er sich allzu sehr für die gelegentlichen Freundschaften seiner einzigen Schwester interessierte.

„Am wichtigsten ist“, hatte Janice ihm geraten, „dass du dich als vertrauenswürdig erweist, bevor dir ein Amisch auch nur sagt, wie spät es ist. Das ist mein voller Ernst.“

Er hatte ihr nur mit einem Ohr zugehört und im Stillen gedacht, wenn er in Lancaster ankäme, wären sicher ein paar Leute da, die bereit wären, mit ihm zu sprechen. Und wenn schon aus keinem anderen Grund, dann bestimmt für Geld. Aber jetzt, wo er hier war, eine Kostprobe des konservativen Lebensstils geboten bekam, Susanna Zook kennen gelernt und Annie mit ihrer Mutter beobachtet hatte, stellte er in Frage, ob er auf diese Weise sein Ziel erreichen würde. Vielleicht wusste seine Schwester doch, wovon sie sprach. Bevor er es falsch anpackte, sollte er Susanna oder ihrem wesentlich zurückhaltenderen Mann gegenüber erwähnen, dass Janice eine gute Freundin von einer *ihrer* Verwandten sei. Schließlich waren doch alle Amisch direkt oder durch Heirat miteinander verwandt, oder? Ja, vielleicht würden sich ihm ein paar Türen öffnen, wenn er nach altbewährter Manier ein paar Namen fallen ließe.

Er zermarterte sich den Kopf und versuchte, sich an den Namen der Frau in Harrisburg, Janices Brieffreundin, zu erinnern. War es Stoltzfus gewesen? Jedenfalls hatte der Name ziemlich ungewöhnlich geklungen.

Sein Blick wanderte durch den Raum. Er betrachtete den braunen Veloursssessel und das Sofa. Nicht gerade die vorteilhafteste Farbwahl für ein so großes Zimmer, dachte er mit einem Blick auf den geknüpften hellbraunen Teppich unter seinen Füßen. Andererseits passten vor dem Hintergrund einer weiteren Tapete mit Blumenmuster die erdigen Brauntöne tatsächlich irgendwie.

Er fragte sich allmählich, ob die Amisch absichtlich ihre Häuser ein bisschen bunter schmückten, als sie sich selbst kleideten, obwohl die hellblauen und lila Kleider, die er an einigen Amischfrauen auf dem Bauernmarkt in Bird-in-Hand gesehen hatte, gar nicht so unattraktiv waren. Aber nirgends hatte er eine Frau gesehen, die ein so düsteres Grau trug wie Annies Mutter, die allein und vollkommen regungslos im Salon gesessen hatte.

Sein Blick fiel auf die rosa- und cremefarbene Sturmlampe. Zweifellos eine Antiquität. Fast alles in diesem Haus stammte aus der viktorianischen Epoche. Oder es war neuenglischer Landhausstil. Susanna hatte unübersehbar eine Schwäche für alte Sachen, genauso wie seine Schwester. Er fragte sich, wie die beiden wohl miteinander auskämen, falls sie sich je begegnen sollten.

Kulturschock, dachte er und verkniff sich nur mit Mühe ein lautes Lachen. Andererseits sprach vieles dafür, dass sie großartig miteinander klarkämen. Immerhin war es Janice gewesen, die ihm ohne Umschweife geraten hatte, etwas langsamer zu treten und sich Zeit zum Leben zu nehmen. Die Amisch schienen es zu verstehen, ein Leben mit weniger Hektik zu genießen. „Du rast wie ein Besessener durch dein Leben, Philip. Das hat einfach keinen Sinn ... Besonders wenn ich sehe, dass du dich dabei so vollkommen elend fühlst“, hatte Janice gesagt.

„Aber ich *brauche* diesen Druck“, hatte er ein wenig gereizt geantwortet. „So funktioniere ich am besten.“ Er hatte gelacht, aber er kannte die Wahrheit. Wenn er aufhören würde, so viel zu arbeiten, wenn er aufhören würde, jede Sekunde seines Lebens mit Terminen, Interviews und gesellschaftlichen Verpflichtungen voll zu stopfen, müsste er nachdenken. Über sein eigenes Leben zum Beispiel.

„Lieber sterbe ich, als dass ich herumsitze und Däumchen drehe“, hatte er ihre Bedenken zurückgewiesen und gehofft, damit das unangenehme Frage- und Antwortspiel zu beenden.

„Du bist arbeitssüchtig. Habe ich Recht?“ Janice ließ nicht locker. Sie bohrte immer weiter, bis sie ihn in die Enge getrieben hatte. „Weißt du, was ich denke? Ich denke, du läufst vor dir selbst davon, und du hast Angst, wenn du langsamer treten würdest, müsstest du dir ernsthaft anschauen, wer Philip Bradley in Wirklichkeit ist.“

Volltreffer.

Die Wahrheit war, dass er sich *natürlich* nach einem einfacheren, langsameren Leben sehnte. Aber es war weitaus leichter, in dieser verrückten, aber sicheren Tretmühle namens Leben, die sich immer schneller und schneller drehte und ihm nie eine Ruhepause gönnte, widerstandslos weiterzulaufen.

Susanna kam mit einer großzügig gefüllten Tasse mit dampfend heißem Kaffee auf einem Unterteller und riss ihn aus seinen Gedanken. „Hier ist Ihr Kaffee. Sie können ihn gern auch mit in Ihr Zimmer nehmen, wenn Sie möchten.“ Sie schaute sich um. „Aber Sie können natürlich auch hier bleiben ... so lange Sie wollen. Es gibt hier ein paar schöne Wege zum Spazierengehen. Zum Obstgarten und weiter zum Mühlbach. Es ist ein herrlicher Nachmittag für einen Spaziergang.“

„Danke. Das werde ich mir merken. Ein anderes Mal vielleicht ... und ich freue mich auch schon auf das Abendessen.“ Er lächelte die freundliche Wirtin und auch das Liebespaar an, das jedoch keinen Blick für ihn hatte.

„Ich bin sicher, die Schweinekoteletts werden Ihnen schmecken.“ Susanna bedachte ihn mit einem freundlichen Lächeln.

„Ja, davon bin ich überzeugt“, nickte er und begab sich zur Treppe und zu seinem Zimmer, das genau über dem Salon lag. Dem Raum, in dem er etwas gesehen hatte, worum ihn die meisten Schriftsteller beneiden würden. Ein herzliches, natürliches Portrait von zwei Menschen, die einander in Liebe begegneten. Die kleine Annie und ihre Mutter.

Er dachte an seinen Freund, den Fotografen bei der Zeitschrift. Henning würde meilenweit fahren, wenn er ein Motiv von solcher Zärtlichkeit garantiert bekäme. Das Bild von Mutter und Kind ging Philip nicht mehr aus dem Kopf. Er beschloss, es als Teil seiner Recherchen zu verwenden und zu beschreiben, und auch zu schildern, welche Wirkung es auf ihn ausgeübt hatte. Als er sich die rührende Szene noch einmal vor Augen malte, stellte er mit plötzlicher Begeisterung fest, dass er es nicht erwarten konnte, mit seiner Arbeit anzufangen.

Wirklich mächtig glücklich, dachte er und wiederholte im Geiste die ungewohnte amische Formulierung. Die Ausdrucksweise der Amisch war gewöhnungsbedürftig, aber er wollte sich die Mahnungen seiner Schwester zu Herzen nehmen und sich als vertrauenswürdig erweisen. Sobald er diesen Auftrag erledigt hätte, wollte er über einen lange verdienten Urlaub nachdenken. Janice würde sich freuen, das zu hören. Und auch Kari, die vielleicht sogar mit ihm nach Vermont fahren und in Großvaters altem Sommerhaus wohnen dürfte. Ein angenehmer Gedanke, obwohl er bezweifelte, dass er sich je überwinden könnte, solche Träume in die Tat umzusetzen.

Aber vorher kam dieser Auftrag: Die Amisch und ihre Familientraditionen. Heute Abend würde er seine Recherchen ins Laufen bringen und genau die richtigen Worte sagen. Hoffentlich könnte er Susanna Zook zum Reden bringen. Vielleicht sogar ihren Mann.

Dann fiel ihm Susannas wunderbare Enkelin ein. *„Eifrig wie eine Honigbiene“*, hatte die Frau von dem Kind gesagt.

Annie ist genau das, was ich brauche, dachte er.

7

Susanna piekste eine spitze Fleischgabel in die Schweinekoteletts und überprüfte, ob das Fleisch weich genug war. „Heute Abend gibt es ein gutes Abendessen", sagte sie in einem fast singenden Tonfall. „Willst du nicht doch mit uns essen, Rachel?"

Rachel, die mit Annies Hilfe das Besteck auf den Tisch zählte, schüttelte den Kopf. „Ich habe meine Meinung nicht geändert, Mama. Ich frühstücke nicht mit unseren Gästen, und ich würde mich auch nicht wohl fühlen, wenn ich mich beim Abendessen zu ihnen setzen müsste. Du weißt, wie ich darüber denke, mit Fremden zu essen."

„Mit Fremden! Rede doch kein so dummes Zeug! Sobald unsere Gäste ihren Hut an unsere Garderobe gehängt haben, sind sie keine Fremden mehr." Sie seufzte verzweifelt.

Rachels Miene verriet ihren Schmerz. „Ich rede kein dummes Zeug. Ich will einfach für mich bleiben. Das ist alles."

Susanna fürchtete, sie könnte die Gefühle ihrer Tochter verletzt haben. „Gut. Ich überlasse es dir, was du tun willst." So lief es fast immer: Rachel blieb sich selbst überlassen und ging in ihrer Trauer auf. Wäre Annie nicht gewesen, die voller Leben und Energie steckte, dann würde Rachel vielleicht nie über die Grundstücksgrenzen hinausgehen, weder in die eine noch in die andere Richtung. Außerdem fragte sich Susanna, ob ihre Tochter wohl je auf die Idee käme, wieder blaue oder violette Kleider zu tragen und ihre düsteren grauen Trauerkleider abzulegen. Wenn sie sowieso nichts sehen konnte, welche Rolle spielte es dann, welche Farbe ihr Kleid hatte?

„Annie und ich nehmen im Salon hinter verschlossener Tür unser Abendessen ein", sagte Rachel leise. „Das ist dir doch recht so, Mama?"

„Nein, Tochter, das ist mir *nicht* recht." Sie war selbst überrascht, dass sie schließlich ihre wahren Gefühle zeigte. Wahrscheinlich hätte sie schon vor einem Jahr oder noch früher etwas sagen sollen, als die angemessene Trauerzeit vorbei gewesen war. Aber Rachels Trauer schien kein Ende zu nehmen. Susanna machte sich große Sorgen. Ihre Tochter schien sich mit ihrem Zustand vollkommen zufrieden zu geben.

Die sonderbaren Symptome ihrer Blindheit belasteten sie fast genauso sehr wie die Gleichgültigkeit und Teilnahmslosigkeit ihrer Tochter. Sie vermutete, dass Rachels Zustand eine andere Ursache hatte als eine normale körperliche Krankheit. Ein Arzt in Philadelphia, ein Augenspezialist, hatte eine ganze Reihe von Untersuchungen durchgeführt und sogar Sensoren an Rachels Kopf angebracht. Er hatte ihre Gehirnströme gemessen und konnte körperlich keine Ursachen für ihre Erblindung finden. Ohne ein Blatt vor den Mund zu nehmen, hatte er gesagt, dass es für Rachels Sehstörung keine medizinische Ursache gebe. Den Untersuchungen zufolge registrierte ihr Gehirn sogar Bilder!

Er hatte Rachels Problem als eine psychische Störung bezeichnet, irgendeine Hysterie. So etwas wie hysterische Blindheit, die manchmal auftritt, wenn ein Mensch etwas mit ansehen musste, das so schrecklich war, dass sein Verstand sich entscheidet, alle visuellen Bilder auszuschalten. Er hatte auch von Untersuchungen bei Flüchtlingen aus Kambodscha berichtet, hauptsächlich bei Frauen, die gezwungen gewesen waren, mit anzusehen, wie ihre Familien hingemetzelt wurden. Bei diesen Patienten war auch die eine oder andere Form dieser Hysterie festgestellt worden. Dazu gehörte unter anderem, dass sie zeitweilig blind, taub oder gelähmt waren. „Ich habe von Fällen gehört, die bis zu zehn Jahren oder sogar noch länger dauerten“, hatte der englische Arzt ihnen berichtet. „Aber das kommt sehr selten vor.“

Susanna seufzte, als sie an diese Fahrt nach Philadelphia und die sonderbaren Bemerkungen des Augenspezialisten zurückdachte. Ehrlich gesagt, *hatte* sie schon vermutet, dass etwas Psychisches dahinter steckte. Ihre Vermutung wurde dadurch noch verstärkt, dass Rachel sich hartnäckig weigerte, über Wunderheiler zu sprechen. Aber das war nicht das Einzige, was ihre arme, liebe Tochter in letzter Zeit nicht hören wollte. Genauso vermied sie es, über den Unfall zu sprechen, der ihren Mann und ihren Sohn das Leben gekostet hatte. Das ging sogar so weit, dass sie sich entschuldigte und eilig das Zimmer verließ, sobald auch nur im Entferntesten eine Bemerkung in dieser Richtung fiel. Auch Annie schirmte sie vor der Wahrheit ab. Rachel vermied es um jeden Preis, beunruhigende Erinnerungen bei sich selbst oder bei ihrem kleinen Mädchen zuzulassen. Rachel war emotional verletzt und dadurch ein bisschen wirr im Kopf. Obwohl Rachels Augenlicht inzwischen längst hätte zurückkehren müssen, hatte Susanna die Hoffnung auf eine volle Genesung noch nicht aufgegeben. Auf die eine oder andere Weise würde ihre Tochter irgendwann wieder sehen können.

Insgesamt war es jedoch eine große Freude, sie im Haus zu haben. Als sie vor zwei Jahren Rachel und Annie vorschlugen, zu ihnen zu ziehen, war es das Beste, was Susanna und Ben für ihre Tochter, ihre Enkelin und auch für sich selbst hatten tun können. Rachel übernahm bereitwillig einen großen Teil der Hausarbeit. Besonders bei den riesigen Wäschebergen war ihre Hilfe deutlich zu spüren. Sie war auch eine gute Köchin und half im Gemüse- und im Blumengarten hinter dem Haus. Sie war immer gerne bereit zu helfen und arbeitete gut und zuverlässig. Das war unbestritten. Aber ihren Schritten fehlte jeder Schwung und jegliche Lebensfreude.

Rachel ermahnte sie häufig, die Kreuzung zu meiden. Das verstand Susanna sehr gut. Ihr selbst graute ebenfalls davor, dieser gefährlichen Stelle zu nahe zu kommen. Was jedoch bedeutete, dass sie wertvolle Zeit damit vergeudeten, erst auf der Bundesstraße 340 nach Westen zu fahren – fort von dem Unfallort – und dann nach Süden auf der Lynwood Road, wenn sie zum Gottesdienst fuhren oder Susannas Schwestern, Kusinen oder Lavina Troyer zu Nähtagen oder ähnlichen Anlässen besuchen wollten.

Dass sie die Kreuzung mieden, war eines der wenigen Dinge, die Rachel verlangte. Es war eigentlich sinnlos, da sie sowieso nicht viel sehen konnte. Aber sie kamen wenigstens in dieser

Frage ihrem Wunsch nach. Noch etwas anderes ließ Susanna einfach keine Ruhe: Rachel bestand darauf, ihre *eigene* Gemeinde zu besuchen, die amische Mennonitengemeinde, für die sie und Jakob sich entschieden hatten. Aber es gab Tage, an denen es einfach nicht passte. Deshalb musste Rachel sich doch öfter mit Predigtgottesdiensten nach der Alten Ordnung im Haus der einen oder anderen Tante begnügen.

Trotz der gelegentlichen Umstände hatte Susanna sich mehr oder weniger damit abgefunden, einiges so zu machen, wie Rachel es haben wollte. Denn wenn man es sich genau überlegte, war das schließlich das Mindeste, was sie und Benjamin für ihre behinderte Tochter tun konnten.

„Mama?“, riss Rachels Stimme Susanna aus ihren Gedanken. „Du bist so still.“

„Ja, das kann sein“, erwiderte sie und wischte sich die Hände an der Schürze ab. „Ich wollte dich nicht verletzen. Ehrlich nicht.“

Rachel machte sich daran zu schaffen, das Geschirr aus dem Schrank zu holen. „Wahrscheinlich war ich selbst schuld.“

Annie blickte auf. Ihre blauen Augen waren nachdenklich zusammengekniffen. Dann stand sie schnell auf und rief Copper, der durch die Hundeöffnung in der Mückengittertür in die Küche geschlüpft kam. Das Mädchen und der Hund hüpften hinaus.

„Lauf nicht zu weit“, ermahnte Susanna sie. „Das Abendessen ist fast fertig.“

„Ach, sie braucht ein bisschen Auslauf“, sagte Rachel. „Annie war den ganzen Tag im Haus.“

„Und wie steht es mit *dir,* Tochter?“ Susanna stand an der Hintertür und betrachtete den Herbstdunst, der sich über den Obstgarten legte. „Warum gehst du nicht hinaus und setzt dich ein wenig in die Sonne? Die frische Luft wird dir gut tun.“

Rachel seufzte. „Vielleicht morgen.“

Susanna drehte sich um und schaute ihrer Tochter zu, wie sie frisch gebügelte Stoffservietten, Teller und das Silberbesteck auf das Holztablett räumte. Dann bewegte sich Rachel langsam zum

Esszimmer und tastete sich dabei mit ihren nackten Füßen über den Boden, wie es inzwischen ihre Gewohnheit geworden war.

Vielleicht morgen ...

Susanna war Rachels alter Leier müde. Immer wieder sagte sie das Gleiche. Würde dieses morgen je kommen? fragte sie sich. Und wenn es tatsächlich käme, was wäre nötig, um Rachel aus ihrer Lethargie zu reißen?

Etwas verärgert öffnete sie die Moskitotür, ging hinaus, setzte sich in der untergehenden Sonne auf die Veranda und schaute Annie und ihrem lebhaften Hund zu, die durch den breiten Hof liefen. Sie jagten einander um die ovale Gartenlaube herum.

In der Luft lag ein Anflug von Holzrauch. Susanna genoss diesen Geruch und atmete ihn tief ein. Eine Vogelschar flatterte mit lauten Flügelschlägen über ihren Kopf hinweg. Susanna vermutete, dass sie Vorbereitungen für ihren Flug in den Süden trafen.

Sie freute sich über die Hortensien, die sich allmählich hellrosa färbten und lang und buschig im Hof hinter dem Haus blühten. Bald würden sie gelblich und braun werden, wenn der September verging und ihre Blütezeit vorbei war. Der Rasen war immer noch grün, aber sie konnte sehen, dass er bereits anfing, seine saftige Farbe zu verlieren, und sich auf seinen Herbstschlaf einstellte. Wann war *das* geschehen? fragte sie sich. Die Wende der Jahreszeiten war rund um sie herum sichtbar. Der Herbst kündigte sich mit seinen strahlenden roten, orangen und goldenen Farben an.

Annie war noch ganz jung und stand am Anfang des Frühlings, während Susanna und Benjamin den ersten Winter ihres Lebens in vollen Zügen genossen.

Aber Rachel ... wo stand *sie*? Wenn man sie ansah, hätte man meinen können, sie sei älter als sie alle zusammen! Aber Susanna zwang sich, das Angenehme zu sehen, und freute sich darüber, dass ihre verwitwete Tochter eine starke Entschlossenheit besaß. Das Mädchen war fast nicht zu übertreffen, wenn sie Nadel und Faden in die Hand bekam. Besonders im Häkeln war sie eine Meisterin ihres Fachs. Sie hatte die hübschesten Muster für mehrere Tagesdecken auf den Betten in den Gästezimmern angefertigt und schien diese Arbeit zu genießen. Wenn die Frauen sich zum Apfelpflücken oder Einmachen trafen, war Rachel immer dabei und hatte immer ein Lächeln auf den Lippen. In solchen Augenblicken vermutete Susanna, dass sie Rachel am leichtesten aus ihrem Schneckenhaus herauslocken konnte, wenn sie dafür sorgte, dass sie immer etwas zu tun hatte. Wenigstens hatte sie dann keine Zeit, sich mit unangenehmen Gedanken zu quälen.

„Komm jetzt, Annie", rief sie und musste über die unbändige Energie des Mädchens schmunzeln. Sie hatte so viel Ähnlichkeit mit ihrer Mutter, wenn sie draußen spielte und ausgelassen herumtobte. Genauer gesagt, sie hatte Ähnlichkeit mit ihrer Mutter, wie diese *früher* einmal gewesen war.

Damals, als sie noch auf ihrem Hof wohnten, war Rachel immer als Letzte ins Haus gekommen, wenn die Essensglocke geläutet wurde. Als Kind wäre sie am liebsten immer im Freien geblieben, sogar die ganze Nacht, statt im Sommer in ein Haus zu kommen, das von der Sonne aufgeheizt war, oder, wie sie immer sagte, in ein dunkles Haus im Winter. Für die kleine Rachel waren Häuser düstere Höhlen im Vergleich zu den strahlenden Wiesen und dem grenzenlosen Ackerland um das große Bauernhaus herum. Selbst jetzt vermisste Rachel wahrscheinlich noch den Hof, auf dem sie in ihrer Kindheit über die Felder gelaufen war und ihren älteren Brüdern und Schwestern geholfen hatte, den Boden zu bearbeiten und die Ernte einzubringen.

Susanna stand auf und rief Annie erneut. „Bring bitte Copper mit. Es ist Zeit, dir vor dem Essen die Hände zu waschen."

„Ist es schon so spät?", fragte Annie mit großen Augen. „Wir sind doch gerade erst herausgekommen."

„Das kommt dir nur so vor." Mit diesen Worten kehrte sie ins Haus zurück.

Benjamin wusch sich gerade die Hände, als Susanna in die Küche trat. „Riecht gut, nicht wahr?", begrüßte sie ihn.

„Es muss ja köstlich schmecken, wenn *du* gekocht hast." Sein braun gebranntes, faltiges Gesicht lächelte sie freundlich an. Er trug sein bestes weißes Hemd und seine braunen Hosenträger und war für das Abendessen gekleidet. Seine grauen Haare sahen etwas verklebt aus. Susanna vermutete, dass er den ganzen Nachmittag mit dem Strohhut auf dem Kopf draußen gewesen war und den Rasen vor dem Haus in Ordnung gebracht hatte. Der Mann hatte immer zu tun, ob hier auf dem Gelände um die Frühstückspension herum oder drüben auf ihrem alten Hof, wo er seinen Söhnen half, das Land zu bearbeiten.

„Wir haben heute Abend das ganze Haus voller Gäste", berichtete sie ihm und konzentrierte sich auf das Abendessen.

„Ja. Ich glaube, wir haben auch einen Großstadtreporter bei uns im Haus." Benjamin nahm das Handtuch und trocknete sich die Hände ab.

„Einen Reporter? *Hier bei uns?* Bist du sicher?"

Er lächelte und legte den Arm um ihre Hüfte. „So sicher, wie der Zuckerahorn rot wird. Ich habe ihn auf einen Kilometer Entfernung gerochen. Philip Bradley heißt er, und du solltest lieber gut aufpassen, was du beim Abendessen sagst."

Ben musste es wissen, dachte sie. Sie hatte seine von Gott gegebene Gabe schon öfter erlebt. Es war die Gabe der Erkenntnis. Er konnte ziemlich genau sagen, wer wer war und was was war, bevor irgendjemand sonst etwas bemerkte. Susanna fand das sehr gut. Ja, sie würde sehr gut aufpassen, was sie in den nächsten Tagen sagte.

Es gefiel ihr einfach nicht, dass irgend so ein dunkelhaariger englischer Reporter hier herumschnüffelte, unter ihrem Dach lebte und Geschichten schrieb, die vollkommen erlogen oder bestenfalls verfälscht waren. Das gefiel ihr überhaupt nicht.

Sie hatten mehr als genug von falscher Berichterstattung. Über die Amisch wurde immer wieder in der einen oder anderen Zeitung geschrieben, besonders seit dieser Drogensache im letzten Sommer. Aber in ihren Augen waren Reporter ohnehin nur auf Übertreibung und Sensationslust aus. Sie kannte keinen einzigen amischen Jugendlichen, der in irgendeiner Weise mit Drogen zu tun hatte. Niemals! Wenigstens nicht in ihrem Gemeindebezirk. Englische Zeitungen wurden von manchen irregeleiteten Reportern verfasst, die nichts anderes im Sinn hatten, als Aufsehen zu erregen und Dollars zu verdienen. Wenn es darauf ankam, musste man selbst entscheiden, was man für richtig und was man für falsch hielt. So war es schon immer gewesen.

8

Philip starrte auf den Bildschirm seines Laptop-Computers und las die Sätze, die er vor dem Abendessen geschrieben hatte. *Bevor* die freundliche Wirtin, Mrs. Susanna Zook, beschlossen hatte, ihm mit einem Mal die kalte Schulter zu zeigen. Anfangs hatte er angenommen, ihre distanzierte Haltung beim Essen habe damit zu tun, dass sie und ihr Mann mit mehreren anderen Gästen in ein Gespräch vertieft waren, drei Ehepaare aus dem Mittleren Westen, die ziemlich wenig Ahnung vom amischen Lebensstil hatten und das Gespräch an diesem Abend sehr stark bestimmten. Diese Wende war ihm sehr entgegengekommen, denn so hatte er eigentlich nur zuhören müssen, was Susanna und Benjamin ihnen antworteten. Trotz der immer wieder durchscheinenden Zurückhaltung in ihren Antworten hatte er einiges über amische Traditionen erfahren.

Der faszinierendste Aspekt des Abends war jedoch der große Auftritt von Annie Yoder gewesen, die Benjamin als ihre „kleinste Helferin" vorgestellt hatte. Sie war genauso fröhlich und aufgeweckt, wie seine Nichte in diesem Alter gewesen war. Doch er machte sich keine falschen Hoffnungen, dass er mit der Enkelin der Zooks Freundschaft schließen könnte. Die Pensionswirte waren ihm gegenüber ziemlich vorsichtig geworden. Die unübersehbare Veränderung in ihrem Verhalten stellte ihn vor ein Rätsel.

Morgen früh würde er als Erstes die Straße zu den Dorfläden hinabwandern und versuchen, ob er die Einheimischen ein wenig beobachten könnte, bevor er am Nachmittag zu formellen Interviews aufbrechen wollte. Beim Durchblättern des Touristenführers war ihm aufgefallen, dass mehrere Läden in Bird-in-Hand, darunter *Fischers handgenähte Quilts* und die *Quilts- und Holz-Scheune,* echte amische Quilts, die berühmten handgenähten Steppdecken, Wandbehänge und andere handgearbeitete Sachen zum Verkauf anboten. In solchen Läden standen oft Leute herum und unterhielten sich bei einer Tasse Kaffee oder einem Glas Apfelschorle. Er hatte gute Chancen, zu dem einen oder anderen Einheimischen unmittelbar Kontakt aufzubauen, bevor er Stephen Florys Kontaktmann interviewte. Am besten wäre es natürlich, wenn er mit Susanna Zook wieder an ihre Beziehung von heute Nachmittag anknüpfen könnte.

Was *hatte* er nur gesagt oder getan, dass die Zooks plötzlich so misstrauisch waren?

* * *

„Ach, du bleibst ja nicht richtig sitzen", tadelte Rachel ihre Tochter. Sie ließ ihre Finger über die langen, seidigen Locken gleiten, legte Annies Haare nach links und nach rechts und bemühte sich nach Kräften, einen sauberen Zopf zu flechten.

„Es ist so schwer, still zu sitzen, Mama."

Rachel verstand sie sehr gut. „Das fiel mir auch sehr schwer, als ich in deinem Alter war."

„Wirklich?"

„Oh ja, mein Liebes." Sie erinnerte sich an die vielen Male, als ihre Mama sie ermahnt hatte, nicht ständig herumzurutschen. „Das war lange, bevor du geboren wurdest", fügte Rachel hinzu.

„Wie alt warst du, als es anfing ... das Rutschen, meine ich?"

Rachel musste lachen. „Ach, weißt du, wahrscheinlich wurde ich schon mit dem Rutschen geboren. Ich wollte immer über die Felder deines Großvaters Benjamin laufen und in den Maisfeldern Verstecken spielen und lauter solche Sachen. Du kannst ihn gerne danach fragen."

Annie musste sich wieder bewegt haben, denn Rachel glitt der Zopf aus den Händen. „Ach, wo bist du denn jetzt schon wieder?"

„Ich bin hier, Mama. Genau vor dir." Es folgte eine lange Pause. Rachel hörte nur Annies kurzes, schweres Seufzen. „Wie viel von mir kannst du im Augenblick sehen?"

Ein Schmerz durchfuhr sie. „Warum fragst du das?"

„Weil ich es wissen will."

Rachel wusste nicht, wie sie irgendjemandem die Wahrheit sagen konnte. Am allerwenigsten ihrem kleinen Mädchen. Ihr Herz schlug schwer gegen ihre Rippen, so hart, dass sie sich fragte, ob Annie vielleicht sehen konnte, wie ihre Schürze sich bewegte.

„Mama? Willst du mir nicht sagen, was du siehst?"

Sie seufzte. Diese Frage widerstrebte ihr zutiefst. Sie wollte kein einziges Wort über ihre Blindheit verlieren. „Ich ... es ist nicht so leicht, dir zu sagen, was ich sehe und was ich nicht sehe", begann sie. „Wenn ich meine Hand zu deinem Gesicht hochhebe, so wie jetzt ..." Sie streckte die Hand aus, betastete Annies Stirn und ließ ihre Finger über die warmen Wangen und die vertraute Stupsnase gleiten. „... wenn ich das tue, kann ich dich auf meine Weise sehen."

„Aber was ist, wenn ich ganz nahe an dich herankomme, so wie jetzt?", fragte Annie. „Kannst du *dann* mein Gesicht sehen, ohne dass du es berührst?"

Traurig wusste Rachel, dass sie es gar nicht zu versuchen brauchte. „Manchmal sehe ich ein bisschen Licht, aber nur an guten Tagen. Es spielt keine Rolle, wie nahe du bei mir sitzt, Annie. Ich sehe überhaupt nichts von deinem Gesicht."

„Was ist mit meinen Augen? Wenn ich sie ganz groß mache, so wie jetzt?"

Rachel konnte sich vorstellen, was ihre Tochter machte. „Sind deine Augen so groß wie zwei Monde?", fragte sie und spielte das Spiel mit.

„Ja, sehr große Monde." Annie kicherte.

„Und sind sie große und schöne *blaue* Monde?", fragte sie schnell weiter und hoffte, Annies Aufmerksamkeit damit von ihrer Blindheit ablenken zu können.

„Woher weißt du das, Mama? Ja, sie sind blau!" Annie saß jetzt auf ihrem Schoß und umarmte sie. „Oh, Mama, du *kannst* mich sehen! Du kannst es!"

Sie wartete, bis Annie sich ein wenig beruhigt hatte. „Nein, ich kann dein Gesicht wirklich nicht sehen. Aber ich weiß, wie schön und blau deine Augen sind. Ich habe dich in der Nacht gesehen, in der du geboren wurdest, und ich habe dich jeden Tag deines Lebens gesehen bis ..."

„Jeden Tag bis was, Mama? Bis zu dem Unfall?"

Rachel zog schnell die Luft ein und musste husten. Jemand hatte Annie an die Kreuzung erinnert und ihr von diesem schrecklichen Tag erzählt. Natürlich musste das jemand getan haben, denn ihre Tochter war damals erst vier gewesen und hätte sich von selbst bestimmt nicht mehr daran erinnert, wenn nicht jemand nachgeholfen hätte.

Wer?

Jetzt versuchte sie tatsächlich, sich anzustrengen, um sehen zu können, jetzt, da sie ihre geliebte Tochter in die Arme schloss und sie eng an sich schmiegte. Sie versuchte es so sehr, dass es wehtat. Es war, wie wenn man weiß, dass am Ende eines langen, langen dunklen Tunnels ein Licht ist. Und man weiß das nur, weil andere einem sagen, dass es da ist, und man versucht mit aller Kraft, es selbst zu sehen.

Ohne Annie loszulassen, beugte sich Rachel vor ... und strengte sich an. Sie bemühte sich, einen kleinen Blick auf die winzige, runde Öffnung – das Licht – am Ende der Dunkelheit, *ihrer* Dunkelheit, zu erhaschen. Am Ende der Schmerzen.

„Warum kannst du nicht sehen, Mama?"

„Ich ... nun ..." Sie konnte es nicht erklären. Wie konnte sie ihrer Tochter etwas so Kompliziertes begreiflich machen?

„Mama?"

Sie fühlte Annies Tränen auf ihrem Gesicht. Ihr würde das Herz brechen, wenn sie dem Ganzen nicht mit aller Kraft Einhalt gebot. „Du brauchst nicht zu weinen. Das ist doch nichts Schlimmes", sagte sie und streichelte den kleinen Kopf.

„Ich werde nicht weinen", sagte Annie schniefend. „Ich verspreche, ich werde nicht weinen, Mama, wenn *du* auch nicht weinst."

Wieder trafen sie diese Worte wie ein spitzes Messer. Woher

wusste Annie von Rachels Tränen? Hatte sie gehört, was ihr Großvater damals gesagt hatte, bevor sie hierher gezogen waren? Erzählte Benjamin den Leuten immer noch, dass seine Tochter sich die Augen aus dem Kopf geheult hätte, dass das der Grund dafür sei, warum sie nicht sehen konnte? Natürlich glaubte niemand in der Amischgemeinschaft wirklich, was der englische Arzt gesagt hatte. Wenigstens glaubte es jetzt niemand mehr. Er hatte gesagt, Rachel würde bald wieder sehen können. Aber dem war nicht so gewesen. Kein noch so starkes Wünschen oder Hoffen hatte ihr das Augenlicht zurückbringen können.

„Versprichst du es mir, Mama?“, sagte Annie wieder.

„Ich kann es nicht mit Sicherheit versprechen, aber ich werde es wenigstens versuchen.“

„Das ist gut. Denn wir müssen morgen Kürbisse ernten. Kommst du mit und hilfst mir?“ Annie schlang ihre schlanken Arme um Rachel.

„Vielleicht“, antwortete Rachel und erwiderte ihre Umarmung. „Ja, vielleicht komme ich morgen mit.“

* * *

Philip ging seine Interviewfragen noch einmal durch. Er formulierte sie vorher, wie seine Schwester ihm geraten hatte, und schrieb sie sogar ausnahmsweise in Langschrift auf. Er hielt inne, starrte auf den Schreibtisch und spielte mit seinem Kugelschreiber. Er bewunderte die vielen Fächer und Schubladen und dachte, dass die meisten Menschen sich wahrscheinlich keine Gedanken über die Größe eines Faches für Büroklammern, Heftklammern und dergleichen machten. Aber er gehörte zu den Menschen, die eine Ordnung mit System zu schätzen wussten, und der Tisch, auf dem sein Computer und seine Akten zu Hause in seinem Büro standen, reizte nicht besonders zu einer vernünftigen Organisation seines Arbeitsmaterials.

Während er die verschiedenen Schubladen öffnete und wieder schloss und die Nischen in dem faszinierenden Schreibtisch untersuchte, verstärkte sich sein Eindruck, dass sein Ablagesystem zu Hause zu begrenzt war.

Wo könnte ich einen solchen Schreibtisch auftreiben?, grübelte er. Susanna oder Benjamin Zook wollte er lieber nicht fragen. Vielleicht könnte ihm jemand in dem Country Store einen Tipp geben, wo solche Antiquitäten verkauft wurden. Ja, das wollte er morgen nach seinen Interviews machen: Er würde sich auf die Suche nach einem Antiquitätenladen begeben. Dieser Plan, so einfach er auch war, weckte in ihm eine überraschend neue Energie. Was nicht bedeutete, dass er nicht immer noch völlig erschöpft gewesen wäre. Aber dieser Gedanke war wirklich faszinierend.

Als er gerade überlegte, dass er vor dem Schlafengehen noch einmal nach unten gehen und den Touristenführer durchblättern könnte, stieß er auf eine ziemlich flache, dünne Schublade. Sie war nicht höher als fünf Zentimeter und ideal für dünnes Briefpapier oder einen kleinen Stoß Computerpapier.

Die Schublade klemmte. Er versuchte mit etwas mehr Kraft, sie zu öffnen. Sie bewegte sich keinen Millimeter, so sehr er sich auch anstrengte. Die Schublade wollte sich einfach nicht herausziehen lassen.

„Das ist aber seltsam", murmelte er laut. Dann ging er auf die Knie und spähte unter den Schreibtisch. Er versuchte zu sehen, was daran schuld sein könnte, dass die Schublade nicht funktionierte.

Die Deckenlampe und die Lampen auf beiden Seiten des Schreibtisches warfen einen dunklen Schatten auf die Unterseite des Möbelstücks. Es war so dunkel, dass er aufstand und zu der Leselampe auf dem Tisch neben dem Bett ging und den Stecker aus der Dose zog. Er trug sie hinüber und steckte sie in die Steckdose neben dem Schreibtisch. Dann entfernte er den Lampenschirm und legte somit die nackte Glühbirne frei. Er kam sich wie ein Pfadfinder bei irgendeinem Abenteuer vor, obwohl er als Kind nie Pfadfinder gewesen war.

Auf dem Boden hockend, leuchtete er direkt unter den Schreibtisch und hoffte herauszufinden, warum die Schublade klemmte. Mit der Lampe in der Hand erspähte er etwas, das ein wenig aus einem Spalt herauslugte. In der einen Hand hielt er immer noch die Lampe, mit der anderen griff er danach. Was es genau war, konnte er nicht mit Bestimmtheit sagen. Aber er war fest entschlossen, es herauszufinden.

Er wackelte und zog vorsichtig daran und stellte fest, dass es sich um kein typisches Schreibpapier handelte. Es war eher wie feste Pappe. Er schaute genauer hin und überlegte, wie er das Papier herausbekommen könnte.

Er stand auf, stellte die Lampe vorsichtig neben seinen Computer und begann dann wieder, die schmale Schublade zu bearbeiten und daran zu rütteln. „Komm schon", knurrte er ungeduldig. Vorsichtig und ganz langsam zog er die Schublade aus ihrer eingeklemmten Stellung.

Als er sie endlich herausgezogen hatte, musste er feststellen, dass die Schublade völlig leer war. Am hintersten Ende des Spaltes lag das Problem. Er fuhr mit den Fingern in die schmale Öffnung und zog daran.

Der Übeltäter erwies sich als eine verknitterte, einfache Postkarte, die etwas vergilbt und an den Ecken leicht eingerissen war. Die Briefmarke war auch schon etwas verblasst, aber der Poststempel – 17. Mai 1962 – war noch deutlich lesbar. Genauso wie die Schrift. Die Worte waren in einer fremden Sprache geschrieben. Er hatte keine Ahnung, was sie bedeuteten, denn er hatte diese Worte noch nie gesehen. War es möglich, dass sie in der abgewandelten Form des Althochdeutschen geschrieben war, der Sprache, die die meisten Amisch der Alten Ordnung benutzten?

Philip war neugierig, aber er hatte in dieser Gegend Wichtigeres zu erledigen, als sich über eine zerknitterte Postkarte den Kopf zu zerbrechen. „Ach, welch eine furchtbar wichtige Arbeit", sagte er und ahmte dabei eine Formulierung nach, die er während des Abendessens mehrmals gehört hatte.

Dann kam ihm eine Idee. Möglicherweise war die Karte genau

das, was er brauchte, um Susanna Zooks Gunst wiederzuerlangen. Er würde ihr morgen noch vor dem Frühstück, bevor die anderen Gäste kämen, die Postkarte zeigen. Vielleicht wäre sie in einem Gespräch unter vier Augen sogar bereit, ihm die Botschaft zu entziffern, obwohl er nie so dreist wäre, sie darum zu bitten.

Höchstwahrscheinlich gehörte die Karte den Zooks. Vielleicht waren sie ganz froh, dass er sie gefunden hatte. Vielleicht war sie auch ganz wertlos. Er fragte sich, wie lange die Karte wohl in der Schublade gesteckt hatte. Noch interessanter war die Frage, wie sie in diesen alten Schreibtisch geraten war? Bei seiner Arbeit stellte er häufig die „fünf W-Fragen“, die ein guter Reporter immer beachten musste: Wer? Was? Warum? Wo? und Wann? Die Frage nach dem *Wie?* durfte natürlich auch nicht außer Acht gelassen werden.

9

Philip fand keine Ruhe.

Die Nacht war für Mitte September außergewöhnlich warm, auch wenn es noch zu früh war, um von einem Altweibersommer zu sprechen, da der erste Frost noch nicht gekommen war. Er rollte sich aus dem Bett und öffnete das Fenster. Dann schaltete er den Ventilator an der Decke ein und hoffte, die Nachtluft und das summende Geräusch würden ihm helfen, bald wieder einzuschlummern. Da er es nicht gewohnt war, in völliger Stille zu schlafen, suchte er in dem Zimmer nach einem Radiowecker, nach irgendetwas, das ein paar Hintergrundgeräusche verursachte, etwas, das ihn ablenkte.

Es gab nicht einmal einen Wecker, geschweige denn ein Radio. Und keinen Fernseher. Das waren die angepriesenen Vorzüge einer abgelegenen Frühstückspension: Stille und Frieden, begleitet von einem tiefen Schweigen in der Nacht, das nur durch eine Vielzahl von Insekten und dem lauten Zirpen der Grillen gestört wurde.

Philip lag wach auf dem Bett und konzentrierte sich auf das lautstarke Zirpkonzert vor dem Fenster. Als er dem Rhythmus im Gesang der Grillen lauschte, stellte er nach einer Weile fest, dass sich die verschiedenen Kadenzen allmählich aufeinander abstimmten. Er hatte von diesem Phänomen gelesen. Bei den Pendeln von Uhren, die an derselben Wand aufgehängt waren, war es ebenfalls zu beobachten: Sie schlugen nach einer Weile auch im gleichen Rhythmus aus.

Einen lächerlichen Augenblick lang dachte er an Lauren Hale. Welch ein Glück hatte er, dass sie sich getrennt hatten. Allein schon der Gedanke, dass er hätte anfangen können, sich auf *ihr* Denken und ihre Lebensweise einzupendeln, ließ ihn erschaudern. Er wälzte sich wieder aus dem Bett und schüttelte sich. Er hätte klug genug sein müssen, sich nicht auf eine so eigensinnige junge Frau einzulassen, die für nichts anderes als nur für sich selbst Interesse zeigte.

Die Gedanken an diese Beziehung, die von Anfang an keine guten Zukunftsaussichten gehabt hatte, brachten ihn endgültig um den Schlaf. Er beschloss, das Licht einzuschalten. Seine Schlaflosigkeit störte ihn gewaltig. Vielleicht war sein Körper zu müde, zu aufgedreht, um sich zu entspannen. Das war in der Vergangenheit schon oft vorgekommen.

Während er unruhig im Zimmer auf- und abging, fiel sein Blick auf die Postkarte, die er neben seinen Laptop gelegt hatte, bevor er zu Bett gegangen war. Er hob sie auf und betrachtete die gleichmäßige Handschrift des Schreibers. Adressatin der Karte war eine Miss Adele Herr, und obwohl der Straßenname und die Hausnummer bis zur Unkenntlichkeit verblasst waren, waren die Stadt und der Bundesstaat erstaunlich deutlich zu erkennen: Reading, Pennsylvania. Die Karte war nur mit *Gabriel* unterschrieben.

Ein Poststempel war zu erkennen. Die Karte sah noch erstaunlich gut aus, aber andererseits war sie ja auch wer weiß wie lange vor dem Licht geschützt gewesen. Philip setzte sich an den Schreibtisch und untersuchte die Handschrift. Die unbekannten Worte erregten sein Interesse.

Er lehnte sich auf dem Stuhl zurück, streckte seine langen Beine von sich und betrachtete den Apothekerschrank im roten Landhausstil an der gegenüberliegenden Wand, den Fichtenboden mit den breiten Paneelen, auf dem geflochtene ovale Teppiche und die große Kommode standen. Selbst der Ventilator an der Decke erweckte den Anschein, er sei von seinem hohen Alter gebeugt. Wenn er es nicht besser wüsste, hätte er fast auf die Idee kommen können, er sei irgendwie verzaubert und in eine andere, längst vergangene Zeit zurückversetzt worden. Er fragte sich, ob ihn auf irgendeiner Ebene in seinem Unterbewusstsein die Entdeckung der Postkarte tatsächlich aus dem Schlaf gerissen hatte. Aus einem geistigen Tiefschlaf, der ihn trotz seines hektischen Lebenswandels zu lang festgehalten hatte.

* * *

Rachel drehte sich im Schlaf um, als sie hörte, dass in einem der Gästezimmer am anderen Ende des Hauses ein Fenster geöffnet wurde. Im Halbschlaf tastete sie nach ihrer Tochter, die in diesen einsamen Nächten oft neben ihr lag. Annie hatte ein kleines Bett auf der anderen Seite des Raumes, schlief aber nur selten die ganze Nacht in ihrem eigenen Bett. Sie schlief viel lieber neben ihrer Mutter ein. Rachel störte das nicht im Geringsten.

„Annie?", flüsterte sie und setzte sich auf.

„Ich bin hier, Mama", kam die Antwort vom Fußende des Bettes. „Es ist zu heiß zum Schlafen."

„Ich mache das Fenster auf."

„Mach sie bitte *alle* auf", schlug Annie vor.

„Eine gute Idee." Rachel stand auf und zählte vier kurze Schritte zum ersten Fenster. Im nächsten Augenblick stand Annie neben ihr und schob, hilfsbereit wie immer, den Holzfensterladen auf. „So, das ist besser, nicht wahr?", sagte sie und atmete die saubere Nachtluft ein.

Sie standen beide am Fenster und genossen den leichten Wind, der durch das Moskitonetz wehte und zärtlich über ihr Gesicht strich. „Manchmal möchte ich die ganze Nacht draußen schlafen. Vielleicht am Fluss", sagte Annie. „Was hältst du davon?"

Rachel schmunzelte leise. „Ehrlich gesagt, war ich in deinem Alter genauso abenteuerlustig wie du."

„Dann lässt du mich vielleicht einmal unter freiem Himmel schlafen, damit ich den Eulen und den Grillen zuhören kann und ..."

„Still, sprich nicht zu laut", unterbrach Rachel ihre Tochter. „Wir haben heute Nacht Gäste im Haus."

„Entschuldige, Mama. Aber wir haben fast *jede* Nacht Gäste im Haus. Außer im Winter, nicht wahr?"

„Ja, und das ist für uns alle sehr gut. Denn damit verdienen wir unseren Lebensunterhalt. Außerdem können wir dadurch den Touristen ein Segen sein."

„Ja, den Touristen", flüsterte das Mädchen.

Rachel hoffte, ihre kleine Tochter hätte keine Abneigung gegen den nie enden wollenden Gästestrom in der Frühstückspension. „Wir können unseren englischen Freunden viel bieten."

„Das sagt Opa Ben auch immer." Annie ergriff Rachels Hand und führte sie zum Bett zurück. „Ich glaube, ich schlafe bald ein."

„Gute Nacht, mein Liebes."

Annie schwieg einen Augenblick, dann sagte sie: „Willst du es wirklich, Mama? Willst du mich ehrlich *sehen*? Mit deinen Augen ist alles in Ordnung, oder?"

„Wie kommst du denn auf eine so dumme Idee?"

„Josua hat es gesagt."

Rachel konnte sich gut vorstellen, dass der kleine Josua, Lizzys mittlerer Sohn, wahrscheinlich hier und da etwas von den Gesprächen der Erwachsenen aufgeschnappt hatte. Der Junge war zu vorwitzig. „Was sagt Josua denn sonst noch alles?", fragte sie. Ihre Stimme war nicht viel lauter als ein Flüstern.

Annie war plötzlich ganz still.

Rachel fühlte sich nicht wohl dabei, ein so kleines Kind mit Fragen zu bedrängen. „Annie? Geht es dir gut?"

„Ich möchte auf keinen Fall lügen, Mama."

„Gut, dann vergessen wir das Ganze am besten", schlug sie vor und schlüpfte ins Bett, ohne sich zuzudecken. Wenigstens so lange nicht, bis der Wind, der durch das Fenster wehte, das Zimmer ein wenig abgekühlt hätte.

Aber sie war hellwach. Sie konnte kein Auge zutun, auch nachdem Annies Atem schon lange ruhig und gleichmäßig ging. Das arme, liebe Kind ... es hatte schon so viel durchmachen müssen. Alles nur wegen eines unglücklichen Unfalls, der leicht hätte vermieden werden können, wenn sie nicht die Abkürzung hätten nehmen müssen. *Wenn ich nur nicht verschlafen hätte,* dachte sie.

Während sie in der Stille in ihrem Bett lag, stellte Rachel fest, dass sie sich nie vergeben hatte. Sie fühlte sich immer noch verantwortlich für Jakobs und Aarons Tod. Diese Tatsache beunruhigte sie jeden Tag aufs Neue. Was ihre Sehstörung anging, so hatte sie sich in den letzten zwei Jahren ziemlich an ihre Blindheit gewöhnt und tastete sich innerhalb der Grenzen der ihr vertrauten Welt, dem Bereich ihrer einsamen Existenz, durch das Leben. Sie fühlte sich sogar richtig sicher in dem Kokon, den sie um sich gesponnen hatte, aber es brach ihr das Herz, dass sie ihr einziges Kind nicht heranwachsen sehen konnte. Es gab Zeiten, in denen sie es vermisste, ungezwungen im Freien herumzulaufen, lange Spaziergänge auf einsamen Straßen zu unternehmen, durch Obstgärten und über Wiesen zu stromern und die neugeborenen Lämmer im Frühling zu sehen. Gelegentlich fragte sie sich, ob ihr Entschluss, auf keinen Fall Blue Johnny oder einen der anderen Wunderheiler aufzusuchen, richtig gewesen sei. Der Wunsch, wieder sehen zu können, stieg in letzter Zeit immer häufiger in ihr auf.

Eine kühle Brise wehte durch das Fenster. Während sie den Geräuschen der Nacht lauschte, fiel ihr auf, dass der Chor der Grillen lauter als gewöhnlich war. Wenn nicht mehrere Gäste im Haus gewesen wären, hätte sie sich vielleicht die Treppe hinabgeschlichen und auf die Veranda hinter dem Haus gesetzt und den kräftigen, würzigen Duft der feuchten Nacht eingeatmet. In letzter Zeit hatte sich Rachel – obwohl ihre Mutter es kaum glauben würde – bei zwei verschiedenen Gelegenheiten in die Nacht hinausgeschlichen, weil sie aufgrund der warmen Temperaturen nicht hatte schlafen können. Und weil sie Jakob vermisste. Heute Abend hätte sie es vielleicht wieder riskiert, aber Papa hatte sie gewarnt, dass ein New Yorker Reporter in der Gegend herumschnüffelte und, was der Gipfel war, ausgerechnet hier, direkt vor ihrer Nase wohnte. Papa hatte Wind davon bekommen, dass ein bekannter Fremdenführer in Lancaster plante, den Großstädter am kommenden Nachmittag zu einem Gespräch mit einem einheimischen Amischmann zu fahren.

„Pass lieber auf, was du sagst", hatte Papa ihr vor dem Abendessen geraten.

Natürlich hatte sie ihm versprochen, vorsichtig zu sein, obwohl das keine große Änderung ihres Verhaltens bedeutete. Gelegentlich half sie im Souvenirladen aus, einem Anbau auf der Nordseite des Hauses. Sie zog ihre Rolle als stille Helferin vor, und Papa und Mama ließen ihr viel Freiraum, ihr Leben so zu führen, wie sie wollte. Rachels einziges Ziel war Annies Wohlergehen.

Sie drehte sich im Bett zum Fenster um und wünschte, sie könnte davon träumen, wie Jakob sie in den Armen hielt oder ihr liebevolle Worte ins Ohr flüsterte. Ja, das wäre sehr schön. Aber ihre Träume waren nicht immer romantischer Natur. Häufig tauchten mitten in der Nacht quälende Alpträume auf – grauenhafte Bilder von Dingen, die niemals sein konnten. Verzerrte, bösartige Bilder, die überhaupt keinen Sinn ergaben.

Sie wusste, dass auf der anderen Seite dieser grausamen Bilder ihr Sehvermögen war. Dass sie dahinter klar und deutlich sehen könnte. Aber sie war nicht bereit, sich in den Nebelschleier zu wagen, um durch diesen Nebel hindurch zum Sonnenschein zu gelangen.

Während sie allmählich eindöste, hörte sie auf die Geräusche der Nacht, die sich mit ihren Gedanken vermischten, bis sie meinte, die Grillen einstimmig zirpen zu hören: *Jakob ... Jakob ...*

10

Philip erledigte eilig seine übliche Morgentoilette: Rasieren, Duschen, Anziehen. Er konnte es nicht erwarten, noch vor dem Frühstück mit Susanna oder Benjamin zu sprechen. Er steckte die Postkarte in die Brusttasche seines Hemdes und eilte nach unten.

„Guten Morgen", grüßte er und bedachte seine Gastgeberin mit einem freundlichen Lächeln, als er sie im Aufenthaltsraum antraf.

„Haben Sie gut geschlafen?", erkundigte sich Susanna, ohne jedoch auf eine Antwort zu warten. Stattdessen konzentrierte sie ihre Aufmerksamkeit darauf, einige Croissants und Krapfen auf ein Tablett zu legen.

„Ich habe gut geschlafen, danke." Er verriet allerdings nicht, dass er *mitten* in der Nacht ein paar Stunden wachgelegen hatte.

Sie drehte sich um und blickte aus dem Fenster. „Es sieht so aus, als würden wir heute einen richtig schönen Tag bekommen."

„Ja." *Wirklich richtig schön,* dachte er und überlegte, ob jetzt ein günstiger Augenblick wäre, um Susanna die Postkarte zu zeigen, die er in der Schublade des alten Schreibtisches entdeckt hatte.

„Brauchen Sie im Augenblick noch irgendetwas anderes als Kaffee?", fragte sie. Es war nicht zu übersehen, dass sie es eilig hatte, in die Küche zu kommen, und dass sie sich nicht von ihren Frühstücksvorbereitungen abhalten lassen wollte.

„Ein Kaffee genügt mir. Danke."

„Möchten Sie noch etwas anderes dazu? Auf dem Tisch stehen kleine süße Teilchen." Sie deutete auf das Tablett hinter ihm.

Bevor sie verschwinden konnte, beschloss Philip, einen Vorstoß zu wagen. „Ich, äh, ich habe etwas in dem Schreibtisch in meinem Zimmer gefunden." Er griff in seine Brusttasche und holte die Postkarte heraus. „Diese Karte war hinter einer der Schubladen eingeklemmt."

Sie nahm die Karte und warf einen flüchtigen Blick darauf. „Oh, meine Güte!“ Sie rückte ihre Brille zurecht, hob den Kopf und begann zu lesen: „‚Meine liebste Adele ... ‘“ Ihre Stimme wurde leiser, und obwohl ihre Lippen sich tonlos weiter bewegten, begannen ihre Augen zu zucken. „Oh ... äh, das ist schon gut. Behalten Sie das lieber.“ Sie drückte Philip die Karte wieder in die Hand.

„Stimmt etwas nicht?“, fragte er besorgt, als er sah, dass ihr Gesicht ganz blass geworden war.

Sie schüttelte geistesabwesend den Kopf und murmelte etwas in einer Sprache, die er nicht verstand. In ihrem amischen Dialekt. Ihre Stimme war heiser geworden. „Sie müssen mich entschuldigen. Ich habe Würste im Ofen.“ Mit diesen Worten verließ sie das Zimmer.

Er stand mit der unschuldigen Postkarte in der Hand da und starrte die handgeschriebene Nachricht an. *Meine liebste Adele ...* Warum konnte eine Nachricht, die so wunderschön begann, jemanden so aus der Fassung bringen? Er wusste nicht, was er mit der Postkarte anfangen sollte, nachdem Susanna sich geweigert hatte, sie zu behalten. Seine Neugier war entfacht, und jetzt gehörte die Karte rechtmäßig ihm. Immerhin hatte Susanna ihn wörtlich aufgefordert, sie zu behalten.

Er kehrte wieder in sein Zimmer zurück und schrieb die Worte, so gut er konnte, ab ... für den Fall, dass Susanna es sich vielleicht doch noch anders überlegte. Er hätte gerne gewusst, was sie so sehr aus der Fassung gebracht hatte, dass sie aufgehört hatte zu lesen und ihm die Postkarte sozusagen wieder hingeworfen hatte, als hätte sie sich die Finger daran verbrannt.

Sein Verstand arbeitete auf Hochtouren. Er tätigte einen kurzen Anruf mit seinem Mobiltelefon. „Stephen?“, fragte er, als sein mennonitischer Kontaktmann antwortete. „Ich wollte Sie nur wissen lassen, dass ich in der Stadt bin.“

„Wann sind Sie angekommen?“

„Gestern Nachmittag. Ich bin in Bird-in-Hand im ‚Gästehaus am Obstgarten‘. Kennen Sie diese Frühstückspension?“

„Oh ja, ein herrliches Haus, wenn man einmal so richtig abschalten will, habe ich gehört."

Philips Blick fiel auf die Postkarte. „Ich wollte mich nur melden und mich vergewissern, ob es bei unserem Termin heute Nachmittag bleibt."

Stephen grinste. „Ich habe ein herrliches lebendes Exemplar von einem Amischmann für Sie. Abram Beiler gefällt Ihnen bestimmt. Er wird alle Ihre Fragen beantworten."

„Klingt gut. Können wir uns zum Mittagessen treffen? Auf meine Kosten natürlich."

„Ich kann gegen zwölf Uhr dreißig von der Arbeit fortkommen. Sie sind nicht weit weg von der Plain und Fancy Farm. Fahren Sie nur die Straße entlang, in Richtung Osten auf der Bundesstraße 340. Sie sehen sie nach einigen Kilometern auf der linken Seite. Es ist gar nicht zu verfehlen. Kurz bevor Sie nach Intercourse kommen."

„Gut." Er konnte seine Ungeduld nicht mehr zügeln und fragte: „Ich wollte noch fragen, ob Sie vielleicht zufällig die Sprache der Amisch beherrschen?"

„Ich spreche diese Sprache nicht, aber Abram. Was brauchen Sie denn?"

Er erwähnte kurz die Postkarte.

„Da kann Ihnen Abram bestimmt weiterhelfen. Und falls er es nicht kann, gibt es hier, wo ich arbeite, mehrere Übersetzer."

„Das ist gut zu wissen. Dann bis bald." Philip steckte die Postkarte und seine selbst angefertigte Abschrift davon in seine Brieftasche. Dann trat er ans Fenster und schaute auf das weite amische Ackerland, das in der Ferne im Morgendunst vor ihm lag, hinaus. Näher beim Haus, gleich beim Hinterhof, bemerkte er zum ersten Mal, seit er ein Junge gewesen war, dass auf dem Gras Wassertropfen glitzerten und einige dieser Tropfen in dem Licht des frühen Morgens sogar winzige Regenbogen bildeten.

Einem plötzlichen Impuls folgend, drückte er die Nase an das Mückengitter des offenen Fensters und atmete die würzigen Gerüche, die in der Luft lagen, tief ein. Sein Blick wanderte zu dem

Apfelgarten, der einen kleinen Blick auf den dahinter liegenden Bach freigab. Mill Creek, Mühlbach, hieß er laut seiner Landkarte. Bevor er wieder abreiste, wollte er irgendwann einmal hingehen und ihn erforschen. Seine Schwester wäre überrascht zu hören, dass er sich bei dieser Dienstreise tatsächlich ein wenig Zeit für sich selbst gönnte.

Schließlich verließ er das Zimmer und trat auf den Gang hinaus, beugte den Kopf leicht zur Treppe und horchte, ob schon andere Gäste unten waren. Es wäre klug zu warten, bis sich schon mehrere Leute zum Frühstück versammelt hatten, bevor er wieder nach unten ging.

Wahrscheinlich sah er ziemlich seltsam aus, wie er so dastand und auf diese Weise lauschte. Besonders dem kleinen amischen Mädchen, das auf ihn zukam, musste er komisch erscheinen.

„Hallo, Mister."

„Hallo, Annie."

Sie riss die Augen weit auf. „Woher kennen Sie meinen Namen?", fragte sie in einem aufgeregten Flüstern.

„Deine Großmutter hat ihn mir verraten", flüsterte er, genauso aufgeregt, zurück. „Was sagst du dazu?" Er verspürte den Wunsch, sie verspielt am Arm zu stoßen, unterdrückte aber diesen Impuls, um sie nicht zu verschrecken.

Auf ihr Gesicht legte sich ein strahlendes Lächeln. Heute trug sie eine winzige weiße Kopfbedeckung, die eine unübersehbare Ähnlichkeit mit Susannas Kopfbedeckung hatte. Susannas war nur um einiges größer. „Ich habe noch nie jemanden so sprechen hören wie Sie."

„Dann hast du wohl noch nie jemanden aus New York City getroffen, was?"

Sie schüttelte den Kopf. Die Art, wie sie das tat, erinnerte Philip an ihre Großmutter. Susanna hatte genauso den Kopf geschüttelt, nachdem sie die Postkarte gelesen hatte. „Kommen *Sie* denn aus New York?", fragte Annie, immer noch mit einem Grinsen.

„Jawohl, ich bin im Big Apple, im ‚großen Apfel' geboren und aufgewachsen. Ich bin das, was ihr hier einen Großstädter nennt, aber ..." Er bückte sich, um auf derselben Ebene wie das niedliche Kind zu sein, „ ... ich muss dir ein Geheimnis verraten."

„Ein Geheimnis? Ich liebe Geheimnisse." Ihre hellbraunen Augenbrauen schossen aufgeregt in die Höhe.

„Dann verrate ich es dir." Er senkte die Stimme. „Ich halte nicht viel von großen Städten. Sie sind laut und hektisch und ..."

„Warum sind Sie dann hierher gekommen?", unterbrach sie ihn. „Um noch größere Äpfel zu finden?"

Er konnte sich ein Lachen nicht verkneifen. Welch ein wunderbares Kind! Er wünschte sich sechs oder sieben kleine Mädchen wie dieses hier, falls er irgendwann die richtige Frau zum Heiraten fand. „Ich bin hierher gekommen, um *dich* kennen zu lernen, Annie."

„Wirklich?"

„Ja." Er richtete sich jetzt wieder zu seiner vollen Größe auf. „Würdest du bitte mit mir zum Frühstück hinuntergehen?"

„Einverstanden, aber ich kann nicht mit Ihnen essen. Sie sind ein Gast, und ich wohne die ganze Zeit hier." Sie drehte sich um und hüpfte zur Treppe. „Folgen Sie mir einfach, Mister."

„Ich heiße Philip", sagte er und nutzte die Gelegenheit, sich vorzustellen. Das könnte später ganz brauchbar sein.

„Mr. Philip", erwiderte sie. „Mama will immer, dass ich zuerst *Mister* sage."

„Soll mir recht sein." Er folgte ihr die Treppe hinunter und gratulierte sich dazu, dass er eine neue Freundin gefunden hatte. Eine ganz besondere kleine Freundin!

* * *

Rachel wartete, bis alle Gäste das Frühstückszimmer verlassen hatten, ehe sie ihren Vater fragte, ob sie ihn einen Augenblick sprechen könne. „Ich würde dich gerne unter vier Augen sprechen", sagte sie.

„Gut. Gehen wir doch ein wenig spazieren. Was hältst du davon?", schlug Benjamin vor und holte ihren Stock.

Sie hatte nicht die Kraft, sich seinem Vorschlag zu widersetzen. Immerhin war es Wochen her, dass sie sich weiter als zu kurzen Spaziergängen mit Annie aus dem Haus gewagt hatte.

Papa führte sie zur Hintertür. Sobald sie aus dem Haus waren, sprach sie das Thema an, das ihr so schwer auf dem Herzen lag. „Ich weiß nicht genau, wie ich anfangen soll."

„Es ist nicht nötig, bei mir um den heißen Brei herumzureden, Rachel."

Frische Herbstgerüche erfüllten die Luft, und sie erinnerte sich an das Versprechen, das sie Annie gegeben hatte, mit ihr heute Kürbisse zu ernten. „Ich will es kurz machen", sprach sie weiter. „Ich habe den Eindruck, dass neben dem kleinen Josua noch andere Annie einiges erzählen ... über gewisse Dinge, du weißt schon."

„Wenn du den Unfall meinst, dann denke ich, ich weiß genau, worauf du hinauswillst."

Einen kurzen Augenblick wünschte sie, sie könnte Papas Gesicht sehen, sie könnte beobachten, wie die Lachfältchen tiefe Furchen in seine Mundwinkel gegraben hatten, und sie könnte die Aufrichtigkeit und Güte in seinen Augen sehen. Sicher war er nicht derjenige gewesen, der Annie etwas erzählt hatte. Ach, sicher nicht.

„Sie ist immer noch so jung, findest du nicht? Und auch ziemlich klein für ihr Alter", fügte Rachel hinzu.

„Ja, das ist sie. Trotzdem ist es an der Zeit, dass du dich mit ihr hinsetzt und über alles sprichst. Dass du ihr sagst, wie ihr Vater und ihr Bruder ums Leben kamen ... aus deiner Sicht. Du solltest sie nicht länger im Dunkeln lassen."

Sie fragte sich, ob er diese Worte – *im Dunkeln* – bewusst gebrauchte, um ihr noch etwas anderes damit zu sagen. Aber sie verwarf diesen Gedanken schnell wieder. Es stand ihr nicht zu, die Motive ihres Vaters zu hinterfragen. Immerhin lebte sie als allein stehende Frau unter seinem Schutz und unter seinem Dach, auch wenn sie selbst ein Kind aufzog.

„*Hat* Annie also von dir und Mama irgendetwas gehört?"

„Nicht zufällig gehört ... wir haben es ihr bewusst gesagt", erwiderte Papa mit strenger und gleichzeitig sanfter Stimme. „Wenn dir das nicht gefällt, dann solltest du deiner Tochter am besten erzählen, woran *du* dich erinnerst."

Sie seufzte. „Ich erinnere mich an überhaupt nichts. An gar nichts." Das war die reine Wahrheit. Von ganzem Herzen wünschte sie, er würde nicht an ihrer Aufrichtigkeit zweifeln. „In diesen zwei Jahren hat sich nichts geändert, Papa."

„Daran zweifle ich nicht. Du warst schon immer eine ehrliche Frau, die nach dem Willen des Herrn lebt. Gesegnet seist du dafür. Aber ich bin in Bezug auf Annie und den Unfall und alles, was damit zusammenhängt, anderer Meinung als du." Benjamin Zook hatte gesprochen, und es hatte keinen Sinn, mit ihm darüber diskutieren zu wollen. Sein Wort stand fest. Es blieb ihr nichts anderes übrig, als seine Meinung zu respektieren und sich ihr zu fügen.

Sie gingen ein Stück weiter den Kiesweg entlang durch den Obstgarten. Sie atmete den süßen Duft ein, fühlte die Wärme der Sonne auf ihrem Gesicht und fragte sich, warum sie eigentlich nicht öfter aus dem Haus ging.

Papa drehte sie am Ende des Gehweges herum, und Schritt für Schritt gingen sie zum Haus zurück. „Es ist schön, dich ein wenig aus dem Haus gehen zu sehen", sagte er. „Die Sonne und die frische Luft tun dir gut."

„Das sagen Mama und Annie auch immer."

„Dann ist es höchste Zeit, dass du auf die beiden hörst", meinte er schmunzelnd.

„Ja, da hast du Recht." Sie lachten miteinander und gingen wieder ins Haus. Rachel verspürte keine Feindseligkeit gegenüber ihrem Vater, weil er das Thema angesprochen hatte, aber sie fragte sich, wie sie Annie von dem Unfall erzählen sollte. Und wann?

* * *

Susanna war im oberen Stockwerk und zog im südöstlichen Zimmer das Bettlaken ab – in Philip Bradleys Zimmer. Sie war klug genug, sich nicht um seine Sachen zu kümmern, und wäre nie auf die Idee gekommen, in den persönlichen Sachen eines Gastes zu spionieren. Trotzdem war die Versuchung, die Kommodenschubladen aufzuziehen und diese Postkarte zu suchen, sehr groß. Warum in aller Welt hatte sie diese Karte nicht genommen und in tausend Stücke zerrissen, als sie die Gelegenheit dazu gehabt hatte?

Ach, sie hatte sich so *verhudelt* verhalten, würden ihre Schwestern sagen, wenn sie wüssten, was sie getan hatte, und das ausgerechnet diesem englischen Reporter gegenüber. Benjamin wäre auch furchtbar enttäuscht von ihr. Aber sie hatte nicht vor, irgendjemandem von der Postkarte zu erzählen, die ihr verrückter Onkel geschrieben hatte. Am besten wäre es gewesen, wenn Gabriel Esh nie als Amischmann geboren worden wäre. Und dann musste er auch noch solche Sachen schreiben! Kein Wunder, dass die Alte Ordnung ihn wie ein Gemeindemitglied, das mit dem Gemeindebann belegt war, hatte behandeln müssen. Und das, bevor er überhaupt in die Kirche eingetreten war. Seine Verwandten hatten die Hoffnung ohnehin schon fast aufgegeben gehabt. Immerhin war er schon fast dreißig gewesen. Nun, sie war nicht bereit, sich von solchen Gedanken den ganzen Tag verderben zu lassen.

Wo würde ein Großstadtreporter so etwas wie eine alte Postkarte aufbewahren? Sie wollte ehrlich nicht auf die Suche nach der Karte gehen, aber je mehr sie darüber nachdachte, umso klarer wurde ihr, dass sie wenigstens versuchen sollte, die Karte wieder in die Hand zu bekommen. Je eher, desto besser.

Als Erstes suchte sie in dem Papierkorb neben dem Schreibtisch, obwohl sie keine große Hoffnung hatte, hier fündig zu werden. So neugierig wie Philip Bradley sie angesehen hatte, musste sie damit rechnen, dass er loslaufen und irgendjemanden bitten würde, die Worte auf der Karte für ihn zu übersetzen. Andererseits konnte sie seine Miene auch falsch gedeutet haben.

Sie stand auf und atmete tief ein. Wahrscheinlich war es am besten, die ganze Sache einfach zu vergessen. Es gab bestimmt keinen Grund, sich Sorgen zu machen.

Hastig legte sie frische Laken auf das Bett, wischte den Staub von den Möbeln und putzte mit einem trockenen Mopp das Zimmer. Rachel konnte das Badezimmer übernehmen, eine neue Seife holen, die benutzten Handtücher durch frische ersetzen und die Dusche putzen.

Beide Arme mit Bettwäsche beladen, stieß sie auf dem Gang auf Annie. „Oma, Oma, ich weiß ein Geheimnis!“, sagte das kleine Mädchen.

„So, wirklich?“, murmelte sie und hoffte, was auch immer ihre Enkelin zu sagen hätte, würde nicht zu lange dauern.

„Mr. Philip will Bauer werden, glaube ich. Er mag keinen Stadtlärm und große Äpfel und er ...“

„Wer?“

„Du weißt schon, dieser große Mann aus New York ... der so komisch spricht.“ Annies Gesicht strahlte vor Eifer.

„Du hast mit Philip Bradley gesprochen?“, unterbrach Susanna das kindliche Geplapper.

„Er ist wirklich nett, Oma. Ehrlich, das ist er.“

Sie fragte sich, was *Mister* Philip dem Kind wohl noch alles erzählt hatte. „Hilf mir doch bitte, die Laken nach unten zu tragen“, versuchte sie, schnellstens das Thema zu wechseln.

Annie kicherte und spielte mit dem langen Ende eines Lakens Pferdekutsche. „Ich helfe dir. Hü!“

Susanna überlegte, wie lange es wohl dauern würde, bis einer von ihnen – Benjamin oder sie selbst – Annie auffordern müsste, den englischen Gästen, die ihr über den Weg liefen, nicht alles so offen zu erzählen und nicht zu vertrauensselig mit ihnen umzugehen. Besonders mit den englischen Gästen, die von Zeitungen kamen.

11

Philip verbrachte eine geraume Zeit in der *Landhausscheune,* einem umgebauten Tabakschuppen auf einem amischen Hof. In der Luft lag immer noch der schwache, süßliche Tabakgeruch. Er schaute sich eine Weile um und beobachtete mehr die verschiedenen Touristen, als dass er irgendetwas von den Sachen, die hier zum Verkauf angeboten wurden, angeschaut hätte.

Als Nächstes betrat er den Laden *Fischers handgemachte Quilts* und nahm zum ersten Mal tatsächlich Notiz von den kunstvollen Mustern und farbenfrohen Teilen, aus denen eine amische Steppdecke bestand. Er dachte wieder an Kari und hatte ein schlechtes Gewissen, weil er seiner Nichte die Bitte, sie doch mitzunehmen, abgeschlagen hatte. Sie und Janice hätten hier sicher ein paar schöne Tage verlebt. Dafür hätte er schon gesorgt. Aber er fragte sich, wie es geklappt hätte, wenn er sie zu seinen Interviews und sonstigen Recherchen hätte mitnehmen müssen. Jetzt war es ohnehin zu spät.

* * *

In dem Restaurant wimmelte es von Touristen. Philip nannte der Bedienung seinen Namen und wartete auf Stephen Flory. Er fuhr mit der Hand in sein Sportjackett und tastete nach der Postkarte, die hier sicher verwahrt war, während um ihn herum die Touristen sich begeistert über Scheunen, die nur mit Laternen beleuchtet waren, und über Korbflechter und Quiltnäherinnen unterhielten. Die kürzlich in der Öffentlichkeit breitgetretene Drogengeschichte, in die zwei amische Jugendliche verwickelt gewesen sein sollten, schien das interessanteste Thema zu sein.

Als er diesen Auftrag bekam, hatte er Bob Snell, seinen Redakteur, gefragt, ob ein Folgebericht über diesen Drogenfall keine gute Idee wäre. „Amische Familientraditionen. Das will ich hören und nichts anderes“, hatte Bob beharrlich geantwortet.

Philips Geschichte sollte also eine angenehme Seite zeigen und Bräuche und Sitten der amischen Familien, die nach der Alten Ordnung lebten, schildern. Ihm gefiel der Gedanke, sich auf Weihnachten und andere Feiertagszeremonien zu konzentrieren, obwohl er gelesen hatte, dass die Bischöfe der Alten Ordnung es nicht befürworteten, Weihnachtsbäume aufzustellen oder sie mit bunten Lichterketten zu schmücken, und ihren Gemeindemitgliedern von weltlichen Feiertagsbräuchen abrieten. Die übliche Praxis, sich gegenseitig Geschenke zu machen, wurde in einigen Gemeindebezirken weitgehend abgelehnt, außer natürlich bei kleinen Kindern. Kostspielige Geschenke zu überreichen war besonders bei Familien mit vielen Kindern fast nicht zu bewerkstelligen.

Er dachte an Annie und überlegte, ob sie ihm vielleicht erzählen würde, welche Geschenke sie letztes Jahr zu Weihnachten bekommen hatte. Jedoch konnte er nicht sicher sein, dass er noch einmal eine Gelegenheit bekäme, mit ihr zu sprechen. Philip hatte die Gäste beim Frühstück beobachtet, die alle unbedingt mehr über das amische Leben hatten hören wollen. Einige von ihnen schienen tatsächlich mit dem Gedanken zu spielen, ihr jetziges Leben aufzugeben und in diese Gemeinschaft zu ziehen. Eine Frau sagte, sie würde gerne mit einem amischen Ältesten über eine Aufnahme in die amische Kirche sprechen.

Für seinen Geschmack war es ein wenig plump von der Frau, so zu sprechen, obwohl Susanna sich nicht daran zu stören schien. Im Gegenteil, sie war anscheinend ehrlich daran interessiert, der Frau zu helfen, und erklärte ihr, was ein Übertritt in die amische Kirche alles nach sich zog. „Amisch zu werden ist für Außenstehende nicht so leicht. Die meisten Engländer, die zu uns kommen und meinen, sie wären bereit, in unsere Gemeinde einzutreten, bleiben ... sagen wir, zwei Monate, wenn überhaupt. Einige kommen allerdings besser zurecht als andere. Es ist schwer zu sagen, wer seinen Gemeindeeid hält und wer nicht."

Die Begeisterung der durch und durch modernen Frau wurde durch Susannas Bemerkung kein bisschen getrübt. Er hörte sie nach dem Frühstück zu einem anderen Gast sagen, dass es ihr sehr ernst damit sei, amisch zu werden. „Ich kann es nicht erwarten, dass mir jemand beibringt, wie man Steppdecken näht. Das macht bestimmt viel Spaß."

Viel Spaß ...

Er konnte sich diese Frau beim besten Willen nicht vorstellen, wie sie an einem Arbeitseinsatz teilnahm, bei dem amische Frauen ihre Steppdecken anfertigten. Sie hatte künstliche Fingernägel, so lang, wie er noch nie welche gesehen hatte, leuchtend rosa und silbern lackiert mit Edelsteinen an den Spitzen. Wie wollte sie die winzigen Stiche nähen, die nötig waren, um die bunten, teuren Decken, die in den Touristenläden in Lancaster zu sehen waren, anzufertigen? Am liebsten hätte er sie gefragt, ob sie bereit sei, für die amische Gemeinschaft ihren Schmuck und ihre Farbe aufzugeben – bunte Fingernägel, Lippenstift und gefärbte Haare. Er besann sich jedoch eines Besseren und behielt seine Bemerkungen für sich. Susannas Aussage beschäftigte ihn jedoch sehr: *Einige Außenstehende bleiben nur zwei Monate.*

Woran lag das? War es die persönliche Geschichte, die es manchen leichter machte, sich einzufügen, als anderen? Und wie stand es um das Taufgelübde? Dachten diese modernen Leute denn, sie könnten Gott und der amischen Kirche ein Versprechen geben, um es sofort wieder zu brechen, wenn etwas nicht so lief, wie sie meinten? Fast so ähnlich wie viele Ehegelübde in der heutigen Zeit, dachte er.

„Entschuldigen Sie. Sind Sie Philip Bradley?" Ein großer blonder Mann Mitte Dreißig trat mit einem freundlichen Lächeln auf ihn zu.

„Ja, der bin ich. Sie müssen Stephen Flory sein."

Sie reichten einander in dem dichten Gedränge des Eingangsbereichs die Hand. „Ein beliebtes Restaurant", bemerkte Philip und guckte sich um.

„Sie sollten erst einmal sehen, wie es hier im Sommer zugeht. In Lancaster wimmelt es dann nur so von Leuten. Sie kommen von überall her. Amischland ist eines der beliebtesten fünf Reiseziele bei amerikanischen Reiseunternehmen. Ist diese Anziehungskraft, die die Amisch ausüben, nicht erstaunlich?"

Philip nickte. „Ich habe irgendwo gelesen, dass ein Tourist tatsächlich dachte, die Amisch seien Schauspieler, die vom Bezirk angestellt worden seien, um Touristen mit ihren Dollars anzulocken."

Stephen lachte. „Man sollte meinen, die Leute hätten mehr Grips. Aber andererseits, wenn man nie so etwas gesehen hat wie Einspänner mit Pferden und Pflüge, vor die Maultiere gespannt sind, kann man vielleicht auf so eine Idee kommen."

Philip hörte, wie sein Name aufgerufen wurde. „Unser Tisch ist frei", sagte er. „Nach dem ausgiebigen Frühstück, das Susanna Zook an diesem Morgen serviert hat, muss ich gestehen, habe ich jetzt noch keinen großen Hunger."

„Susanna ist eine ausgezeichnete Köchin, habe ich gehört."

„Sind das nicht die meisten amischen Frauen?", erkundigte sich Philip und folgte der Bedienung in das geräumige Restaurant.

* * *

Nach einem leichten Mittagessen und einigen Vorgesprächen – einigen grundsätzlichen Fragen von Philips Seite über die Amisch – fuhren sie in Stephens Auto nach New Holland, ungefähr zehn Kilometer nördlich von Intercourse.

„Ich war nicht sicher, was mich erwarten würde, als ich hier ankam", gestand Philip. „Wenn ich nicht noch schnell mit meiner Schwester telefoniert hätte, wäre ich wahrscheinlich noch unwissender an den amischen Lebensstil herangegangen. Ich dachte, ich käme zu Leuten, die nach einer ähnlichen Religion leben wie die Quäker, aber ich finde allmählich heraus, dass noch viel mehr dahinter steckt."

„Ihr Glaube ist ein fester Bestandteil ihres Alltagslebens", erwiderte Stephen. „Es ist ein Lebensstil ... eine ganze Kultur. Aber sie würden Ihnen sofort sagen, dass sie nicht vollkommen sind."

Sie bogen in einen ungeteerten Weg ein und erblickten einen

alten Mann, der Abram Beiler sein musste. Er saß auf der L-förmigen Veranda vor dem Haus. Auf dem Kopf hatte er einen breiten Strohhut, und er trug eine schwarze Weste über einem langärmeligen weißen Hemd. Sein langer grauweißer Bart hing über seiner Brust.

„Sieht aus, als wollte Abram zu seiner Sonntagsversammlung gehen", bemerkte Stephen, während er die Zündung abstellte und seine Krawatte zurechtrückte. Er wandte sich mit leiser Stimme an Philip. „Bevor wir hineingehen, sollten Sie wissen, dass Abram sich irgendwo zwischen der Alten Ordnung und möglicherweise den Beachy-Amisch bewegt. Genau weiß ich es nicht. Er und mehrere andere Familien sind ein wenig verärgert über ihren Ältesten und einige Prediger."

„Warum denn das?"

„Es gab ein paar Probleme in dem Gemeindebezirk", erklärte Stephen. „Die eine Hälfte der Gemeinde steht hinter der kürzlichen Sanktionierung von Mobiltelefonen und Faxgeräten durch den Bischof. Die andere Hälfte ist darüber empört."

„Mobiltelefone ... soll das ein Scherz sein?"

Stephen schüttelte den Kopf. „Sie scheinen sozusagen zu testen, wie weit sie gehen können."

Philip musste gestehen, dass er von so etwas noch nie gehört hatte, obwohl er es ziemlich interessant fand. Und auch amüsant. „Besitzt Abram ein Handy?"

„Amische Bauern benutzen normalerweise keine Handys. Die Schreiner und Schmiede brauchen sie, und besonders die Frauen, die Läden besitzen, in denen sie Decken oder handgearbeitete Holzsachen verkaufen. Ich muss Ihnen eines sagen, Philip: Die amische Gemeinschaft macht zur Zeit eine starke Veränderung durch."

„Oh", war alles, was Philip sagte. Er fand, ein Bauer könnte bestimmt von einem Handy genauso profitieren wie jeder andere.

Abram kam die Stufen der Veranda herab, als sie aus dem Auto stiegen. „Guten Tag, die Herren. Ich bin Abram Beiler. Ich stamme von einer uralten Familie ab. Ich habe sogar einen Vetter unten in Hickory Hollow, der Bischof ist."

„Es ist schön, dass Sie Zeit für uns haben, Abram", begrüßte ihn Stephen und schüttelte dem Amischmann die Hand. „Ich bin Stephen Flory, und das hier ist Philip Bradley, der Reporter, von dem ich Ihnen erzählt habe ... Er kommt aus dem Norden."

„Aus New York City, nicht wahr?"

„Das stimmt", nickte Philip und reichte dem Mann die Hand und erwiderte seinen kräftigen Händedruck. „Freut mich, Sie kennen zu lernen, Abram. Es ist nett von Ihnen, dass Sie sich bereit erklärt haben, mit mir zu sprechen."

„Das ist doch nichts Besonderes. Es ist immer lustig, interessante Engländer kennen zu lernen." Er schmunzelte und bedeutete ihnen, ihm ins Haus zu folgen.

Das Wohnzimmer war so spärlich möbliert, wie Philips Schwester ihm ein amisches Wohnzimmer der Alten Ordnung geschildert hatte. Zwei Hickoryschaukelstühle standen nebeneinander vor den Eckfenstern. Daneben gab es ein braunes Sofa mit einer lila-schwarzen Decke, die ordentlich zusammengefaltet über einer Armlehne hing. Eine Reihe bunter Flickenteppiche schmückte den unbehandelten Fichtenboden und verlieh ihm einen trockenen silbrigen Glanz. Ein besonders großer Teppich, ein rundes Stück in der Mitte des langen Raumes, leuchtete in fast allen Farben des Regenbogens. An der nördlichen Wand hing ein Fotokalender, aber sonst war kein Wandschmuck oder Bild zu sehen. Auf einem kleinen Tisch in der Ecke standen zwei Öllampen.

Abram ging schnell in die Küche und holte einen Rohrstuhl mit gerader Rückenlehne für Philip. Stephen und Abram nahmen in den Schaukelstühlen Platz.

„Fragen Sie geradeheraus, was Ihnen auf dem Herzen liegt", forderte Abram Philip auf und zupfte an seinem struppigen Bart. „Sie sind nicht der Erste, der Fragen über uns Amisch hat."

„Es ist nicht immer leicht, den richtigen Gesprächspartner zu finden", sagte Philip schnell.

„Ja, das kann sein."

Philip begann sein Interview mit Fragen über alltägliche Familiengepflogenheiten. Dann arbeitete er sich zu Weihnachten und Ostern vor. Er fand sehr zu seiner Zufriedenheit heraus, dass die Amisch in Lancaster County einen zusätzlichen wichtigen Feiertag einhielten: Den zweiten Weihnachtsfeiertag am 26. Dezember. Dieser Tag wurde für Besuche bei Verwandten und Freunden genutzt und bot eine willkommene Pause von der Arbeit.

Abram beeilte sich herauszustellen, dass der Neujahrstag in amischen Kreisen wenig Anlass zu besonderen Feiern darstellte, obwohl die Amisch sehr wohl registrierten, dass wieder ein Jahr vergangen war. Es gab keine besondere Gemeindeversammlung am Neujahrstag, aber „die jungen Leute nehmen den Jahreswechsel manchmal als Vorwand, um ein Schulprogramm zu veranstalten", fügte er mit einem trockenen Grinsen hinzu.

Unüberbrückbare Differenzen in der Ehe wurden als Nächstes angesprochen. „Wenn ein Mann und eine Frau sich nicht zusammenraufen können, kann es schon vorkommen, dass sie sich trennen", erklärte Abram. „Falls sie das tun, verlässt vielleicht einer von ihnen oder auch beide die Gemeinschaft. Aber denjenigen, die bleiben, ist klar, dass sie nicht noch einmal heiraten können."

Das führte zu vielen Fragen und Antworten über Andachten am frühen Morgen sowie lebhafte Gespräche am Abendtisch. „Wir arbeiten alle zusammen", sprach Abram weiter. „Auf dem Feld: beim Pflügen, Pflanzen, Säen und Ernten. In der Scheune: beim Melken und Saubermachen. Aber wir spielen auch viel miteinander. Spiele wie Volleyball und Baseball sind hier sehr beliebt. Oft sitzen wir miteinander im Hof und schauen einfach zu, wie die Sonne abends untergeht. Wenn man es genau nimmt, ist die Familie unser höchstes Gut."

„Wie viele Kinder haben Sie und Ihre Frau?", erkundigte sich Philip.

„Fünfzehn. Acht Jungen und sieben Mädchen. Und fünfundachtzig Enkelkinder. Aber es könnten noch einige mehr werden."

Stephen mischte sich ein. „Damit können Sie ja eine eigene Gemeinde gründen!"

Die drei lachten, aber Philip vermutete, dass Stephens Bemerkung nicht zu weit hergeholt war. Er stellte noch mehrere Fragen. Dann warf er einen Blick auf seine Uhr und stellte erstaunt fest, dass schon zwei Stunden vergangen waren. Die Antworten auf seine zahlreichen Fragen waren so mühelos gekommen, dass er wirklich staunte, wie erfolgreich er seinen ganzen Fragenkatalog durchgebracht hatte. „Ich bin Ihnen sehr dankbar, Abram, dass Sie mir Ihre Zeit geopfert haben", sagte er und klappte seinen Notizblock zu. Er war zuversichtlich, alle grundlegenden Dinge in Erfahrung gebracht zu haben.

„Wenn Ihnen noch irgendetwas einfällt, dann kommen Sie einfach und fragen mich. Das Angebot gilt."

Philip nickte. „Das ist sehr nett von Ihnen." Der umgängliche Abram Beiler hatte eine unübersehbare Ähnlichkeit mit seinem eigenen verstorbenen Großvater, obwohl ihre Kulturen Welten voneinander entfernt waren. „Ehe ich es vergesse: Ich wollte Sie noch fragen, ob Sie mir vielleicht etwas übersetzen könnten."

„Aber sicher, solange es nicht Französisch ist", schmunzelte Abram. „Ich beherrsche nur zwei Sprachen. Die eine ist natürlich Englisch. Damit muss ich nämlich täglich zurechtkommen. Die andere ist unsere amische Muttersprache. Was kann ich für Sie tun?"

Philip zog die Postkarte heraus und zeigte sie dem alten Mann. „Haben Sie irgendeine Ahnung, was hier steht?"

„Lassen Sie mich einmal sehen." Abram zog eine Lesebrille heraus und setzte sie sich auf die Nase. Er begann, schweigend zu lesen. Seine silbergrauen Augenbrauen zogen sich über seinen tief in ihren Höhlen liegenden Augen interessiert in die Höhe. „Meine Güte ... ich glaube, was Sie hier haben, ist unter anderem eine Liebeserklärung." Er lächelte kurz. Dabei traten die Falten um seine Augen noch deutlicher hervor.

Philip hatte so etwas schon erwartet, nachdem ihm Susanna Zook die erste Zeile vorgelesen hatte.

Abram drehte die Postkarte um und nahm sie interessiert unter die Lupe. Mit Hilfe seiner Lesebrille entzifferte er den Poststempel. Eine tiefe Falte legte sich über seine Stirn, und er nahm die Brille ab. „Ei der Daus! Wissen Sie, was Sie da haben? Ich habe von diesem Kerl viel reden hören. Ich glaube, diese Karte wurde von dem Predigerburschen geschrieben, der vor vielen Jahren hier so viel Unruhe in die Gemeinde brachte."

Philip war verblüfft, als er hörte, dass Abram den Schreiber dieser Karte anscheinend gekannt hatte.

„Ja", sagte Abram. „Und die Unterschrift ‚Gabriel' passt genau zu Gabriel Esh, dem jungen Mann, an den ich denke."

„Wissen Sie irgendetwas über diesen Mann?"

„Ich denke, man müsste der Sache noch einmal genauer nachgehen, aber soviel ich weiß, starb Gabriel noch sehr jung an einem Wochenende, an dem der Memorial Day gefeiert wurde. Fast in ganz Lancaster County wurde viel über ihn gemunkelt und geflüstert." Er nickte langsam und fuhr mit dem Zeigefinger über die Briefmarke. „Ja, Gabriel Esh starb zwei Wochen, nachdem diese Postkarte hier abgestempelt wurde, wenn meine Erinnerung mich nicht trügt."

„Gabriel *starb*?" Philip war sprachlos. Er wusste, dass er dieser Sache nachgehen würde. Morgen in der Frühe würde er als Allererstes die Bibliothek aufsuchen und in den Archiven die eingetragenen Todesfälle der Menschen, die am Wochenende des Memorial Day 1962 gestorben waren, nachschlagen.

Abram schaukelte in seinem Stuhl vor und zurück und schaute kopfschüttelnd die Karte an. „Etwas an dieser Karte ist sehr seltsam", murmelte er und hob die Karte hoch.

„Was?"

„Warum in aller Welt schrieb Gabriel Esh einem englischen Mädchen einen Liebesbrief ... in seiner amischen Muttersprache? Das ergibt doch keinen Sinn." Dann zog ein Lächeln über sein rötliches Gesicht. „Es sei denn, diese Sprache war eine Art Geheimsprache."

„Vielleicht wollte Gabriel nicht, dass irgendjemand erfuhr, was er geschrieben hat. Ich meine, an dem Bestimmungsort der Postkarte", warf Stephen ein.

Philip hörte genau zu. Immerhin war es leicht möglich, dass er hier die Spur zu einer viel größeren Geschichte in Händen hielt. Viel mehr als nur eine zweiseitige Reportage. Vielleicht sogar eine Titelgeschichte!

„Gabriels Freundin konnte bestimmt diese Sprache lesen, wenn Sie das meinen", antwortete Abram und grinste Philip an.

„Ja, ehrlich gesagt, hatte ich mir soeben genau diese Frage gestellt!"

Sie lachten wieder aus vollem Herzen, aber da Philip spürte, dass der Amischmann durch diese Karte aufgewühlt war, bat er ihn erneut um die Übersetzung. „Ich möchte die Übersetzung dieser Worte gern mitschreiben", sagte er und konnte es kaum erwarten, endlich zu erfahren, was auf der Karte stand. Gabriel Eshs Postkarte faszinierte ihn inzwischen viel mehr als irgendetwas anderes, das er für seine Zeitschrift schreiben wollte. Sie war interessanter als alles, was er bei seinen Reisen in letzter Zeit ausgegraben hatte.

„Würde es Ihnen etwas ausmachen, mir die Übersetzung langsam zu diktieren?", bat Philip mit gezücktem Kugelschreiber und dem Schreibblock auf dem Schoß.

12

Rachel ging mit Annie Hand in Hand die schmale Straße entlang und genoss das Klappern des Ponywagens. Sie hatten einen kleinen Wagen mit kleineren und mittelgroßen Kürbissen beladen. Natürlich war Papa später gekommen und hatte geholfen, die größeren Früchte aufzuladen.

„Ich glaube, Opa Ben ist eher zu Hause als wir", kicherte Annie. „Wollen wir ein bisschen laufen?"

„Oh, Annie. Ich glaube, ich gehe lieber."

„Aber Oma sagt, dass du als Kind immer ganz schnell gelaufen bist. Ist das schon so lange her?"

Rachel musste schmunzeln. „So lange auch noch nicht, nein, aber ..."

„Komm schon, Mama. Nimm meine Hand und hüpfe einfach ein bisschen. Bitte!"

Hüpfen war noch nicht gefährlich. Gewiss konnte sie dieses eine Mal mit ihrer Tochter über die Olde Mill Road hüpfen. „Halte mich aber gut fest", forderte sie Annie auf und nahm ihren Gehstock in die andere Hand.

„Bist du fertig?", fragte Annie.

„Fix und fertig! Es kann losgehen!" Anfangs bewegte sie sich unbeholfen, als sie versuchte, mit dem energiegeladenen Mädchen Schritt zu halten. Immer wieder stieß der Stock auf die Straße und warf sie aus dem Gleichgewicht. Aber sie konnte sich aufrecht halten. Sie erinnerte sich an die vielen Wettrennen, die sie mit ihren Brüdern und Schwestern auf den Feldwegen zwischen Papas Getreide- und Tabakfeldern und auf seinem Weideland veranstaltet hatte. Meistens war sie Siegerin dieser Wettkämpfe gewesen, wenn auch gelegentlich ihr Bruder Noah sie auf ihrer selbst gebauten Ziellinie um Haaresbreite besiegte. Dann war es Josefs oder Matthäus' Aufgabe gewesen, endgültig zu entscheiden, wer nun tatsächlich als Erster ins Ziel gekommen war.

Diese fröhlichen und sorglosen Tage ihrer Jugend lagen weit

hinter ihr. Sie empfand ein gewisses Bedauern darüber, dass jetzt nicht mehr viel Kontakt zwischen ihr und ihren Geschwistern und deren Ehegatten bestand. In letzter Zeit hatte sie mehr Kontakt zu den Schwestern und Kusinen ihrer Mutter. Außerdem war da immer noch Lavina Troyer, die Knoblauch liebende, entfernte Kusine ihres Vaters. Es war wirklich eine bedauernswerte Situation, aber viele von Rachels Schwestern und Brüdern zogen es einfach vor, ihr fernzubleiben. Sie ahnte, dass es daran lag, dass sie nicht nachgab und sich weigerte, die Wunderheiler aufzusuchen und von ihnen Hilfe für ihr Augenproblem – oder für ihren *geistigen* Zustand, wie manche sicher argwöhnten – zu erhoffen.

Aber sie hatte sich damit abgefunden. Was nicht zu ändern war, war eben nicht zu ändern. Sie gab sich mit ihrem ruhigen und friedlichen Leben mit Papa, Mama und Annie zufrieden und vergeudete nicht viel Zeit mit Gedanken an die Zukunft. Und auch nicht an die Vergangenheit.

„Ich bekomme keine Luft mehr", gestand sie schließlich schnaufend und verlangsamte ihren Schritt. Annie lief lachend weiter. Rachel hörte die nackten Füße ihrer Tochter auf dem Teer. Dieses leise Geräusch konnte sie trotz des sanften Rüttelns des Ponywagens klar wahrnehmen. Wenn ihr irgendjemand gesagt hätte, dass sie eines Tages so gut hören würde, hätte sie wahrscheinlich gelacht. Nur wenige Monate, nachdem ihre Augen angefangen hatten, ihren Dienst zu verweigern, war ihr Gehör so geschärft und geübt gewesen, dass sie eine Eule hören und sagen konnte, wie weit sie entfernt war. Genauso konnte sie die Einspänner hören, die westlich von ihnen auf der Beechdale Road unterwegs waren. Geräusche, die kein anderer wahrnahm. Aber obwohl sie nicht damit prahlte, dass sie so gut hören konnte, war sie Gott doch sehr dankbar, dass er ihr ermöglichte, ihre Blindheit auf anderem Gebiet ein wenig auszugleichen.

„Was machen wir mit diesen vielen Kürbissen?", rief Annie, die zu ihr zurückgelaufen kam und an ihrer Schürze zupfte. „Was hältst du davon, wenn wir vor dem Haus einen Gemüseladen aufmachen? Das wäre doch eine herrliche Idee, Mama! Machen wir das, bitte?“

Rachel rang immer noch nach Luft. „Das klingt lustig. Aber wir müssen erst warten, was Opa dazu sagt. Wir wollen doch keine Touristen verscheuchen, nicht wahr?“

„Vielleicht kommen dadurch sogar *mehr* Touristen“, überlegte Annie. „Ich stelle mich in den Laden und verkaufe. Denn es macht mir überhaupt nichts aus, mit Engländern zu reden. Einige von ihnen sind richtig nett.“

„Wie zum Beispiel Mr. Philip?“

Annie kicherte. „Oma Susanna hat dir davon erzählt, nicht wahr? Von ihr weißt du bestimmt, dass ich mit ihm gesprochen habe!“

„Ja. Aber soll ich dir etwas sagen?“

„Lass mich raten“, lachte Annie laut. „Er zieht von New York weg und kommt direkt hierher und wird Bauer.“

„Das ist das, was *du* deiner Großmutter erzählt hast.“

„Aber Mr. Philip hat das gesagt ... glaube ich wenigstens.“

Rachel vermutete, dass Annie das, was dieser Reporter ihr erzählt hatte, was immer es auch gewesen war, vollkommen missverstanden hatte. Wahrscheinlicher war, dass Mr. Bradley davon gesprochen hatte, dass er des Großstadtlebens müde sei. Oder etwas in dieser Art. Das Kind war dafür bekannt, dass es hin und wieder zu Übertreibungen neigte.

„Vielleicht ist es an der Zeit, dass wir uns ein wenig über deine Gespräche mit den Pensionsgästen unterhalten“, sagte sie und beschleunigte jetzt ihren Schritt wieder ein wenig.

„Rede ich zu viel, Mama?“

Sie wollte Annies offenherzige und freundliche Art nicht bremsen. Sie dachte nicht im Traum daran, sie in dieser Hinsicht einzuschränken. Aber trotzdem bestand zwischen den Amisch und Außenstehenden eine unsichtbare Trennlinie, die nie überschritten werden sollte. Sie kannte diese Grenze sehr wohl. Und auch jeder andere hier. Aber wie um alles in der Welt sollte sie einer extrovertierten Sechsjährigen solche Dinge klarmachen?

„Ich werde versuchen, nicht mehr ein solches Plappermaul zu sein. Es tut mir furchtbar Leid, Mama."

Rachel wollte nicht, dass ihre kleine Tochter sich schuldig fühlte. „Nein ... nein, ich mache dir keine Vorwürfe, Liebes. Du hast eine wunderbare freundliche Art. Das soll auch so bleiben ... für immer. Aber pass trotzdem bitte auf, dass du nicht zu freundlich zu Außenstehenden bist. Verstehst du?"

„Ja, ich glaube schon."

„Dann ist es gut." Sie legten noch einen weiteren halben Kilometer bis zum Gästehaus am Obstgarten zurück. Eine leichte Abkühlung lag in der Luft, die für den vierzehnten September immer noch ungewöhnlich warm war. Rachel hörte in der Ferne einen Spatzen am Mühlbach singen. Sie genoss diesen Ausflug, zu dem Annie sie überredet hatte. Ihr hatte dieser Tag so gut getan, dass sie beschloss, bald wieder spazieren zu gehen. Wahrscheinlich schon morgen.

„Wir sind zu Hause", sagte Annie und führte sie um das Haus herum zur Küchentür, wo Copper sie mit einem aufgeregten Bellen begrüßte und begeistert an ihnen hochsprang und sie ableckte.

Susanna wartete mit warmen Schokoladenkeksen auf sie. Rachel schenkte jedem ein großes Glas Milch ein, während Annie ihrer Großmutter alles erzählte, was sie an diesem Tag erlebt hatte.

* * *

„Ich glaube, ich konnte mit Annie einiges klären", berichtete Rachel ihrer Mutter vor dem Abendessen.

„So?"

„Auf dem Heimweg hatten wir eine nette Unterhaltung über die englischen Gäste." Sie erzählte Mama, wie schön der Tag gewesen sei und wie herrlich es gewesen war, draußen zu sein.

„Ich sehe schon, dass deine Wangen nicht mehr so blass sind. Du solltest am besten bald wieder hinausgehen und einen Spaziergang machen."

Rachel war froh, dass sie gegangen war. Hauptsächlich um Annies willen. Mama würde immer drängen und mehr von ihr erwarten. So war Susanna Zook nun einmal. So war sie schon immer gewesen.

„Wir wollen einige Frühkürbisse verkaufen“, platzte Annie heraus. „Draußen auf dem Rasen vor dem Haus.“

„Wir?“, lachte Rachel. „Wolltest du nicht sagen, *du* willst das machen?“

Annie kicherte und schlürfte ihre Milch. „Was sagst du dazu, Oma Susanna? Ist das keine gute Idee?“

„Frag Opa“, lautete Susannas Antwort.

Annie ließ nicht locker. „Soll das heißen, dass du den Hof vor dem Haus nicht voll stellen willst?“

„Das habe ich nicht gesagt“, entgegnete Susanna.

Rachel ahnte, was jetzt gleich käme. Ihre Mutter würde von ihr erwarten, dass sie Annie wegen ihrer vorlauten Antwort tadelte und das Mädchen vor den Erwachsenen zur Rede stellte.

„Ich finde, es ist höchste Zeit für einen Tadel“, kamen auch schon die steifen Worte.

„Annie, bitte, komm mit mir“, sagte Rachel, stand auf und tastete mit ihrem Stock über den Boden. „Wir gehen uns am besten waschen.“

Sie und Annie gingen zur Treppe. Rachel benutzte ihren Stock und das Geländer, um sich zurechtzufinden, und ließ das Kind dieses Mal ungehindert laufen. In diesem Augenblick wünschte sie, Annie und sie wären länger in der Sonne und an der frischen Luft geblieben.

* * *

Schweigend las Philip die Übersetzung der Postkarte noch einmal durch, während Stephen ihn nach Bird-in-Hand zurückfuhr.

Meine liebste Adele,
ich habe mich riesig gefreut, als ich deinen Brief erhielt. Ja, meine Gefühle sind noch dieselben. Sie sind sogar noch stärker geworden. Aber ich sollte derjenige sein, der die Kluft zwischen uns überspringt, und mein amisches Leben hinter mir lassen. Für dich, mein geliebtes „modernes" Mädchen.
Gott ist so treu. Bete für mich, während ich weiterhin das Reich der Finsternis aufdecke.
Bald werden wir zusammen sein, Geliebte.
Gabriel (Philipper 1,4-6)

Philip überlegte, was in der zitierten Bibelstelle wohl stünde, und fragte Stephen, ob er das zufällig aus dem Stegreif wisse.

„Natürlich. Das ist eine meiner Lieblingsstellen. Soll ich sie Ihnen zitieren?"

Philip wunderte sich über sich selbst. „Ja, bitte."

„‚Ich danke meinem Gott, sooft ich euer gedenke – was ich allezeit tue in allen meinen Gebeten für euch alle, und ich tue das Gebet mit Freuden –, für eure Gemeinschaft am Evangelium vom ersten Tage an bis heute; und ich bin darin guter Zuversicht, dass, der in euch angefangen hat das gute Werk, der wird's auch vollenden bis an den Tag Christi Jesu.'"

„Puh, das ist ja eine ganze Menge", murmelte Philip und wünschte jetzt, er hätte Stephen nicht gebeten, ihm die Bibelstelle zu zitieren.

„Verse, auf denen man ein Leben aufbauen kann", nickte Stephen. „Gabriel Esh muss ein gläubiger Mann gewesen sein."

Philip starrte die Zeile an, die seine Neugier am meisten erregte. „Wie verstehen Sie dieses ‚Reich der Finsternis'?"

„Das ist eigentlich gar nicht so schwer zu erraten. Das könnte eine Anspielung auf irgendwelche Zauberdoktoren in dieser Gegend sein." Stephen bog auf den Parkplatz ein, auf dem Philip sein Auto abgestellt hatte. „Bei Außenstehenden ist es kaum bekannt, aber wir Mennoniten wissen, dass es auch heute noch Zauberdoktoren bei den Amisch und in anderen konservativen

Kreisen gibt, obwohl in ihren eigenen Reihen auch einige sind, die das kritisieren."

„Hat das etwas mit den Ureinwohnern Amerikas zu tun?"

„Diese Heilung durch Zauberdoktoren oder Wunderheilung, wie es oft genannt wird, hat keinen direkten Bezug zu den indianischen Medizinmännern. Ihr Ursprung kann bis zu den schweizerischen und österreichischen Anabaptisten zurückverfolgt werden, die später nach Amerika auswanderten. Aber die Amisch waren nicht die Einzigen, die sich in diese Heilkünste verstrickten. Die Deutschen in Pennsylvania praktizierten sie ebenfalls."

„Sie meinen also, dass Gabriel Esh Wunderheilungen als Teil des Reiches der Finsternis betrachtete?" Philips Interesse war unübersehbar geweckt.

„Das ist gut möglich ... aber wer kann das schon mit Sicherheit sagen?"

Philip zögerte, weiter zu fragen, da er Stephens Gastfreundlichkeit nicht überstrapazieren wollte. „Sie haben mir schon viel zu viel von Ihrer Zeit geopfert, aber mir lässt die Sache mit den Wunderheilern keine Ruhe. Wir sprechen hier nicht von Zauberei, oder? Ich meine, sind die Amisch denn nicht Christen? Sie lesen doch in der Bibel und beten? Dinge, die die meisten Protestanten ebenfalls tun."

„Die Amisch der Alten Ordnung leben nach der *Ordnung* – einer Art Kodex aus mündlich überlieferten Gesetzen. Das ist ein ziemlich großer Unterschied zu dem, was Sie soeben beschrieben haben, würde ich sagen. Diese Wunderheilungen sind eine Art weißer Magie. Es geht dabei um Geisterbeschwörungen. Und ich versichere Ihnen: Die Geister, die hier beschworen werden, sind keine guten Geister." Er schwieg kurz. Dann sprach er weiter. „Eines muss ich Ihnen jedoch sagen: Erwarten Sie nicht, auch nur einen Amisch zu finden, der bereit wäre, über diese Dinge zu sprechen."

„Danke für diese Warnung", sagte Philip und reichte ihm die Hand. „Nochmals herzlichen Dank für alles."

Stephen schüttelte ihm kräftig die Hand. „Sie wissen, wo Sie mich erreichen können, falls Sie noch irgendwelche Fragen haben."

„Ich sorge dafür, dass Sie ein Exemplar bekommen, wenn die Geschichte gedruckt wird."

„Darüber würde ich mich sehr freuen. Danke." Mit diesen Worten war Stephen verschwunden.

Philip ging zu seinem Mietwagen und fuhr in Richtung Westen zur Abbiegung in die Beechdale Road. Er dachte an sein Interview mit Abram Beiler zurück. Der alte Bauer hatte mit keinem Wort die Ordnung erwähnt und auch nichts über irgendwelche Regeln gesagt. Im Großen und Ganzen war Philip dankbar, dass er sowohl von Stephen als auch von Abram so freundlich aufgenommen worden war.

Die Postkarte und die Botschaft darauf gingen ihm jedoch nicht mehr aus dem Kopf. Weniger wegen der erwähnten okkulten Praktiken, obwohl dieser Aspekt ebenfalls interessant war. Weitaus mehr beschäftigten ihn jedoch die liebevollen Worte. Gabriel Esh musste Adele Herr über alles geliebt haben, wenn er bereit gewesen war, ihretwegen seine Gemeinschaft zu verlassen. Sie mussten wirklich Seelenverwandte gewesen sein, obwohl Philip diesen Begriff, der in den letzten Jahren so überstrapaziert worden war, verabscheute. Eines Herzens waren sie gewesen ... ja, das klang besser. Diese unglücklich Verliebten hatten offenbar zueinander gehört. Trotz ihrer unterschiedlichen kulturellen Herkunft. Aber Gabriels früher Tod hatte sie für immer voneinander getrennt.

Ein Gedanke nagte an ihm: *Wie konnte eine solche Liebeserklärung jahrelang in einem alten Schreibtisch begraben liegen?* Etwas so Wichtiges. Ein Amischmann erklärte sich bereit, seine Gemeinschaft um seiner großen Liebe willen zu verlassen. Warum befand sich eine solche Karte nicht unter Miss Herrs kostbarsten Schätzen – in einer duftenden Schachtel zwischen anderen Liebesbriefen? Gabriels Freundin musste diese Karte doch ihr Leben lang treu verwahrt haben. Immerhin war die Karte wahrscheinlich die letzte Korrespondenz zwischen ihnen gewesen.

Bald sind wir für immer zusammen ...

Diese zärtlichen Worte verfolgten ihn, als er in das Gästehaus am Obstgarten zurückfuhr, und ließen ihn bis tief in die Nacht nicht los.

13

Bevor sie sich schlafen legte, schüttete Susanna Benjamin ihr Herz aus. „Ich hätte dich schon längst bitten sollen, dir diese klemmende Schublade in dem alten Schreibtisch oben anzuschauen", begann sie, während sie sich die Haare bürstete. „Du weißt schon, der Schreibtisch, den wir bei Emma gekauft haben."

Ihr Mann brummte eine Antwort unter seiner Bettdecke hervor.

Sie war klug genug, nicht weiter in ihn zu drängen. Immerhin war es schon spät. Benjamin war abends ab halb neun normalerweise nicht mehr ansprechbar. Da ließ sich nichts machen. Die Körperuhr dieses Mannes war nach den vielen Jahren auf dem Bauernhof so gestellt, dass er mit den Hühnern aufstand und sich mit den Hühnern schlafen legte. „Ach, vergiss es", flüsterte sie und ging daran, das Laternenlicht zu löschen.

„Was ist denn?", brummte Ben. Er hob den Kopf von seinem Kissen hoch und schaute sie fragend an.

„Ach, dieser Zeitungsmensch, vor dem du uns gewarnt hast, hat eine alte Postkarte gefunden, die mein nichtsnutziger Onkel geschrieben hat."

„Gabriel Esh? Was du nicht sagst!"

„Ich habe die Postkarte mit eigenen Augen gesehen."

„Dein Onkel Gabriel, der kleine Bruder deiner Mutter?", fragte Ben noch einmal nach und stützte sich auf die Ellbogen. „Ich bin nur froh, dass wir so klug waren, ihn damals zu enterben. Es ist wirklich eine Schande, ein Schandfleck für die ganze Familie ... und auch für die Gemeinschaft, wie er sich benommen hat."

„Lavina ist für ihn eingetreten. Weißt du noch?", warf Susanna ein. „Die Einzige hier in der Gegend, die das getan hat, soviel ich weiß."

„Lavina ist nicht ganz richtig im Kopf, wenn du mich fragst", brummte Benjamin. „Naiv, wie es schlimmer nicht mehr geht."

Susanna war überrascht, dass Ben noch wach genug war, um

auf ihre Gedanken einzugehen. „Kusine Lavina ist aber trotzdem sehr freundlich. Die Leute sind klug genug, ihre Meinung stehen zu lassen. Sie lassen sie einfach in Ruhe."

„Sie einfach in Ruhe lassen? So wie die meisten unserer erwachsenen Kinder sich von Rachel abgewandt haben, meinst du?"

Ihr Herz verkrampfte sich bei Benjamins Worten. „Was jetzt wichtig ist, ist diese Postkarte, die Gabriel schrieb – eine Liebeserklärung an seine englische Freundin. Wenn das nicht der Gipfel ist!"

„Und was steht auf der Karte?"

„Ich habe sie nicht mehr."

„Aber du sagtest doch, dass du sie gefunden hast."

„Philip Bradley hat sie gefunden", erklärte sie noch einmal. „Er kam damit in die Küche und zeigte sie mir heute Morgen vor dem Frühstück. Aber ich war so verwirrt, als ich sie sah, dass ich nichts damit zu tun haben wollte. Ich habe sie ihm wiedergegeben."

„Du hast *was*?" Bens Gesicht nahm eine tiefere Röte an als die röteste Rote Beete, die sie je in ihrem Leben geschält hatte.

„Ich habe ihm gesagt, dass ich sie nicht brauche."

Ben schüttelte fassungslos den Kopf. „Hast du wenigstens gelesen, was darauf stand?"

„Das meiste war romantisches Gesäusel. Ich wollte es nicht lesen." Sie war nicht sicher, ob sie mehr erwähnen sollte. Besonders die Stelle, an der Gabriel seine englische Freundin, Adele, gebeten hatte, für ihn zu beten, dass er mehr von den Sünden und der Finsternis in der Gemeinschaft aufdecken würde.

„Das war also alles? Nur ein Liebesbrief?"

Ben kannte seine Frau gut genug, um jetzt nicht locker zu lassen. Zwar würde er nicht herumlaufen und den Amisch erzählen, dass in seinem eigenen Haus etwas faul sei, aber wenn sie nicht mit der Sache herausrückte und ihm alles bekannte, wüsste er schon Mittel und Wege. Erkenntnis von Gott war bei Ben sehr stark. Das wusste jeder. Eine der vielen alten „Familiengaben", von denen Benjamin überzeugt war.

„Doch, ja, da war noch etwas“, sagte sie schließlich und ein wenig widerwillig. „Gabriel schrieb etwas von bösen Geistern, die bei den Amisch ihr Unwesen trieben. ‚Das Reich der Finsternis‘ nannte er es, glaube ich.“

Ben forderte sie mit einer Kopfbewegung auf, ins Bett zu kommen. „Ach, das ist doch ein alter Zopf, Susie. Das haben wir lange hinter uns. Darüber brauchen wir uns jetzt keine Sorgen mehr zu machen, würde ich sagen.“

„Wahrscheinlich hast du Recht.“ Sie würde jetzt viel besser schlafen, nachdem ihr Mann gesagt hatte, es gäbe keinen Grund zur Besorgnis. Dieser wunderbare, gute Mann, der viel besser über die komplizierten Dinge des Lebens Bescheid wusste als die meisten anderen. Wenn Ben Zook etwas sagte, dann stimmte es normalerweise auch.

* * *

Philip blieb bis spät in der Nacht auf und verfasste auf seinem Laptopcomputer den ersten Entwurf seines amischen Familienartikels. Jede Einzelheit, jede kulturelle Nuance, die Abram Beiler erwähnt hatte, passte wie in einem Puzzle herrlich zusammen. Als Philip mit dem ersten Entwurf zufrieden war – lange nach Mitternacht –, stellte er fest, dass dieser Auftrag einer der leichtesten war, den er je bekommen hatte. Zugleich war er zweifellos der angenehmste seit vielen Monaten.

Aber die Botschaft auf der Postkarte ließ ihm noch immer keine Ruhe. Morgen früh würde er in die Stadt fahren und die Bibliothek von Lancaster County in der Duke Street besuchen und sich dort auf die Suche nach Informationen über Gabriel Eshs Tod begeben. Vielleicht wusste sogar jemand aus Bird-in-Hand etwas über das Leben dieses Mannes. Immerhin war die Briefmarke hier abgestempelt worden.

Die kleine Annie kam ihm in den Sinn, aber er verwarf den Gedanken, ein kleines Mädchen mit so ernsten Fragen zu überfallen, schnell wieder. Susanna Zooks kleine Enkelin hatte bestimmt keine Geschichten über einen Prediger gehört, der geplant hatte, die Amisch wegen einer modernen Frau zu verlassen. Philip beschloss, im Umgang mit den Zooks vorsichtiger zu sein. Besonders gegenüber Annie wollte er aufpassen. Das hieß, falls er dieses liebe Kind noch einmal treffen sollte. Aber er hatte vorsichtshalber ein wenig Platz in seinem Artikel frei gelassen, falls er doch noch eine Gelegenheit bekäme, sich mit ihr über Weihnachtsgeschenke zu unterhalten. Annie hatte eine unkomplizierte Art an sich, die angenehm attraktiv war. Sie beherrschte es, zwanglos und höflich mit anderen Menschen zu sprechen. Für eine Sechsjährige war das besonders erstaunlich. Gleichzeitig war sie auffallend hübsch. Fast so schön wie die Frau, die er dabei beobachtet hatte, wie sie das Kind auf der Wange streichelte. Annies Mutter, vermutete er.

Je mehr er darüber nachdachte, umso deutlicher begriff er, dass er jetzt nicht einfach abreisen konnte. Er wollte Susanna Zook fragen, ob er das Zimmer noch ein paar Tage länger behalten könne. Ja, morgen nach dem Frühstück würde er sich gleich darum kümmern.

* * *

Rachel schlich mit ihrem Kassettenrekorder in der Hand nach unten in den Salon. Sie hatte gewartet, bis es im Haus still geworden und Annie eingeschlafen war. Eine besprochene Kassette an ihre liebe Kusine war längst überfällig. Schon zwei Wochen waren vergangen, seit sie Esthers neunzigminütige Kassettenaufnahme mit der Post bekommen hatte. Wie gut hatte es getan, von ihr zu hören! Sie hatte erzählt, wie sie das Land bearbeiteten und Samen aussäten. Das alles taten Esther und Levi Seite an Seite mit ihren Kindern. Rachel konnte sich gut vorstellen, wie sie alle mit den Maultieren auf dem Feld waren, sie konnte den Dung und die frische Erde riechen, konnte fühlen, wie die Sonne auf ihre Köpfe schien.

Dieses Bild weckte in ihr ein starkes Gefühl der Einsamkeit

und eine große Sehnsucht nach Jakob. Wenn er heute noch am Leben wäre, würden sie, Aaron, Annie und das Kind, das sie nach dem Unfall verloren hatte, dieselben Arbeiten verrichten ... als Familie ... in Ohio.

Sie schloss die Tür zu dem kleinen Raum, tastete nach der Steckdose unter dem Lampentisch und steckte den Kassettenrekorder ein. Dann tastete sie nach dem Klebeband, mit dem Mama die Aufnahmetaste für sie markiert hatte. Sie drückte die Taste, setzte sich neben den Rekorder auf den Boden und wickelte ihren langen Bademantel um sich.

„Hallo Esther", begann sie und hielt das winzige Mikrofon nahe an ihre Lippen. „Es ist schon so lange her, seit ich das letzte Mal auf diesem Weg mit dir gesprochen habe. Ich kann dir gar nicht sagen, wie viel wir in diesem Herbst zu tun haben. Der Touristenstrom reißt nicht ab. Aber bei euch in Holmes County ist es bestimmt auch nicht viel anders. Nicht wahr?

Ich bin nicht besonders glücklich über einige Dinge, die vermutlich hinter meinem Rücken geschehen. Es würde mich nicht überraschen, wenn Mama letzte Woche Blue Johnny besucht hätte. Vielleicht ist sie sogar für mich eingetreten, so wie Elizabeth und Matthäus es schon hin und wieder für kranke ältere Verwandte tun mussten. Wie dem auch sei: An einem Tag war sie lange fort, und ich spürte ehrlich, dass mich etwas richtig angreifen wollte. Aber natürlich funktionierte nichts von der Zauberei bei mir, weil ich keinen Glauben daran habe. Ich rief mir die Bibelstellen aus dem Buch Jeremia ins Gedächtnis, die du mir auf deiner letzten Kassette vorgelesen hast: ‚Gesegnet aber ist der Mann, der sich auf den *Herrn* verlässt und dessen Zuversicht der *Herr* ist. Der ist wie ein Baum, am Wasser gepflanzt, der seine Wurzeln zum Bach hinstreckt. Denn obgleich die Hitze kommt, fürchtet er sich doch nicht, sondern seine Blätter bleiben grün.'

Als Mama schließlich nach Hause kam, summte sie immer wieder dieselbe Melodie und sagte ein paar Worte immer und immer wieder. Ich habe sie nicht danach gefragt, aber ich bin sicher, dass irgendetwas im Busch war. Vielleicht hat Blue Johnny ihr irgendeinen Zauberspruch gesagt, den sie in meiner Nähe wiederholen sollte.

Ich wünschte mir so sehr, dass du kommen und uns wieder einmal besuchen könntest. Ich möchte mit dir mehr über diesen Artikel von Jakob Hershberger sprechen. Erinnerst du dich noch, wie wir ihn damals Seite für Seite ausführlich besprachen, als mein Jakob noch lebte? Ich kann es nicht genau benennen, aber in dem, was dieser Hershberger vor so langer Zeit geschrieben hat, steckt eine wichtige Wahrheit. Ich finde, er hat Recht, auch wenn Papa sich wahrscheinlich furchtbar aufregen würde, wenn er wüsste, dass ich mit dir über so etwas spreche.

So, es ist schon ziemlich spät. Ich höre jetzt also am besten auf. Schicke mir bald eine Antwort, ja?

Ich habe dich gern, Esther. Pass gut auf dich auf, ja? Sag Levi und den Kindern schöne Grüße von mir. Aber bitte lass niemanden dieses Band hören. Und ich verspreche, das auch zu tun, wenn ich das nächste Mal von dir höre.

Ach, fast hätte ich vergessen, dir zu erzählen, dass Annie und ich den ganzen Nachmittag drüben bei den Nachbarn Kürbisse gepflückt haben. Sie hatten angeboten, dass wir haben könnten, so viele wir pflücken wollten. Also haben wir einen ganzen Ponywagen voll geladen. Die Kürbisse fühlten sich so glatt und rund an. Ich konnte die kräftige orange Farbe fast *fühlen,* auch wenn ich das zu niemand anderem als zu dir sagen würde, Esther. Bestimmte Leute hier könnten auf dumme Ideen kommen und meinen, sie sollten wegen ihrer Amulette und Zaubersprüche zu *mir* kommen. Ganz ehrlich: Ich will mit diesen Wunderheilungen nichts zu tun haben. Du weißt, wie ich in dieser Sache denke.

Zurück zum heutigen Nachmittag: Ich kam mir fast vor wie damals bei unseren Kürbis-Pflück-Tagen, als wir noch kleine Mädchen waren. Oh, ich wünschte, du und Levi, ihr wärt nie von hier fortgezogen. Besteht irgendeine Aussicht, dass ihr wieder nach Lancaster County zurückkommt? Vergiss es. Es ist nicht fair, eine solche Frage zu stellen. Natürlich wollt ihr dort in Ohio bleiben. Ich würde fast alles dafür geben, wenn ich auch ein Stück Land hätte, das ich ... mit Jakob und Aaron und Annie bearbeiten könnte. Aber wir wissen alle, dass das nicht Gottes Wille war.

Der Herr sei mit dir, liebe Esther. Von deiner Kusine aus Pennsylvania."

Rachel drückte die Stopp-Taste und nahm die Kassette aus dem Aufnahmegerät, bevor sie den Stecker aus der Steckdose zog. Sie steckte den „besprochenen Brief" in ihren Bademantel und nahm den Kassettenrekorder mit in ihr Zimmer hinauf.

Ihre Erinnerungen an Jakob brachten sie zum Weinen, und als es Zeit war, ihre Nachtgebete zu sprechen, bestanden ihre Gebete nur aus Tränen.

* * *

Philip glaubte, in dem Raum unter sich Stimmen zu hören. Er war nicht sicher, ob das, was er hörte, die Stimme einer Frau oder eine Kinderstimme war, aber irgendetwas ging unten im Salon vor.

Einen kurzen Augenblick fragte er sich, wie viele Geheimnisse die Mauern dieses Hauses wohl schon gehört hatten. Waren noch andere als diese geheimnisvolle Postkarte irgendwo versteckt? Wie stand es mit Geheimfächern in alten Möbeln? Er hatte einmal von einem Schreibtisch und einem Bücherregal in Rhode Island aus dem Ende des 18. Jahrhunderts gehört. Diese Möbel hatten Schiebewände gehabt, hinter denen sechs verschiedene Verstecke untergebracht waren. Wahrscheinlich war er völlig übermüdet und hatte deshalb diese seltsamen Ideen.

Er drehte das Licht aus und ging zu Bett. Ein Teil des Mondes schien durch ein paar Wolkenfetzen und warf einen schwachen Lichtschein in das Zimmer. Die Grillen waren in dieser Nacht leiser und machten es möglich, die leisen Worte, die in dem Zimmer unter ihm gesprochen wurden, zu hören, wenn er sie auch nicht verstehen konnte. Eine Frau redete allein. Vielleicht zu sich selbst, vermutete Philip, als er gerade einschlafen wollte, obwohl er zu müde war, um feststellen zu können, ob er sich die Geräusche nur einbildete, oder ob sie Wirklichkeit waren.

* * *

Susanna war wie vor den Kopf geschlagen. Was hatte ihre Tochter da in der Stille des Salons soeben alles gesagt? Susanna hatte Durst bekommen und sich Wasser holen wollen. Als sie auf Zehenspitzen zur Küche ging, hörte sie Rachels Stimme. Bei allem, was recht war!

Was in aller Welt geht hier vor?, fragte sie sich und wollte gerade die Tür aufmachen, als sie begriff, dass Rachel anscheinend eine Kassette für Esther besprach.

Statt ihre Tochter zu stören, legte sie das Ohr an die Tür und lauschte diesem einseitigen Gespräch, das mehr verriet, als sie sich jemals hätte vorstellen können. Ja, sie wusste von Rachels und Esthers Absicht, sich einmal in der Woche eine besprochene Kassette zuzuschicken. Sie hatte diese Idee sogar befürwortet, da sie der Meinung war, dass Rachel dadurch jemanden hätte, dem sie ihr Herz ausschütten könnte, auch wenn sie gewünscht hätte, ihre Tochter würde auch noch jemand anderem außer Esther anvertrauen, was in ihr vorging. Ihrer eigenen Mutter zum Beispiel. Aber sie würde nie zugeben, dass sie eifersüchtig war. Niemals!

Aber das jetzt ... dieses lockere Geplapper über Blue Johnny! Wie *konnte* Rachel nur wissen, wo Susanna letzte Woche hingegangen war? *Puh!* Das Mädchen musste hellseherische Kräfte besitzen. Rachel musste genauso offen und empfänglich für Übersinnliches sein wie die Wünschelrutengänger und die Wunderheiler. Immerhin war ihre Tochter erst sechs Jahre alt gewesen, ungefähr so alt wie Annie jetzt war, als ihr das erste Mal jemand einen Haselnusszweig in die Hand drückte – eine Wünschelrute. Und wie die Rute anfing, in Rachels kleinen Händen zu zittern und zu rütteln! Natürlich war sie damals noch so furchtbar jung gewesen, dass man von ihr nicht erwarten konnte, mit den anderen Wünschelrutengängern Quellwasser zu suchen. Was wahrscheinlich auch ganz gut so war, nachdem erst wenige Jahre zuvor die lautstarken Meinungsverschiedenheiten in der Gemeinschaft über den Gebrauch von schwarzer Magie oder Hexerei endlich verstummt waren.

Doch je mehr sie darüber nachdachte, umso mehr vermutete sie, dass sie in Bezug auf den *wahren* Grund, warum Rachel Wunderheiler in den letzten Monaten so hartnäckig ablehnte, Recht hatte. Nein, nicht nur in den letzten Monaten. Fast ihr ganzes Leben lang.

Susanna zitterte vor Aufregung. Konnte es sein, dass ihre jüngste Tochter die Veranlagung, die sie in sich trug – die ungenutzten Gaben eines vollmächtigen Wunderheilers –, die ganze Zeit schon ablehnte? Übersinnliche Gaben wurden oft von einer Generation auf die nächste übertragen. Und obwohl viele Leute die Wunderheilungspraktiken ablehnten, hatten viele die uralten Gaben weiterhin im Blut, auch wenn sie Außenstehenden gegenüber immer Stillschweigen darüber wahrten. Die Übertragung von einem Medium auf das andere, von einem mächtigen Wünschelrutengänger oder Wunderheiler auf ein jüngeres Mitglied der Gemeinschaft oder Familie, war ein weiterer Weg, die „Wundergaben" weiterzugeben.

Susanna fragte sich, ob Rachel nur aus Scham Abstand zu Blue Johnny hielt, obwohl sie nicht einsehen konnte, warum Rachel Angst haben sollte, falls Susanna mit dieser Vermutung richtig lag. Immerhin galt es als großes Kompliment, wenn man ausgewählt wurde. Das wusste jeder. Wenn sie sich nicht täuschte, hatte er schon seit vielen Jahren einen Blick auf Rachel geworfen und wartete nur darauf, seine ganze übernatürliche Macht auf Rachel zu übertragen.

Susanna musste fast laut auflachen. Hier saß eine junge Frau, die es mit reiner Willenskraft geschafft hatte, nichts mehr zu sehen. Man stelle sich das nur einmal vor! Ihre sensible, zurückhaltende Rachel! Warum hatte sie nur nie daran gedacht? Ihre eigene Tochter hatte alle Veranlagungen für eine *Brauchfrau* – eine Wunderheilerin. Und trotzdem war sie gegenüber einem der bekanntesten Heiler der ganzen Gegend so abweisend!

Natürlich war Susanna so vorsichtig, keine falschen Schlüsse in dieser Angelegenheit zu ziehen. Sie beschloss, Benjamin nach seiner Meinung zu fragen. Ben würde ihre Vermutungen verstehen und ihr vielleicht sogar zustimmen.

Morgen in der Frühe wollte sie, sobald sie den Pensionsgästen das Frühstück serviert hätte, der Sache auf den Grund gehen. Ein für alle Mal.

14

Philip war während seiner jahrelangen Recherchen immer wieder aufgefallen, dass fast alle Bibliothekare immer freundlich und zuvorkommend waren. „Aber gewiss", sagten sie oft. „Ich kenne dieses Buch sehr gut." Oder: „Aber ja, ich habe diese Eintragung erst kürzlich für einen anderen Klienten nachgeschlagen."

Klienten? Dieses Wort weckte in ihm Bilder von einem wohlhabenden, älteren Herrn, der jährlich Spenden an bekannte Organisationen gab. Wohlgemerkt, nie anonym.

Philip stand in der Schlange an und wollte um eine Mikrofilmaufnahme des *Lancaster Intelligencer Journal* der zweiten Maihälfte im Jahr 1962 bitten. Unbewusst stellte er einen Vergleich zwischen den freundlichen Charakterzügen der meisten Bibliothekare und dem Fehlen jeglicher solcher Eigenschaften bei seiner früheren Freundin an. Nicht, dass Lauren noch irgendeinen Einfluss auf ihn gehabt hätte. Nein, was diese Beziehung ihm rückblickend gebracht hatte, war die Erkenntnis, dass er jetzt genau in Worte fassen konnte, welche Art von Frau er eines Tages heiraten wollte.

Als Allererstes musste seine Zukünftige eine Dame sein. Gut erzogen und höflich. Er hielt nicht viel von Frauen, die glaubten, sie müssten ihren Ehemann neu erfinden. Einen Tag, nachdem er und Lauren sich getrennt hatten, hatte er beschlossen, dass die Frau, die er einmal heiraten würde – falls er überhaupt je heiratete –, schlicht und zurückhaltend sein sollte. Das wäre eine nette Abwechslung. Eine junge Frau, die ihm die Führung überließe, obwohl er gewiss kein Tyrann war. In den zwei Jahren, in denen er mit Lauren ausgegangen war, war die Rolle der Führung, von der er glaubte, dass ein Mann und eine Frau sie gerecht aufteilen sollten, vollkommen missbraucht worden. War es altmodisch, wenn er sich danach sehnte, dass eine Partnerin sich ihm in Liebe unterordnete, und er bereit war, das Gleiche auch für sie zu tun? Die demütige Haltung seiner Mutter gegenüber seinem Vater hatte der Ehe seiner Eltern sehr gut getan. Wenn sie nach dem Rezept für ihr lebenslanges Glück gefragt wurden, nannten sie oft Bibelstellen und verwiesen auf Eigenschaften wie Sanftmut oder gegenseitiges Geben und Nehmen. Das, so musste er schnell zugeben, hatte es zwischen ihm und seiner früheren Freundin nie gegeben.

„Was kann ich für Sie tun?", fragte die Bibliothekarin und holte ihn mit ihren Worten in die Gegenwart zurück.

Er erklärte, was er brauchte, und wartete. Dabei fragte er sich, wo er wohl eine solche Frau finden würde, die er sich wünschte. Oder würde er sich damit abfinden müssen, Junggeselle zu bleiben? Würde sie Bücher und Nachforschungen genauso sehr lieben wie er? Vielleicht wäre sie Bibliothekarin oder wenigstens eine Bibliotheks*klientin.* Er grinste über seine eigenen Gedanken.

Als die Bibliothekarin die richtige Mikrofilmrolle gefunden hatte, lächelte sie über das ganze Gesicht. „Hier haben wir es." Sie reichte ihm ihren Fund.

„Vielen Dank", sagte er und war in Gedanken schon bei den Daten, die er in der Hand hielt. Das Geheimnis, das diese Postkarte barg, hatte ihn stärker in seinen Bann gezogen, als er für möglich gehalten hätte.

* * *

In dem Sterberegister hieß es, dass der Siebenundzwanzigjährige am Sonntag, den 30. Mai 1962, gestorben und in Reading, Pennsylvania, beerdigt worden war, obwohl als Geburtsort Bird-in-Hand angegeben wurde. Warum war er in Reading und nicht in Lancaster County, in der Nähe seiner Familie, begraben worden? Philip fand es außerdem interessant, dass kein Gottesdienst für den jungen Amischmann gehalten worden war. Warum?

Dem standesamtlichen Eintrag zufolge war Gabriel der einzige Sohn von Johannes und Lydia Esh gewesen. Er hatte jedoch viele Schwestern gehabt: die Zwillinge Maria und Martha, Nancy, Ruth, Katie, Naomi und Rebekka. Es gab keine Möglichkeit zu erfahren, das wievielte Kind seiner Eltern Gabriel gewesen war, aber allein schon der Gedanke, der einzige Bruder unter sieben Schwestern zu sein, versetzte Philip in Schweißausbrüche.

Da er nun schon einmal in der Bibliothek war, suchte er auch gleich den Namen *Herr* im Telefonbuch von Reading. Zu seinem Erstaunen fand er seitenweise Einträge mit dem Namen Herr. Falls nötig, würde er sich die Mühe machen und irgendwann nach Reading fahren und sich dort als Detektiv betätigen. Aber zuerst wollte er zum *Alten Dorfladen* in Bird-in-Hand fahren und sich ein wenig umsehen und vielleicht den einen oder anderen Einheimischen kennen lernen.

Er verließ die Bibliothek mit dem Aktenkoffer in der Hand und ging über das Kopfsteinpflaster, das in der Sonne bunt gefleckt aussah, einen Häuserblock weiter zu seinem Mietwagen. Dann fuhr er zur King Street, bog in Richtung Osten ab und fuhr an den langen Häuserblocks aus rotem Ziegelstein vorbei, die ihn etwas an die berühmten Beacon-Hill-Reihenhäuser in Boston erinnerten. Er kam am Conestoga View County Home vorbei, hielt sich dann nach links und nahm die Bundesstraße 340, die auch als die Old Philadelphia Pike bekannt war.

Die Sonne stand inzwischen hoch am Himmel und schien so heiß, dass Philip die Klimaanlage einschaltete. Einen so strahlenden, warmen Septembertag hatte es seit Jahren nicht mehr gegeben. Während er die stark befahrene Straße entlangfuhr, wurde ihm bewusst, wie motiviert er in den knapp zwei Tagen seit seiner Ankunft hier geworden war. Er beschloss, später seine Schwester anzurufen und sie wissen zu lassen, dass er sich auf dieser Fahrt überraschend gut erholte. Ihre Antwort konnte er sich lebhaft vorstellen. Sie würde sagen, das überrasche sie nicht. Er brauche nur einen einfacheren, ruhigeren Lebensstil. Sie könnte ihn auch auffordern, noch einen Schritt weiter zu gehen und in Kontakt zu seinem Schöpfer zu treten. Immerhin galt Pennsylvania dank William Penns Einfluss, der Einwanderern auf der Suche nach Religionsfreiheit Land angeboten hatte, schon lange als „gottesfürchtiger Staat".

Mit einem Blick in den Rückspiegel sah er ein Pferd und einen Wagen hinter sich, während er sich dem alten, verlassenen Lampeter Friends Versammlungshaus näherte. Das Pferd und der Einspänner folgten ihm die Straße hinunter, an der Feuerwehr von Bird-in-Hand links und der Greystone-Manor-Frühstückspension rechts der Straße vorbei und dann unter der Eisenbahnbrücke hindurch. Er wollte sich unbedingt bei seinem Redakteur dafür bedanken, dass dieser ihm diesen Amischauftrag förmlich aufgezwungen hatte. Ja, sobald er wieder in sein Redaktionsbüro käme, würde er genau das tun.

Philip begann, sich eine Strategie zurechtzulegen, wie er auf die immer länger werdende Liste von Fragen die nötigen Antworten bekommen wollte. Als Erstes wollte er versuchen, wenigstens eine von Gabriels sieben Schwestern kennen zu lernen. Von den vielen Eshtöchtern lebte doch bestimmt wenigstens eine in der Gegend von Lancaster.

Der *Alte Dorfladen* tauchte links an der Straßenseite auf. Das nicht zu übersehende Schild vor dem Haus mit der dazugehörigen Wasserpumpe nannte als Baujahr des Hauses das Jahr 1890. Das scheunenähnliche, bogenförmige Gebäude hatte ihn schon an diesem Morgen, als er auf diesem Straßenabschnitt vorbeigefahren war, fasziniert. In einem Laden mit einer so langen Geschichte könnte es vielleicht Leute geben, die Gabriel Esh oder seine Familie gekannt hatten, jemanden, der bereit sein könnte, ihn zu den richtigen Leuten zu führen. Hoffentlich sogar zu einer der Esh-Schwestern; vielleicht zu einer, die eine Schwäche für den jungen Mann gehabt hatte, der anscheinend allen anderen so gleichgültig gewesen war, dass sie nicht einmal einen Beerdigungsgottesdienst für ihn gehalten hatten.

* * *

Susanna und ihre jüngere Schwester Lea waren in zweierlei Hinsicht Freundinnen. Der erste und wichtigste Grund: Sie waren Schwestern und standen sich sehr nahe. Zweitens waren sie Bauersfrauen oder waren es wenigstens gewesen. Jetzt, wo Susanna alle Hände voll damit zu tun hatte, eine amische Frühstückspension zu führen, bedauerte sie es, dass sie bei weitem nicht mehr zu so vielen Näh- und anderen gemeinsamen Arbeitseinsätzen kommen konnte wie früher.

Was den ersten Grund betraf, so hatten die Schwestern gemeinsame Erinnerungen: Sie waren miteinander aufgewachsen, hatten gelernt, wie wichtig es war, geduldig zu sein und sich Gott, der amischen Gemeinde und ihren Ältesten unterzuordnen. Sie hatten miteinander genäht, ihrer Mama beim Kochen geholfen, Betten gemacht, die Socken ihrer Brüder geflickt, die Küche gefegt, den Gemüse- und den Blumengarten geharkt, Wäsche gewaschen, den Hof rund um das Haus gepflegt und so viel Gemüse und Obst eingemacht, wie kaum ein anderes fleißiges Geschwistergespann in der Gegend. Als sie heirateten, änderte sich daran nicht viel. Sie arbeiteten immer noch pausenlos vom Sonnenaufgang bis zum Sonnenuntergang, ohne sich auszuruhen oder an sich selbst zu denken. Sie lebten immer nach der Devise: „Sei fleißig und nähre dich redlich." Das Motto ihrer Mutter für alle ihre Kinder, besonders für die Mädchen. Somit waren sie hervorragende Beispiele für die strenge Erziehung ihrer Mutter.

Was den zweiten Grund betraf, so hatten Susanna und Lea viele ihrer Kinder in fast demselben Monat desselben Jahres zur Welt gebracht. Die einzige Ausnahme bildeten zwei Söhne. Rachel und Esther hatten sogar am selben Tag das Licht der Welt erblickt, wie Zwillinge mit verschiedenen Müttern. Jetzt genossen es die zwei Schwestern, einander in der Küche der einen oder der anderen die neuesten Geschichten zu erzählen, oder über Dinge aus der Gemeinde zu plaudern und dabei eine Tasse schwarzen Kaffee oder Eistee zu trinken, je nachdem, welche Jahreszeit gerade war. In letzter Zeit kam es auch schon einmal vor, dass sie miteinander in die Stadt fuhren, in einer Konditorei in Bird-in-Hand Halt machten und sich heimlich Oma Smuckers riesige Zimtbrötchen schmecken ließen, obwohl sie sich ohne weiteres zu Hause selbst welche hätten backen können. Sie wollten aber für eine Weile frei sein und von dem fortkommen, was immer von ihnen erwartet wurde. Das war der Hauptgrund, der sie veranlasste, hier und da eine halbe Stunde fortzufahren, besonders jetzt, da die meisten ihrer Kinder erwachsen und aus dem Haus waren. Leas jüngste Töchter waren im Brautalter – Molly war siebzehn und Sadie Mae neunzehn. Sie wohnten beide noch zu Hause und konnten es nicht erwarten, dass der richtige Zimmermanns- oder Bauerssohn sie bat, „fest mit ihm zu gehen."

Wenn Susanna und Lea nicht gerade damit beschäftigt waren, den nächsten Arbeitseinsatz, bei dem genäht oder Apfelbutter gemacht wurde, zu planen, sprachen sie über ihre vielen Enkel und darüber, wessen Kinder sie an welchen Bruder oder an welche Schwester erinnerten. Oder in einigen Fällen an die eine oder andere Tante oder irgendeinen Onkel.

Aber heute hatte Susanna wegen eines ganz anderen Themas das dringende Bedürfnis, ihre Schwester aufzusuchen. „Ich muss dir unbedingt etwas erzählen", sagte sie, sobald ihre Schwester sie in ihrer sonnigen Küche begrüßt hatte.

„Geht es dir gut?", fragte Lea. Ihre großen braunen Augen zogen sich fragend zusammen und schauten Susanna prüfend an.

„Es könnte mir nicht besser gehen." Susanna fächerte sich mit ihrer langen Schürze Luft zu.

Lea zog einen Stuhl für sie heran, und die beiden setzten sich mit einem großen Glas Eistee an den Tisch, schauten einander an und waren bereit, jeden Augenblick wie junge Schulmädchen loszukichern. „Das muss ja ein sehr interessantes Gerücht sein, von dem ich noch nichts gehört habe. Ich habe dein Gesicht noch nie so gerötet gesehen."

„Also, ich würde nicht so weit gehen zu sagen, dass es ein Gerücht ist, aber was ich dir zu sagen habe, ist äußerst interessant. So viel steht fest."

Leas Augen leuchteten interessiert auf. „Ich bin ganz Ohr“, sagte sie.

„Versprichst du mir, mich zu Ende sprechen zu lassen, ohne mich zu unterbrechen?“

Lea antwortete mit einem Lächeln und einem Kopfnicken.

Susanna holte tief Luft und begann, Lea das Gespräch, das sie mit Benjamin geführt hatte, zu schildern. Sie hatte gleich in der Früh, sobald sie aufgestanden und angezogen waren, mit ihm gesprochen. „Ich hatte nicht warten können, bis die Pensionsgäste am Frühstückstisch fertig waren. Ich habe Benjamin auf die Veranda hinter dem Haus geholt und habe ihm Folgendes erzählt: ‚Ich verstehe überhaupt nicht, wie ich etwas so Auffälliges die ganze Zeit nicht bemerken konnte.‘ Natürlich wollte er genau wissen, was ich davon halte, aber ich muss dir sagen, Lea: Ich glaube, und Ben stimmt darin mit mir überein, dass Blue Johnny ein Auge auf unsere Rachel geworfen hat.“

Leas Kinnlade fiel nach unten. „Aber dieser Mann ist Mitte Fünfzig, und er ist nicht einmal amisch! Wie in aller Welt soll denn das gehen?“

Susanna lachte laut auf. „Komm schon, überlege ein bisschen, was ich gerade gesagt habe. Ich spreche doch nicht von Heiraten. Dieser Mann ist so alt, dass er Rachels Vater sein könnte. Meine Güte! Was ich dir zu sagen versuche, ist, dass ich glaube, sie könnte unsere nächste Wunderheilerin werden.“

„Wie bitte?“

Susanna erzählte ihrer Schwester von den Begabungen, die ihr bei Rachel ihr ganzes Leben hindurch immer wieder aufgefallen waren. „Jemand, der so sensibel allem gegenüber ist, wie sie es schon immer war. Sie hat sich sogar selbst blind gemacht. Also, ich sage dir, sie ist dafür bestimmt, die Nächste zu sein. Warte nur ab. Du wirst schon sehen.“

Lea schüttelte lächelnd den Kopf. „Und wenn man bedenkt, dass du ihre Mutter bist.“

„Oh, gib mir keine Ehre, wo mir keine Ehre zusteht. Das ist nicht mein Verdienst.“

„Du hast sie auf die Welt gebracht, nicht wahr?"

„Und noch elf andere Kinder, aber keins der anderen zeigt irgendwelche Anzeichen von den Gaben, die Rachel bekommen hat." Susanna machte eine Pause und nippte an ihrem Tee. „Um die Wahrheit zu sagen: Ich glaube, die Gabe der Wunderheilung muss eine Generation übersprungen haben. Die Linie wurde unterbrochen, als Onkel Gabriel starb. Aber wenn ich mir vorstelle, dass sie jetzt wieder auflebt, und genau vor meiner Nase! Meine Güte!"

„Was sagt Rachel zu alledem?", fragte Lea und fuhr mit dem Finger das Muster der grünkarierten Öltischdecke nach.

„Das arme Ding kämpft gegen ihre natürlichen, angeborenen Gaben an und lehnt sie ab, wie ich es nicht mehr erlebt habe seit …"

„Sprich es nicht aus!", unterbrach Lea sie eilig.

„Ja, du weißt ganz genau, von wem ich spreche. Ich fürchte, sie hat furchtbar viel Ähnlichkeit mit unserem Onkel Gabriel, nur dass er weitaus kühner und kämpferischer veranlagt war als sie. Gefährlich kühn. Wir sehen ja, wohin es ihn gebracht hat. Bei allem, was recht ist: Wenn Annie nicht wäre, gäbe sich Rachel vollkommen damit zufrieden, den ganzen Tag im Salon zu sitzen und Decken zu häkeln. Noch jemand anderes als ich sollte ihr einmal klarmachen, dass Mut nicht das Gegenteil von Mutlosigkeit oder Angst ist, sondern die Kraft, trotz allem voranzugehen."

„Du klingst eher wie eine weise Frau als wie eine Pensionswirtin." Lea grinste so sehr, dass ihre runden Wangen sich rosa färbten. „Bringt Annie Rachel manchmal dazu, aus dem Haus zu gehen?"

„Ja, erst gestern waren sie draußen und haben beim Nachbarn Kürbisse gepflückt."

Lea stand auf und füllte ihre Gläser nach. Dann setzte sie sich wieder. „Du glaubst nicht, dass sie Angst hat, oder?"

Susanna war entsetzt, dass ihre Schwester so etwas auch nur denken konnte. „Angst vor der Übertragung der Macht, oder einfach Angst davor, überhaupt den Gedanken, dass sie eine Wunderheilerin sein könnte, zuzulassen?"

„Du weißt doch, was die Leute damals sagten, als Gabriel überall predigte, dass es bei den Amisch Sünde und Böses gebe, böse Geister in der Gemeinde und lauter solches Zeug. Ich kann mich erinnern, dass ich unsere Eltern viel darüber reden hörte. Und ehrlich gesagt: Man macht sich schon seine Gedanken über das, was damals passierte ... und immer noch passiert."

Susanna schaute ihre Schwester beleidigt an und schlug mit der Faust auf den Tisch. „Jetzt hör mir einmal gut zu: Das gibt es einfach nicht auf Gottes Erde, dass das, was die Wunderheiler machen, falsch sein oder vom Teufel kommen soll. Sie helfen den Leuten. So einfach ist es. Und das finde ich vollkommen richtig und gut." Sie erzählte, wie der taube Urenkel von Seth Fischer geheilt wurde und wie Caleb Yoders Verbrennungen zweiten Grades geheilt wurden. Selbst bei Benjamins Zugpferden waren die Geschwüre verschwunden, als der Tierarzt nichts mehr hatte tun können. Sie wusste, dass es nicht nötig war, aber sie erinnerte ihre Schwester an Lizzys schlimmes Rheuma. „Es ist verschwunden und nie wiedergekommen, nicht wahr? Wie soll also so etwas falsch sein können?"

Lea nickte langsam, und Susanna hatte das Gefühl, sie sollte, jetzt, da die Dinge zwischen ihnen wieder mehr oder weniger klargestellt waren, allmählich gehen.

„Hast du vor, morgen zu Lavina zu kommen?", wollte Lea wissen. „Einige Frauen kommen zusammen, um Apfelmus zu kochen und dann einige Rüben einzumachen. Du könntest kommen, wenn du deinen Gästen das Frühstück serviert hast."

Susanna war schon unterwegs zur Hintertür. „Ich frage Rachel, ob sie mitkommen will."

„Sag ihr, dass Molly und Sadie Mae auch dort sind."

Während Susanna sich umdrehte und sich kurz verabschiedete, überlegte sie, warum Lea ihre unverheirateten Töchter, Molly und Sadie Mae, erwähnt hatte. Die jüngeren Mädchen hatten genauso wie der Rest von Leas Töchtern, mit Ausnahme von

Esther, die weit weg in Ohio lebte, Rachel nach dem Unfall abgeschrieben. Susanna glaubte auch zu wissen warum. Keiner ihrer amischen Verwandten glaubte den Erklärungen der englischen Ärzte in Bezug auf Rachels Augenproblem. Einige von ihnen dachten wahrscheinlich sogar, Rachel stelle sich nur blind. Doch wenn sie mit Rachel zusammenlebten und sähen, wie sie durch das Haus schlurfte und so reagierte, wie nur ein Blinder reagiert, wüssten sie es besser. Ehrlich gesagt, hatte sie selbst Rachel schon verschiedentlich auf die Probe gestellt und bewegte immer wieder einmal schnell eine Serviette vor ihrem Gesicht. Aber jedes Mal hatte Rachel nicht die geringste Reaktion gezeigt oder auch nur mit der Wimper gezuckt. Susanna war überzeugt, dass ihre Tochter nichts sehen konnte. Sie wusste das ohne jeden Zweifel. Aber trotzdem hatte sie nicht die leiseste Ahnung, warum ihr Augenlicht nicht schon lange zurückgekehrt war, wie es der Arzt im Krankenhaus vorhergesagt hatte.

Nun denn, im Augenblick wollte sie sich nicht den Kopf darüber zerbrechen, was Leas erwachsene Kinder ... und auch ihre und Benjamins Kinder ... über Rachel dachten. Lea lachte sich wahrscheinlich halb kaputt über Susannas Vermutung, dass Rachel Wunderheilkräfte geerbt haben könnte. Sie hatte das skeptische Funkeln in den Augen ihrer Schwester sehr wohl gesehen. Lea würde Molly und Sadie Mae auch davon erzählen. „Susannas Mädchen kann sich nicht einmal *selbst* helfen, dass sie wieder sehen kann. Wie soll sie da irgendjemand anderen heilen können?"

Ja, das sagte Lea wahrscheinlich. Aber das störte Susanna nicht besonders. Ihre Schwester und der ganze Rest ihrer Esh-Verwandten und auch die der Zooks würden eines Tages vielleicht eine große Überraschung erleben. Vielleicht früher, als alle dachten.

* * *

Noch vor weniger als achtundvierzig Stunden, am Montag, hatte Philip sein gewohntes Leben geführt: Hierhin und dorthin eilen, Informationen zu Aufträgen einholen, Rohentwürfe aufsetzen, sie überarbeiten, sie seinem Redakteur geben ... kurz gesagt, so zu leben wie immer. Aber jetzt war Mittwoch, und für ihn war zu viel passiert, als dass er jetzt einfach mit seiner sauber getippten, fertigen Reportage nach Hause hätte fliegen können. Er hatte die perfekte Geschichte ausgegraben, und wenn er seine Reporterneugier befriedigen und das Puzzle lösen könnte, hätte er vielleicht den Stoff für eine viel größere Reportage: die Schilderung eines menschlichen Schicksals, ausgehend von den Worten auf einer Postkarte. Diese Geschichte würde alles, was er bis jetzt zu Papier gebracht hatte, übertreffen. Das hieß, falls er es schaffte, eine gewisse Miss Adele Herr ausfindig zu machen.

Immerhin gehörte die Postkarte Gabriels Freundin, wo immer sie sich auch aufhalten mochte. Er würde sich zwischen seinen Terminen Zeit nehmen, um diese Frau zu suchen.

Er bog in den ausgeschilderten Parkplatz auf der Seite des Dorfladens ein und ging zu der Eisenwarenhandlung hinüber. Er sah die große rote Popcorn-Maschine links neben dem Eingang stehen und hätte sich beinahe eine Dose Soda gekauft, aber seine Aufmerksamkeit wurde auf ein Münztelefon mit einem Telefonbuch, das an einer Kette hing, auf der anderen Seite der Tür gelenkt. Einem inneren Impuls folgend, schlug er in dem Telefonbuch den Namen *Herr* nach und stellte fest, dass hier in Lancaster fast genauso viele Einträge standen wie in dem Telefonbuch von Reading. *Das muss ein häufiger amischer Name sein,* dachte er. Adele Herr ausfindig zu machen, besonders wenn sie inzwischen geheiratet hatte, könnte einige Zeit kosten. Da er das Telefonbuch schon in der Hand hatte, schaute er gleich auch unter dem Namen Esh nach und stellte fest, dass *dieser* Name ebenfalls sehr häufig zu finden war.

Er schloss das Buch und betrat das Haus, wo ihn eine nostalgische Kulisse begrüßte, wie er seit Jahren keine mehr gesehen hatte. Diese Eisenwarenhandlung war ein typischer Dorfladen mit offenem Kamin und blankem Holzfußboden. Jedes nur denkbare Gerät wurde feilgeboten – eine eindrucksvolle Ansammlung von verschiedenen Dingen –, von Handwerkzeugen bis zu Schaufeln, Nägeln, Schrauben und Klammern in jeder beliebigen Größe. Das Antiquariat, das hier und da in dem Laden stand, faszinierte ihn, und er fragte sich, ob ein solcher Laden vielleicht auch alte Schreibtische verkaufte, obwohl das eher unwahrscheinlich war. Keine Eisenwarenhandlung verkaufte kostbare alte Möbel. Während er durch die Gänge schlenderte, beschloss er, sich trotzdem danach zu erkundigen. Damit hätte er wenigstens einen Anknüpfungspunkt für ein Gespräch mit einem Verkäufer ... falls er einen fand.

„Kann ich Ihnen helfen, Sir?"

Er drehte sich um und sah einen kleinen, untersetzten Mann mit einem freundlichen Lächeln vor sich stehen. „Ja, ich hoffe", sagte Philip. „Ich habe Ihre Antiquitäten gesehen ... sind sie verkäuflich?"

„Leider nein. Sie stehen nur hier, um diesem alten Haus ein wenig Atmosphäre zu verleihen."

Philip warf einen kurzen Blick auf die breiten Holzdielen. *Als ob dieses Haus noch Atmosphäre bräuchte,* dachte er und erwiderte das Lächeln des Mannes.

Sie unterhielten sich über das Wetter, wie mild und warm es für diese Jahreszeit war. Sehr vorteilhaft für das Touristengeschäft. „Hier in der Gegend gibt es immer viele Touristen. Im Sommer und Herbst ist der Laden immer gerammelt voll. Die Leute kommen gern nach Lancaster und schauen zu, wie die Blätter bunt werden, besonders wenn es auf den Oktober zugeht."

Philip erkundigte sich, wo er wohl einen alten Schreibtisch finden könnte. „Am liebsten hätte ich einen Rolloschreibtisch. Können Sie mir da weiterhelfen?"

Der Verkäufer kratzte sich den Hinterkopf und zog die Stirn in Falten. „Ich glaube, Emma hatte vor ein paar Jahren so ein Stück. Ich habe aber keine Ahnung, wer es gekauft hat. Sie könnten es bei ihr einmal versuchen."

„Emma, sagten Sie?"

„Sie hat ihren Laden nicht weit von hier. Die Straße hinab ..."

Er deutete nach Osten. „Dann in Richtung Süden auf die Harvest Road. Dann sehen Sie ihr Schild schon ... ‚Emmas Antiquitätenladen‘ steht darauf.“

„Vielen Dank. Dann werde ich mich dort einmal umsehen“, sagte Philip. „Ach, übrigens, Sie kennen nicht zufällig jemanden hier in der Gegend, der Esh heißt? Ich bin auf der Suche nach einer Schwester von Gabriel Esh. Soviel ich weiß, hatte er sieben Schwestern. Zwei von ihnen waren Zwillinge. Kommt Ihnen die Familie bekannt vor?“

Der Mann grinste von einem Ohr zum anderen. „Amische Familien, die Esh heißen, gibt es hier wie Sand am Meer.“

Philip nickte. „Dieser Mann, Gabriel Esh, war erst siebenundzwanzig, als er starb. Das war vor fast vierzig Jahren. Angeblich war er ein abtrünniger Prediger.“ Philip hatte alle Mühe, die Flut von Fragen, die er diesem Mann am liebsten gestellt hätte, zurückzuhalten.

Der Verkäufer hob einen Finger und warf einen Blick über seine Schulter. „Warten Sie, nur eine Sekunde. Ich will jemanden fragen, der über solche Dinge besser Bescheid weiß als ich.“

Mit schwindender Hoffnung nahm Philip lässig einen kleinen Griff für Vorhangstangen in die Hand und hoffte, er könnte sich unauffällig unter die anderen Kunden mischen. Aber er trug immer noch seinen Trenchcoat und sah von Kopf bis Fuß nach einem New Yorker Reporter aus. Was hatte er sich eigentlich dabei gedacht, sich so auffällig zu kleiden?

Als der Verkäufer zurückkehrte, war eine dünne grauhaarige Frau bei ihm. Sie war ebenfalls sehr freundlich und schien ihm ernsthaft helfen zu wollen. „Joe sagte, dass Sie die Esh-Schwestern suchen?“

„Ja, das stimmt.“ Philip erkannte, dass sie von ihm einen Grund hören wollte, weshalb sie an einen vollkommen Fremden Informationen weitergeben sollte. „Ich würde gern mit jemandem sprechen, der mit dem verstorbenen Gabriel Esh verwandt ist. Jemand, der vielleicht von seinem Interesse an Miss Adele Herr gewusst hatte.“

Die Brauen der Frau zogen sich über ihren fragenden blauen Augen in Falten. „In diesem Fall, denke ich, sollten Sie sich am besten an Martha Stoltzfus wenden. Sie hat drüben in der Lynwood Road einen Laden mit Steppdecken. Ein großes weißes Touristenschild ist vor dem Laden zu sehen. Sie können es nicht verfehlen."

„Diese Martha Stoltzfus ... Ist sie amisch?"

„Durch und durch eine Amisch der Alten Ordnung. Sie ist eine von Gabriels jüngsten Zwillingsschwestern. Maria ist inzwischen gestorben, genauso wie alle anderen Schwestern."

„Danke für Ihre Hilfe", sagte er. „Sie haben mir wirklich sehr geholfen."

„Ich rufe Martha an und lasse sie schon einmal wissen, dass Sie kommen. Sie ist nicht besonders gut auf nichtamische Männer zu sprechen. Schauen Sie sich unbedingt ihre Steppdecken an. Sie gehören zu den besten in ganz Lancaster. Sagen Sie ihr, Bertha Denlinger schicke Sie."

Er bedankte sich bei der Frau und ihrem kleinen männlichen Kollegen und ging zur Tür. Dort blieb er noch einmal stehen, um sich auf der Veranda vor dem Laden eine Dose Soda zu kaufen. „Das war ja ein Kinderspiel", gratulierte er sich, öffnete die Dose und trank zur Feier des Tages einen großen Schluck.

Als er zu seinem Auto zurückkam, stellte er fest, dass Stephen Flory eine Nachricht auf seiner Mailbox hinterlassen hatte. „Wie laufen die Untersuchungen?" Seine Worte verrieten ein starkes Interesse an Philips Arbeit.

Er rief Stephen an, bevor er vom Parkplatz auf die Straße bog. „Ich fahre später zu einem amischen Quiltladen, um mich mit einer von Gabriel Eshs Schwestern zu unterhalten."

„Sie haben also eine heiße Spur", bemerkte Stephen mit einem leichten Schmunzeln.

„Nach dieser rätselhaften Nachricht auf der Postkarte muss ich mehr über diese Geschichte wissen. Ich habe mein Zimmer in der Pension bis Samstag verlängert."

„Ihr Besuch bei Gabriels Schwester klingt interessant. Vielleicht können Sie mir später erzählen, was dabei herauskam." Dieser Mann zeigte mehr als ein gewöhnliches Interesse an diesem Fall, und das zu Recht. Immerhin hatte er sich gestern die Mühe gemacht, Philip mit Abram Beiler bekannt zu machen. Gegen die entsprechende Bezahlung, versteht sich. Aber diese Angelegenheit war anscheinend für ihn viel mehr als nur eine bezahlte Arbeit. Stephen Flory war gefesselt.

Philip zog es jedoch vor, nicht sofort zuzusagen, und lud Stephen lieber nicht ein, ihn zu Martha Esh Stoltzfus zu begleiten, auch wenn der Mann wirklich sehr freundlich war und man sich gut mit ihm unterhalten konnte. Er wollte diese Amischfrau nicht unnötig beunruhigen, was sicher der Fall wäre, wenn plötzlich *zwei* fremde Männer in ihrem Laden auftauchten. Wenigstens war das eine plausible Entschuldigung. „Ich gebe Ihnen hinterher einen vollständigen Bericht, wenn Sie wollen." Das war seine ungeschickte Art, diese Frage zu umgehen.

Stephen zögerte aufzulegen. Als er nach weiteren Einzelheiten fragte, erwähnte Philip schließlich, dass er in der Bibliothek gewesen sei, „wo ich einige interessante Fakten entdeckt habe."

Als Stephen zugab, dass er selbst ebenfalls an diesem Morgen an seinem Arbeitsplatz den Standesamteintrag gelesen und kopiert hatte, verriet das, dass er weit mehr als nur ein flüchtiges Interesse an dieser Geschichte hatte, die hinter der Postkarte steckte. „Es stellte sich heraus, dass einer meiner Kollegen etwas über Gabriel Esh und seine prekäre Beziehung zu seiner Familie und der Gemeinde der Alten Ordnung wusste. Nach dem, was mein Freund sagt, ist der junge Mann damals mehr als nur ein Rebell in seiner Gemeinde gewesen. Er wurde von seinen Leuten ausgestoßen. Sie haben ihn sogar mit dem Bann belegt ... und das, obwohl er nicht einmal ein Gemeindemitglied war. Was sagen Sie dazu?"

Jetzt war es an Philip, neugierig zu sein. „Sie haben also wirklich etwas über ihn?", witzelte er.

„Vielleicht sollten wir uns zusammentun."

„Morgen ... Wo treffen wir uns?"

„Das Family Restaurant in Bird-in-Hand hat eine gute Speisekarte. Ich treffe Sie dort zum Abendessen." Es war also abgemacht. Die beiden würden versuchen, die Puzzleteile von Gabriel Eshs Leben zusammenzufügen.

Aber vorerst brauchte Philip etwas frische Luft und etwas anderes zum Anziehen – etwas Ungezwungenes, das ihn eher wie einen entspannten Touristen und nicht so sehr wie einen Journalisten aussehen ließ. Er trank sein Soda, während er zur Abbiegung in die Beechdale Road zurückfuhr. Als er sah, wie kristallklar und blau der Himmel war, hielt er es für eine gute Idee, diesen Morgen in freier Natur zu genießen. Susanna hatte ihm seit seiner Ankunft schon mehrmals den Gehweg durch den Obstgarten empfohlen. Jetzt wäre eine gute Gelegenheit, ihn auszuprobieren.

Er bog in die Auffahrt zum Gästehaus am Obstgarten ein und stellte den Mietwagen auf der nördlichen Seite vor dem Souvenirladen ab. Er fragte sich, ob dieser kleine Laden früher einmal ein Großvaterhaus gewesen sei, ein Anbau an das Haupthaus für betagte amische Großeltern, von denen er viel gehört hatte.

Er stellte die Zündung ab, zog seinen Trenchcoat aus und ging um das Haus herum, an dem Lavendel und den rosaroten Astern vorbei, die entlang eines Weges aus alten Steinen Wache standen. Er konnte diesen großen Blumen sogar einen Namen geben, weil er als Junge oft gehört hatte, wie seine Großmutter ihren Namen nannte. „Astern sind wie bunte Sterne im Spätsommer", hatte sie immer von ihren Lieblingsblumen gesagt.

Philip blieb stehen und betrachtete den gepflegten Garten und den sauber geschnittenen Rasen. Sein Blick fiel auf einen altmodischen Holzschubkarren, in dem rote Geranien und weiße Kapuzinerkresse blühten, und blieb an einer ovalen Laube mit ihrem Spitzdach, an dessen Pfosten der Wein hochrankte, hängen. Die Kulisse, die sich ihm bot, sah aus wie Bilder aus einem Gartenmagazin.

Hinter der Laube im Osten des Hofes lud ihn der Kiesweg neben den bunten Fuchsien, die in tiefem Rosa, Rot und Lila leuchteten und deren strahlende Köpfe in einer Reihe nickten, zu einem Spaziergang ein. Er schlenderte an einem weißen Vogelbad vorbei und beschloss, zuerst spazieren zu gehen und sich später umzuziehen. Der Wind war warm und angenehm, und er wusste von seinem Blick aus dem Zimmer im zweiten Stockwerk, dass sich hinter dem Obstgarten ein plätschernder Bach dahinschlängelte. Er wollte sich ans Ufer setzen, wie er es oft mit seinem Großvater getan hatte, als er noch ein kleiner Junge war. Er wollte über alles nachdenken, was er an diesem Morgen erfahren hatte, und seine Gedanken sammeln, bevor er Gabriels Schwester besuchte.

* * *

Im Südosten der Frühstückspension schnitten die Bauern Tabak. Rachel wusste das, ohne es zu sehen. Der Geruch war ihr angenehm vertraut. Er steckte voll herrlicher Erinnerungen an ihre Kindheit. Damals hatte sie immer mit Esther neben der Tabakscheune gespielt, während ihre Väter und Brüder jedes Jahr im September und Oktober die Ernte, die viel Geld einbrachte, schnitten und lagerten.

Sie wollte zum Mühlbach hinaus spazieren gehen, während Mama zu Besuch bei Tante Lea war. Der Bach, der mitten durch das Grundstück ihres Vaters lief, führte aufgrund der Regenfälle in letzter Zeit viel Wasser, hatte ihr Vater beim Frühstück erwähnt. Sie hatte sich noch nie so weit auf dem Grundstück vorgewagt und beschloss, dass heute der richtige Tag für dieses kleine Abenteuer wäre.

„Hast du Lust, mit mir einen schönen, langen Spaziergang zu unternehmen?“, fragte sie Annie und holte ihren Stock aus dem Schirmständer gleich neben der Hintertür.

„Wie bitte, Mama? Bist du ganz sicher?“

„Ich bin sicher.“

„Aber du sagst doch immer, dass du lieber im Haus bleibst.“

„Ich weiß, aber es ist höchste Zeit, dass ich öfter hinausgehe“, gestand sie. „Außerdem ist es ein hervorragender Tag für einen Spaziergang, nicht wahr?"

„Können wir Copper mitnehmen?", fragte Annie und lief aufgeregt los.

„Diesen ungehorsamen Hund nehmen wir lieber nicht mit. Er führt uns sonst noch einen falschen Weg." Sie lachte zwar, meinte aber jedes Wort genau so, wie sie es sagte.

Sie hörte Annies Füße auf dem Fußboden. „Du kannst dieses Mal nicht mitkommen", erklärte Annie dem Hund. „Warte lieber, bis Oma Susanna zurück ist. Vielleicht gehe ich dann noch ein wenig mit dir spazieren."

„Es dauert nicht allzu lang", fügte Rachel hinzu. „Können wir aufbrechen?"

Sie gingen hinaus, stiegen die Verandastufen hinab und spazierten durch den breiten Hinterhof in Richtung Obstgarten. Das Gras fühlte sich an ihren nackten Füßen kühl an, und sie freute sich über das Summen der Bienen und das Zwitschern der Vögel. Einige von ihnen waren nahe an den Bäumen, andere waren weiter weg. „Beschreibe mir, was du siehst, Annie."

„Also, es sind fast keine Wolken am Himmel ... nur eine einzige winzig kleine bei zwei Uhr."

Rachel schmunzelte, als ihre Tochter die übliche Uhrzeigerstellung benutzte, um zu beschreiben, wo die Wolke sich befand. „Erzähle mir, wie sie aussieht. Ist es eine doppelte Portion Eis oder dünne Watte?"

Jetzt musste Annie lachen. „Keines davon, Mama. Sie sieht aus wie ein umgedrehter Zahn. Genauso wie der kleine Zahn, den ich letztes Jahr verloren habe. Erinnerst du dich?"

„Ja, ich erinnere mich." Sie dachte daran, wie leicht Annies Zahn ausgefallen war, als sie in einen Apfel biss, einen Apfel, der in ihrem Garten gewachsen war. „Was siehst du noch?"

„Vögel. Drüben beim Bach ist ein Rotkehlchen. Oh, wir müssen leise sein ... Ich glaube, es nimmt ein Bad." Sie schwieg einen Augenblick, dann sagte sie: „Ja, genau das macht es. Es pickt an seinen Federn."

„So reinigen sich die Vögel“, erklärte Rachel und erinnerte sich, wie fasziniert sie selbst immer von den Vögeln gewesen war, besonders von frisch geschlüpften Vögeln im Frühling.

„Halte meine Hand jetzt gut fest, Mama. Wir gehen über die Brücke.“

„Ist die Brücke sehr glatt?“, fragte Rachel.

„Nein, nicht besonders glatt. Sie ist so breit, dass man gemütlich darüber gehen kann. Sie ist ganz aus Holz, nicht bunt gestrichen. Du weißt schon. Aber das Beste daran ist, dass auf dieser kleinen Brücke zwei Leute nebeneinander gehen können.“

Rachels Herz jubelte vor Freude, als sie mit einer Hand den Stock nahm und mit der anderen Annies Hand ergriff. „Können wir in der Mitte stehen bleiben?“

„Noch zwei Schritte ... so.“ Annie führte sie zu dem hölzernen Geländer.

„Schildere mir den Bach. Wie sieht er heute aus? Welche Farbe hat er?“ Rachel lehnte sich an das Geländer und legte ihrer Tochter die Hand auf den Rücken. Sie fühlte die ruhelosen Muskeln zwischen den Schulterblättern des Kindes.

„Er ist blau vom Himmel und braun von den toten Blättern, die auf beiden Seiten am Ufer liegen, und er ist auch lila. Alles durcheinander gemischt. Und auf dem Wasser tanzen Pfennigstücke. Sie treiben bachabwärts. Oh, Mama, wir wären reich, wenn ich mit einem Eimer da hinunterklettern und sie herausfischen könnte.“

„Die Pfennige sind in Wirklichkeit der Sonnenschein, der sich auf dem Bach funkelnd widerspiegelt, nicht wahr?“, fragte Rachel.

„Nein ... nein. Du darfst dieses Bild nicht zerstören.“ Annie schlang die Arme um ihre Mutter. „Da unten sind Pfennigstücke, Mama. Du solltest sie sehen.“

„Ja, Pfennigstücke ...“ Rachel lächelte. „Ich erkenne dich heute gar nicht wieder.“ Sie standen schweigend da und lauschten auf die vielen verschiedenen Geräusche, die um sie herum zu hören waren.

„Stelle dir den schönsten Platz vor, den du je gesehen hast, bevor du blind wurdest“, flüsterte Annie.

„Ich stelle mir einen herrlichen, schönen Platz vor.“ Rachel dachte an damals, als sie und Esther an der Atlantikküste ins Meer gewatet waren.

„Erzähle mir davon“, bat Annie aufgeregt. „Ich möchte alles wissen.“

Rachel beschrieb, wie das kalte Wasser an ihren nackten Füßen geprickelt hatte. Sie schilderte das schäumende Weiß der Flut, wenn die Wellen auf sie und Esther zugerollt kamen und um ihre Knöchel sprudelten. „Das war wahrscheinlich der herrlichste Ort auf der ganzen Welt.“

„Ich möchte auch einmal ans Meer fahren. Meinst du, das können wir?“

„Vielleicht ...“ Sie hatte keine Ahnung, wie das möglich sein sollte. Falls es überhaupt jemals zu verwirklichen wäre. Aber sie wollte ihre kleine Tochter nicht enttäuschen. Das Mädchen sprudelte vor Freude an Gottes Schöpfung förmlich über.

„Jetzt bist du an der Reihe. Erzähle mir von dem schönsten Ort, den du in deinem Leben gesehen hast.“ Sie strich Annie über den Nacken.

Aber in diesem Augenblick wurde Annie steif. „Oh, da drüben sitzt jemand“, sagte sie leise. „Ach, mach dir keine Sorgen. Es ist nur dieser große Mr. Philip. Er ist da drüben am Bachufer und wirft Holzstückchen ins Wasser.“ Noch bevor Rachel ihre Tochter auffordern konnte, ihn nicht anzusprechen, rief Annie ihm schon zu: „Hallo, Mr. Philip!“

„Oh, hallo, Annie. Du gehst an diesem schönen Tag auch spazieren?“

Die Stimme dieses Mannes klang sehr nett. Das hätte Rachel einem Reporter aus der Großstadt gar nicht zugetraut. Einem Schnüffler. Trotzdem fühlte sie sich sehr unwohl, nachdem Annie hier draußen, so weit weg vom Haus, die Aufmerksamkeit dieses Fremden so plump auf sie gelenkt hatte.

„Ja, heute ist ein richtig schöner Tag“, erwiderte Annie.

Rachel hielt den Atem an und hoffte, der Mann würde dieses Mal nicht antworten. „Komm, wir gehen zum Haus zurück“, flüsterte sie Annie zu.

„Nimm meine Hand, Mama.“

Auf dem ganzen Rückweg zum Haus über den Lehmweg durch den Obstgarten fühlte sich Rachel unbehaglich. Sie wollte bei ihrem ersten Spaziergang zum Mühlbach und zu der Brücke mit Annie allein sein.

Allein sein ...

Ihr Motto in den letzten zwei Jahren.

Um auf andere Gedanken zu kommen, stellte sie sich den blauen und violetten Bach, auf dem die Pfennige tanzten, vor. Annie war sehr klug und konnte Dinge auf eine so erfrischende, interessante Art beschreiben.

„Danke, Annie“, sagte sie spontan.

„Wofür?“

„Dafür, dass du mit mir diesen schönen Spaziergang gemacht hast. Mir haben vor allem die Pfennige im Bach sehr gut gefallen.“

„Mir auch, Mama. Vielleicht gehe ich noch einmal zum Bach und hole einige heraus. Dann glaubst du mir, dass sie echt sind.“

„Versprich mir, dass du nicht allein zum Bach gehst“, bat Rachel schnell.

„Ich gehe nicht allein. Ich nehme Copper mit, wenn Oma Susanna es erlaubt.“

Rachel vermutete, dass es bald Zeit für das gemeinsame Mittagessen wäre. Das würde das Mädchen davon abhalten, zu der Brücke zurückzulaufen ... und zu Mr. Philip. Warum in aller Welt musste sie nur Fremden gegenüber immer so gesprächig sein? Rachel biss sich auf die Lippe, sagte aber kein Wort. Vielleicht hatte sie schon zu viel gesagt.

Auf dem Weg zwischen den Apfelbäumen hörte Rachel das plätschernde Lied des Baches. Sie fühlte die warme, trockene Erde unter ihren Füßen und war von ganzem Herzen dankbar für diesen Tag.

* * *

Er hockte am Bachufer und warf Holzstückchen ins Wasser, als er Annie und die junge Frau bemerkte. Sie lehnten am Brückengeländer und schauten ins Wasser hinunter. Das Mädchen sprach anscheinend über den Bach, vermutete er, als er sah, wie es mit der Hand deutete und lachte.

Die Frau, von der er immer mehr überzeugt war, dass sie Annies Mutter sein musste, legte dem Kind sanft die Hand auf den Rücken und wandte ihr Gesicht mit geschlossenen Augen dem Himmel zu. Die Sonne malte runde Edelsteine auf das Wasser. Das fiel ihm eigentlich erst auf, als Annie darauf deutete.

Aber seine Augen wurden schnell wieder zu der schönen Frau hingezogen, die das Gesicht immer noch zum Himmel erhoben hatte. Trotz ihres grauen Kleides und der schwarzen Schürze fand er sie atemberaubend schön. Er hätte sie noch länger angestarrt, wenn Annie ihn nicht mit ihrer begeisterten Begrüßung aus seinen Gedanken gerissen hätte.

Erst nachdem er ihr geantwortet hatte, begann Philip zu begreifen, warum das Kind so nahe bei der Frau stand, warum Annie die Hand der zögernden Frau ergriff und sie sicher, Schritt für Schritt, von der Brücke und zurück zum Obstgarten führte.

Annies Mutter war *blind.* Diese plötzliche Erkenntnis traf ihn schwer. Er konnte es kaum glauben. Er wollte sich einreden, er müsse sich irren. Er wollte sich irren um Annies willen. Um ihrer Mutter willen.

Noch lange, nachdem sie gegangen waren, saß er am Mühlbach und betrachtete die braunen Erdklumpen, die sich um das mit Moos überwachsene Ufer bewegten. Er beobachtete begeistert die zarten Schatten von den hohen Bäumen, deren gelbgrüne Blätter in dem leichten Windhauch tanzten. Und er schaute zu den silbrigen Sonnenstrahlen hinüber, die auf das sprudelnde Wasser auf den glatten grauen Felsen fielen. Plötzlich sah er alles mit neuen Augen.

* * *

Susanna zog an den Zügeln und rief „Hott rum!“ Das Pferd bog gehorsam nach rechts ab. Der Weg zu ihrem Haus war eine gerade Teerstraße mit einer durchgezogenen gelben Linie in der Mitte, die das Überholen verbot. Die Straße war eben und schmal und verlief am Rand des weißen Zaunes, der an der Gibbons Road entlanglief, wo nach Osten hin ein rotes amisches Schulhaus stand. Längst vergangene Erinnerungen wurden wach. Erinnerungen an die Zeiten, als sie vor einem ähnlichen Schulhaus, das auch aus einem einzigen Raum bestanden hatte, an kalten Wintertagen zwei oder drei ihrer Söhne hatten aussteigen lassen, wenn sie mit Benjamin und den Jungen in ihrem Pferdeschlitten unterwegs war. Wie viele Jahre das schon her war!

Am Straßenrand blühten orangefarbene, gelbe und rote Blumenbeete neben den langen Reihen mit Kohl- oder Maisbeeten – die typische Art der Amisch, ihre Grundstücksgrenzen zu markieren. Die Ältesten mischten sich nicht ein, wie eine Bauersfrau ihren Blumengarten „schmückte“. Sie konnten die Natur nicht davon abhalten, in ihrer Farbenpracht zu leuchten. Susanna lächelte leise bei sich. Sie kannte den heimlichen Grund, warum viele ihrer amischen Nachbarinnen so grelle Farbtöne wählten, auch wenn nie offen darüber gesprochen wurde. Einige Rot-, Gelb- und Orangetöne passten überhaupt nicht zusammen. Lauter Farben, die ihnen bei ihrer Kleidung verboten waren.

Ihre Gedanken wanderten zu ihrem Gespräch mit Lea zurück, dann wieder zu Rachel. Wie könnte sie ihre schüchterne Tochter nur dazu bewegen, das Positive an Blue Johnny zu sehen? Sie könnte ihr den Weg bahnen und vielleicht mit Seth Fischer oder einem Prediger ihrer Gemeinde darüber sprechen. Aber nein, am besten wäre es, wenn es von Benjamin käme, obwohl sie ihn als einen Menschen kannte, der nicht gern Partei ergriff. Ihr Mann war leicht zu beeinflussen, wenn es um seine blinde Tochter ging, aber es käme ihm nie in den Sinn, offen zu zeigen, auf wessen Seite er stand, besonders nicht vor seinen anderen erwachsenen

Kindern. Susanna vermutete, dass er schon seit vielen Jahren ein Lieblingskind hatte. Bei Annie war seine Zuneigung unübersehbar: Das Kind war ihnen beiden ans Herz gewachsen, auch wenn Susanna wünschte, sie könnte Rachels unkluges Verhalten dem kleinen Mädchen gegenüber und ihre Weigerung, dem Kind zu erzählen, was damals passiert war, ändern.

Als sie in die Olde Mill Road einbog, winkte sie Rebekka Zook. Sie war Susannas Nachbarin und gleichzeitig ihre angeheiratete Kusine. „Ein schöner Tag heute!"

Rebekka blickte von ihren gelben Blumen auf und winkte zurück. „Ja, aber wir könnten ein wenig Regen vertragen."

„Ja, ein wenig Regen wäre nicht schlecht", nickte Susanna, legte den Kopf in den Nacken und schaute aus ihrem Einspänner zu dem blauen Himmel hinauf.

Die Stute drehte den Kopf und zog den Wagen nach Hause. Susanna lehnte sich wieder zurück und dachte erneut an Rachel. Sie war so froh, dass sie sich die Zeit genommen hatte, Lea zu besuchen.

Was auch immer dabei herauskäme.

15

In dem Quiltladen gab es selbst gemachte Handarbeiten jeder Art. Kleine und große Tagesdecken hingen von der Decke hinunter, kleinere Wandbehänge und Läufer waren an Holzregalen angebracht. Tischdecken in jeder Farbe und Form waren auf mehreren Tischen zu sehen, daneben Platzdeckchen, Servietten und Topflappen.

Ein Wandbehang fiel Philip besonders ins Auge. Es war ein gestickter Bibelvers. Einer der Verse, die auf Gabriels Postkarte zitiert wurden: *Der in euch angefangen hat das gute Werk, der wird's auch vollenden bis an den Tag Christi Jesu.*

Philip wollte jetzt nicht über diesen Vers nachdenken und begab sich auf die Suche nach etwas, das echt amisch war. Er wollte seiner Schwester und seiner Nichte ein Souvenir mitbringen. Er gab sich als Tourist aus und hoffte, dadurch leichter mit der Ladenbesitzerin ins Gespräch zu kommen. In eine leuchtend bunte Schürze war Janices Name eingestickt. Er legte sie sich über den Arm und schlenderte weiter zu dem nächsten Regal. Bis er etwas fand, das Kari vielleicht gefallen würde, musste er länger suchen. Schließlich entschied er sich für eine gesichtslose amische Puppe, obwohl er nicht sicher sein konnte, ob Kari, von der er wusste, wie gern sie stickte, nicht dieser Puppe, die mit einem typischen amischen Kleid mit Schürze bekleidet war, Augen, Nase und Mund ins Gesicht sticken würde.

Als er zur Kasse ging, um die Sachen zu bezahlen, stellte er sich der älteren Frau hinter der Kasse vor. „Ich bin der Mann, den Bertha Denlinger zu Ihnen geschickt hat ... von der Eisenwarenhandlung", sagte er und bedachte die Frau mit einem freundlichen Lächeln.

„Sie hat vor einiger Zeit angerufen."

Er wartete darauf, dass sie sagen würde, sie sei tatsächlich Martha Stoltzfus, aber sie stützte sich nur schwer auf ihren Stock und addierte mit einem kleinen Taschenrechner die Beträge. „Das macht zweiundvierzig Dollar und fünfundfünfzig Cents."

Er zog seine Brieftasche heraus und bezahlte mit einem Fünfzig-Dollar-Schein. Er hoffte, er könnte etwas Zeit gewinnen, während sie ihm das Wechselgeld herausgab. „Bertha Denlinger sagte, Sie könnten mir vielleicht helfen, jemanden zu finden ..." Er machte eine kurze Pause. „Das heißt, natürlich nur, wenn Sie Mrs. Martha Esh Stoltzfus sind."

Sie zuckte mit keiner Wimper, sondern schaute ihm nur geradewegs ins Gesicht und sagte: „Bertha kann sagen, was sie will."

„Ich verstehe", sagte er und war nicht sicher, wie er weiter vorgehen sollte. „Wenn ich ungelegen komme, kann ich gern ein anderes Mal wiederkommen."

„Kommen Sie ... gehen Sie, tun Sie, was Sie wollen, aber ich sage Ihnen gleich, dass es über meinen toten Bruder und diese gottlose Frau nichts zu sagen gibt."

Er beschloss, nicht auf ihre harte Bemerkung einzugehen. „Wie kann ich Kontakt zu Mrs. Adele Herr aufnehmen? Ich habe etwas Wichtiges in meinem Besitz, das ihr gehört."

Sie knurrte. „Diese Frau ist vor langer Zeit verschwunden. Soviel ich weiß, ist sie tot."

„Sind Sie sich dessen sicher?" Er wünschte, die Frage wäre nicht so plump über seine Lippen gekommen.

„Man hat nichts mehr von ihr gehört, seit ihr Vater an einem Herzinfarkt starb."

„Ihr Vater?"

„Ja, ein Baptistenpastor oben in Reading."

„Wissen Sie vielleicht zufällig, wann Adele starb?", fragte er, nun etwas vorsichtiger.

„Kann ich nicht sagen." Sie gab ihm zu verstehen, dass sie nichts mehr dazu sagen wollte, und setzte sich hinter der Kasse auf einen Stuhl, weiterhin auf ihren Stock gestützt. Ihr langes blaues Kleid berührte fast den Boden.

„Es ist vielleicht eine seltsame Frage, aber warum wurde Ihr Bruder nicht in Lancaster beerdigt? Warum in Reading?" Das war eine direkte Frage, der man nicht ausweichen konnte. Er hatte das Gefühl, dass diese Frage seine letzte Waffe sein könnte.

„Jetzt hören Sie einmal gut zu." Sie senkte die Stimme und rutschte auf ihrem Stuhl vor. „Wir haben hier nicht die Angewohnheit, über gebannte Leute zu sprechen, egal ob tot oder lebendig. Es ist also am besten, wenn Sie jetzt gehen."

Sie mag nichtamische Männer nicht zu gern ...

„Es tut mir Leid, wenn ich Sie aufgeregt habe, Mrs. Stoltzfus." Sein Versöhnungsversuch stieß auf eine Mauer des Schweigens. Um der alten Frau willen war er froh, dass die anderen Kunden nichts von ihrem Gespräch gehört hatten.

* * *

Rachel half ihrer Mutter, das Essgeschirr abzuräumen. „Ich kann heute Abend in den Souvenirladen gehen, wenn du willst", bot sie an.

„Bist du sicher?"

Rachel hörte die Überraschung aus der Stimme ihrer Mutter heraus. „Ja. Annie kann mir bei den Preisen und auch sonst helfen. Wir übernehmen das für dich. Gönne dir doch ein bisschen Ruhe."

„Das ist sehr nett von dir, Rachel. Ich denke, ich könnte ein wenig Ruhe und einen freien Abend gut vertragen. Es war einiges los an diesem Vormittag."

„Wir hatten auch einen schönen Vormittag", platzte Annie heraus.

„Worauf wartest du denn noch? Komm, erzähle mir alles", forderte Susanna sie auf.

„Also, zuerst haben Mama und ich alle Betten oben bezogen. Wir haben Staub gewischt und die Badezimmer sauber gemacht. Dann sind wir spazieren gegangen ... bis zum Ende des Fußweges, zur Brücke über den Bach."

„Tatsächlich?" Mama wirkte erfreut.

„Ja, und wir haben Pfennige gesehen. Ganz viele!"

„Ich glaube, du solltest Oma Susanna lieber erzählen, was du heute *wirklich* gesehen hast, Annie“, warf Rachel ein.

„Es waren Pfennige! Viele hundert winzige Pfennigstücke sind auf dem Bach geschwommen.“

Rachel wartete darauf, dass ihr geliebtes Kind die Wahrheit sagte, obwohl sie Annie nie gewaltsam aus ihrer Phantasiewelt herausreißen wollte. Wenigstens noch nicht. Annie machte es zu viel Spaß.

„Lass mich raten“, sagte Susanna. „Hat die Sonne ganz hell geschienen?“

„Ja“, antwortete Annie.

„Und war es ungefähr um die Mittagszeit, als die Sonne ganz oben am Himmel stand?“

„Ja.“

„Dann weiß ich, was du gesehen hast: Da draußen auf dem Bach hat der Sonnenschein auf dem Wasser getanzt. Habe ich Recht?“ Susannas Stimme war nicht im Geringsten streng. Dafür war Rachel ihrer Mutter sehr dankbar.

Sie konnte sich richtig ausmalen, wie ihre Tochter ganz langsam nickte, ihren kleinen Kopf leicht zur Seite legte und mit ihren großen blauen Augen unschuldig aufschaute, wie sie es schon mit vier Jahren getan hatte. Annie überlegte bestimmt lange.

„Woher weißt du das, Oma? Du warst doch gar nicht dabei“, fragte Annie in vollem Ernst.

„Oh, ich lebe schon viele Jahre und weiß viel. Du sagst mir also nichts Neues. Es gibt nichts Neues unter der Sonne, sage ich dir.“

Rachel war ziemlich sicher, dass ihre kleine Tochter gerade überlegte, dass Oma Susanna in diesem Punkt bestimmt nicht Recht hatte. Dass diese leuchtenden, strahlenden Pfennigstücke ganz neu waren. Natürlich musste sie das glauben, wenn sie noch nie zuvor solche strahlenden Lichter auf einem Bach gesehen hatte, die fröhlich auf dem Wasser tanzten.

* * *

Emmas Antiquitätenladen war eine Schönheit für sich. Gut organisiert und ansprechend. Ein Paradies für jeden Antiquitätensammler. Selbst die kleinsten Gegenstände wie Essbesteck, Teeservices und seltene Schüsseln waren liebevoll ausgestellt. An einer Wand hingen Wandteller mit winzigen Rissen, die verrieten, dass sie sowohl ein entsprechendes Alter als auch den entsprechenden Charakter besaßen. In einem Regal in der Ecke waren die verschiedensten Küchengeräte aus der Jahrhundertwende zu sehen. Diese Stücke erinnerten Philip an Großmutter Bradleys Küche. Seine Großmutter hatte ihren Usambaraveilchen immer Lieder vorgesungen, damit sie besser wuchsen. Er fand auch ein reiches Sortiment an meergrünen Apothekerfläschchen. Er wollte gerade eines in die Hand nehmen, als eine fröhliche Stimme rief: „Sagen Sie mir, wenn ich Ihnen helfen kann, falls Sie etwas Bestimmtes suchen."

Er drehte sich um und suchte das Gesicht, das zu der freundlichen weiblichen Stimme gehörte. „Ich bin auf der Suche nach einem Rolloschreibtisch", erklärte er und überlegte, wo Emma wohl stecken mochte.

Langsam tauchte eine junge mennonitische Frau hinter der langen Theke auf. Sie trug ein bedrucktes Kleid mit einem kleinen Blumenmuster. Es war hochgeschlossen bis zum Hals, und die Ärmel waren an den Handgelenken mit Spitzen versehen. Ihre Kopfbedeckung unterschied sich von den formellen Hauben, die er bei den älteren Frauen gesehen hatte. Sie war mehr wie ein Kopftuch geformt, nur weiß und mit Spitzenrand und saß anmutig auf ihrem Hinterkopf. „Meine Güte", sagte sie und rollte ein Staubtuch zusammen. „Da unten muss man einfach von Zeit zu Zeit sauber machen." Sie begann zu lächeln und schaute ihn an. „Einen Schreibtisch suchen Sie? Lassen Sie mich einmal sehen." Sie blickte sich in dem großen Raum um. „Ich weiß, dass ich nächste Woche einen hereinbekomme. Wollen Sie ihn sich dann ansehen?"

„Ich bin nicht von hier, aber wenn Sie jetzt etwas Passendes hier hätten, würde ich es mir gern ansehen."

„Das tut mir Leid", bedauerte sie und kam hinter der Theke hervor. „Was genau suchen Sie denn?"

Er beschrieb ihr den alten Schreibtisch in seinem Zimmer im Gästehaus am Obstgarten. „Er ist einfach großartig."

Emmas Augen leuchteten auf. „Diesen Schreibtisch kenne ich! Ich selbst habe ihn Susanna Zook verkauft."

Er staunte über diesen Zufall, und das unmittelbar, nachdem er die entmutigende, verbitterte Martha Stoltzfus kennen gelernt hatte. „Seitdem ich diesen Schreibtisch das erste Mal zu Gesicht bekommen habe, hoffe ich, einen ähnlichen zu finden. Es wäre doch nett, wenn er irgendwo einen Zwillingsbruder hätte."

„Vielleicht gibt es irgendwo in England einen Schreibtisch, der diesem gleich ist. Aber das bezweifle ich." Sie schmunzelte und schüttelte freundlich den Kopf. „Nein ... nein, dieser Schreibtisch war einzigartig. Das muss ich Ihnen sagen."

Ihm kam ein Gedankenblitz. Er würde versuchen, sich über die Herkunft des Schreibtisches zu erkundigen. „Wissen Sie vielleicht zufällig, woher er kommt ... ich meine, bevor Sie ihn kauften?"

„Wenn Sie es genau wissen wollen: Ich stieß in einem heruntergekommenen Gebrauchtwarenladen in Reading auf diesen Schreibtisch. Kein Mensch dort schien eine Ahnung zu haben, wie alt er war. Ich muss auch sagen, er war in einem erbärmlichen Zustand, als ich ihn sozusagen für einen Apfel und ein Ei kaufte. Aber erzählen Sie davon Susanna Zook bitte kein Wort, hören Sie!"

Philip versprach es ihr mit einem Nicken und freute sich, dass er jemanden getroffen hatte, der so freundlich war und sich so bereitwillig mit ihm unterhielt.

„Vorher, so sagte mir die Frau in dem Laden, hat der Schreibtisch anscheinend Seth Fischers angeheiratetem Neffen gehört, der ihn irgendwo in einem Schuppen abgestellt und nur darauf gewartet hat, dass ihn jemand abholt. Wem er vorher gehörte, weiß ich beim besten Willen nicht."

Philip musste die Frage stellen: „Wer ist Seth Fischer?"

„Ach, ich hätte beinahe vergessen, dass Sie nicht von hier sind." Sie trat einen kleinen Schritt zurück, bevor sie weitersprach: „Seth Fischer ist der betagteste Älteste in ganz Lancaster County. Ich habe gehört, er soll dreiundneunzig Jahre alt sein. Man nennt ihn den ‚Gesalbten'. Das, glaube ich, bedeutet sein Vorname. Es ist kaum zu glauben, aber die meisten in der Familie seiner Frau, wenigstens ihre Geschwister, waren nie in ihrem Leben amisch. Sie sind nie der amischen Gemeinde beigetreten. Ist das nicht allerhand?"

Philip nickte.

Die Frau sprach weiter. „Soviel ich weiß, war der Neffe von Seth Fischers Frau, der diesen Schreibtisch besaß, ein Baptistenpastor. Da hört sich doch wirklich alles auf! Ich habe den Namen des Mannes vergessen, aber ich glaube, er war Pastor in einer Gemeinde irgendwo oben in Reading. Wie dem auch sei, das ist alles, was ich über Susanna Zooks Schreibtisch weiß."

Philips Verstand arbeitete auf Hochtouren, um die vielen Informationen zu verarbeiten, die er sich nie erhofft hätte. „Haben Sie eine Karte mit Ihrer Telefonnummer?", fragte er aus heiterem Himmel und überlegte, dass er die freundliche Frau vielleicht tatsächlich einmal anrufen und fragen könnte, ob sie einen alten Schreibtisch zu verkaufen hätte. Wenn nicht nächste Woche, dann ein anderes Mal. Das sagte er ihr auch.

„Oh ja." Sie drehte sich wieder zur Verkaufstheke um. „Ich habe hier jede Menge Karten. Wie viele wollen Sie?"

„Eine genügt", sagte er und dankte ihr für ihre Hilfe, obwohl er nicht verriet, wie groß ihre Hilfe tatsächlich gewesen war.

* * *

Rachel tastete sich mit ihrem Stock über den Hartholzboden im Aufenthaltsbereich der Pension und folgte Annie. „Wir haben heute Abend bestimmt viel Freude“, sagte sie auf dem Weg zum Souvenirladen. „Vielleicht könnten wir einige von deinen Bachpfennigen verkaufen.“

„Ach, Mama, du machst doch nur Spaß!“

Lachend schloss Rachel die Tür auf und wurde von den Duftkerzen und anderen Gerüchen, einer bunten Mischung verschiedenster Düfte begrüßt, obwohl sie den Pfirsich- und den Erdbeergeruch deutlich von den anderen unterscheiden konnte.

„Was gibt es denn heute Abend zu kaufen?“, fragte Annie und trat neben sie hinter die kleine Verkaufstheke.

„Nicht zu kaufen, sondern zu verkaufen!“

„Ja, natürlich“, erwiderte ihre Tochter.

Rachel hörte, wie Annie mit einem Stift Kreise auf ein Blatt Papier malte. „Was malst du denn da?“, erkundigte sie sich.

„Rate mal!“

„Vielleicht sind es Pfennige? Aus dem Bach?“

Annie lachte. „Nein, nicht schon wieder, Mama.“ Sie schwieg schnell, als ein Kunde eintrat. Die Schritte waren schwer. Sie hörten sich nach dem Gang eines Mannes an.

„Oh, schön, dich wiederzusehen, Annie“, sagte die Stimme des Mannes. „Wir treffen uns heute ja schon zum zweiten Mal.“

Rachel erkannte die freundliche Stimme und merkte, dass sie steif wurde. Sie war furchtbar scheu und fragte sich, ob noch andere Gäste hereingekommen waren, oder ob dieser Mann allein sei.

„Das stört mich nicht, Mr. Philip. Sie können gerne jederzeit mit mir sprechen.“

„Das ist gut zu wissen. Danke, Annie.“

„Wir haben hier schöne Souvenirs“, sagte das Mädchen, „für den Fall, dass Sie etwas mit nach New York nehmen möchten.“

„Annie, Liebes“, flüsterte Rachel. Sie wünschte wirklich, ihre Tochter würde sich an die Dinge erinnern, die sie gestern auf dem Heimweg vom Kürbispflücken besprochen hatten.

„Ach, ich hätte es beinahe vergessen, Mr. Philip. Ich soll nicht so furchtbar viel reden. Das sagt meine Mama.“

Ach, Annie, musst du denn so unüberlegt plappern?, dachte Rachel, die sich nicht nur sehr unsicher, sondern jetzt auch noch unbeholfen vorkam.

„Ist das deine Mutter?“, fragte der Mann.

„Ja, das ist Mama.“ Im nächsten Augenblick lag Annies Hand auf Rachels Arm und zog so daran, dass Rachel Philip Bradley die Hand reichen musste. „Mr. Philip will dich kennen lernen, Mama. Er ist wirklich nett. Also ist es doch in Ordnung, dass ich so viel mit ihm rede, oder?“

Rachel lächelte über ihre kleine Klatschbase. „Guten Abend, Mr. Bradley“, sagte sie und fühlte die Wärme seines Händedrucks, bevor sie seine Hand schnell wieder losließ.

„Bitte, nennen Sie mich Philip. Mr. Bradley ist für meinen Geschmack viel zu formell.“

„Siehst du, Mama. Ich habe dir doch gesagt, dass er wirklich nett ist.“

Sie wünschte von ganzem Herzen, Annie würde aufhören, so viel zu reden, obwohl sie ihre Tochter auf keinen Fall vor anderen in Verlegenheit bringen wollte. „In diesem Laden haben wir jede Menge handgearbeiteter Sachen“, brachte sie mühsam über die Lippen und hoffte, Mr. Bradley starrte nicht sie an, sondern schaute sich in dem Laden um und interessierte sich für das, was es hier zu kaufen gab.

„Ja, das habe ich bemerkt“, erwiderte er. „Und wer stellt diese vielen hübschen Sachen her?“

„Oh, Mama macht fast alles, was es hier zu tun gibt“, erklärte Annie großzügig. „Sie kann häkeln wie keine zweite in ganz Lancaster.“

„Das glaube ich gern“, kam die höfliche Antwort.

Rachel war sich nicht bewusst gewesen, dass sie während des Gespräches zwischen Philip Bradley und Annie die Hände verkrampft hatte. Sie zwang sich, sich zu entspannen. *Es besteht kein Grund, so angespannt zu sein,* redete sie sich ein, obwohl sie sich fragte, wie lange dieser Mann noch in dem kleinen Geschäft stehen und nur reden wollte, statt sich umzusehen.

„Wollen Sie etwas für Ihre Frau oder Kinder kaufen?", fragte Annie.

„Sehr nett von dir, dass du danach fragst, Annie, aber ich bin nicht verheiratet."

„Oh", sagte Annie. „Das ist ja furchtbar."

„Na ja, es stört mich nicht, unverheiratet zu sein. So furchtbar ist das nun auch wieder nicht." Er schwieg einen Augenblick. Dann sagte er: „Ich würde dich gern etwas fragen, Annie. Ich wüsste gerne etwas darüber, wie du Weihnachten feierst. Das heißt, natürlich nur, wenn es deiner Mutter recht ist."

„Ist es dir recht, Mama?"

Rachel hatte keine Ahnung, was in aller Welt dieser Mann über Weihnachten fragen wollte. Deshalb wusste sie auch nicht, ob es ihr recht sein sollte oder nicht.

Aber noch bevor sie etwas sagen konnte, erklärte der junge Mann: „Ich arbeite für eine Zeitschrift an einer Geschichte über amische Familientraditionen. Und ich habe nur eine einzige Frage. Dann könnte ich meine Geschichte zu Ende schreiben. Stört es Sie, wenn ich Annie frage, was sie letztes Jahr zu Weihnachten bekommen hat?"

Rachel hätte vor Erleichterung fast laut gelacht. Das war nun wirklich keine schlimme Sache. „Nein, ich denke nicht. Das heißt, wenn Annie sich noch daran erinnern kann."

„Natürlich erinnere ich mich, Mama. Ich habe es hier in meiner Hand: einen großen Block mit Regenbogenpapier und eine Schachtel Buntstifte. *Des is ewwe es Allerbescht.*"

Rachel wusste, dass Annie sehr überrascht gewesen war, als sie den dicken Zeichenblock bekommen hatte. Aber sie hätte wirklich nicht erwartet, dass sie so etwas sagen würde. Und schon gar nicht in Gegenwart eines Engländers. Bei allem, was recht war!

„Was heißt: *des is ewwe ... ?*", fragte der Mann.

„Oh, entschuldigen Sie, Mr. Philip. Ich habe gerade gesagt: ‚Das ist einfach das Allerbeste, was es gibt'", erklärte Annie.

„Wenn du nichts dagegen hast, schreibe ich das in meinem Artikel", sagte er mit einem leisen Lachen. „Und ich glaube, ich nehme einen von diesen gehäkelten Engeln hier mit nach Hause ... äh, Mrs ...?"

Rachel glaubte, er warte darauf, dass sie ihren Namen sagte, dass sie sich vorstellte, aber da musste sie sich bestimmt irren. So schnell wie dieser dumme Gedanke gekommen war, verwarf sie ihn wieder.

„Das macht fünf Dollar und fünfzig Cent", sagte Annie und half ihrer Mutter, wie sie es immer tat.

„Ich gebe Ihnen eine Zehn-Dollar-Note", sagte Philip.

Er weiß, dass ich nicht sehen kann, dachte Rachel, während sie die Kasse öffnete und das richtige Wechselgeld herausholte. Der Gedanke, dass er sie und Annie an diesem Morgen draußen am Bach beobachtet haben könnte, steigerte ihr Unbehagen noch mehr. Sie reichte Annie das Geld, damit sie es Philip Bradley geben konnte. Dann tastete sie nach der Schachtel mit dem Seidenpapier unter der Theke und begann, den gehäkelten Engel einzupacken.

„Nähst du auch, Annie?", fragte Philip.

„Ein bisschen."

„Ich habe mir heute in Martha Stoltzfus' Quiltladen einige Steppdecken angesehen."

„Ja, dort war ich auch schon. Mama und Oma Susanna fahren manchmal dorthin, um große Decken für Touristen zu nähen."

„Ich glaube, meine Nichte wäre auch eine gute Näherin", bemerkte er. „Sie näht sehr gern."

„Wie heißt sie?", wollte Annie wissen.

„Kari. Sie wollte so gern mit mir nach Lancaster fahren. Sie würde dich und deine Mutter bestimmt sehr mögen ... wenn sie dabei wäre."

„Oh, bringen Sie sie doch vielleicht das nächste Mal mit."

Er schmunzelte. „Soll ich dir etwas verraten? Ich glaube, Kari würde das sehr gut gefallen."

Rachel hörte, dass in diesem Augenblick mehrere andere Gäste in den Laden kamen, und atmete erleichtert auf. Das Gespräch zwischen Annie und dem Engländer dauerte schon viel zu lange.

„Auf Wiedersehen bis morgen“, sagte Annie. Rachel vermutete, dass Philip Bradley ihr gewinkt hatte oder sich zur Tür begab.

„Es war sehr nett, dich wieder zu sehen, Annie und ...“

Rachel hielt den Atem an. Er wartete tatsächlich darauf, dass sie ihren Namen nannte!

„Mama heißt Rachel“, füllte Annie das Schweigen.

„Es hat mich sehr gefreut, Sie kennen zu lernen, Rachel.“

Damit war er verschwunden.

16

Philip dachte daran, nach Reading zu fahren und den Friedhof zu suchen, auf dem Gabriel Esh begraben lag. Aber bevor er am nächsten Morgen das Haus verließ, sah er zufällig Susanna, die im Esszimmer die Tischläufer wechselte. Das Haus war fast zu still. Also vermutete er, dass die meisten Gäste bereits unterwegs waren, obwohl er in der Küche das leise Klirren von Besteck hörte.

Vorsichtig trat er in das große Zimmer, in dem ein langer Kieferntisch stand, der sich im Laufe der Jahre rötlich verfärbt hatte. Auch die Stühle im Windsorstil gefielen ihm sehr gut. Gegenüber von den niedrigen Fenstern mit den tiefen Fenstersimsen zierte ein großer, hoher Schrank, in dem weißes Porzellan zu sehen war, die Wand.

„Entschuldigen Sie bitte, Susanna", versuchte er, sie auf sich aufmerksam zu machen. „Ich will Sie nicht stören, aber ich interessiere mich für einen Mann: Gabriel Esh, der die Postkarte schrieb, die ich Ihnen gestern zeigte. Wissen Sie zufällig, ob seine Verlobte noch am Leben ist?"

Sobald er die Postkarte erwähnte, wurde ihr Gesicht kreidebleich. „Ich ... äh, ich habe keine Ahnung, was passierte ..." Sie rang nach Atem und versuchte, weiterzusprechen. „Seine Verlobte, sagen Sie?"

„Ja. Adele Herr. Wissen Sie vielleicht, was aus ihr geworden ist?"

Susanna schüttelte mehrmals den Kopf. „Ehrlich gesagt, wünschte ich, Sie hätten dieses ... dieses furchtbare Ding nie gefunden", sagte sie. Ihre Gesichtsfarbe wechselte von dem unnatürlichen Weiß in ein dunkles Rosa. „Ich wünschte, Sie würden einfach alles beim Alten lassen. Es geht Sie ohnehin nichts an. Wirklich nicht."

„Bitte verzeihen Sie mir. Ich hatte nicht die Absicht, Sie so aufzuregen."

Sie zog einen Stuhl heraus und musste sich setzen. „Sie sollten sich hier wirklich nicht einmischen, Mr. Bradley. Es tut mir Leid, dass ich nicht selbst auf die Postkarte gestoßen bin. Ich glaube, ich muss Sie doch bitten, Sie mir wiederzugeben.“ Ihr letzter Satz war nur ein leises Murmeln, aber Philip hatte sie trotzdem gut verstanden.

„Ich versuche nur, einige Puzzleteile zusammenzufügen. Das ist alles. Ich denke nicht im Traum daran, Ihnen Probleme zu machen“, versicherte er ihr.

Plötzlich war hinter Susanna Bewegung. Die kleine Annie kam, beladen mit schmutziger Tischwäsche, Servietten, Platzdeckchen und Geschirrtüchern, in den Raum. „Oma Susanna, ich glaube, ich brauche Hilfe“, sagte das Kind und ließ seine Last fallen.

„Komm, ich helfe dir“, bot Philip an und nahm ihr den Stoß ab. „Sag mir nur, wohin ich die Wäsche bringen muss.“

„Um die Ecke, den Gang hinab und die Kellertreppe hinunter“, sagte Susanna ziemlich steif. „Seit wir dieses Haus kauften, habe ich noch nie zugelassen, dass ein Gast auf diese Weise hilft.“

Er hörte aus ihrer Stimme heraus, dass sie pikiert war, und wusste, dass sie sich wegen der Fragen über die Postkarte weit mehr aufregte als darüber, dass er Annie bei der Schmutzwäsche half. Aber Susanna folgte ihm trotzdem den Gang und die Kellertreppe hinab. Die kleine Annie war ihnen ebenfalls dicht auf den Fersen.

Am Ende war es Rachels Tochter, die den Tag rettete und Susannas Aufmerksamkeit von Philips Fragen ablenkte. „Mama braucht dich oben.“

Susanna zeigte ihm, wohin er die Wäsche bringen sollte. „Danke, dass Sie meiner Enkelin geholfen haben“, sagte sie und drehte sich wieder zur Treppe um.

Philip war klar, dass die Frau erwartete, dass er ihr umgehend folgte. Also fügte er sich, ging die Treppe hinauf und trat auf den Gang. Als er zur zweiten Treppe kam, bog er ab und begab sich in das Gästezimmer im Südosten des Hauses.

* * *

Die Fragen ihres Übernachtungsgastes hatten sie unglaublich aufgewühlt. Was noch schlimmer war: Rachel musste einen Teil des Gesprächs im Eßzimmer gehört haben. Jetzt war Susanna wieder allein mit ihr in der Küche. Rachel musste die Gelegenheit nutzen. Sie wollte wissen, woher Mr. Philip Bradley von ihrem Großonkel wusste.

„Ich traute meinen Ohren kaum. Ich glaube ehrlich, ich hörte, wie er dich nach deinem Onkel, Gabriel Esh, fragte", sagte Rachel mit gerunzelter Stirn.

„Ja, du hast richtig gehört. Aber dann musst du auch gehört haben, dass ich ihm sagte, es gehe niemanden etwas an, was vor vierzig Jahren passierte. Das gilt auch für dich, meine Liebe. Außerdem ist es einfach nicht recht, so furchtbar viel über einen Toten zu sprechen, der unter dem Bann gestanden hat."

„Warum *wurde* dein Onkel eigentlich mit dem Bann belegt, Mama?" Rachel schien sie jetzt direkt anzuschauen. Obwohl Susanna wusste, dass ihre Tochter weder ihr Gesicht noch ihre Gestalt erkennen konnte, fragte sie sich jetzt fast, ob die junge Frau plötzlich wieder ihr Augenlicht zurückbekommen hatte. Meine Güte, das Gesicht ihrer Tochter zeigte fast eine kühne Miene. Susanna überlegte nur, wie sie dieses lächerliche Gespräch schnell hinter sich bringen konnte.

„Es bringt nichts, kostbare Zeit damit zu vergeuden, über etwas zu sprechen, das längst vorbei ist", sagte sie leise und hoffte, ihr endgültiger Tonfall würde Rachel veranlassen, die Angelegenheit auf sich beruhen zu lassen. Auf keinen Fall wollte sie diese Büchse der Pandora öffnen.

Rachel stand mit dem Frühstücksbesteck in der Hand an der Spüle. Susanna erwartete, dass sie sich wieder umdrehen und die Messer, Gabeln und Löffel weiter abtrocknen würde. Aber Rachel warf die Schultern zurück und ging schlurfend an ihr vorbei. Ohne ihren Stock zu holen, rutschte sie mit ihren nackten

Füßen über den Boden. Das Besteck und das Geschirrtuch hatte sie immer noch in den Händen. „Wohin gehst du, Tochter?"

Als keine Antwort kam, beschloss sie kopfschüttelnd, die Sache auf sich beruhen zu lassen. Auf keinen Fall und in keiner Form wollte sie, dass Rachel jemals wieder Fragen über Gabriel Esh stellte. Und schon gar nicht, wenn sie sah, wie zögernd ihre Tochter auf die Wunderheiler reagierte. Wenn sie nur daran dachte, wie abweisend sie seit Jahren Blue Johnny gegenüber war!

* * *

Rachel saß auf der Bank in der Eingangshalle und wartete darauf, dass der Mann aus New York nach unten käme. Sie wusste nicht genau, wie sie ihre Stimme finden und diesem Fremden die Fragen stellen sollte, die ihr auf dem Herzen lagen. Es war schwer, die unsichtbare Grenze, die die Amisch zwischen sich und Außenstehenden gezogen hatten, zu überschreiten. Doch sie sehnte sich schon ihr ganzes Leben lang nach jemandem, mit dem sie über ihren geheimnisvollen Großonkel sprechen könnte. Wenn sie jedoch gerade genug Mut zusammengenommen hatte, um zu fragen, wurde ihr immer wieder der Wind aus den Segeln genommen.

Das letzte Mal, als sie beinahe einen Vorstoß gewagt und nach Gabriel Esh gefragt hätte, war vor fast einem Monat gewesen, als sie mit ihrem Vater in die Stadt gefahren war. Sie unterhielten sich über dies und jenes, fast über alles, was ihnen in den Sinn kam. Ihr Vater hatte sie mit einer großartigen Nachricht überrascht und ihr erzählt, dass er für sie Bibelkassetten gekauft hatte. „Aber verrate es niemandem", hatte er sie gebeten.

Sie hatte kurz davor gestanden, mit ihrer Frage herauszuplatzen. In ihrem ganzen Leben hatte sie noch nie gehört, dass jemand aus keinem ersichtlichen, nachvollziehbaren Grund mit dem Bann belegt worden war. Es musste doch gewiss ein wichtiger Grund vorgelegen haben.

Ein anderes Mal hatte sie daran gedacht, ihre Kusine Esther zu bitten, einen Brief an den Ältesten Glick zu schreiben. Immerhin war er der Großvater von Esthers Mann Levi. Der Älteste musste sicher etwas über Gabriels Bann wissen, aber sie wollte Esther nicht zu nahe treten und sie auf diese Weise missbrauchen. Wenn der Älteste so ein Mann wäre, wie ihr Jakob gewesen war, hätte sie es vielleicht gewagt, ihn privat anzusprechen – in Anwesenheit seiner Frau, versteht sich. Aber er war ziemlich reserviert, kein Mann, auf den man nach dem Predigtgottesdienst einfach so zugehen und dem man eine solche Frage stellen konnte. Er war so zurückhaltend wie Rachel, erzählten die Leute. Trotzdem fragte sich Rachel, welche Dinge er vielleicht wusste – Dinge, die auch andere in der Gemeinde wussten, aber nicht erzählten.

„Guten Morgen, Rachel." Sie hörte ihren Namen aus dem Mund eines Mannes und wurde jäh aus ihren Gedanken gerissen.

„Oh, hallo", sagte sie und vergaß fast, warum sie sich so nahe neben die Haustür gesetzt hatte.

„Ich wünsche Ihnen einen schönen Tag. Bestellen Sie Annie bitte, dass ich weggefahren bin."

Philips freundliche Stimme ermutigte sie zu sprechen. „Fahren Sie schon ab?", fragte sie. Dann begriff sie, dass er sich nur für diesen Tag verabschiedete.

„Nein ... nein." Er lachte. Sie spürte, wie ihre Wangen erröteten, weil sie etwas falsch verstanden hatte. „Ich habe bis Sonnabend bezahlt. So ein herrliches Zimmer kann ich doch nicht so schnell wieder hergeben."

Sie wusste nicht recht, was sie auf diese Bemerkung antworten sollte, aber sie war überrascht, dass sie überhaupt Worte über die Lippen brachte. Sie unterhielt sich tatsächlich mit diesem gebildeten New Yorker Gast. „Darf ich ... ich meine, hätten Sie etwas dagegen ... wenn ich Ihnen eine Frage stelle?"

„Sie können mich gern alles fragen. Was ist, Rachel?"

Die Art, wie er ihren Namen aussprach, überraschte sie ein wenig – so freundlich und sanft. „Ich habe Sie vor ein paar Minuten mit meiner Mutter über Gabriel Esh sprechen hören."

„Ja?"

„Woher kennen Sie ihn?"

„Ehrlich gesagt, ich kenne ihn überhaupt nicht. Ich fand eine alte Postkarte in dem Schreibtisch oben ... in meinem Zimmer. Gabriel Esh hat diese Karte vor fast vierzig Jahren geschrieben."

„Eine Postkarte ... von Gabriel Esh? An wen hat er sie geschrieben?"

„Ich zeige sie Ihnen. Vielleicht wissen Sie mehr darüber. Sie ist in Ihrer Sprache geschrieben, aber ich lese Ihnen die Übersetzung vor."

Er griff in seine Jackentasche und begann langsam zu lesen. Rachel hörte ihm aufmerksam zu. „Oh, welch eine geheimnisvolle und wunderschöne Karte", sagte sie, als er geendet hatte.

„Wissen Sie, wer Adele Herr war?"

Sie schüttelte den Kopf. „Es tut mir Leid, ich habe nie von ihr gehört. Aber ich bin auch neugierig ... und würde gern mehr über meinen Großonkel wissen. Ich würde schon seit Jahren gern etwas über ihn erfahren."

„Gabriel war Ihr Großonkel?"

„Ja, der Onkel meiner Mutter."

„Das wusste ich nicht."

„Was hat denn meine Mutter über Adele Herr gesagt?"

Er schwieg, und sie fragte sich warum. Dann sagte er leise: „Ihre Mutter wirkte ziemlich beunruhigt. Also sollten Sie vielleicht lieber mit ihr sprechen. Ich möchte keine Probleme heraufbeschwören."

Seine Ehrlichkeit überraschte sie. „Danke, Mr. Bradley. Das ist sehr nett."

„Philip, oder haben Sie das vergessen? Ich weiß nicht, wie ich reagieren soll, wenn Sie mich so formell ansprechen."

Genau das Gleiche hatte er am Abend zuvor auch schon gesagt. Sie kam sich töricht vor, weil sie es vergessen hatte. „Entschuldigen Sie, Philip", sagte sie und genoss den Klang seines Namens.

„Kein Grund, sich zu entschuldigen. Wenn ich heute irgendwelche neuen Informationen in Erfahrung bringe und Ihnen davon berichten soll, dann tue ich das gern."

„Danke", sagte sie. „Vielen herzlichen Dank."

„Heute ist es wieder herrlich warm. Vielleicht gehen Sie und Annie ja wieder spazieren?"

„Oh, das weiß ich noch nicht. Wir kochen heute Apfelmus und Rüben ein", entgegnete sie und war sich sehr wohl bewusst, dass sie das Besteck immer noch in den Händen hielt. „Da bleibt nicht viel Zeit zum Spazierengehen."

„Dann wünsche ich Ihnen einen schönen Tag. Auf Wiedersehen", verabschiedete er sich und war zur Tür hinaus, bevor sie begriff, dass sie sich fast völlig ungezwungen mit einem Fremden unterhalten hatte. Und noch dazu mit einem Engländer.

* * *

Rachel stand an der Hintertür und wartete, bis Annie draußen Coppers Wasserschüssel aufgefüllt hatte. Sie hörte Mamas geschäftiges Treiben in der Küche, die alles aufräumte, bevor sie zu Lavina aufbrachen.

„Was hast du dir nur dabei gedacht, so mit Philip Bradley zu sprechen, Rachel? Man hätte fast meinen können, du hättest dort gesessen und nur darauf gewartet, dass er herunterkommt."

Sie fragte sich, wie viel ihre Mutter von ihrem Gespräch mit Philip gehört hatte, obwohl es wahrscheinlich keinen Grund zur Besorgnis gab. „Er macht auf mich einen ziemlich netten Eindruck."

„Er ist ein Schnüffler, und er steckt seine neugierige Nase in unsere Familienangelegenheiten."

Rachel sagte nichts. Sie wusste aus lebenslanger Erfahrung, dass es keinen Sinn hatte, Mama zu widersprechen, wenn sie aufgebracht war. Susanna hatte nicht alles gehört, was Philip gesagt hatte. Aber wenn Rachel jetzt darüber nachdachte, konnte sie kaum glauben, dass dieses Gespräch tatsächlich stattgefunden hatte. Was war nur über sie gekommen, so mit einem Fremden zu sprechen? Sie hatte ihm etwas erzählt, das sie außer Kusine Esther noch keiner Menschenseele anvertraut hatte! Mr. Philip Bradley wusste jetzt, wie neugierig sie in Bezug auf Gabriel Esh war und dass sie es schon ihr ganzes Leben lang war.

Bei der Fahrt im Einspänner zu Lavina stellte sie ihr Handeln in Frage und überlegte besorgt, ob es ein Fehler gewesen sein könnte, mit einem Fremden zu sprechen. Eines war sicher: Er hatte die netteste Stimme, die sie je gehört hatte. Und, oh Wunder, er war unterwegs, um Informationen über Gabriel Esh in Erfahrung zu bringen. Und über Adele Herr.

Adele Herr ist kein amischer Name, dachte sie.

Konnte es tatsächlich sein, dass Gabriel Esh eine englische Freundin gehabt hatte, wie die Postkarte vermuten ließ? War *das* der Grund für den Gemeindebann gewesen?

* * *

Philip war auf der Bundesstraße 176 unterwegs und konnte es nicht erwarten, so schnell wie möglich nach Reading zu kommen. Er wollte genug Zeit haben, um Gabriels Grabstein zu suchen, falls es einen gab, bevor er nach Lancaster zurückfahren würde, um sich mit Stephen Flory im Family Restaurant in Bird-in-Hand zum Abendessen zu treffen. Außerdem wollte er noch ein paar Nachforschungen anstellen und versuchen herauszufinden, ob irgendjemand in dieser Gegend vielleicht Adele gekannt hatte oder wusste, wann sie gestorben war. Falls nötig, könnte er als letzte Möglichkeit sogar Mikrofilme von alten Sterberegistern auf eine Todesanzeige hin durchsuchen. Aber er zog es vor, Menschen zu befragen. Die Zärtlichkeit, mit der diese Karte geschrieben war, und die Tatsache, dass ihm diese Postkarte anvertraut worden war, waren wahrscheinlich die treibende Kraft hinter seinem Handeln, die ihn veranlasste, sowohl Gabriels letzte Ruhestätte als auch Adele zu suchen, obwohl er fürchtete, dass diese Frau inzwischen auch schon gestorben sein könnte.

Zwischen Plowville und Green Hills vertrieb er sich die Zeit auf der Strecke, indem er sich über sein Handy mit seiner Schwester unterhielt. „Ich dachte, ich melde mich kurz und lasse dich wissen, dass dein Bruder immer noch lebt und frisch und munter ist."

„Wie kommst du mit deinem Artikel voran?", erkundigte sich Janice.

„Ist fast fertig."

„Du hast es immer eilig, nicht wahr? Du bist in Gedanken immer schon bei deinem nächsten Projekt! Nie gönnst du dir eine Verschnaufpause."

„Dieses Mal ist es anders. Ich denke sogar daran, zu den Amisch zu ziehen." Er lachte. „Was würdest du und Kari davon halten, wenn ihr mitkommt und mir helft, eine Frühstückspension in Pennsylvania aufzumachen?"

„Mitten im Amischland?", rief sie ungläubig. „Was würde Ken dazu sagen?"

„Bringe ihn einfach mit hierher. Dann können wir mit ihm reden. Ich mache keine Scherze. Es ist wirklich schön hier."

„Phil, du klingst ja ganz wie früher. Was ist passiert? Hast du ein Mädchen kennen gelernt?"

Er brummte. „Als ob ich noch eine gescheiterte Beziehung bräuchte!"

„Werde nicht sarkastisch. Du klingst einfach so gut ... so ausgeruht irgendwie."

„Das gefällt mir ... das mit dem ausgeruht."

„Kari vermisst dich", sagte Janice. „Vielleicht kannst du sie ja kurz anrufen, wenn du morgen nach Hause kommst."

„Habe ich dir das nicht gesagt? Ich bleibe bis Samstag ... ich habe meinen Flug umgebucht und behalte mein Zimmer hier noch ein paar Tage."

„Warum denn das?"

„Ich bin auf einer heißen Fährte und möchte ein jahrzehntealtes Geheimnis lösen. Was hältst du davon?"

„Das klingt überhaupt nicht nach meinem Bruder. Was ist los, Phil?"

„Das ist ja interessant: Du fängst an, besorgt zu klingen. Ganz die alte Janice."

„Du bist furchtbar", sagte sie. „Was machst du *wirklich* da draußen?"

„Das war kein Witz. Ich spiele Detektiv und habe eine vierzig Jahre alte Postkarte als Anhaltspunkt. Wenn du das immer noch nicht faszinierend findest, dann warte nur, bis du mein Buch liest."

„Bist du sicher, dass es dir gut geht, Phil? Du hast doch nicht soeben gesagt, dass du vorhast, ein Buch zu schreiben, oder? Du kannst doch nicht einmal lang genug still sitzen, um dir die Schuhe zuzubinden. Was soll es werden ... ein Roman?"

„Ich spiele mit diesem Gedanken, das ist alles." Er wollte sich von ihr nicht überrumpeln lassen.

Sie unterhielten sich noch ein paar Minuten. Dann legte er auf und warf einen Blick auf die Straßenkarte. Er war froh, dass Janice dieses Telefongespräch nicht benutzt hatte, um ihm einen Vortrag darüber zu halten, dass er langsamer treten, heiraten und in eine Gemeinde gehen solle.

Seine Gedanken wanderten zurück zu der ungewohnten Szene im Eingangsbereich von Zooks Gästehaus am Obstgarten. Annies schöne blinde Mutter hatte unübersehbar auf ihn gewartet, als sie dort auf der alten Bank gleich rechts neben der Haustür gesessen hatte. Es mutete ihn immer noch seltsam an, dass sie sich nach Gabriel Esh hatte erkundigen wollen. Die Art, wie sie das Thema angesprochen hatte, ließ vermuten, dass alles, was den Onkel ihrer Mutter betraf, wie ein tiefes, dunkles Geheimnis gehütet wurde. Martha Stoltzfus hatte den gleichen Eindruck erweckt.

Etwas hatte ihn angerührt, als er Rachel im Foyer sitzen sah. In der einen Hand das Besteck und in der anderen ein weißes Geschirrtuch, hatte sie ganz still und ruhig dagesessen. Genauso wie er sie an seinem ersten Tag im Salon mit Annie beobachtet hatte. Er hatte dieses Gefühl schnell verdrängt und gedacht, sie ruhe sich wahrscheinlich nur aus und wolle überhaupt nicht mit ihm sprechen. Er wusste nicht, wie ihm ein solcher Gedanke überhaupt in den Sinn kommen konnte. Rachel hatte schließlich nicht den leisesten Grund, mit ihm zu sprechen. Sie war amisch, und nach allem, was er über amische Frauen gehört hatte, kam es ihnen nicht in den Sinn, mit Außenstehenden zu sprechen.

Er war also einfach davon ausgegangen, dass sie eine Verschnaufpause einlegte. Sonst nichts. Er hatte außerdem das Gefühl, dass Susanna Zook ihre Tochter ausnützte und Rachel ihrer Mutter sehr viel Arbeit in der Pension abnahm. Das Gleiche galt auch für ihren Mann Benjamin Zook. Der Mann war ständig im Garten beschäftigt, jätete Unkraut, mähte den Rasen und arbeitete auf dem Grundstück, wie er es wahrscheinlich sein Leben lang auf seinem Hof getan hatte. Die Landwirtschaft steckte dem alten Mann im Blut. Das konnte ja auch nicht anders sein. Philip hatte eine vage Ahnung, welches Gefühl das sein musste, obwohl er nie wirklich Gelegenheit gehabt hatte, von Sonnenaufgang bis Sonnenuntergang zu pflügen oder zu pflanzen. Aber er würde eine solche Erfahrung eines Tages gerne machen. Er hatte sogar einmal versucht, mehrere Jahre hintereinander den Sommer bei seinem Großvater im Sommerhaus in Vermont zu verbringen, zu dem auch ein ziemlich großes Grundstück hinter dem Haus gehörte.

Die Familie in der amischen Frühstückspension – die Zooks mit ihrer Tochter und Enkelin – waren schon eine Familie für sich. Drei Generationen unter einem Dach. Warum machte es ihn nur so traurig, dass Rachel blind war? Vielleicht weil ihre Tochter so lebhaft und lebenslustig war, so extrovertiert. Und wo war Rachels Mann? Tot? Geschieden? Wohl kaum, wenn er an Abram Beilers Worte dachte, der gesagt hatte, dass alle Bischöfe in dieser Gegend sich vehement gegen Ehescheidung aussprachen. „Wir machen aus Zitronen Limonade, aber Ehescheidungen gibt es hier nicht", hatte Abram während des Interviews gesagt.

Philip hatte es bis zu diesem Augenblick noch nicht bemerkt, aber er hatte wirklich Interesse, mehr über die Familie Zook zu erfahren. Es blieben nur noch zwei Tage. Könnte er in dieser kurzen Zeit mit seinen Erkundigungen wegen Gabriel Esh und Adele Herr weiterkommen *und* mehr über die Zooks in Erfahrung bringen?

* * *

„Hm, das riecht ja köstlich“, sagte Rachel, als ihr der Duft von reifen Macintosh-Äpfeln in die Nase stieg. Sie traten auf die verglaste Veranda von Lavinas Haus. Der Geruch nach frischen Äpfeln überdeckte den Knoblauchgeruch, der normalerweise in Lavinas Küche vorherrschte.

„Wir sind da. Ist jemand zu Hause?“, rief Susanna und führte Rachel ins Haus.

„Hallo ... hallo! Riechst du die Äpfel, Rachel? Ich sage dir, wir haben dieses Jahr die besten Äpfel. Findest du nicht auch?“, fragte Lavina, während Rachel, Annie und Susanna sich in die Küche begaben.

„Ein guter Tag zum Apfelmus kochen“, sagte Mama. „Nicht so warm wie in den letzten Tagen.“

„Wie geht es Annie?“, erkundigte sich Lavina.

„Bestens!“, antwortete Annie selbst. „Ich habe auch etwas Rohzucker mitgebracht. Falls uns der Zucker ausgehen sollte!“

Annies überschwängliche Bemerkung wurde mit einem fröhlichen Lachen erwidert. Aus den vielen Stimmen konnte Rachel schließen, dass die meisten Frauen bereits versammelt waren. Sie konnte nicht hoffen, von Molly oder Sadie Mae ein „Hallo“ zu hören, obwohl Mama ihr von Leas Bemerkung, dass die Mädchen kommen würden, erzählt hatte.

Rachel freute sich einfach, wieder bei Lavina zu sein. Es war schon ziemlich lange her, seit sie in der Küche der alten Frau miteinander gearbeitet hatten und die Ansichten der alten Frau über das Leben, die Liebe, die Familie und vieles andere zu hören bekommen hatten.

„Hier, Mama. Kannst du das bitte für mich halten?" Annie drückte Rachel die Zuckertüte in die Hand. Für Apfelmus, so wie sie es machten, musste eine gute Portion Zucker untergemischt werden. Es ging nichts über hausgemachtes Apfelmus, vor allem über das Apfelmus, welches in Lavinas Haus zubereitet wurde. Die Kusine ihres Vaters war keine gewöhnliche Frau. Irgendetwas an ihr schien nicht ganz normal zu sein, auch wenn das Rachel noch niemals gestört hatte. Den ganzen Tag mit ihr zu verbringen, ob beim Einmachen oder Nähen, war immer eine angenehme Sache. Lavina war eine freundliche, großzügige Frau, und das wurde immer wieder sichtbar.

Rachel hatte Gerüchte über ihren Geisteszustand gehört, als sie vor Jahren das erste Mal Ende Oktober zu ihr gekommen war, um Apfelbutter zu machen. Sie war damals erst dreizehn gewesen, als eine ihrer Kusinen die Bemerkung fallen ließ, Lavina gehöre zu „Gottes besonderen Kindern", als wäre sie das Produkt einer Ehe von engen Verwandten, aber das war nicht der Fall. Rachel hatte damals nicht verstanden, was diese Bezeichnung bedeutete. Wenigstens nicht in Bezug auf Lavina. Denn bis zu diesem Zeitpunkt hatte sie nie den geringsten Grund gehabt zu vermuten, irgendetwas stimme bei der Kusine ihres Vaters nicht. Zwar hatte Lavina nie geheiratet, aber das bedeutete schließlich nicht, dass mit ihrem Verstand etwas nicht in Ordnung wäre.

Rachel ging daran, einen Korb voll Äpfel zu waschen und mehreren Frauen zu helfen, während Mama, Tante Lea, Molly und Sadie Mae anfingen, die sauberen Äpfel zu vierteln und das Kernhaus zu entfernen, sie zu schälen und zum Kochen vorzubereiten. Sie hatte das Gefühl, Lavina in letzter Zeit viel besser zu verstehen. Gewisse Leute bei den Amisch erklärten sie auch für verrückt, und das alles nur, weil sie sich weigerte, zu den Wunderheilern zu gehen. Sie wusste, was man hinter ihrem Rücken über sie sprach. Sie war vielleicht blind, aber sie war bestimmt nicht dumm.

Sie waren damit beschäftigt, eine ganze Ladung Äpfel auf einmal zu kochen, als Lavina plötzlich aus heiterem Himmel etwas sehr Seltsames erzählte. Sie sagte es so laut, dass es jeder hören konnte: „Martha Stoltzfus hatte gestern Nachmittag Besuch. Ihr erratet nie, nach wem sich dieser Fremde erkundigte."

„Nach wem denn?", fragte Lea.

„Ausgerechnet nach Gabriel Esh", erwiderte Lavina. „In fast vierzig Jahren hatte niemand den Mut, seinen Namen auszusprechen."

Rachel spitzte die Ohren. „Wer war dieser Fremde?", fragte sie so leise, dass sie nicht erwartete, jemand habe sie gehört.

„Irgend so ein Mann namens Philip Bradley", antwortete Lavina. „Ich habe es von Martha selbst gehört. Und auch von Bertha Denlinger. Ihr wisst schon, die oben in der Eisenwarenhandlung arbeitet."

Sie alle kannten diese beiden Frauen. Lavina brauchte nicht zu erklären, wo Bertha zur Zeit arbeitete. Aber Tatsache war, dass beide Frauen, Martha und Bertha, eine negative Lebenseinstellung hatten, soweit Rachel das beurteilen konnte. Keine von ihnen schien je das Positive im Leben zu sehen. Niemals.

Am erstaunlichsten war, dass Susanna während all dieses Geredes den Mund hielt. Wenn Rachel es nicht mit eigenen Ohren hören würde, wenn sie nicht hier säße und Zeuge wäre, wie zugeknöpft und stumm ihre Mutter in Bezug auf ihren Übernachtungsgast aus New York war, hätte sie es wahrscheinlich nicht geglaubt. Mama wollte anscheinend freiwillig kein Wort dazu sagen, sie wollte nicht, dass die Frauen erführen, dass es ihr Gast war, der herumschnüffelte und Dinge ausgrub, von denen man lieber die Finger lassen sollte.

Vielleicht war es trotzdem ganz gut, dass Philip Bradley diese Postkarte gefunden hatte und herumfragte.

Natürlich musste man das alles erst noch abwarten ...

* * *

Die Steinmauer um den Friedhof in Reading erinnerte Philip an einen alten Friedhof, den er vor vielen Monaten in England besucht hatte. Er war typisch für die Alte Welt, erinnerte er sich: alte Bäume mit knorrigen Wurzeln, weit ausladenden Ästen und einem dichten Blattwerk, durch das nicht viel Licht drang, und die stille Würde der Grabsteine. Verwitterte Granitsteine mischten sich unter große, stattliche Monumente, einige mit Engeln, andere mit Kreuzen. Das Wetter war inzwischen umgeschlagen: Nieselregen und Nebel hatten den sonnigen Morgen mit den warmen Temperaturen abgelöst, den er so genossen hatte.

Er stellte das Auto ab und stieg aus, ohne zu wissen, wo er eigentlich anfangen wollte zu suchen. Er könnte durch jede Grabreihe gehen und die Inschriften auf den Grabsteinen lesen, aber das könnte den ganzen Tag dauern. Da erblickte er den Friedhofswärter, einen großen, dünnen älteren Mann, der ein rundes Stück Rasen gleich unterhalb einer Hügelkuppe ausstach.

Philip konnte es nicht erwarten, mit ihm zu sprechen, und beschleunigte seine Schritte. „Entschuldigen Sie bitte."

Der alte Mann hielt in seiner Arbeit inne. Er lehnte sich an einen mittelgroßen Grabstein und wischte sich die Stirn ab. „Guten Tag", antwortete er.

Philip sagte: „Ich wollte Sie fragen, ob Sie mir vielleicht helfen könnten, das Grab von Gabriel Esh zu finden."

„Gabriel ... wie der Engel?"

Philip nickte. Ihm fiel erst jetzt auf, dass dieser Name der gleiche war wie der des himmlischen Boten. „Laut einem alten Standesamteintrag wurde er auf diesem Friedhof begraben."

Das Gesicht des Mannes war müde und angespannt. „Ja, ich weiß, von wem Sie sprechen. Er ist sieben Reihen weiter da drüben in dieser Richtung begraben." Er deutete nach Norden. „Es ist schon ziemlich seltsam mit diesem Grab."

„Was ist daran seltsam?"

„In all den Jahren, die ich hier arbeite, wurde bis auf die letzten zwei Jahre Gabriel Eshs Grab jedes Jahr an seinem Geburtstag mit Blumen geschmückt. Mit vielen Blumen."

„Am siebten Januar", erinnerte sich Philip an das Geburtsdatum in dem Standesamteintrag.

„Ja. Mitten im Winter. Es war immer sehr seltsam, wenn ich hier draußen den Schnee von den Gehwegen räumte und dann diese ganzen Blumen sah, die auf dem Grab lagen – wie der erste Krokus im Frühling, wenn er durch das Eis und die Kälte spitzt." Er nickte langsam. „So etwas Sonderbares ist mir sonst noch nirgends begegnet. Aber ich habe mir das Ganze nicht eingebildet. Diese Blumen kamen jedes Jahr mit der Pünktlichkeit eines Uhrwerks. Dann, eines Jahres, war plötzlich Schluss damit."

„Haben Sie eine Ahnung, wer diese Blumen auf das Grab legte?"

„Ich weiß nur, dass sie immer derselbe Blumenladen brachte. Jemandem in meinem Beruf fällt so etwas auf."

Der alte Mann nannte ihm gern den Namen des Blumengeschäftes. Philip schrieb ihn schnell auf und bedankte sich bei dem Mann für die Informationen. Er eilte zum Auto zurück und fuhr mehrere Kilometer in die Richtung, die der Friedhofswärter ihm genannt hatte.

Der Blumenladen war klein und mit vielen weißen Blumeneimern voll gestellt. Philip bahnte sich einen Weg durch die Blumen und steuerte auf die Frau hinter der Kasse zu.

Außer einer Kundin war der Laden leer. Diese Kundin war nach ein paar Minuten bedient und verließ das Geschäft wieder. Als die Floristin fragte, wie sie ihm helfen könne, ertappte Philip sich dabei, dass er diese Frau einzuschätzen versuchte und Fragen in seinem Kopf abhakte. *Könnte sie diejenige gewesen sein, die immer die Blumen auf Gabriels Grab gebracht hatte? Was könnte sie ihm über den Auftraggeber sagen?*

„Was kann ich für Sie tun?", fragte die Frau mittleren Alters.

„Ich bin nicht hier, um Blumen zu kaufen. Ich wollte Sie nach jemandem fragen, der ein treuer Kunde dieses Geschäfts gewesen sein muss. Ich wüsste gern den Namen eines bestimmten Auftraggebers. Diese Person gab viele Jahre lang jedes Jahr viele Blumen bei Ihnen in Auftrag ... immer am siebten Januar."

Die Frau wischte sich die langen, braunen Haare aus dem Gesicht. „Ich bin noch nicht lange in diesem Laden. Ich arbeite erst seit ungefähr zweieinhalb Jahren hier und kann Ihnen deshalb wahrscheinlich nicht weiterhelfen."

„Wollen Sie damit sagen, dass Sie keine Unterlagen darüber haben, wer jeden Januar Blumen kaufte? Für das Grab eines gewissen Gabriel Esh?"

Ihr Gesicht erhellte sich. „Dieser Name kommt mir bekannt vor. Wenn ich mich recht erinnere, war die Auftraggeberin eine Frau ..."

Philip musste es genauer wissen. „Gibt es irgendeine Möglichkeit, herauszufinden, wer diese Frau war? Wohnt der frühere Ladenbesitzer noch irgendwo in dieser Gegend?"

„Es tut mir furchtbar Leid. Wenn ich mich richtig erinnere, war diese Kundin krank ... nein, wahrscheinlich ist sie sogar gestorben. Ja, ich glaube, sie starb ungefähr in der Zeit, als die Blumen nicht mehr in Auftrag gegeben wurden."

Philip merkte, wie ihm die Luft ausging. Er konnte eine Weile kein Wort sagen. Diesen Schlag musste er erst verkraften. Er bedankte sich mit einem schweigenden Handwinken und Kopfnicken. Dann verließ er den Laden und ging benommen zurück zu seinem Auto.

Adele Herr war also tot. Sie musste in dem Jahr gestorben sein, ab dem die Blumen nicht mehr auf das Grab gelegt wurden. Genau wie die griesgrämige Mrs. Martha Stoltzfus gesagt hatte. Aber er hatte nicht richtig hingehört. Er hatte weiter gesucht, fest entschlossen, Adele Herr um jeden Preis zu finden. Dabei war sie vor ungefähr zwei Jahren gestorben.

Ich sollte derjenige sein, der die Kluft zwischen uns überspringt, und mein amisches Leben hinter mir lassen.

Diese Nachricht, die so sicher verwahrt gewesen war, beunruhigte Philip aber immer noch. Er könnte Gabriels geliebte Freundin nicht kennen lernen, er könnte nicht die Postkarte ihrer rechtmäßigen Besitzerin übergeben.

Er näherte sich dem Stadtrand von Reading und bog auf die Straße in Richtung Süden ein, um wieder auf die Bundesstraße zu gelangen. Erst jetzt, als er sich auf die Rückfahrt nach Lancaster begab, kam ihm ein trauriger Gedanke in den Sinn. War es möglich, dass Adele von dieser Erde geschieden war, ohne je diese Postkarte zu Gesicht bekommen zu haben?

17

Am Nachmittagshimmel zogen graue Wolken auf. Es sah aus, als würde es jeden Augenblick regnen. Susanna hoffte, sie kämen noch nach Hause, bevor die Wolken ihre Schleusen öffneten, denn sie hatten keinen Schirm dabei.

„Es riecht nach Regen", bemerkte Annie vom Rücksitz des Wagens.

„Ja, und das ist auch gut so. Es war viel zu warm für diese Jahreszeit", antwortete Rachel.

Susanna atmete den feuchten Geruch, der in der Luft lag, tief ein und überlegte, ob jetzt der richtige Zeitpunkt sein könnte, um mit Rachel über ihre von Gott gegebenen Gaben zu sprechen. Sie hatte Gelegenheit gehabt, mit Benjamin kurz über dieses Thema zu reden und ihn nach seiner Meinung zu der ganzen Situation zu fragen. Er hatte ihr grünes Licht gegeben. „Sage ihr, sie soll wenigstens offen dafür sein. Dann werden wir schon sehen, ob etwas dabei herauskommt", hatte er ihr geraten. „Sie sollte zumindest darüber nachdenken, ob sie die Gabe der Wunderheilung von Blue Johnny bekommen will, falls er tatsächlich im Sinn hat, sie ihr zu übertragen."

Sie wollte ihre Tochter ein wenig zugänglich stimmen. „Du hast Recht. Es war in den letzten Wochen wirklich zu warm. Keiner freut sich, wenn der Frost zu früh im Jahr kommt, aber ich habe auch nichts gegen eine leichte Abkühlung."

Sie fuhren eine Weile schweigend weiter. Susanna hoffte, Annie würde einnicken und den Frauen Gelegenheit geben, offen miteinander zu sprechen. Es war schon einige Jahre her, seit sie das letzte Mal so miteinander gesprochen hatten. Damals, bevor Rachel Jakob Yoder geheiratet und sich der Beachy-Gemeinde angeschlossen hatte. Es war nicht so, dass sie und ihre jüngste Tochter einander nicht viel zu sagen hätten. So war es ganz und gar nicht. Es steckte mehr dahinter. Susanna vermutete, es habe viel damit zu tun, dass Rachel eine so enge Beziehung zu ihrem

Mann, Jakob Yoder, gehabt hatte. Natürlich machte sie dem Ehepaar keinen Vorwurf daraus. Aber es mutete schon ziemlich ungewöhnlich an, dass eine Frau eine so vertraute Beziehung zu einem Mann pflegte.

Wenn sie an ihre Beziehung zu Benjamin dachte, so beurteilte sie ihre Ehe als ganz gut. Ben versorgte seine Familie vorbildlich. Das stand außer Frage. Er hatte so viele Jahre für sie auf dem Hof gearbeitet. Aber dass sie ihm ihre tiefsten Gedanken mitteilen sollte, erschien ihr irgendwie unnatürlich. Das käme ihr nie in den Sinn. Es war doch viel leichter, sich einer anderen Frau anzuvertrauen, einer Tante oder Kusine, jemandem, der wirklich verstand, was man dachte und fühlte.

Ein Nieselregen setzte ein. Er kam wie ein dünner Nebel vom Himmel. Ein leichter Wind war auch aufgekommen. Die Feuchtigkeit ließ die Vegetation am Straßenrand viel grüner aussehen. Die Blätter der Ahorne ebenfalls.

Susanna warf einen Blick über ihre Schulter auf Annie, die tatsächlich eingeschlafen war. Höchste Zeit, einen Vorstoß zu wagen. Eine bessere Gelegenheit bekäme sie nicht mehr. Also holte sie tief Luft und kam ohne lange Vorrede zur Sache. „Rachel, ich weiß, du bist vielleicht nicht mit dem einverstanden, was ich dir jetzt sagen will, aber ich finde, ich sollte es trotzdem ansprechen."

Rachel rührte sich nicht und sprach kein Wort. Also fuhr Susanna fort: „Als du noch ein Kind warst, beobachtete ich an dir einige wirklich besondere Dinge, meine Tochter. Gaben von dem allmächtigen Gott, würde ich sagen. Ich war nicht die Einzige, der sie auffielen. Auch unserem Ältesten fielen sie auf. Und auch den Wunderheilern hier in der Gegend, besonders nachdem diese Wünschelrute in deinen kleinen Händen zum Leben erwachte. Erinnerst du dich daran?"

Rachel verkrampfte innerlich. „Mama, du willst über Blue Johnny sprechen. Ich weiß, dass du darauf hinauswillst."

Es überraschte Susanna nicht besonders, Rachel so abweisend sprechen zu hören. Die junge Frau vertrat in letzter Zeit recht deutlich ihren Standpunkt. „Blue Johnny ist nur ein Teil davon", sprach Susanna weiter. „Es gibt noch so vieles mehr, über das du nachdenken solltest, als nur die Frage, ob du ihn wegen deiner Augen aufsuchen willst. Wenn du mich fragst: Ich glaube, Blue Johnny hat ein Auge auf dich geworfen, Rachel. Ich denke, er will dir seine Wunderheilkräfte übertragen."

Rachel runzelte die Stirn. *„Glaubst* du das wirklich?"

„Ja ... das glaube ich."

Ihre Tochter schwieg eine Weile. Dann sprach sie: „Ich habe dir nie davon erzählt, aber Kusine Esther sagt, Wunderheilungen sind falsch. Sie sind schwarz wie die Hölle. Sie und Levi glauben, der Engel des Herrn geht durch die Familien und öffnet einigen den Blick für die Sünden ihrer Väter. Levi und Esther sind sogar bereit, als Einzige in der Familie Buße zu tun und sich von diesen Sünden loszusagen. Und Esther sagt, selbst wenn sie in dieser Angelegenheit allein dastehen sollten, werden sie es tun."

„Also, ich ...", murmelte Susanna und überlegte, dass sie jetzt lieber den Mund halten sollte. Es gefiel ihr ganz und gar nicht zu hören, dass Esther und Levi Glick da draußen in Ohio ihrer Tochter mit einem solchen Unsinn den Kopf verdrehten. Was war nur in sie gefahren? Vielleicht war es höchste Zeit, dass jemand aus der Gemeinde die beiden einmal kräftig zurechtwies. Wenn niemand zu dieser Aufgabe bereit war, hätte sie keine Probleme, das zu übernehmen.

„Esther will rein und makellos vor dem Herrn sein, sie will mit Gottes Hilfe in ihrem Herzen sauber machen." Rachel war ihrer Mutter plötzlich viel zu gesprächig. „In ihrer und in Levis Familie wollen sie durch alle Generationen hindurch sozusagen geistlich sauber machen."

„Nun, das ist *ihre* Sache, würde ich sagen. Aber du solltest dir merken, dass die Übertragung der Heilungsgabe von einem Wunderheiler auf einen anderen eine heilige Ehre ist. Das solltest du inzwischen wissen. Daran ist auch überhaupt nichts sündig."

„Aber Esther sagt ..."

„Deine Kusine irrt sich", fiel Susanna ihr ins Wort. *Esther dies und Esther das ...* Was in aller Welt würde Lea sagen, wenn sie das wüsste! Susanna hatte ein solches Zeug nicht mehr gehört, seit damals ihr Onkel, jener Prediger, bei den Amisch so viel Unruhe gestiftet hatte. „Ich glaube, du solltest dich lieber selbst genauer anschauen, Tochter."

„Was willst du damit sagen?"

Sie seufzte. „Wenn du mich fragst, ist es deine übersinnliche Begabung, die dich blind gemacht hat."

Rachel atmete keuchend ein. „Wie kannst du nur so etwas sagen?"

„Ich habe den Nagel auf den Kopf getroffen, und das weißt du ganz genau."

Rachel sah aus, als würde sie jeden Augenblick zu weinen anfangen. Sie gestand: „Ich bin vollkommen durcheinander, was Blue Johnny angeht. Ehrlich. Esther glaubt das eine, du sagst etwas vollkommen anderes. Ich weiß einfach nicht mehr, was ich davon halten soll."

Susannas Brustkorb war wie zugeschnürt. Kopfschüttelnd nahm sie die Zügel in die Hand. Es war wohl besser, schnell nach Hause zu fahren. Sie wusste nicht, wie viel sie noch ertragen könnte.

Gütiger Gott, dachte sie. Die Art und Weise, wie Rachel Esthers ketzerisches Gerede nachgeplappert hatte, war schlichtweg unmöglich. Es hatte geklungen, als wäre Gabriel Esh von den Toten zurückgekehrt. Genau so hatte sie geredet!

* * *

Benjamin rief alle ins Wohnzimmer im ersten Stock zusammen und sagte, sie sollten sich setzen, auch Annie. Dann las er aus der Bibel vor: „,Diese sechs Dinge hasst der Herr, diese sieben sind ihm ein Gräuel: stolze Augen, falsche Zunge, Hände, die unschuldiges Blut vergießen, ein Herz, das arge Ränke schmiedet ..." Er machte eine Pause, um diese Worte zu betonen. Dann las er weiter: „... Füße, die behende sind, Schaden zu tun, ein falscher Zeuge, der frech Lügen redet, und wer Hader zwischen Brüdern anrichtet.'"

Rachel war davon überzeugt, dass Mama Papa von Esthers Bemerkungen über das Wunderheilen erzählt hatte und dass sie der Grund für dieses spontane Bibellesen waren. Und für den ermahnenden Tonfall ihres Vaters.

„Können wir die Geschichte von Samuel hören, in der Gott ihn im Tempel anspricht?", bat Annie.

„Ja, das ist eine gute Idee", nickte Susanna.

Rachel saß schweigend neben Annie. *Wenn du mich fragst, ist es deine übersinnliche Begabung, die dich blind gemacht hat ...*

Mama irrte sich mit dem, was sie auf der Heimfahrt von Lavina in dem Einspänner gesagt hatte. Je mehr Rachel darüber nachdachte, umso mehr wühlte Mamas Bemerkung sie auf. Sie war völlig ausgelaugt, nachdem sie in dem Einspänner so viel geredet und ihre Kusine so leidenschaftlich verteidigt hatte. Ja, sie war fast genauso ausgelaugt wie damals vor einundzwanzig Jahren, als sie jene Wünschelrute in ihren kleinen Händen gehalten hatte.

Jetzt hatte Papa eine Stelle aus dem Buch der Sprüche gelesen, die eigentlich nichts mit Esthers und Levis Wunsch, für die Sünden ihrer Familie in der Vergangenheit Buße zu tun und sich davon loszusagen, zu tun hatte. Sie fühlte sich völlig zu Unrecht getadelt. Sie hatte das Gefühl, wie ein Kind behandelt zu werden. Wie ein sündiges Kind!

Ein sonderbarer Gedanke kam ihr in den Sinn: Hatte sich Gabriel Esh damals, lange, bevor sie geboren wurde, auch so gefühlt? Er war mit dem Bann belegt worden ... aber aus welchem Grund? Weil er etwas gegen die Sünde gesagt hatte? Sie hatte keine Möglichkeit, das mit Bestimmtheit herauszufinden. Ihr blieben nur die Andeutungen, die Philip Bradley an diesem Morgen auf dem Weg zur Haustür fallen ließ.

Während ihr Vater weiter aus der Bibel vorlas, grübelte sie schweigend über ihren Großonkel nach.

* * *

„Die Fahrt nach Reading stellte sich als Zeitvergeudung heraus“, erzählte Philip Stephen Flory, als die beiden Männer die Speisekarten für ihr Abendessen aufschlugen. „Der einzige Lichtblick war ein alter Mann auf dem Friedhof.“

„Inwiefern?“ Stephen schaute ihn erwartungsvoll an.

„Der Friedhofswärter konnte mir eine interessante Sache über Gabriel Eshs Grab erzählen. Er sagte, dass jedes Jahr an Gabriels Geburtstag Blumen auf sein Grab gelegt wurden. Immer vom selben Blumenladen.“

„Am siebten Januar?“

Philip lächelte über Stephens Interesse. „Zu schade, dass ich nicht schon vor zwei Jahren nach Pennsylvania gekommen bin und die Postkarte fand.“

„Warum denn das?“

„Seit zwei Jahren kommen keine Blumen mehr.“

Stephen lehnte sich auf seinem Stuhl zurück und verschränkte die Arme vor der Brust. „Darf ich raten? Sie haben die Blumen zu dem Blumenladen zurückverfolgt und nichts gefunden.“

„Ich habe schon etwas gefunden, aber nicht das, was ich mir gewünscht hatte.“ Er atmete tief ein. „Adele Herr ist anscheinend vor einiger Zeit gestorben.“ Er erklärte, dass sowohl Gabriels Schwester als auch die Blumenverkäuferin angedeutet hatten, dass Mrs. Herr ihres Wissens tot sei. „Wir stehen vor einer verschlossenen Tür, so Leid es mir tut, das sagen zu müssen. Ich frage mich, ob Adele aus irgendeinem Grund die Postkarte vielleicht niemals bekommen hat.“

„Dann sollten wir doch einmal nach ihrem Sterberegistereintrag in Reading suchen, oder?“

Daran hatte Philip noch nicht gedacht. „Natürlich. Dann wüssten wir mit Sicherheit, wo und wann sie starb.“ Er nahm einen Schluck von seinem Wasser. „Übrigens, sagten Sie nicht, Sie hätten von einem Arbeitskollegen etwas Interessantes erfahren?“

Stephen nickte langsam. „Ich weiß zwar nicht, wie es möglich sein soll, dieser Spur nachzugehen. Wir wissen ja, wie verschlossen die Amisch sind, aber der Freund meines Kollegen hat erzählt, dass Gabriel Esh von seinem Vater enteignet worden sein soll."

„Aus welchem Grund?"

„Hat irgendetwas damit zu tun, dass er sich einem mächtigen Ältesten widersetzte, aber ich weiß nicht welchem."

„Welcher Vater bringt es übers Herz, seinen einzigen Sohn abzulehnen?", fragte Philip und schlug die Speisekarte zu.

„Genau dasselbe habe ich mich auch gefragt", nickte Stephen mit ernster Miene.

Die Bedienung kam, um ihre Bestellung entgegenzunehmen. Philips Gedanken kreisten um die unbekannten Umstände, unter denen diese Postkarte mit ihrer wichtigen Nachricht geschrieben wurde. Mehr denn je war er fest entschlossen, dieser Geschichte auf den Grund zu gehen.

* * *

Susanna holte die Post ins Haus und bemerkte dabei ein kleines Päckchen aus Ohio. Sie vermutete, dass dies wieder eine dieser besprochenen Tonbandkassetten war, die sich ihre Nichte und Rachel gegenseitig zuschickten. Ihr kam der Gedanke, sich die Kassette anzuhören und dann erst ihrer Tochter das Päckchen zu geben. Doch so schnell, wie diese Idee gekommen war, verwarf Susanna sie auch wieder, da sie wusste, dass sie nicht mehr in Frieden mit sich selbst leben könnte, wenn sie so etwas täte.

„Hier ist etwas für dich." Sie drückte Rachel das kleine Päckchen in die Hand.

„Von Esther?"

„Muss es wohl sein. Der Poststempel ist aus Ohio."

Über Rachels Gesicht zog ein strahlendes Lächeln. Susanna vermutete, dass etwas im Busch war. Aber vielleicht auch nicht. Vielleicht konnten es die zwei Frauen einfach nicht erwarten, voneinander zu hören. Esther las Rachel immer so viele Bibelstellen vor. Das gefiel Susanna ganz und gar nicht. Bestimmte Stellen in der Bibel waren von ihrem Ältesten von der Verwendung bei der persönlichen Bibellese ausgeklammert worden. Sie hatte den Eindruck, dass Rachel und Esther, ebenso wie Levi, angefangen hatten, Gottes Wort persönlich zu erforschen und zu deuten. Das fand sie wirklich nicht richtig. Das hatte zu viel Ähnlichkeit mit der Art und Weise, wie es die Mennoniten handhabten. Aber darüber wollte sie jetzt nicht länger nachdenken. Sie hatte genug eigene Probleme, um es mit Hölle, Tod und Teufel aufzunehmen.

* * *

Rachel beschloss, bis später damit zu warten, sich Esthers Kassette anzuhören. Sie konnte es nicht mit Bestimmtheit sagen, aber Mama schien ein zu großes Interesse an dem zu haben, was Esther auf der Kassette sagte. Sie hatte keine Lust, schon wieder mit ihrer Mutter aneinander zu geraten, und fühlte sich ein wenig eingeschränkt. Deshalb beschloss sie zu warten, bis das ganze Haus schlief, ehe sie Esthers Kassette anhörte.

Es kam ihr in den Sinn, dass es Zeit wäre, mit Annie über ein paar persönliche Dinge zu sprechen. *Andere* Dinge als die Frage, ob das Kind Fremden gegenüber zu freundlich sei. Sie fand, dass Annie keinen besonders schlimmen Fehler begangen hatte, weil sie sich mit dem Reporter aus New York City unterhalten hatte. Nein, Philip Bradley machte auch auf Rachel einen ziemlich glaubwürdigen Eindruck. Natürlich konnte man sich dessen nie ganz sicher sein. Und schon gar nicht bei Außenstehenden.

Aber was sie wohl oder übel ansprechen musste, waren die Dinge, an die sie sich in Bezug auf Jakob und Aaron erinnerte. Sie musste Annie von ihrem gemeinsamen Leben vor dem Unfall erzählen, denn offenbar gab es wirklich nichts anderes mehr, das sie dem, was ihr Vater seiner kleinen Enkelin bereits erzählt hatte, noch hinzufügen konnte. Es war kein Geheimnis, dass ihr

Vater und ihre Mutter es übernommen hatten, mit Annie über den Unfall zu sprechen.

Heute Abend, gleich wenn das Essgeschirr abgespült und weggeräumt war, wollte sie sich mit ihrer kleinen Tochter hinsetzen und ihr von ihren Erinnerungen an die wunderbaren, guten Tage erzählen. Tage, die von Lachen und Sonnenschein geprägt gewesen waren, von Hämmern und Sägen aus der Scheune und von dem Geruch des Sägemehls auf dem Boden. Von dem spielerischen Necken zwischen Bruder und Schwester und den Bewegungen eines neuen Lebens in Rachels Bauch.

Ja, die besten Tage ihres Lebens ... sie waren für immer vorbei.

* * *

Die Fahrt zu dem Friedhof in Reading hatte er mit einem einzigen Ziel angetreten: Er hatte Gabriel Eshs Grabstein finden wollen. Aber dann hatte Philip ihn ganz außer Acht gelassen. Das wurde ihm jetzt erst bewusst, als er die kurze Strecke zum Gästehaus am Obstgarten zurückfuhr. Er hatte nur sieben Grabreihen von dem Grab des amischen Mannes entfernt gestanden. Trotzdem hatte er sich dann auf dem Absatz umgedreht, um die interessante, aber erfolglose Spur zu dem Blumenladen zu verfolgen.

Warum er sich nicht die Zeit genommen hatte, um dem Toten auf dem Friedhof die letzte Ehre zu erweisen, war ihm schleierhaft. Jetzt sah er ein, dass dies ein Fehler gewesen war, obwohl es ihm zu jenem Zeitpunkt richtig erschien, der unbekannten Person hinterherzujagen, die für die jahrelangen Liebesbeweise verantwortlich war.

Er würde sich deshalb keine grauen Haare wachsen lassen und verwarf diese Gedanken, als er in die Auffahrt zu der Frühstückspension einbog, wo er feststellte, dass sehr viele Autos auf dem Parkplatz abgestellt waren. *Dieses Haus ist bis auf das letzte Zimmer ausgebucht,* dachte er, als er ausstieg und sich fragte, was er morgen wohl unternehmen könnte, um die Zeit, die ihm hier noch blieb, sinnvoll zu verbringen. Vielleicht wäre eine Besichtigung der Sehenswürdigkeiten in dieser Gegend ganz angebracht. Nein, am liebsten würde er mit einigen Amischleuten auf dem Feld arbeiten und Heu wenden. Ein Gespür für das Leben der Amisch bekommen.

Heute Abend wollte er sich vor dem Schlafengehen seinen Artikel noch einmal ansehen. Nachdem er von Annies Weihnachtsblock und Buntstiften erzählt und einen fröhlichen, aber doch herzergreifenden Aufmacher hinzugefügt hatte, war er mit dem Artikel eigentlich fertig. Er würde ihn Bob morgen gleich in der Frühe mailen.

Auf dem Weg zu seinem Zimmer grüßte er Susanna, die sich zu einem steifen Lächeln und Kopfnicken zwang. *Wie sie sich verändert hat,* dachte er bei der Erinnerung an ihre überschwängliche Herzlichkeit am Anfang, der nur wenige Stunden nach seiner Ankunft eine frostige Abkühlung gefolgt war.

Er wollte sich davon nicht beirren lassen. In der Zeit, die ihm hier noch blieb, wollte er Rachel gegenüber freundlich sein. Das hieß, falls er ihr noch einmal begegnete. Und er wollte zu dem kleinen Mädchen nett sein. Er hatte das Gefühl, das Kind sei vom Schicksal schwer betrogen worden. Kein Vater – wenigstens wurde von keinem gesprochen –, eine blinde Mutter und eine sehr dominante Großmutter. Annies Großvater schien sich aus dem Familienleben weitgehend herauszuhalten, obwohl er seine Rolle als Patriarch gut ausfüllte. Philip konnte sich nicht vorstellen, dass dieser Mann mit Annie angeln ging, falls amische Kinder so etwas überhaupt mit den Älteren unternahmen. Nein, Benjamin Zook nahm im Alltag seiner lebensfrohen Enkelin eher eine passive Rolle ein und überließ den Frauen in Annies Leben das Sagen. Trotzdem erweckte das Kind den Eindruck, geborgen und glücklich zu sein. Das war zwar völlig unlogisch, aber andererseits war das Leben ja oft ziemlich unlogisch.

* * *

Rachel lag ruhig in ihrem Schlafzimmer, bis Annie fest eingeschlafen war. Dann ging sie auf die Knie und tastete die Wand ab, um die Steckdose neben dem Bett zu finden. Sie hoffte, sie würde nicht zu viel Lärm machen und auf keinen Fall Mama wecken. Susanna brauchte nicht zu wissen, dass sie so spät am Abend noch wach war, und sie wollte vollkommen ungestört sein, wenn sie sich Esthers Kassette anhörte.

Leider war an diesem Abend keine Zeit für das persönliche Gespräch mit ihrer Tochter gewesen, das sie geplant hatte. Mama hatte nach dem Essen eine weitere Familienandacht im Wohnzimmer mit Bibellesen verlangt. Papa war ihrem Wunsch nachgekommen, aber der monotone Tonfall, mit dem er las, verriet, dass er mit dem Herzen nicht ganz bei der Sache war. Das Ganze war allein Mamas Wunsch gewesen.

Als Annie gebadet und ihr Nachthemd angezogen hatte, war es zu spät, um noch ein Gespräch über ein so ernstes Thema anzuschneiden. Zu spät für ein kleines Mädchen, das jeden Augenblick ins Land der Träume versinken würde. Zu spät, um an den Papa zu denken, den es verloren hatte, und an den älteren Bruder mit den strahlenden Augen, der nicht mehr am Leben war, um sie zu necken oder mit ihr zu spielen.

Ihr Gespräch müsste also bis morgen warten. Wahrscheinlich bis nach dem Frühstück. Sie hoffte und betete, dass der Herr ihre Worte lenken und ihr helfen würde, die Dinge zu sagen, die angesprochen werden mussten. Wenigstens nach Papas und Mamas Meinung.

Sie schob den Lautstärkeregler auf die niedrigste Stufe, steckte die Kassette in das Gerät und lauschte auf die leise Stimme ihrer Kusine.

Liebe Rachel,
ich konnte es nicht erwarten, bis ein Brief von dir kommt. Deshalb fange ich jetzt an, dieses Band zu besprechen. Es ist Montagabend, der dreizehnte September. Im Haus ist es so ruhig wie selten. Ich hoffe, dass bei dir alles in Ordnung ist, dass du gesund

bist und dass es auch Annie gut geht. Ich schätze, ihr habt jetzt in der Herbstsaison alle Hände voll mit euren Gästen zu tun. Wir haben auch viel zu tun, aber unsere Arbeit sieht ganz anders aus. Ich habe so viel Apfelmus gekocht wie noch nie, Pickles, Mais, Succotash und noch mehr Chow-Chow.

Levi hat in dieser Woche ziemlich oft mit unserem Prediger gesprochen. Gott zeigt uns persönlich und auch der ganzen Gemeinde, wie wichtig es ist, die Sünden früherer Generationen zu erkennen und dafür Buße zu tun. Immer mehr Leute in unserer Gemeinde bekennen Sünden in ihrer Familie. Es ist eine so große Freude zu wissen, dass unsere Gebete und unser Glaubenszeugnis so viel bewirken können.

Wie geht es Susanna und Benjamin? Wir beten mehr denn je für deine Eltern, dass der Herr durch Sein Wort und durch das Wirken des Heiligen Geistes ihre Herzen verändert und dass der alte Seth Fischer die Wahrheit des Evangeliums erkennt. Wir müssen dafür beten, dass der Herr einen Hunger nach Gottes Wort in ihm weckt. Dann könnte er die Amisch ermahnen, selbst in der Bibel zu forschen. Das ist nicht zu weit hergeholt. Wirklich nicht. Wir hören von einer spürbaren Bewegung – ja, einer richtigen Erweckung –, die in vielen Gegenden in amischen Kreisen geschieht. Wir können also beten und dürfen wissen, dass unsere Gebete mächtiger sind als alles, was wir tun oder sagen könnten.

Es ist schon furchtbar spät. Ich höre Levi so laut schnarchen, dass bald das Bettgestell auseinander brechen wird. Das ist wirklich schon einmal passiert! Du hättest sein Gesicht sehen sollen, als er aufwachte, weil die Matratze auf den Boden gerutscht war! Es war ein köstlicher Anblick.

Jakobus, Ada, Maria und Elia wachsen wie Unkraut. Ich komme kaum nach, ihnen neue Kleider zu nähen. Ich will mich nicht beklagen, aber sie sorgen dafür, dass man viel zu tun hat, wenn man versucht, mit dem Flicken und Nähen immer hinterherzukommen.

Bevor ich diese Kassette beende, möchte ich dir noch einen Vers aus dem zweiten Korintherbrief, Kapitel zwei, Vers vierzehn vorlesen:

„Gott aber sei gedankt, der uns allezeit Sieg gibt in Christus und offenbart den Wohlgeruch seiner Erkenntnis durch uns an allen Orten. Denn wir sind für Gott ein Wohlgeruch Christi unter denen, die gerettet werden, und unter denen, die verloren werden …"

Diesen Teil, dass wir ein Wohlgeruch oder ein Duft für Gott sind, finde ich so ermutigend … Du auch? Ich schicke dir bald eine neue Kassette mit einer Predigt von unserem Pastor.

So, ich brauche meinen Schlaf für meine Arbeit morgen. Segen sei mit dir, liebe Kusine. Schicke mir bitte, sobald du kannst, eine Kassette. Gib deinem lieben Mädchen einen dicken Kuss von deiner Kusine Esther.

Rachel schaltete das Gerät aus und versteckte die Kassette unter ihrem Kopfkissen. Es war ein herrliches Gefühl zu wissen, dass Esther morgen auch eine Kassette anhören würde: Die Kassette, die Rachel vor zwei Tagen nachts für sie besprochen hatte.

Als sie in ihr Bett schlüpfte, fielen ihr die verletzenden, grausamen Sachen ein, die Mama zu ihr gesagt hatte: Dass ihre übersinnlichen Gaben der Grund für Rachels Blindheit wären. Sie fragte sich, was Esther wohl dazu sagen würde, wenn sie ihr davon erzählte.

Um auf angenehmere Gedanken zu kommen, rief sie sich den schönen Vers ins Gedächtnis, den ihre Kusine ihr auf der Kassette vorgelesen hatte. *Denn wir sind für Gott ein Wohlgeruch Christi …*

Diese Worte trösteten sie, als sie ihr Kissen zusammenrollte und sich schlafen legte. Dieser Tag war sehr anstrengend gewesen, und dieser Vers von Esther tat ihr sehr gut, als sie ihren Schlaf und ihre Träume unter Gottes Schutz stellte.

18

An einem anderen Tag hätte die Landschaft, wie sie sich am frühen Morgen zeigte, düster wirken können. Doch heute war Philip in dieser frühen Stunde von der erwachenden Welt um sich herum fasziniert. Er wanderte nach Westen zur Gibbons Road, dann weiter in Richtung Süden nach Beechdale zu dem Eisentor am Eingang der Beechdale Farm und genoss die Stille und den Frieden seiner Umgebung. Er würde viel dafür geben, wenn er diese friedliche Szene festhalten und mit nach New York nehmen könnte.

Während er hier inmitten des goldenen Tagesanbruchs an der Straße stand, dachte er über sein Leben nach. So, wie man es normalerweise am Ende seines Lebens tat. In welche Richtung war er in den siebenundzwanzig Jahren seines bisherigen Lebens gelaufen? Würde der Weg, den er eingeschlagen hatte, ihn von seinem Schreibtisch, an dem er Reportagen schrieb, in das Büro eines verantwortlichen Redakteurs führen? War es *das,* was er wollte? Warum ließ das aufregende Gefühl und die Begeisterung für die Jagd immer mehr nach? Der Jagd eines Journalisten, der in einsamen Stunden und Tagen an einem Artikel schrieb, dem der Auftrag für den nächsten Artikel ohne Verschnaufpause auf den Fersen folgte. Wie konnte ein solches Leben der Weg sein, der wirklich einen Sinn ergab?

Die Sonne bewegte sich langsam über den Horizont und warf lange Schatten von den Zaunpfosten auf die Straße. Er sehnte sich nach einem Spaziergang über die Feldwege, die er vorher gesehen hatte. Ein Feldweg hatte ihn besonders gereizt. Er war auf beiden Seiten von Maisfeldern gesäumt. Da er jedoch nicht auf Privatgrund eindringen wollte, setzte er seinen Spaziergang in Richtung Süden auf der Beechdale Road zur Bundesstraße 340 und den Dorfläden in Bird-in-Hand fort. Er wanderte ohne ein bestimmtes Ziel. Es gab keinen wichtigen Grund, so früh am Morgen auf den Beinen zu sein, außer dass er ein paar Stunden früher aufgewacht war als sonst. Da er in den letzten Tagen nicht genug Bewegung gehabt hatte, war er aus dem Haus geschlichen, solange alles noch still gewesen war. Selbst von Susanna Zook war noch keine Spur zu sehen gewesen, als er aufbrach.

Er blieb wieder stehen und stützte seinen Fuß auf der unteren Sprosse eines Zaunes am Straßenrand ab und betrachtete die dicken Tautropfen auf dem Gras, den Blättern und den rostfarbenen Tagetes. Er dachte an das hektische Treiben, das ihn bei seiner Rückkehr in der Redaktion erwartete. Normalerweise war sein Blick, sobald er einen Auftrag erledigt hatte, nach vorne gerichtet, und er konnte es nicht erwarten, den nächsten Auftrag in Angriff zu nehmen. Aber im Laufe der letzten Monate war seine Leidenschaft so weit geschwunden, dass er seiner Mutter gegenüber erwähnt hatte, er könne sich vorstellen, an einen Berufswechsel zu denken.

„In *deinem* Alter?“, hatte sie erwidert und ihm mit einem Schmunzeln zu verstehen gegeben, dass er noch viel zu jung sei, um mit seiner Arbeit unzufrieden zu sein.

„Es ist die ganze Zeit eine verrückte Jagd. Vielleicht liegt es nur an mir ...“

„Vielleicht ist es aber auch die *Großstadt,* die dir nicht gut tut. Viele Leute können diese Hektik auf Dauer nicht verkraften. Vielleicht ist Manhattan einfach nicht deine Kragenweite, Phil.“

Seine Mutter kannte ihn besser als jeder andere Mensch. Sie hatte hundertprozentig Recht. Er war nicht besonders glücklich inmitten des Neonlichts und hektischen Treibens eines Großstadtlebens. „Wie wäre es wohl, wenn man irgendwo einen Bauernhof hätte?“, hatte er laut überlegt.

Die Augen seiner Mutter leuchteten auf. „Diese Worte würden deinem Großvater ein begeistertes Schmunzeln entlocken.“

Kopfschüttelnd wechselte er das Thema und berichtete von seiner bevorstehenden Europareise. „Luftschlösser.“

„Du hattest heute keinen besonders guten Tag, was?“

Allerdings hatte er eine ziemlich frustrierende Woche hinter sich gehabt. So etwas gestand er ihr gegenüber nur selten ein.

Manchmal erzählte er seinem Vater davon. Aber nie seiner Mutter. Das war nicht nötig. Sie wusste ohnehin Bescheid.

* * *

Ein einsames Pferd und ein Einspänner tauchten hinter ihm auf. Die feurige Stute trabte anmutig über die Straße. Sie zog einen grauen kistenförmigen Wagen mit großen, überdimensionalen Rädern hinter sich her und war mit klappernden Hufen zur Kreuzung der Beechdale Road und der Bundesstraße 340 unterwegs. Sie blieb stehen, dann trabte sie wieder an und bog mit klappernden Hufen auf die Hauptstraße ein.

Er hatte sich nie Gedanken gemacht, wie es wohl wäre, in einem amischen Einspänner oder überhaupt in einem Pferdewagen zu fahren. Die langsame Geschwindigkeit war ein Problem, fand er. Außer natürlich, wenn man nie die Leistung und Geschwindigkeit eines Autos kennen gelernt hatte. Abram Beiler hatte gesagt, dass die Amisch die *Unannehmlichkeit,* sich mit Pferd und Einspänner fortzubewegen, mochten, weil ihnen das erlaubte, „innezuhalten und den Duft der Rosen des Lebens einzuatmen." Es ermöglichte ihnen, den Kern und den Rhythmus ihres unkomplizierten, ländlichen Seins zu fühlen.

In diesem Augenblick klingelte Philips Mobiltelefon und störte unsanft die Ruhe seiner friedlichen Umgebung. „Phil Bradley."

„Entschuldige, dass ich dich so früh anrufe." Es war Janice.

„Hier ist es nicht mehr so früh", scherzte er. „Ich bin schon seit zwei Stunden auf."

„Ist bei dir alles in Ordnung?" Natürlich musste sie annehmen, etwas sei bei ihm nicht in Ordnung.

„Ich bin unterwegs und erkunde eine einsame Nebenstraße und eine Holzlaube und ..."

„Phil, du klingst so ganz anders als gewohnt. Bist du sicher, dass es dir gut geht?"

„Mir geht es gut. Geht es dir auch gut?"

„Ich meine es ernst. Ich muss wissen, wann du morgen zurück bist."

„Ich gebe dir noch Bescheid. Meine Flugzeiten liegen in meinem Zimmer in der Pension."

„Das heißt ... du bist wirklich so früh auf den Beinen und machst einen Spaziergang?"

„Erkundungsgang."

„Nenne es, wie du willst."

Er glaubte nicht, dass er seiner Kulisse gerecht werden könnte, wenn er jetzt versuchen würde, den Himmel zu beschreiben. „Ich wünschte, du könntest die Sonne aufgehen sehen. Diese Gegend hier ist fast genauso faszinierend wie Vermont."

„Du bist wirklich momentan in einer anderen Welt, nicht wahr?", bemerkte sie lachend. „Also gut, ich warte darauf, dass du mich später anrufst. Aber vergiss es nicht. Es sei denn, du nimmst lieber ein Taxi vom Flughafen in die Stadt."

„Ich entscheide mich eindeutig für das Begrüßungskomitee. Wie geht es Kari?"

„Sie wacht gerade auf. Ich sage ihr, dass du nach ihr gefragt hast."

„Ja, mach das."

„So, ich muss jetzt an die Arbeit. Genieße deinen letzten Tag in der unberührten Natur."

„Mach dir darüber keine Gedanken. Ich rufe dich später an, Schwesterherz."

Er schaltete das Telefon aus und baute sich auf dem Grasstreifen zwischen der Straße und einem Kartoffelfeld auf. Er ließ seinen Blick über die dunklen Bäume in der Ferne schweifen, wo die Sonne mit ihrem strahlenden Licht den Tag begrüßte. Noch nie zuvor hatte er einen so Ehrfurcht gebietenden Anblick wie diesen gesehen. Noch nie hatte er sich mit einem Blick auf sein Leben so umgetrieben und rastlos gefühlt.

* * *

Susanna fiel auf, dass Philip Bradley am Frühstückstisch fehlte. Der Mann schlief heute sehr lange. Sie war nicht bereit, einem faulen Mann das Frühstück zu bringen. Dann bekam er eben nichts zu essen.

„Nach dem Frühstück müssen dein Vater und ich nach Smoketown fahren“, informierte sie Rachel. „Aber ich denke, wir werden bald wieder da sein.“

„Annie und ich kommen schon zurecht. Lasst euch Zeit, Mama.“

„Ich lasse dich nicht mit dem ganzen Geschirr allein, und ich helfe auch, die Betten zu beziehen, bevor wir losfahren.“

„Das ist schön. Ich werde alle Duschen putzen, während ihr fort seid“, bot Rachel an und nahm zwei Teller mit Eiern und Schinken, einen für sich und einen für Annie. Sie nahm das schwere Tablett und begann, vorsichtig zum Salon zu gehen. „Du weißt, wo du uns finden kannst.“

„Warte ... lass mich das machen“, mischte sich Susanna ein und nahm Rachel das große Holztablett aus der Hand und trug es in den Salon, wo Annie bereits ein Glas Milch trank und einen weißen Schnurrbart über der Lippe hatte. „Da bist du ja, Kind. Was hältst du von Schinken und Eiern zu deiner Milch?“

Annie nickte und zog ihren Stuhl an den Sofatisch heran, den sie und Rachel immer für ihre privaten Mahlzeiten nutzten. „Kann ich nach dem Frühstück mit Copper einen Spaziergang machen?“

„Ich wüsste keinen Grund, warum du das nicht machen solltest“, erwiderte Susanna und warf einen Blick auf Rachel. „Bist du auch damit einverstanden, Tochter?“

„Wenn du nicht zu nahe an den Bach gehst, Annie. Du weißt, was Opa Ben sagte: Dort unten sind mehrere Hornissennester. Weißt du noch?“

„Ja, ich weiß. Ich habe sie gesehen, als Josua vor kurzem zu Besuch hier war.“

Susanna ermahnte sie: „Ich erwarte, dass du deiner Mutter unbedingt gehorchst. Coppers Leine hängt an der Garderobe am Haken.“

„Danke, Oma! Ich passe gut auf deinen kleinen Hund auf. Das verspreche ich dir."

Sie stellte die Eier, den Schinken und die kleineren Teller, die mit Toast beladen waren, auf den Tisch, nahm dann das Tablett weg und ging zur Küche zurück. „Annie macht sich einen schönen Vormittag", erzählte sie Ben, als er auf dem Weg in den Hof durch die Küche kam.

„Ein herrlicher Tag. Da ist man gerne draußen", nickte Ben.

„Ja, wirklich ein herrlicher Tag", flüsterte sie und beeilte sich, das Frühstück für die Gäste fertig zu machen. Sie hatte keinen Gedanken mehr auf Esther Glicks Kassette verwendet. Erst jetzt musste sie wieder daran denken. Sie konnte nicht sagen warum. Vielleicht lag es an Rachels Benehmen im Salon, das irgendwie zu ruhig gewesen war. Vielleicht hatte es aber auch überhaupt nichts zu bedeuten.

* * *

„Annie, Liebes", begann Rachel zögernd, als sie allein waren. „Ich möchte dir erzählen, was ich noch von deinem Vater und deinem Bruder weiß."

Im Salon war es ganz still. Rachel konnte nur Annies leisen Atem hören. „Opa Ben und Oma Susanna haben mir schon erzählt, wie sie starben. Ein Auto fuhr in sie hinein ... weil das Pferd scheute."

„Ich wollte weniger über den Unfall reden, als vielmehr über die angenehmen Erinnerungen an Papa und Aaron." Sie spürte einen dicken Kloß in ihrer Kehle und fürchtete, sie könnte die Beherrschung verlieren.

Annie schwieg.

„Geht es dir gut, Liebes?"

Sie hörte Annie leise schniefen. „Ich kann mich an nichts erinnern", schluchzte Annie. „Ich habe oft versucht, mir vorzustellen, wie mein Bruder und Papa aussahen, aber in meinem Kopf ist alles verschwommen."

Wie in meinen Augen, dachte Rachel.

„Dann erzähle ich dir jetzt, woran *ich* mich erinnere. Von den wunderbaren, glücklichen Tagen ... die wir alle miteinander erlebten." Sie erzählte von langen Spaziergängen an Sommernachmittagen, von Fahrten mit dem Ponywagen, den sie an einem herrlichen Septemberabend mit Heu ausgelegt hatten. Sie hatten den Glühwürmchen zugesehen, wie sie über die Wiese tanzten. „Papa liebte die Natur, und Aaron auch. Wir hatten vor, uns einen großen Hof in Ohio zu kaufen, dort, wo Esther und Levi wohnen."

„Wirklich? Davon hatte ich keine Ahnung."

„Dein Vater wollte Milchkühe haben, genauso wie meine Brüder Noah und Joseph."

„Du meinst, drüben auf Opa Bens früherem Hof?"

„Genau. Aber wir sind jetzt hier, du und ich. Wir sind bei deinen Großeltern, und Gott sorgt für uns."

„Und wir helfen vielen Touristen, dass sie nachts einen Platz zum Schlafen haben. Habe ich Recht, Mama?"

„Ja, das tun wir." Sie hoffte, dieses kleine Gespräch mit Annie würde der Forderung ihres Vaters Genüge tun. „Gibt es noch etwas, das du mich gerne fragen möchtest?"

„Warum bist du blind geworden, Mama?", kamen die ernsten Worte. „Opa Ben sagt, du warst nicht einmal in dem Einspänner, als das Auto in den Wagen fuhr. Wie bist du dann blind geworden?"

„Oh, Liebes, das wüsste ich selbst gern."

„Aber du erinnerst dich nicht daran. Das sagt Opa. Du kannst dich an nicht mehr viel von dem erinnern, was an diesem Tag geschah."

„Eines weiß ich", brachte Rachel mühsam über die Lippen. „Ich bin von ganzem Herzen dankbar, dass du nicht zu schlimm verletzt wurdest, dass du verschont geblieben bist. Gott hat dich beschützt ... für mich."

Annies kleine Arme legten sich um ihren Nacken. „Oh, Mama."

Rachel fühlte Annies warme Tränen auf ihrem Gesicht. „Es tut mir so Leid, Kleines ... so furchtbar Leid. Ich hätte das nie ansprechen sollen."

Annie weinte leise an ihrem Hals und sagte kein Wort. Während der ganzen Zeit hielt Rachel ihr geliebtes Mädchen in den Armen, wiegte es und summte eine leise Melodie.

* * *

Nachdem Annie sich etwas beruhigt hatte, stand Rachel an der Arbeitsplatte in der Küche und rollte Teig für einen Strudel aus, den ihre Mutter vorbereitet hatte, bevor sie das Haus verließ. Annie war fest entschlossen gewesen, mit Copper einen kurzen Spaziergang zu unternehmen, und war noch keine fünf Minuten aus dem Haus. Rachel musste sich beschäftigen; sie musste auch ihre Gedanken ablenken. Deshalb hörte sie sich noch einmal die ermutigende Kassette ihrer Kusine an, während sie den Teig ausrollte.

Das Gespräch mit Annie hatte beide sehr aufgewühlt, obwohl Rachel nicht geweint hatte wie ihre kleine Tochter. Was hatte sie sich nur dabei gedacht, mit einem so jungen Kind über solche Sachen zu sprechen? Sie wollte keine Bitterkeit gegenüber ihrem Vater in sich hochkommen lassen, weil er ein solches Gespräch von ihr verlangt hatte. Nein. Sie würde ihm vergeben, dass er es überhaupt angesprochen hatte, dass er sie gezwungen hatte, wider besseres Wissen zu handeln.

Während sie solchen Gedanken nachhing, vernahm sie klopfende Geräusche aus dem Keller. Es klang, als stimme etwas mit der Waschmaschine nicht. Sie eilte nach unten, um nachzusehen.

* * *

Er hatte schon viele Spaziergänge gemacht, aber noch nie war er mit leerem Magen so weit gegangen. Als er in die Pension zurückkehrte, freute sich Philip, dass noch ein paar Gebäckstücke auf dem Tisch in der Ecke standen. Susanna hatte ihn nicht vergessen, auch wenn sie aus ihrer plötzlichen Abneigung ihm gegenüber keinen Hehl machte. Er stand am Fenster und blickte auf den Hof hinaus, während er die fetten, saftigen Teilchen verspeiste und sich die Finger ableckte, als er fertig war.

Sein Mietwagen war das einzige Fahrzeug, das auf dem gekennzeichneten Parkplatz stand. Er vermutete, dass er der einzige Gast war, der noch nicht unterwegs war. Im Haus war nichts zu hören. Es war fast zu still, als er zu seinem Zimmer hinaufging. Wo waren nur alle?

Überrascht stellte er fest, dass sein Zimmer bereits sauber war, dass das Bett gemacht und die Handtücher erneuert waren. „Hier wird keine Zeit vergeudet“, murmelte er und trat an seinen Schrank. Die Postkarte war in Philips Brieftasche versteckt, und obwohl er nur wenige Informationen über Gabriel und Adele hatte ausfindig machen können, war es ihm unmöglich, die dringende Nachricht des Amischmannes zu vergessen. In seinen Händen hatte er das letzte Zeugnis einer faszinierenden und zu Herzen gehenden Liebesgeschichte aus längst vergangenen Zeiten.

Er setzte sich an den Schreibtisch und zog die schmale Schublade heraus. Die Schublade, die geklemmt, und in der er die Postkarte gefunden hatte. Im Geiste ging er noch einmal alle bekannten Fakten durch: Emma in dem Antiquitätenladen hatte diesen Schreibtisch gekauft und restauriert. Vor zwei Jahren war er an seine neue Besitzerin, Susanna Zook, verkauft worden. Offenbar war die Postkarte irgendwann, lange bevor Emma dieses Möbelstück in dem Gebrauchtwarenladen in Reading entdeckte, lange bevor Susanna diesen Schreibtisch je zu Gesicht bekommen hatte, in diesen Schreibtisch gelangt. Das bedeutete, dass die Postkarte in Reading bei der Adresse auf der Karte angekommen sein musste. *Aber warum hatte Adele eine solche Nachricht irgendwo in einer Schublade verstaut und vergessen?* Diese Frage ging ihm nicht aus dem Kopf.

Philip wünschte, er könnte diese Postkarte jemandem, der Adele Herr nahe gestanden hatte, als Erinnerung übergeben. Jemand, der sie wie eine Schwester oder liebe Freundin geliebt hatte. Es lebte doch sicher noch irgendjemand, der diese Frau gekannt und geliebt hatte.

Er ging ins Bad und putzte sich die Zähne. Er musste die Zuckerreste von dem süßen Gebäck aus dem Mund bekommen. Danach steckte er sein Handy ein und schickte seinem Redakteur in New York den Artikel über amisches Familienleben als E-Mail. Er klappte seinen Laptop zu. Gerne würde er Rachel von seiner Fahrt nach Reading berichten, falls dies möglich wäre, ohne dass Susanna alles mit anhörte. Er trat an die Wand mit dem Bücherregal, ließ seine Augen über die Bücher wandern und entschied sich schließlich für einen alten Klassiker. Er wollte es sich gerade bequem machen, als er ein aufgeregtes, lautes Bellen vernahm. Der Lärm ließ nicht nach. Schließlich trat Philip ans Fenster, um nachzusehen, was den Hund veranlasste, sich so aufzuführen.

Auf der Veranda unterhalb seines Fensters kämpfte Rachel mit ihrem Stock und versuchte verzweifelt, sich zurechtzufinden, während sie vor Aufregung immer wieder gegen einen Blumentopf lief. „Annie!", rief sie aufgeregt.

Er stürmte nach unten. Als er zur Hintertür hinauseilte und Rachel einholte, sah er, dass sie weinte. „Annie!", rief sie Mitleid erregend. „Annie, wo bist du?"

Aber es kam keine Antwort. Nur das aufgeregte Bellen war in der Ferne zu hören.

„Rachel, ich bin es. Philip Bradley", sagte er leise, um sie nicht zu erschrecken. „Was ist passiert?"

Sie lief, ihren Stock vor und zurück schwingend, eilig über den Rasen. „Annie hat den Hund ausgeführt ... Sie müsste schon längst zurück sein. Und jetzt bellt Copper unten am Fluss. Ich mache mir furchtbare Sorgen."

„Ich gehe Annie suchen. Warten Sie bitte hier!", sagte er, besorgt, dass Rachel stolpern und stürzen könnte.

„Bitte, bringen Sie sie zu mir zurück." Ihr Gesicht war tränenüberströmt.

„Ich finde sie. Machen Sie sich keine Sorgen." Er drehte sich um und lief in die Richtung, aus der das Bellen des Hundes kam, durch die Apfelbäume, über den Kiesweg, über die kleine Brücke auf die andere Seite des Baches. „Annie!", rief er. Hinter sich konnte er immer noch Rachels verzweifelte Rufe nach ihrer Tochter hören.

* * *

Das kleine Mädchen saß auf einem Haufen alter Blätter am Ufer des Mühlbachs. Ihr langes rosafarbenes Kleid war verschmutzt. Die weiße Kopfbedeckung hielt sie in der Hand. Der Hund kauerte neben ihr und bellte, so laut er konnte.

„Annie, ist alles in Ordnung?" Philip eilte zu ihr und erblickte eine rötliche Schwellung in ihrem Gesicht.

„Oh, Mr. Philip. Ich bin furchtbar schlimm gestochen worden."

Er sah, dass sie weinte und sich die Wange rieb, wo die Schwellung sich weit über die Stichstelle hinaus ausgebreitet hatte. Er suchte einen Stachel, konnte aber keinen finden und vermutete deshalb, dass Annie von einer Wespe gestochen worden sein musste.

„Ich war Mama nicht ungehorsam, Mr. Philip ... ehrlich nicht. Copper lief mir davon, und ich musste ihm nachlaufen und ihn zurückholen." Sie keuchte jetzt. Er erkannte die gefährlichen Asthmasymptome. Seine Nichte, Kari, hatte oft solche Atemnöte, aber bei Annie war es schlimmer. Annie reagierte anscheinend allergisch auf den Wespenstich.

„Mein Kopf tut so weh", weinte das kleine Mädchen.

„Komm, ich bringe dich nach Hause. Deine Mama macht sich große Sorgen um dich." Ihr mühsamer Atem beunruhigte ihn. Er nahm das Kind auf die Arme. Während er über die Brücke und durch den Obstgarten lief, sagte er immer wieder: „Ich kümmere mich um dich, Annie. Weine nicht mehr, Kleines."

Die Zöpfe, die sonst um ihren Kopf gewunden waren, hingen

ihr lose über den Rücken, während er eilig mit ihr zum Haus rannte. Der Hund folgte ihm dicht auf den Fersen und bellte unaufhörlich.

Als er das Haus fast erreicht hatte, erblickte er die Mutter des Kindes. „Schnell, Rachel, halten Sie sich an meinem Arm fest", rief er und eilte zu ihr hinüber. „Annie wurde gestochen. Wir müssen Sie beide ins Haus bringen."

Als Rachel und Annie sicher in der Küche angekommen waren, beugte sich Rachel vor und hörte den mühsamen Atem ihrer Tochter.

„Hat Annie Asthma?", fragte Philip, der das Kind immer noch auf den Armen hielt, während Rachel dicht neben ihm stand.

„Nein ... sie hat kein Asthma", flüsterte Rachel.

„Reagiert sie allergisch auf Wespen- oder Bienenstiche? Wissen Sie das?"

„So etwas ist noch nie passiert." Rachel streichelte Annies Gesicht und ließ Philips Arm los.

„Sie braucht so schnell wie möglich ärztliche Hilfe. Sie bekommt bald keine Luft mehr." Das Kind in seinen Armen wurde immer schwächer. „Wo befindet sich das nächste Krankenhaus?"

„Ich rufe den Krankenwagen", sagte Rachel und griff mit zittrigen Fingern zum Telefon.

„Dafür ist keine Zeit. Sie müssen mir vertrauen. Wir sind schneller, wenn ich sie ins Krankenhaus bringe, als wenn wir hier auf einen Krankenwagen warten."

Rachel verzog schmerzhaft das Gesicht. „Das nächste Krankenhaus ist das Kreiskrankenhaus in Lancaster."

Philip verlor keine Zeit und brachte Annie und ihre Mutter schnellstens zu seinem Mietwagen. Er konnte es sich nicht leisten zu fragen, ob Rachel möglicherweise eine Abneigung dagegen hätte, in einem modernen Auto statt in ihrem gewohnten Pferdeeinspänner zu fahren.

Unterwegs flüsterte Rachel dem Kind in ihrer Muttersprache beruhigende Worte zu und küsste sie sanft auf die Stirn. Sie saß auf dem Rücksitz und wiegte Annie in ihren Armen.

Philip überschritt die Höchstgeschwindigkeit, sooft es der Verkehr zuließ, und hoffte, ein Polizist würde dadurch auf ihn aufmerksam und würde sie zur Notaufnahme begleiten. Als er durch den Rückspiegel verstohlene Blicke auf Rachel und ihr Kind warf, merkte er, dass es immer dringender wurde, ins Krankenhaus zu kommen. Er durfte keine Zeit verlieren. Annies Atembeschwerden wurden immer schlimmer. Sie beunruhigten ihn so sehr, dass er mit seinem Handy die Notrufnummer wählte und das Krankenhaus informierte, dass sie unterwegs waren.

Je näher sie in die Innenstadt kamen, umso dichter wurde der Verkehr und zwang ihn, langsamer zu fahren. Zum ersten Mal seit vielen Jahren ertappte er sich dabei, dass er leise betete.

19

Mit großer Anspannung zwang sich Philip, eine Sportzeitschrift in die Hand zu nehmen und darin zu blättern. Er konnte es kaum erwarten zu erfahren, wie es um Annie stand. Hin und wieder blickte er auf und sah Leute kommen und gehen. Leute beobachten, das war eine seiner Lieblingsbeschäftigungen, obwohl er sich dabei viel lieber auf einem Flughafen oder an irgendeinem anderen öffentlichen Platz befunden hätte. Krankenhäuser machten ihn nervös.

Wie ging es Annie wohl inzwischen? Das kleine Kind hatte, als er sie am Bachufer gefunden hatte, so besorgniserregend ausgesehen. Ihr Atem war so keuchend, so schwach gewesen und hatte sich nur noch verschlimmert, bis er sie vor knapp zwanzig Minuten in die Notaufnahme getragen hatte.

Was war mit Susanna Zook und ihrem Mann? Hatten sie beide das Haus verlassen? Es kam ihm ein wenig seltsam vor, dass sie ihre blinde Tochter mit dem abenteuerlustigen Kind allein ließen, aber andererseits kannte er ihren gewohnten Tagesablauf nicht so gut, dass ihm irgendwelche Schuldzuweisungen zustanden. Tatsache war, dass das Leben eines kleinen Mädchens in der Schwebe hing, während er hier im Wartezimmer der Notaufnahme saß. Er wünschte, er könnte irgendetwas tun, damit die kleine Annie diese schwierige Situation unbeschadet überlebte. Aber die Bilder, wie sie nach Luft geschnappt und ihre kleine Lunge gekämpft hatte, obwohl er so schnell wie möglich durch die Straßen von Lancaster raste, ließen ihn einfach nicht los.

Während er die Aufregung dieses Morgens Revue passieren ließ, fiel ihm auf, dass er nicht einmal Rachels Nachnamen kannte. Es konnte kaum derselbe Name wie der ihrer Eltern sein. Oder doch? Sie war bestimmt irgendwann verheiratet gewesen. Er holte seinen Kugelschreiber und einen kleinen Block heraus, den er immer bei sich trug, und begann, ohne einen ersichtlichen Grund alles aufzuschreiben, was er über Rachel wusste. Statt wie andere

Leute Männchen zu malen, schrieb er oft Listen mit Wörtern, mit Eigenschaften von Menschen oder mit kurzen Ortsbeschreibungen auf. Er hatte sich zwar noch nie wirklich hingesetzt und versucht, einen Roman zu schreiben, aber mit diesem Gedanken hatte er schon oft gespielt. Er besaß inzwischen Dutzende solcher Listen von Charakteren und Szenen. Sie warteten zu Hause in einem Ordner nur darauf, dass er tatsächlich Ernst machte und anfing, einen Roman zu schreiben. Falls er das überhaupt jemals tun würde.

* * *

Rachel zitterte innerlich, als sie in der Notaufnahme saß und Annies schwache Hand hielt. Mehrere Krankenschwestern und der Arzt in der Notaufnahme umringten sie und versorgten das Kind. Annie bekam Cortison gespritzt, das die Muskeln entspannen und die Atemwege wieder erweitern sollte, und ein Inhalationsgerät.

Rachel malte sich vor Augen, wie der Arzt mit einem Stethoskop Annies Lungen abhörte und sich vergewisserte, dass die Luftwege wieder frei wurden, obwohl sie immer noch das keuchende Atmen ihrer Tochter vernahm.

„Wird Annie wieder ganz gesund?“, fragte sie besorgt. Vor Angst hatte sie selbst ein etwas beklemmendes Gefühl in der Brust.

„Der Arzt will Annie einige Stunden beobachten, nur um sicherzugehen, dass alles in Ordnung ist, bevor wir sie entlassen“, erklärte eine Schwester. „Sie haben sie noch rechtzeitig ins Krankenhaus gebracht.“

„Hat Annie früher schon so auf einen Stich reagiert?“, fragte der Arzt.

„Nein, noch nie.“

„Falls sie wieder einmal gestochen wird, ist die zweite Reaktion oft wesentlich schlimmer als die erste. Ich empfehle Ihnen, dass Annie immer ein Notfallset bei sich trägt.“

„Was ist das ... ein Notfallset?“

„Ein Notfallset ist ein Kästchen in der Größe einer Brieftasche mit einer von einer Feder gespannten Spritze, deren Inhalt ähnlich dem Medikament ist, das wir Ihrer Tochter soeben verabreicht haben. Falls Annie ähnliche Symptome zeigen sollte, kann sie selbst oder können Sie das Medikament schnell in ihren Schenkel oder sonst irgendwohin spritzen. Selbst durch die Kleidung hindurch. Das könnte ihrer Tochter im Ernstfall das Leben retten", sagte der Arzt mit einem ernsten, warnenden Unterton in der Stimme. „Sie können ein solches Notfallset von Ihrem Hausarzt bekommen."

„Ich hätte sehr gerne ein solches Set", sagte Rachel und wünschte, sie *hätten* einen Hausarzt, der ein richtiger Mediziner wäre.

Später, als sie merkte, dass sie mit Annie allein war, beugte sie sich vor und legte das Ohr auf den kleinen Brustkorb. Das Rasseln in Annies Lunge legte sich allmählich.

„Darf ich mich jetzt aufsetzen, Mama? Ich fühle mich schon viel besser."

„Warten wir lieber, bis der Arzt zurückkommt." Sie legte die Hände auf Annies Wangen. „Ich bin so froh, dass der Herr uns geholfen hat."

„Ich fühle mich ganz zappelig, Mama."

„Ja, ich sehe, dass es dir schon wieder viel besser geht. Aber versuche trotzdem, ruhig liegen zu bleiben, damit du nicht vom Untersuchungstisch fällst."

Als die Schwester zurückkam, fragte Rachel, woher Annie auf einmal so viel Energie habe. „Sie wirkt furchtbar unruhig."

„Es ist ganz normal, dass sie ein wenig überdreht ist, bis das Adrenalin abgebaut ist."

In den nächsten anderthalb Stunden wurde Annie immer wieder von verschiedenen Schwestern untersucht. Später kam der Arzt noch einmal und erklärte Rachel die Vorteile der verschiedensten Vorbeugungsmaßnahmen und Impfungen, „um zu verhindern, dass eine ähnliche Situation in Zukunft wieder auftritt. Hyposensibilisierung ist eine Langzeitbehandlung, bei der in regelmäßigen Abständen dem Patienten in zunehmenden Dosen das Allergen injiziert wird", erklärte er. „Der Körper baut über einen längeren Zeitraum eine Toleranz gegenüber diesem Stoff auf – im Fall von Bienen- und Wespenstichen dauert das drei bis fünf Jahre. Sie könnten sich in Annies Fall eine Hyposensibilisierung überlegen, besonders, wenn sie viel im Freien spielt oder gar in der Nähe eines Baches, wo normalerweise besonders viele Bienen und Wespen sind."

„Ich werde mit meinen Eltern darüber sprechen", erklärte Rachel.

„Gut. Ich denke, Annie kann jetzt wieder nach Hause gehen. Wenn die Wirkung der Spritze nachlässt, ist sie vielleicht müde. Sie soll es heute ruhig angehen", schlug er vor und schwieg dann kurz. „Entschuldigen Sie bitte, ich möchte nicht zu neugierig sein, aber Sie kommen mir irgendwie bekannt vor. Wurden Sie schon einmal in diesem Krankenhaus behandelt?"

„Nun, ja ... vor zwei Jahren hatte ich eine Fehlgeburt."

„Ich dachte doch, dass mir Ihr Familienname bekannt vorkommt ... ja, jetzt erinnere ich mich." Er schwieg wieder. Dann fragte er: „Wie kommt es, dass Sie immer noch blind sind, Mrs. Yoder?"

„An guten Tagen sehe ich Schatten, aber an anderen sehe ich überhaupt nichts."

„Aber Ihr Augenlicht ... wie kann das sein?"

Sie erzählte ihm von ihrem Besuch bei dem Augenspezialisten. „Er sagte, mein Gehirn nehme Bilder wahr, aber ich sehe sie nicht."

„Waren Sie deshalb in ärztlicher Behandlung?"

„Wie meinen Sie das?" Sie hatte gehört, dass es Ärzte gab, die Hypnose und andere Formen der Psychotherapie anboten. Mit solchen Dingen wollte sie nichts zu tun haben. Das klang für sie nach Hokuspokus. Und davon gab es ohnehin schon genug.

„Soll ich Sie an einen Psychiater, einen Freund von mir, überweisen? Ich glaube, er könnte Ihnen helfen."

Plötzlich fühlte sie sich in die Enge getrieben, obwohl ihr bewusst war, dass sie für eine wirklich medizinische Behandlungsmöglichkeit offen sein sollte, da sie nicht sicher war, was sie von den alternativen Heilmethoden in ihrer Gemeinde halten sollte. „Ich ... äh, ich habe mir darüber noch keine Gedanken gemacht."

„Hier haben Sie meine Karte, falls Sie sich entscheiden sollten, es doch zu versuchen."

Sie fühlte die Visitenkarte in ihrer Hand und bedankte sich schwach.

* * *

Als Susanna und Benjamin nach Hause zurückkehrten, sah Susanna das Mehl und die Teigrolle auf dem Küchentisch und fragte sich, wo Rachel steckte. Sie sah in den oberen Zimmern nach, dann wieder im Salon. Schließlich suchte sie sogar im Keller und rief nach Rachel und Annie, die jeden Augenblick durch das Haus gewirbelt kommen müsste. „Rachel ... Annie ... seid ihr da? Wo steckt ihr?"

Als keine Antwort kam, eilte sie wieder in die Küche zurück, sah aber nur Benjamin, der mit dem Hund draußen war. „Wenigstens ist der Hund da."

„Irgendeine Spur von Rachel oder Annie?"

„Ich habe auf dem Gehweg nachgesehen ... nichts."

Sie wehrte sich gegen die Panik, die in ihr aufsteigen wollte, und stand aufgeregt und nervös auf der Veranda. „Nun, es sieht so aus, als ob Rachel oder sonst *irgendjemand* einige Strudel ausgerollt hätte. Wo in aller Welt können sie nur sein?"

„Vielleicht sind sie spazieren gegangen", kam Benjamins Antwort. „Ich würde mir keine allzu großen Sorgen machen."

„Während der Teig überall auf dem Tisch verstreut ist? Ich glaube nicht, dass Rachel so etwas tun würde ... Sie würde die Küche nicht so unordentlich hinterlassen."

„Aber du weißt doch, wie Annie ist. Sie hat ihre Mama in den letzten Tagen mehrmals in die Sonne hinausgelockt."

„Aber Rachel hätte ihr gesagt, dass sie ein wenig warten soll. Wenigstens so lange, bis die Strudel gefüllt und in den Ofen geschoben sind." Susanna war sehr unruhig. Sie lief wieder hinein. Dabei fiel ihr auf, dass Philip Bradleys Auto nicht mehr vor dem Haus stand. „Himmel, er hat sie doch hoffentlich nicht entführt!", murmelte sie, hielt es aber für das Beste, Ben nicht zu erzählen, was sie im Augenblick dachte.

Als das Telefon läutete, war Susanna völlig außer Atem. „Zooks Gästehaus am Obstgarten. Susanna Zook am Apparat."

„Mama! Ich bin so froh, dass du zu Hause bist."

„Rachel, wo um Himmels willen seid ihr?"

„Im Krankenhaus. Annie wurde von einer Wespe furchtbar gestochen. Philip Bradley hat uns in die Stadt gefahren."

„Philip Brad ..."

„Es ist alles in Ordnung, Mama. Annie kann jetzt wieder viel, viel besser atmen. In ihre Wangen kehrt die Farbe zurück ... Wir hätten sie beinahe verloren."

Susanna fuhr sich mit der Hand an die Stirn. „Meine Güte, du hast uns einen ganz schönen Schrecken eingejagt. Wie konntest du nur einfach so Hals über Kopf das Haus verlassen? Dein Vater und ich wussten überhaupt nicht, was wir davon halten sollten."

„Annie geht es bald wieder gut. Nur das ist wichtig", sagte Rachel. „Wir können dem Herrn so dankbar sein."

Susanna überlegte kurz und bot dann an, dass Benjamin einen mennonitischen Fahrer bitten könnte, sie in die Stadt zu fahren. „Wir kommen und holen dich ab."

„Nein ... nein, das ist nicht nötig. Wirklich nicht. Mr. Bradley ist hier bei uns. Er bringt uns wieder nach Hause, wenn Annie das Krankenhaus verlassen darf."

Mr. Bradley hier, und Philip Bradley dort ... Nur gut, dass dieser Mann bald abreisen würde!

* * *

Sobald sich Annies Zustand stabilisiert hatte und sie grünes Licht bekam, das Krankenhaus zu verlassen, führte Philip Rachel zur Krankenhauskasse. Dort hörte er zum ersten Mal Rachels Nachnamen. Yoder. Sie hieß also Rachel Yoder. Er wollte sich das unbedingt merken.

Sie bat, dass die Rechnung für die Behandlung an Benjamin Zook geschickt würde. „Annie und ich leben bei meinem Vater", sagte sie und erklärte, dass sie es eilig gehabt hätten, zum Krankenhaus zu kommen, und deshalb kein Geld und nicht einmal ein Portemonnaie dabei hatten. „Wir haben keine Krankenversicherung. Das ist bei uns so üblich. Die *Alte Ordnung.*"

Keine Krankenversicherung! Philip war verblüfft. Wie riskant, besonders wenn man ein so abenteuerlustiges Kind wie Annie hatte. Als er genauer nachfragte, erfuhr er, dass die Amisch fast überhaupt keine Versicherung abschlossen. Sie sorgten durch persönliche Abgaben und den Amischen Hilfsfonds füreinander, eine gemeinsame Kasse, die hauptsächlich eingerichtet war, um Bauern zu helfen, falls sie aufgrund von Gewittern, Stürmen oder einem Brand ihren Hof verloren.

In der Eile, mit der sie das Haus verlassen hatten, um Annie zur Notaufnahme zu bringen, hatte Rachel offenbar auch vergessen, ihren Stock mitzunehmen. Jetzt gingen Annie und Philip links und rechts neben ihr und führten sie sicher zum Auto. Für einen fremden Beobachter stellten sie bestimmt ein seltsames Trio dar: Philip in seiner modernen Kleidung, Rachel in ihrem Trauerkleid, einer schwarzen Schürze und einer weißen Kopfbedeckung, und die kleine Annie, die immer noch ihr verschmutztes rosafarbenes Kleid anhatte.

„Findest du nicht, dass du dich bei Mr. Bradley dafür bedanken solltest, dass er dir das Leben gerettet hat?", sagte Rachel, während sie zum Parkplatz unterwegs waren.

„Philip", erinnerte er sie. „Nennen Sie mich einfach Philip."

„Ach, ich habe es schon wieder vergessen."

Er lachte leise über ihr offensichtliches Zögern, ihn mit seinem Vornamen anzusprechen. „Läuft ein Mann namens Mr. Bradley herum und rettet kleine Mädchen, die von einer Wespe gestochen werden?"

Annie schaute ihn um das lange Kleid ihrer Mutter herum verschmitzt an. „Sie sind lustig, Mr. Philip. Ich mag Sie. Ich wünschte, Sie würden länger bleiben.“

„Vielleicht muss ich dich wieder einmal besuchen kommen. Was hältst du davon?“

Sie schien mit dieser Idee zufrieden zu sein und nickte kräftig mit ihrem kleinen Kopf. Annies Gesicht sah jetzt etwas aufgedunsen aus. Wahrscheinlich aufgrund des Cortisons, das sie bekommen hatte. Ihre Haare waren in der Notaufnahme wieder sauber geflochten und um ihren Kopf gewunden worden. Rachels Werk, vermutete er.

Als sie im Auto saßen und nach Bird-in-Hand zurückfuhren, hörte er, wie Rachel zu Annie sagte: „Seit dem Unfall hatte ich keine so große Angst mehr wie heute.“

„Du meinst, seit Papa und Aaron starben?“, entgegnete Annie, die neben Rachel auf dem Rücksitz saß.

„Ja, seit damals.“

Philip fragte betroffen: „Jemand in Ihrer Familie wurde bei einem Unfall getötet?“

„Ein Auto fuhr in unseren Marktwagen, und mein Vater und mein Bruder starben dabei“, antwortete Annie. „Ich war damals erst vier. Ich kann mich an nichts mehr erinnern. Aber ich habe mir damals den Arm gebrochen.“

Unglaublich! Wenn er sich vorstellte, dass Rachels Mann und Sohn auf so furchtbare Weise ums Leben gekommen waren! Kein Wunder, dass die junge Frau immer noch ihre graue Trauerkleidung trug. Wie hatten Rachel und Annie einen solchen Unfall überleben können? Er hatte bei seinem Spaziergang an diesem Morgen einen amischen Einspänner aus nächster Nähe gesehen. Die Vorstellung, dass ein Auto mit einem so zerbrechlichen Gefährt zusammenprallte ... Ein Mensch hatte keine Chance, einen Zusammenstoß mit drei Tonnen Blech zu überleben.

„Wenn dir heute etwas zugestoßen wäre“, sagte Rachel zu ihrer kleinen Tochter, „hätte ich mir nie vergeben können. Niemals.“

„Aber es war doch nicht deine Schuld, dass ich von dieser gemeinen Wespe gestochen wurde", beharrte Annie. „Und Opa Ben sagt, es war auch nicht deine Schuld, dass damals dieser Unfall auf der Kreuzung passierte."

Jetzt war es an Rachel, still zu sein. Philip fuhr mehrere Minuten weiter, ohne auch nur ein einziges Mal in den Rückspiegel zu schauen.

* * *

Die Sonne brannte auf die Motorhaube des Autos, während Philip mit Rachel und Annie Yoder wieder nach Bird-in-Hand in das Gästehaus am Obstgarten unterwegs war. Seine Gedanken wanderten zu einem anderen Haus mit einem Obstgarten. Dieses Haus war keine Pension, in der Gäste über Nacht bleiben konnten. Es war das Zuhause von Louisa May Alcott in Massachusetts, einer Lieblingsautorin seiner Nichte. Er hatte einmal Kari mit ihren Eltern auf einem Ausflug zu dem alten Haus am Stadtrand von Concord begleitet. Im Wald, abseits einer schmalen, von Bäumen gesäumten Straße, stand das große braune Haus, in dem der Klassiker *Little Women* im Jahr 1868 geschrieben worden war.

Stephen Florys unerwarteter Anruf über Philips Mobiltelefon riss ihn aus seinen Gedanken, als sie sich gerade Smoketown näherten. „Ich glaube, ich habe etwas, das Sie sehr interessieren wird, Philip."

„Ich bin ganz Ohr. Was ist es denn?"

„Ob Sie es glauben oder nicht, aber eine Frau, die in Reading in einem Altenpflegeheim wohnt, ist bereit, Ihnen zu erzählen, was sie über Gabriel Esh und Adele Herr weiß."

„Sie scherzen."

„Diese kranke Frau heißt Lily ... falls Sie dieser Spur nachgehen wollen."

„Natürlich will ich das!" Rachel würde es sicher ebenfalls brennend interessieren, was diese Frau zu erzählen hatte. „Das klingt zu gut, um wahr zu sein."

„Diesen Kontakt hat eine sehr zuverlässige Quelle hier in der Gemeinde in Bird-in-Hand ausgegraben. Ein Freund von einem Freund sozusagen. Sie können mir also glauben."

„Danke, Stephen. Ich rufe Sie später an, ja?"

„Übrigens, ich bin immer noch für Sie an den Sterberegistern dran", fügte Stephen hinzu. „Falls Adele Herr irgendwo in Pennsylvania starb, werde ich ihre Todesanzeige bestimmt finden."

„Vielleicht kann mir diese Lily in Reading weiterhelfen. Danke."

„Rufen Sie mich an, wenn Sie Zeit haben. Ich habe noch mehr Informationen für Sie."

Philip fragte sich, wie Susanna Zook reagieren würde, wenn er sie bäte, sein Zimmer ein zweites Mal um ein paar Tage zu verlängern. Wenn er seinen Flug erneut nicht wahrnehmen könnte – *falls* dieser Besuch in Reading ihn zwänge, seine Abreise ein weiteres Mal hinauszuschieben –, könnte er mit der AmTrak nach New York zurückkehren. Auf jeden Fall müsste er Bob Snell noch einmal anrufen. Und auch Janice.

„Vielleicht kann ich Ihnen heute Abend ein paar interessante Neuigkeiten über den Onkel Ihrer Mutter erzählen", sagte er zu Rachel mit einem Blick über seine Schulter.

„Wie meinen Sie das?", fragte sie ein wenig zögernd.

„Ein Freund von mir hat seine Fühler ausgestreckt und eine Spur zu jemandem ausgegraben, der anscheinend die Frau kennt, die Gabriel damals heiraten wollte. Es sieht so aus, als könnte ich heute Nachmittag noch einmal nach Reading fahren."

Rachel war still. Er fragte sich, ob sie sich vielleicht nach genaueren Einzelheiten erkundigt hätte, wenn Annie nicht mit großen Augen neben ihr im Auto gesessen hätte.

„Irgendwann würde ich Ihnen gerne erzählen, was ich in Reading herausgefunden habe. Ich war dort auf einem Friedhof", sagte er diskret, obwohl Annie ihrem Gespräch kaum Aufmerksamkeit schenkte.

Zurück in der amischen Pension, rief Philip seinen Redakteur an und hinterließ ihm eine Nachricht auf dessen Anrufbeantworter im Büro. Als nächstes rief er Janice an, die anbot, für ihn zu beten, während er sich ein paar dringend benötigte freie Tage gönnte. Unten am Empfang wartete er, bis drei andere Gäste ihre Rechnung bezahlt hatten. Die Abreiseformalitäten wurden von Susanna Zook fachmännisch erledigt.

„Ich nehme an, es ist nicht möglich, mein Zimmer noch einmal für ein paar Tage zu behalten", fragte er vorsichtig, während er seine Rechnung in voller Höhe bezahlte.

Susanna schüttelte steif den Kopf. „Wir sind bis Ende nächsten Monats restlos ausgebucht." Sie blätterte in einem schwarzen Ledernotizbuch. „Es tut mir Leid."

Sie verlor kein Wort darüber, dass er sich mit ihrer Tochter und Enkelin angefreundet hatte. Sie zeigte auch nicht die geringste Spur von Dankbarkeit, obwohl Philip das überhaupt nicht gewollt hätte. Trotzdem stellte er fest, dass sie offenbar recht zufrieden wirkte, dass ihre Pension ausgebucht und kein Quadratzentimeter für einen gewissen Philip Bradley mehr frei war.

Er kehrte in sein Zimmer im ersten Stock zurück und packte seine Tasche. Als er diese Aufgabe schnell erledigt hatte, klappte er seinen Laptop zu und trug seine persönlichen Sachen zur Haustür, ohne sich von Rachel oder Annie zu verabschieden, obwohl er das gerne getan hätte, wenn Susanna nicht auf der Lauer gewesen wäre und nur darauf gewartet hätte, dass er endlich verschwand. Sie hatte es sogar so eilig, ihn aus dem Haus zu bekommen, dass sie ihm die Tür öffnete, als würde sie eine lästige Fliege verscheuchen.

Im Hof stand Benjamin in der heißen Sonne vornüber gebeugt und jätete in einem langen Blumenbeet mit niedrigen roten, gelben und bronzefarbenen Tagetes Unkraut. Er blickte von seiner gebeugten Haltung auf und nickte. „Hat Ihnen Ihr Aufenthalt bei uns gefallen, Mr. Bradley?", fragte der Mann und kratzte sich das Kinn unter dem Bart.

„Sehr sogar. Einen schönen Tag noch."

„Ihnen auch", kam die zurückhaltende Antwort.

Philip ging schnell zu seinem Auto. Er konnte es nicht erwarten, Stephen Flory anzurufen, um Genaueres über Adele Herrs Freundin, Lily, zu erfahren. Noch bevor er vom Parkplatz auf die Straße bog, erkundigte er sich telefonisch bei Stephen nach dem Weg zu dem Fairview-Altenheim, und wollte wissen, nach wem er dort fragen müsste, wenn er ankäme. Er bekam von Stephen die Telefonnummer des Heimes.

„Haben Sie eine Idee, wo ich hier übernachten könnte? Wenn es sein muss, auch in Reading. Man hat mich vor die Tür gesetzt."

„Das ist nicht Ihr Ernst." Stephen klang belustigt.

„Anscheinend konnten Benjamin und Susanna Zook es nicht erwarten, mich aus dem Haus zu haben."

„Warum denn das?"

Er schmunzelte. „Das ist mir ein Rätsel. Es sei denn, sie waren sauer auf mich, weil ich ihrer Enkelin das Leben gerettet habe."

„Wie bitte?"

„Vergessen Sie es. Nicht so wichtig."

Stephen machte ihm einen Vorschlag. „Warum ziehen Sie nicht zu uns? Wir haben ein leeres Zimmer in unserem Keller. Denken Sie darüber nach und lassen Sie mich wissen, wie Sie sich entschieden haben."

„Danke für dieses freundliche Angebot", sagte Philip. „Ich bin gespannt, was ich herausfinde, und ob ich Lily noch heute Nachmittag besuchen kann."

„Rufen Sie lieber vorher an und erkundigen Sie sich nach den Besuchszeiten."

„Das mache ich. Ich komme wegen der Einladung auf Sie zurück. Es kann gut sein, dass ich sie annehme."

„Sehr gut. Das würde mich freuen."

Sie legten auf. Philip wählte umgehend die Nummer des Fairview-Pflegeheimes in Reading. Er hatte ein gutes Gefühl, was diesen Besuch betraf.

Teil 3

Liebe ist Intensität,
sobald die Türen von Zeit und Raum
sich einen Spalt öffnen ...

Octavio Paz

Und es soll geschehen: Ehe sie rufen,
will ich antworten;
wenn sie noch reden, will ich hören.

Jesaja, 65,24

20

Die Frau am Empfang begrüßte ihn freundlich, fast zu begeistert. Beinahe so, als bekäme sie nicht viele Gelegenheiten, Besucher zu begrüßen.

„Ich möchte gerne Lily besuchen“, erklärte er der Frau mittleren Alters mit den roten schulterlangen Haaren. „Ich heiße Philip Bradley.“

„Guten Tag, Mr. Bradley.“ Sie rückte ihre Brille zurecht. „Wie sind Sie mit unserer Lily verwandt?“

„Ich bin kein Verwandter. Ich bin ein Freund von einem Freund sozusagen.“ Er dachte über seine eigenen Worte nach und entschied sich, vollkommen ehrlich sein. „Genauer gesagt, es befindet sich eine alte Postkarte in meinem Besitz, die einmal einer Frau gehörte, die Lily, eine Bewohnerin Ihres Heimes, wie ich gehört habe, gut kannte.“ Er griff in die Tasche seines Trenchcoats und zeigte der Frau die schmucklose Karte, an der die englische Übersetzung festgeheftet war.

Die rothaarige Frau nahm die Karte entgegen und warf nur einen kurzen Blick darauf. „Ich bringe ihr die Karte und schaue, ob sie in der Lage ist, Besuch zu empfangen.“ Sie stand auf. Erst jetzt sah er, dass die Frau nicht besonders groß war. Wahrscheinlich war sie nicht viel größer als einen Meter fünfzig. Kleiner als seine Nichte. „Würden Sie bitte einen Augenblick hier warten?“

„Sehr gern.“ Er suchte sich einen bequemen Stuhl in dem kleinen, mit Blumen geschmückten Aufenthaltsraum und wartete zum zweiten Mal an diesem Tag mit irgendeiner Zeitschrift in der Hand.

Die Frau kehrte schneller zurück, als er erwartet hatte. „Es tut mir Leid, aber Lily fühlt sich heute nicht besonders gut. Sie hat heute einfach keinen guten Tag, obwohl sie sich bereit erklärt hatte, mit Ihnen zu sprechen. Vielleicht ein anderes Mal.“

Er verlor fast den Mut. „Sagen Sie ihr, ich hoffe, dass es ihr sehr bald wieder besser geht.“

Die zierliche Frau begleitete ihn zur Tür. „Es tut mir ehrlich Leid, dass Sie die Fahrt hierher vergeblich unternommen haben."

„Nein ... nein, ich verstehe das schon." Bevor er sich verabschiedete, schrieb er seine Handynummer auf seine Visitenkarte. „Sie können mich jederzeit unter dieser Nummer erreichen." Er war so fest entschlossen, Adeles Freundin kennen zu lernen, dass er sich bereits entschieden hatte, jederzeit für sie verfügbar zu sein. Egal zu welcher Tageszeit ... oder Nachtzeit. Für Lily wäre er immer zu sprechen.

* * *

Rachel und Mama bereiteten zusammen ein leckeres Chow-Chow zu. Vorher hatten sie drei Apfelstrudel in den Ofen geschoben. „Annie ist wieder ganz gesund", bemerkte Rachel. „Ich kann dir überhaupt nicht sagen, welche Sorgen ich mir um sie gemacht habe."

Susanna gab keine Antwort. Unbeirrt schnitt sie ihren Blumenkohl und Sellerie klein, die dann zusammen mit grünen und gelben Bohnen, geschnittenen Gurken und Limabohnen sowie Karotten und Mais in einen Topf kamen. Die Zutaten wurden gekocht und dann gesalzen. Als nächstes wurden die grünen Tomaten und die roten und gelben Paprikaschoten geschnitten und ebenfalls gesalzen. Ein Sirup aus Essig, Zucker, Sellerie, Senfsamen und anderen Gewürzen wurde gekocht und unter das Gemüse gemischt. Rachel mochte besonders gern Zwiebeln an ihrem Chow-Chow.

„Ich schätze, Annie wird in Zukunft einen weiten Bogen um diese Wespennester machen", verkündete Mama. „Sie hat eine wichtige Lektion gelernt. So viel steht fest."

„Ja, aber sie sagt, sie sei nicht ungehorsam gewesen. Copper ist ihr einfach davongelaufen."

„Trotzdem sollte sie bestraft werden."

Rachel brachte es nicht übers Herz, an so etwas auch nur zu denken. Ihre kleine Tochter hatte an diesem Tag genug gelitten.

„Für den Fall, dass sie wieder gestochen wird, möchte ich eine Cortisonspritze für sie parat haben."

„Was willst du?"

Rachel erklärte, was der Arzt im Krankenhaus gesagt hatte. „Diese Spritze könnte über Leben und Tod entscheiden."

„Das ist doch Unsinn. Blue Johnny kann wahrscheinlich genau das Gleiche tun. Und du könntest es auch, wenn du endlich aufhören würdest, dich so eigensinnig dagegen zu wehren, die Wunderheilkräfte zu empfangen."

Rachel beschloss, nicht auf diese Bemerkung einzugehen. „Wenn du Annie heute keuchen und um Luft ringen gehört hättest, würdest du anders sprechen ... Es ging mir durch und durch." Sie schwieg und hielt es für besser, nicht mehr viel zu dieser Sache zu sagen. „Eine der Krankenschwestern sagte, wir hätten Annie gerade noch rechtzeitig ins Krankenhaus gebracht. Ehrlich, ich wüsste nicht, was wir getan hätten, wenn Philip uns nicht geholfen hätte."

Susanna sagte kein Wort.

Das Gespräch mit Mama war nicht besonders angenehm, fand Rachel. Susanna war eine Frau, die anscheinend gegen alles etwas einzuwenden hatte, was andere sagten. Wenn Mama jetzt also schwieg, hatte sie dafür gewiss einen triftigen Grund. Rachel hatte im Augenblick wirklich keine Ahnung, warum ihre Mutter sich über Philip Bradley so aufregte. Sie konnte es sich beim besten Willen nicht vorstellen.

„Philip Bradley fährt heute noch einmal nach Reading", versuchte sie, das Thema zu wechseln, und hoffte, ihre Mutter würde wieder zugänglicher werden.

„Wozu um alles in der Welt?"

„Es hat etwas mit einem Friedhof da oben zu tun ... und mit einer Frau in einem Pflegeheim, die Adele Herr kannte."

Susanna bekam fast keine Luft mehr und verschluckte sich so schlimm, dass Rachel schnell etwas Wasser in ein Glas laufen ließ.

„Geht es dir gut?"

„Mir geht es bestens. Noch besser geht es mir, wenn dieser Mr. Bradley wieder weit fort von hier ist!“

Rachel war schockiert. Was hatte nur diese Feindseligkeit gegenüber einem so freundlichen und netten Mann ausgelöst?

* * *

Philip besuchte am Sonntag mit Stephen und dessen Frau, Deborah, den Gottesdienst. Das Innere des Versammlungsgebäudes war von deutlicher Schlichtheit gekennzeichnet: eine kleine, erhöhte Plattform mit einer Kanzel in der Mitte, Fenster aus einfachem Glas und bescheidene Lichtstrahler an der Decke. Auf langen Holzbänken saßen die mennonitischen Gläubigen: die Frauen und kleinen Kinder links, die Männer und älteren Jungen rechts. Fast jede Frau trug in irgendeiner Form eine Kopfbedeckung. Einige der Männer hatten einfache schwarze Mäntel ohne Aufschlag an. Der Kragen sah aus wie der eines Pfarrers.

Stephen Flory war also ein bibelgläubiger, konservativer Mennonit. Das hätte Philip eigentlich angesichts der herzlichen Gastfreundschaft und der großzügigen Art, mit der ihn sowohl Stephen als auch seine Frau aufgenommen hatten, ahnen müssen. Dieser Mann hatte praktisch einem Fremden sein Haus geöffnet. „Bleiben Sie, so lange Sie wollen“, hatte er ihn eingeladen, als Philip aus Reading zurückgekommen war. „Wir freuen uns immer, wenn wir Gäste im Haus haben.“

Deborah, eine angenehm rundliche, brünette Frau, hatte ihrem Mann mit einem Nicken zugestimmt und Philip mit einem herzlichen Lächeln willkommen geheißen. „Es kommt nicht so oft vor, dass wir Gäste aus New York City hier haben.“

Er erwiderte ihr Lächeln. Anscheinend war er eine richtige Sehenswürdigkeit hier in der Gegend. Die Bewohner von Lancaster County bekamen nicht oft jemanden aus New York City zu Gesicht. Er war für ihre Gesellschaft dankbar. Stephen und er hatten sich auf Anhieb gut verstanden. Deshalb war er auch gerne bereit, sie in den Gottesdienst zu begleiten.

Die Predigt des Pastors überraschte ihn jedoch. Der Prediger sprach über geistlichen Kampf und die Waffenrüstung eines Christen. Als Philip Stephen später nach den angesprochenen Bibelstellen fragte, erfuhr er, dass der Pastor auf dem Gebiet der geistlichen Kampfführung sehr erfahren war. „Er ist neu hier, aber seine Begeisterung und Leidenschaft für die Gemeinde ist faszinierend. Er will, dass wir vorwärts gehen, bis Jesus wieder kommt."

Noch nie hatte Philip solche Aussagen gehört. Nicht einmal während seiner Jugend, als er regelmäßig zur Kirche gegangen war. Aber er hörte Stephen höflich zu. Das war das Mindeste, was er seinem Gastgeber und seiner Gastgeberin schuldig war.

Nach dem Gottesdienst wurde er zu einem vorzüglichen Mittagessen im Haus der Florys eingeladen: Roastbeef, Kartoffelbrei und Soße, grüne Bohnen, Maiskolben, Krautsalat und Götterspeise zum Nachtisch. Das Gespräch bei Tisch war locker und ungezwungen. Hin und wieder fiel eine Bemerkung über den jungen, neuen Pastor.

Als er sich gerade zurücklehnte und feststellte, dass er Deborah Florys Küche zu sehr genossen hatte, klingelte Philips Mobiltelefon. Er entschuldigte sich und nahm den Anruf im Wohnzimmer entgegen. „Hallo?"

„Könnte ich bitte Philip Bradley sprechen?"

„Am Apparat."

„Hier ist die Empfangsdame im Fairview-Pflegeheim in Reading. Lily fragt nach Ihnen. Würde es Ihnen passen, sie heute zu besuchen?"

„Aber ja. Ich kann in der nächsten Stunde losfahren."

„Sie sagt, je früher umso besser."

„Sehr gut. Richten Sie ihr bitte aus, dass ich bald komme." Er vergaß zu fragen, ob es die Frau stören würde, wenn er bei seinem Besuch das Gespräch auf Kassette aufnähme. Er dachte an Rachel. Die junge blinde Frau würde sich bestimmt sehr freuen, Lilys Antworten auf seine vielen Fragen zu hören. Er würde Lily persönlich um Erlaubnis bitten.

Er dankte Deborah für das köstliche Essen. „Ich lade Sie beide noch zum Essen ein, bevor ich nach New York zurückfahre."

„Abgemacht", nickte Stephen mit einem Lächeln. „Eine gute Fahrt und einen schönen Nachmittag."

„Hoffentlich schickt mich Lily dieses Mal nicht wieder unverrichteter Dinge fort." Er meinte diese Bemerkung im Spaß, konnte es aber wirklich nicht erwarten, die Lösung auf die geheimnisvolle Postkarte zu erfahren, und hoffte, Lily könnte ihn in einigen Punkten aufklären. Und auch Rachel.

* * *

Rachel saß während der Predigt neben Annie auf der Bank in Lavinas Haus. Die alte Frau war an der Reihe, den Gottesdienst in ihrem Haus abzuhalten. Die zweite Predigt kam Rachel so lang vor. Länger als gewöhnlich. Aber vielleicht lag das daran, dass ihr andere Dinge durch den Kopf gingen. Zum Beispiel, dass sie Gott gerne Loblieder dafür gesungen hätte, dass er ihr Annie zurückgegeben, dass er ihrer Tochter das Leben gerettet hatte. Sie wünschte, es wäre ihr möglich gewesen, an diesem Morgen in ihre Beachy-Gemeinde zu gehen, aber Papa sagte, sie seien zu spät dran – offenbar seine Standardausrede. Sie wehrte sich nicht dagegen. Trotzdem sehnte sie sich nach dem lebendigeren Gottesdienst, der ein Stück entfernt in derselben Straße stattfand.

Ihre Gedanken drehten sich um Mamas unfreundliche Bemerkungen über Philip Bradley. Sie wusste selbst nicht, warum es sie so sehr störte, dass ihre Mutter eine solche Abneigung gegen den Mann, der Annie das Leben gerettet hatte, an den Tag legte. Philip hatte ein gutes Herz und war vertrauenswürdig. Aber die Abneigung ihrer Mutter gegen ihren früheren Gast grenzte fast an Feindseligkeit. Vielleicht war es am besten, dass er die Pension verlassen hatte. Doch Rachel fragte sich, wie sie jemals erfahren sollte, was er auf dem Friedhof in Reading entdeckt hatte. Außerdem konnte Philip möglicherweise mit einer Frau sprechen, die Gabriel Eshs englische Freundin gekannt hatte. Sie wünschte, sie würde etwas darüber erfahren. Wenn nicht aus Mamas und Papas Mund, dann von Philip Bradley.

Ihre Gedanken kehrten gerade noch rechtzeitig in die Gegenwart zurück, um zu hören, wie am Ende des Gottesdienstes der Segen gesprochen wurde. Danach stellten Lavinas Brüder und einige andere Männer die Bänke in dem großen Raum um und bereiteten alles für das gemeinsame Mittagessen vor.

So sehr sie die Amisch, die hier versammelt waren, auch liebte, vermisste sie doch die Gemeinschaft mit ihren Freunden und Verwandten in ihrer eigenen Beachy-Gemeinde. Esther vermisste sie an diesem Tag besonders. Sie konnte es nicht erwarten, die letzte Kassette ihrer Kusine zu beantworten.

Lavinas seltsame Bemerkung lenkte Rachels Gedanken wieder auf Philip Bradley und die „Spur" zu Adele Herr, die er in Reading ausgegraben hatte: „Jemand wird bald die Wahrheit über Gabriel Esh hören", flüsterte Lavina im Vorbeigehen, als sie einen Stoß Plastikteller durch die Küche trug.

Für Rachel bestand kein Zweifel daran, dass diese geflüsterten Worte von Lavina stammten, denn sie bemerkte den bekannten Knoblauchgeruch in ihrem Atem. Was wusste die alte Frau? Wusste sie etwa von Philip Bradleys Plan, nach Reading zu fahren?

Rachel war vollkommen verwirrt. Sie konnte sich einfach keinen Reim aus alledem machen.

* * *

Als Philip in die lange, breite Auffahrt zum Fairview-Altenpflegeheim einbog, zeigte die Digitaluhr fünfzehn Uhr fünfzig an. Er hoffte, der kranken Frau ging es dieses Mal so gut, dass sie mit ihm sprechen könnte. Er stellte sein Auto ab und nahm seine Aktentasche mit, in der er einen tragbaren Kassettenrekorder aufbewahrte. Wenn alles gut lief, hätte er auf dem Tonband bald Lilys Stimme mit Antworten auf seine Fragen über Gabriel

Eshs Leben und die Geschichte rund um die Postkarte. Eine solche Aufnahme war ideal für eine blinde Frau. Aber er war ehrlich genug, sich einzugestehen, dass sein Besuch hier mehr der Befriedigung seiner eigenen Neugier diente als dem Wunsch, Benjamin und Susanna Zooks Tochter eine besprochene Kassette zu überreichen.

„Oh, gut, dass Sie hier sind“, begrüßte ihn die Dame vom Vortag. Ihre grünen Augen lächelten ihn an. „Lily erwartet Sie.“

„Danke.“ Er folgte der schlanken Frau durch einen langen, schmalen Gang, auf dessen beiden Seiten sich Türen zu den Patientenzimmern befanden. Hier und da war ein Rollstuhl an der Wand abgestellt, aber er sah nirgends Kinder oder Familien und fragte sich, wie sich ein kranker, alter Mensch wohl fühlen musste, der an einen solchen Ort verbannt war.

Die Frau blieb an der Tür mit der Zimmernummer 147 stehen. „Ich gehe voraus und stelle Sie vor.“

„Vielen Dank. Das ist sehr nett von Ihnen“, sagte er und wartete, bis sie das sonnige Zimmer betreten hatte.

Eine Frau mit schneeweißen Haaren und runden, rosigen Wangen saß, von vielen Kissen gestützt, in einem Krankenhausbett. Sie hatte ein blaues Satinbettjäckchen an, das das tiefe Blau ihrer Augen unterstrich. Hinter ihr an der Wand hing eine große Pinnwand, an der viele Geburtstagskarten angebracht waren.

Fröhlich kündigte die Empfangsdame den Besucher an. „Der junge Mann, von dem ich Ihnen erzählt habe, ist hier, Lily. Sein Name ist Philip Bradley.“

„Es freut mich wirklich sehr, Sie kennen zu lernen, Lily.“ Er trat vor. Die zerbrechliche alte Frau reichte ihm freundlich die Hand.

„Sie heißen Philip?“, fragte sie mit schwacher Stimme.

„Ja.“

„Bitte nehmen Sie sich doch einen Stuhl und machen Sie es sich bequem.“

„Danke.“

Als er Platz genommen hatte, fragte sie: „Können Sie mir sagen, wo Sie diese Postkarte gefunden haben?" Sie hielt die Karte in ihren dünnen, faltigen Händen.

„Sehr gern. Ich wohnte letzte Woche in einer amischen Frühstückspension in Lancaster und entdeckte dort in meinem Zimmer diese Karte. Sie war in einem alten Rolloschreibtisch unter einer Schublade eingeklemmt."

„In einem alten Rolloschreibtisch, sagen Sie?"

„Man sagte mir, dass er aus den neunziger Jahren des neunzehnten Jahrhunderts stamme. Aus schönem Kirschbaum."

Sie schwieg lange. Nur ihre Augen bewegten sich, als müsste sie diese Information erst verarbeiten. „Adeles Mutter besaß einmal einen solchen Schreibtisch", sagte sie leise.

„Dann kannten Sie Adele gut?"

Ein Lächeln zog über ihr Gesicht. „Oh ja."

Er zögerte, diesen Augenblick mit der Frage, ob er ihr Gespräch auf Kassette aufnehmen dürfe, zu verderben, aber sein professioneller Eifer siegte schließlich. „Ich hoffe, das stört Sie nicht."

„Das ist schon in Ordnung, denke ich." Sie seufzte, und Philip bemerkte dunkle Ringe unter ihren Augen. „Vielleicht ist es an der Zeit, dass jemand Adeles Geschichte hört."

„Höchstwahrscheinlich wird noch jemand außer mir dieses Tonband hören", erklärte er. „Rachel, die Großnichte von Gabriel Esh ... Er war der Onkel ihrer Mutter."

Lily legte den Kopf schief und starrte aus dem Fenster. „Ich kannte früher einmal ein Mädchen namens Rachel. Sie war ein süßes, kleines Ding, ein amisches Mädchen, eine von Adeles Schülerinnen in dem Schulhaus, in dem sie ein Jahr lang als Aushilfe unterrichtete. Aber es gab viele Mädchen namens Rachel in Lancaster County. Wahrscheinlich gibt es immer noch viele."

Er drückte den Aufnahmeknopf, als Lily das amische Schulhaus erwähnte. „Ist es Ihnen recht, wenn ich das Datum unseres Gesprächs festhalte, bevor wir anfangen?"

Mit einem leichten Lächeln nickte sie. „Sind Sie wirklich kein Zeitungsreporter, Mr. Bradley?"

Er war zu weit gekommen und zu oft hierher gefahren, um sich jetzt einen Ausrutscher zu erlauben. „Eines bin ich sicher nicht: Ich bin kein Sensationsreporter." Er war froh, dass er dies ehrlich sagen konnte, obwohl er als Journalist, der für eine Zeitschrift Artikel schrieb, von dieser Kategorie nicht ganz ausgenommen war.

„Also, Mr. Bradley, was wollen Sie über Adele wissen?", fragte sie.

Diese Frage überraschte ihn. „Es gibt so vieles in Gabriels Leben, das ich nicht verstehe. Ein amischer Bauer hat mir erzählt, dass er starb, kurz nachdem er diese Postkarte schrieb. Aber Gabriel wurde *hier* begraben und nicht in Lancaster. Das kommt mir unter den gegebenen Umständen sehr seltsam vor."

„Ja, das kann ich mir gut vorstellen."

„Außerdem interessiert mich, warum der Mann von der amischen Gemeinde mit dem Bann belegt wurde, obwohl er nach Aussagen von verschiedenen Leuten in Bird-in-Hand nie Mitglied der amischen Kirche gewesen ist." Er brach ab, da er fürchtete, er könnte zu viele Fragen auf einmal gestellt haben. „Vielleicht sollten wir damit anfangen, wie *Sie* Adele Herr kennen lernten."

Die weißhaarige Frau schaute zum Fenster und schien sich selbst zu vergessen. „Adele und ich standen uns einmal ... sehr nahe."

Er lehnte sich auf seinem Stuhl zurück und wartete gespannt auf ihre Antworten. „Dann müssen Sie Gabriel Esh ebenfalls gekannt haben?"

Sie nickte und schloss für einen Augenblick die Augen, ohne die Postkarte loszulassen. „Wenn Ihre Fragen sich um Gabriel drehen", sagte sie und öffnete lächelnd die Augen, „dann sollten Sie mit mir vielleicht bis ganz an den Anfang zurückgehen ..."

21

An dem Tag, an dem Gabriel Esh geboren wurde, fegte ein heftiger Schneesturm mit einer Windstärke von bis zu sechzig Stundenkilometern durch Bird-in-Hand. Johannes und Lydia Esh hatten endlich ihren ersten Sohn bekommen. Seine sieben älteren Schwestern waren bei der Hausgeburt dabei. Die älteren Mädchen kochten Wasser und brachten der Hebamme, was sie brauchte. Die jüngeren Mädchen spielten bei dem Holzofen in der Küche Dame.

Laute Rufe: „Es ist ein Junge!“, hallten plötzlich durch das Haus. Die älteste Tochter stürmte in den kniehohen Schnee hinaus, um die Glocke zu läuten und den Nachbarn die frohe Botschaft zu verkünden. Der starke Wind trug die Nachricht durch die ganze amische Gemeinde.

Es dauerte nicht lange, bis die Eltern erkannten, dass Gabriel ein ungewöhnlich sensibles Kind war. Nicht der raue und kräftige Sohn, den sich Johannes Esh so lange gewünscht hatte. Auf einem Bauernhof war er nicht besonders gut zu gebrauchen, da er so zierlich war.

Um seinen siebten Geburtstag herum änderte sich einiges für den stillen blonden Jungen. Er war mit drei älteren Vettern – sie waren viel älter als er, schon Heranwachsende – draußen und lief zwischen den Maisreihen am äußersten Ende von Seth Fischers Feld herum, als er plötzlich ein seltsames Brennen in den Händen fühlte und ein kräftiges Ziehen nach unten, das so stark war, dass er stehen blieb. Er wehrte sich gegen die unsichtbare Kraft, die aus der Erde unter ihm zu kommen schien.

Mühsam konnte er dagegen ankämpfen. Er hielt die Handflächen flach vor sich und bewegte die Hände. Die anderen Jungen waren vorausgelaufen. Das heiße Brennen hörte nicht auf, und der kleine Gabriel vermutete, dass seine Hände vielleicht auf eine Niederspannungsleitung irgendwo in der Erde reagierten. Er hatte noch nie gesehen, dass ein Mann mit einer Wünschelrute über ein Feld ging, aber er hatte genug Geschichten darüber gehört. Immerhin war er in Lancaster County aufgewachsen. Leute, die Wünschelrutengänger genannt wurden, taten solche Dinge immer wieder. Sie legten fest, an welchen Stellen nach Wasser gegraben wurde, oder wo Bodenschätze, versteckte Schätze und verlorene Sachen wie Schlüssel und ähnliches gefunden werden konnten. Aber in den Geschichten, die er gehört hatte, waren es normalerweise ältere Männer oder Frauen, die mit Wünschelruten Wasser suchten. Keine kleinen Jungen, die fast Angst vor ihrer eigenen Stimme hatten.

Seine Vettern bemerkten, dass Gabriel zurückgeblieben war. Einer der Jungen kehrte um und wollte ihn holen. Als er Gabriels Hände unkontrolliert zittern sah, schrie der Junge den anderen zu: „Kommt her! Das müsst ihr euch anschauen! Es sieht so aus, als hätten wir einen neuen kleinen Wünschelrutengänger in der Familie."

Gabriel gefiel das, was er fühlte, überhaupt nicht. Der Strom, der durch seine Hände ging, gab ihm das Gefühl, als säße er auf dem elektrischen Stuhl. Er verkrampfte seine Hände ineinander und versuchte verzweifelt, sie zu zwingen, nicht mehr so zu zittern. Schließlich faltete er sie wie im Gebet, zog sie an seine Brust und trat einen Schritt zurück. Er starrte ehrfurchtsvoll auf den Boden. Er wusste, dass dies Seth Fischers Land war. „Was in aller Welt ist das?", flüsterte er.

„Unter uns muss eine Wasserader verlaufen", sagte Jeremia, der älteste Vetter. „Wir sollten diese Stelle am besten markieren und Seth Fischer erzählen, wo sie sich befindet."

„Er wird sich bestimmt freuen, wenn er das erfährt", nickte sein Bruder eifrig.

Alle drei Jungen fingen an zu lachen und zu rufen. Sie sprangen auf und ab und wurden angesichts dieser Entdeckung richtig übermütig. „Vielleicht befindet sich unter unseren Füßen eine Goldmine", sagte einer. „Wenn das stimmt, werden wir steinreich."

Dann hörte Jeremia auf zu springen und sagte: „Wartet einmal. Seth Fischer sucht doch jemanden, auf den er die Wunderheilkräfte übertragen kann, nicht wahr?"

„Ich habe Papa sagen hören, dass er nach einer jungen Frau Ausschau hält, auf die er die Kräfte übertragen kann. Es ist schon so lange her, dass wir in dieser Gegend eine Wunderheilerin hatten. Wahrscheinlich aus diesem Grund."

„Nein ... nein, das spielt keine Rolle, solange derjenige bereits eine Spur von dieser Gabe aufweist. Und schaut euch an, was wir hier haben!" Er deutete auf Gabriel und lachte.

Bald bauten sich alle Jungen um ihn herum auf. Sie stellten sich krank oder schwach und bettelten, dass er über ihnen einen Zauberspruch aussprechen solle.

Gabriel schenkte ihnen keine Beachtung. Er ließ die Hände sinken und schüttelte sie kräftig. Er fühlte sich völlig ausgelaugt und hatte fast keine Kraft mehr zu stehen. „Ich gehe jetzt nach Hause", murmelte er.

„Oh nein, das tust du nicht. Wir bringen dich zu Seth Fischer."

Gabriel fing an zu laufen, so schnell ihn seine kleinen Beine tragen konnten. Geradewegs durch das Maisfeld und über den Feldweg hinab auf die Seite des Hauses, auf der das Großvaterhaus stand.

An diesem Nachmittag hängte er Jeremia und die anderen ab, aber ab diesem Tag wurden die Leute auf ihn aufmerksam. Das Gerücht von diesem „kleinen Wünschelrutengänger" in ihrer Mitte verbreitete sich schnell, und Gabriel konnte nirgendwo hingehen, weder in die Schule noch in den Gottesdienst, ohne dass jemand auf ihn zukam und ihn behandelte, als wäre er irgendwie etwas Besonderes. Vielleicht lag es daran, dass Seth Fischer einen Brunnenbohrer holte und in der Ecke seines Maisfeldes ein Loch graben ließ. In acht Metern Tiefe entdeckte er tatsächlich eine Wasserader!

Sieben Jahre später, als Gabriel vierzehn war, nahm ihn Prediger King zur Seite. Er kam geradewegs ins Schulhaus und holte ihn aus dem Unterricht. „Seth Fischer möchte etwas mit dir besprechen, mein Sohn."

„Mit mir?"

Der Prediger schaute ihn belustigt an. „Nach *mir* hat er jedenfalls nicht gefragt."

Gabriel fuhr mit den Fingern an seinen Hosenträgern entlang. Dann nahm er seinen Strohhut ab und betrachtete ihn genau. „Ich habe doch nicht die Ordnung gebrochen, oder?" Mühsam kämpfte er gegen die Tränen an, die ihm in die Augen stiegen. Immerhin würde er bald ein Mann sein. Er machte sich große Sorgen, dass er in irgendwelche Schwierigkeiten geraten sein könnte. Es passierte zu oft in der Gemeinde, dass jemand, ohne es zu wissen, gegen das Gesetz verstieß: Leute machten einen Fehler in Bezug auf die Breite ihrer Hutkrempe oder in Bezug auf die Hobbys, die sie sich aussuchten.

„Komm am besten selbst mit zu Seth Fischer. Dann weißt du, was er von dir will", schlug Prediger King vor. „Aber ich würde sagen, es ist nichts, weswegen du dir Sorgen machen müsstest."

Das Lachen des Predigers und der viel sagende Blick in seinen Augen weckten Gabriels Unbehagen. Er hatte einige mennonitische Jugendliche abfällig über Wunderheiler reden hören. Sie hatten gesagt, diese Wunderheiler seien Geisterbeschwörer oder Hexendoktoren, aber er hatte noch nie den Teufel gesehen, vor dem einige ihn gewarnt hatten. An diesem Tag hatte er das Gefühl, etwas halte ihn zurück. Irgendetwas sagte ihm, dass er *nicht* zu Seth Fischer gehen solle. Diese Stimme war genauso stark wie die Kraft, die an jenem Tag auf dem Maisfeld, unter dem die Wasserader verlief, seine Hände zum Zittern gebracht hatte. In seinem Inneren fand ein Kampf statt: Eine andere Stimme, die genauso stark war, sagte ihm, er solle gehen und dem Mann Gottes gehorchen.

„Ich weiß nicht, was mit mir los ist", erzählte er Lavina Troyer, einem großen und dünnen blonden Mädchen aus der achten Klasse. „Ich habe das Gefühl, dass Gott mich beruft, etwas zu tun, aber ich weiß nicht genau, was es ist. Alle sagen, ich hätte diese Gabe. Wenn das stimmt, dann sollte ich gehorchen und zu Seth Fischer gehen. Habe ich Recht?“

Lavina schaute ihn durchdringend an. „Das klingt jetzt vielleicht seltsam, aber betest du jemals über etwas, bevor du einfach losläufst und es tust?“

Das war das Verrückteste, was er je gehört hatte, aber in Bird-in-Hand wusste ja fast jeder, dass bei Lavina irgendetwas nicht stimmte. Sie tat sich mit dem Lernen in der Schule sehr schwer. Und offenbar auch mit fast allem anderen. Obwohl sie bald in das Brautalter kam, fragte er sich, ob irgendein Junge sie jemals haben wollte. Andererseits würde es vielleicht helfen, wenn sie Pfefferminzblätter und nicht diese furchtbaren Knoblauchzehen kauen würde. Aber das war im Moment die geringste seiner Sorgen.

Lavinas Bemerkung ließ Gabriel nicht los, und statt loszulaufen und zu Seth Fischer zu gehen, wie Prediger King ihm aufgetragen hatte, eilte er nach der Schule nach Hause und lief hinaus in die Scheune seines Vaters. Dort kniete er neben einem Heuballen nieder und redete mit Gott, als würde Gott ihm tatsächlich zuhören. Dieses Gebet und das Gefühl, das er danach hatte, war das Seltsamste, was er jemals erlebt hatte. Als er aufhörte zu beten, spürte er furchtbare Schmerzen im Bauch, ganz tief in seiner Magengrube, so als hätte er zwei Tage lang nichts gegessen. Anscheinend hatte er nur Hunger. Aber als er ins Haus ging und eine Hand voll Rosinenkekse verschlang und ein großes Glas Milch hinunterkippte, schien ihn nichts davon satt zu machen.

Das hohle Gefühl verschwand nicht, auch dann nicht, als er in dieser Nacht in sein Bett schlüpfte. Statt ein schweigendes, vorgefasstes Gebet zu sprechen, wie er es von seinen Eltern gelernt hatte, flüsterte er in der Dunkelheit ein Gebet, das geradewegs aus seinem jungen Herzen kam. Er bat Gott, ihn innerlich auszufüllen. Er erzählte ihm von seinem Wunsch, mit seinem Leben mehr zu bewirken, als nur das Land zu bearbeiten, Milchkühe zu züchten, zu heiraten und eine Familie zu gründen wie sein Vater und seine Mutter und deren Eltern vor ihnen. Er wollte ein klares Ziel verfolgen, etwas ganz anderes als das Wunderheilen, zu dem er angeblich vorherbestimmt war. Er wollte etwas Heiliges und Gutes für Gott, den Herrn, tun.

Als er mit seinem Gebet fertig war, wurde die Leere in seinem Inneren mit etwas gefüllt, das stark und greifbar war. Er wusste, dass Gott ihm antworten würde.

Gabriel ahnte, dass er niemandem erzählen konnte, was er getan hatte, am allerwenigsten seiner Familie. Nur zu einer Person hatte er genug Vertrauen, um ihr von seinen Gebeten zu erzählen: Lavina Troyer würde ihn aufgrund ihrer kindlichen Art nicht fertig machen. Doch er hatte noch tiefere Gründe: Er hatte das Gefühl, Lavina fast jedes Geheimnis anvertrauen zu können. Sie war für ihn der ältere Freund, den er sich in einem *Bruder* gewünscht hätte, aber Gott hatte es als richtig angesehen, ihn mit einem Haus voller Schwestern zu segnen. Vielleicht fühlte er sich deshalb in Lavinas Nähe so wohl.

„Ich bin sehr stolz auf dich, Gabriel“, sagte sie, als er ihr in der Schulpause von dem Gebet erzählte, das er gesprochen hatte.

„Es gibt keinen Grund, auf mich stolz zu sein. Ich tue nur das, was meiner Meinung nach Gottes Wille ist.“

Ihre Augen wurden riesengroß. „Du klingst, als hättest du mit den Mennoniten gesprochen.“

Er fragte sich, was sie damit wohl meinte, und beschloss, der Sache auf den Grund zu gehen. Bald hatte er zwei enge Freunde: Paul und Bill. Beide waren wieder geborene und getaufte Mennoniten. In den nächsten zwei Jahren verbrachte er so viel Zeit wie möglich mit ihnen. Er schlich sich davon und fuhr zu Bibelstunden und besuchte an den Sonntagen, an denen bei den Amisch kein Predigtgottesdienst stattfand, sogar ihre Sonntagsschule und ihren Gottesdienst.

Ständig musste er bestimmte Bauern abwimmeln, die ihm keine Ruhe ließen und immer wieder von ihm wissen wollten, wo sie am besten einen Brunnen graben oder einen neuen Baum auf ihrem Land pflanzen sollten.

Ganz zu schweigen von Seth Fischer. „Du läufst vor dem allmächtigen Gott davon“, sagte der große, einschüchternde Mann mit dem ergrauenden Bart und den durchdringenden dunklen Augen eines Sonntagnachmittags nach dem Predigtgottesdienst im Haus der Familie Esh. „An deiner Stelle würde mich überhaupt nichts wundern, so wie du dich benimmst! Du bist durch und durch ein Dickschädel, Gabriel Esh.“

Gabriel machte sich keine Gedanken über die vage, aber doch irgendwie drohende Andeutung dieses Mannes, der der Amischgemeinde vorstand. Er ließ sich dadurch keine Angst einjagen und dachte nicht daran, Seth Fischer aufzusuchen. Im Gegenteil, Gabriel war entschlossener denn je zuvor, der neuen Berufung in seinem Leben zu folgen. Dem Ruf Gottes.

* * *

Es kam eine Zeit der Prüfung, als seine eigene Mutter sehr krank wurde. Ihr Fieber stieg so hoch, und sie litt unter so starken Krämpfen, dass Gabriels Vater erklärte, ihr Verstand könnte verbrennen, wenn Gabriel nicht wenigstens versuchte, seine übersinnlichen Kräfte über ihr auszuüben. Aber Gabriel weigerte sich und flehte stattdessen Gott an, seine Mama zu heilen. Er sagte Verse aus dem Neuen Testament auf und betete inbrünstig für sie. Wütend verließ Johannes Esh das Haus und kam bald mit Seth Fischer und seinen Wunderheilkräften und Zaubermittelchen zurück.

Als Gabriel zwanzig war und keine Anzeichen zeigte, den erwarteten Taufunterricht zu besuchen, der nötig war, um ein Gemeindemitglied der Alten Ordnung zu werden, fragten sich die Amisch, ob sie womöglich einen aus ihren Reihen an die Welt verlieren würden. Seth Fischer war über diese Situation erbost. Dieser abtrünnige junge Mann hatte seiner Meinung nach einen hochnäsigen Kurs eingeschlagen. Jeder konnte sehen, dass Gabriel ihn mied wie die Pest. „Johannes Eshs Sohn wird es nicht weit bringen, wenn er nicht bald in die Gemeinde eintritt“, sagte Seth Fischer angeblich zu Prediger King, der es wiederum Gabriels Vater erzählte.

Also nahm Johannes an einem Nachmittag im Winter, während die Frauen alle bei einem Stepptag waren, seinen Sohn beiseite. Gabriels Vater führte ihn zur Scheune und zum Stall hinaus. „Du weißt, Gabriel, dass wir dir aus einem sehr guten Grund den Namen Gabriel gaben."

„Aus welchem Grund, Papa?"

„Diesen Namen habe ich persönlich ausgesucht. Es war der Name, den dein Urgroßvater vor dir trug. Weißt du, mein Sohn, Gabriel bedeutet ‚Gott ist meine Stärke'. Sehr passend für einen so dürren Kerl wie dich."

Er hatte diese Geschichte schon oft gehört, aber nie den Teil, den sein Vater ihm nun offenbarte.

„Dein Urgroßvater, der alte Gabriel Esh, war ein mächtiger Wunderheiler in der Gemeinde. Alle, in deren Leben er Wunder getan hatte, schauten zu ihm auf und verehrten ihn. Er starb im gesegneten Alter von siebenundneunzig Jahren, aber lange vorher gab er seine Gabe an Seth Fischer weiter, der jetzt unser Ältester ist."

„Warum gab er diese Gabe nicht an jemanden in unserer Familie weiter?", erkundigte sich Gabriel, da er wusste, dass dies der übliche Weg war.

„Weil die Frau, von der alle erwarteten, dass sie die Gabe empfinge, die Schwester deiner Großmutter und *deine* Großtante Hanna, bei der Geburt ihres Kindes starb. In der ganzen Familie gab es sonst niemanden, der die gleichen Veranlagungen für die Wundergaben hatte. Deshalb fiel die Gabe an Seth Fischer."

Gabriel dachte über die Erklärung seines Vaters nach. „Ist es nicht so, dass mein Urgroßvater *irgendjemanden* hätte auswählen können, sogar jemanden, der keine Begabung in dieser Richtung zeigte?"

„Ja."

„Warum dann ausgerechnet Seth Fischer?"

Sein Vater schaute auf seine Arbeitsstiefel hinab. „Nachdem

deine Großtante starb, kam anscheinend viel Druck von Seth Fischers altem Großvater, dass Seth die Gabe bekommen sollte. Und genau so geschah es dann auch.“

„Von was für einem Druck sprichst du?“, fragte Gabriel, der gerne mehr erfahren wollte. Denn er selbst hatte sich auch gedrängt, ja fast gezwungen gefühlt, Prediger Kings Einladung zu gehorchen und zu Seth Fischer zu gehen. Selbst jetzt, nach all diesen Jahren, in denen er diesem strengen Mann aus dem Weg ging, hatte er diese Erfahrung noch nicht vergessen.

„Ich würde sagen, es ist nicht unsere Sache, darüber zu sprechen.“

„Aber es muss doch einen Grund geben, warum du das glaubst, Papa.“

Johannes Esh schüttelte den Kopf und atmete tief aus. „Es ist einfach eine Schande, dass du kein Interesse an dem Segen dieses Mannes zeigst, mein Sohn. Dadurch bekämen wir einen neuen Wunderheiler in der Gemeinde, und der Herr weiß, dass wir mehr als einen brauchen könnten.“ Er schwieg und verzog das Gesicht. Gabriel glaubte, Tränen in den Augen seines Vaters schimmern zu sehen. „Es wäre eine so große Ehre für die Familie, wenn unser Sohn der neue Wunderdoktor würde.“

Das war es also! Sein Vater dachte an die Familie! Das hätte Gabriel wissen müssen, aber er hatte keine Ahnung gehabt, dass der „Segen“ für seine Eltern so wichtig war.

„Gott hat mich berufen zu predigen“, sagte er kühn. „Ich soll die Gottlosigkeit an führenden Stellen aufdecken.“

Die Worte, die sein Vater murmelte, waren nicht zu verstehen. Der Bauer ließ ihn in der Kälte stehen und kehrte verärgert in das warme Haus zurück.

Damit war diesem Thema ein abruptes Ende gesetzt. Aber Gabriel dachte oft über die Dinge nach, die sein Vater gesagt hatte. Zusammen mit seinen mennonitischen Freunden suchte er noch leidenschaftlicher in der Bibel nach Antworten auf seine Fragen. Ihm wurde allmählich klar, dass in den Familien gewisse Muster abliefen, Verhaltens- und Denkmuster, die noch drei oder vier Generationen nach der eigentlichen Sünde in einer Familie einen Einfluss auf ihre Nachkommen hatten. In einigen Fällen wurde der Segen in einer Familie von Generation zu Generation übertragen, in anderen traten chronische Erkrankungen, Probleme im Umgang mit Geld, Beziehungsprobleme und Unfruchtbarkeit immer wieder auf. Und es gab Beobachtungen, dass Unfälle, psychische oder geistige Probleme in manchen Familien gehäuft vorkamen.

Auf der anderen Seite gab es Leute in der Gemeinde, die Wohlstand und Gesundheit, glückliche Beziehungen sowohl zu ihren Eltern als auch zu ihren Ehepartnern genossen und ein Haus voller Kinder hatten. Er war so fasziniert von allem, was er lernte, dass er anfing, selbst andere zu lehren. Nicht lange danach entdeckte er einen Artikel in der Zeitschrift *Budget,* den ein amischer Bischof in Virginia geschrieben hatte. Der Schreiber sprach sich gegen die Sünde in den konservativen Gemeinden aus und ging sogar so weit zu sagen, dass die finsteren Taten von Wunderheilern aus der tiefsten Hölle kämen. Die Gedanken dieses Bischofs bestätigten alles, was Gabriel selbst inzwischen glaubte.

Woche für Woche verschlang Gabriel die Artikel von Jakob Hershberger und wünschte sich sogar, er könnte nach Virginia fahren und diesen Mann, der Ältester der dortigen Beachy-Amisch war, persönlich kennen lernen. Aber ihn ließ ein starkes Drängen nicht los, und er fing an, jedem, der es hören wollte, von der befreienden Macht Jesu Christi zu erzählen, die Bindungen durch die Sünden früherer Generationen brechen konnte.

In seiner Gemeinde gab es einige, die sich über den früher so scheuen und zurückhaltenden Sohn von Johannes und Lydia Esh den Mund zerrissen. Was war geschehen? Was hatte den schwächlichen Jungen in einen selbst ernannten Evangelisten verwandelt, der von seiner Botschaft so felsenfest überzeugt war und kein Blatt vor den Mund nahm? War es wirklich die Kraft Gottes, die ihn verändert hatte?

Seth Fischer kochte vor Wut, weil er so viele Jahre lang missachtet wurde. Er war entschlossener denn je, Gabriel wieder auf den Pfad seiner „wahren Berufung" zurückzuführen. Seth Fischer war inzwischen Mitte Fünfzig und konnte es nicht erwarten, diesen jungen Mann allein in einen Raum zu bekommen, in dem nur sie beide wären. Die Gemeinde wartete auf einen jungen Wunderheiler, einen Mann, der die Gabe in die nächste Generation weitertragen konnte. Auf Johannes Eshs Sohn fiel seine erste Wahl, obwohl er auch schon ein Auge auf einen Jugendlichen außerhalb der amischen Gemeinde geworfen hatte, einen unauffälligen Jungen namens Blue Johnny.

* * *

Lavina Troyer war mit ihrer Mutter und ihren Schwestern an jenem warmen Apriltag dabei, als die Amisch bei Prediger King eine Scheune aufstellten. Die Scheune des Predigers war sechs Wochen zuvor von einem Blitzschlag zerstört worden. Ohne Telefone oder E-Mails, nur durch die Bekanntgabe beim Sonntagsgottesdienst wussten alle Bescheid. Vierhundert Männer aus der ganzen Gegend kamen und halfen, an einem einzigen Tag eine neue Scheune zu bauen und aufzustellen.

Gabriel half ebenfalls mit, obwohl er inzwischen aufgrund seiner mangelnden Bereitschaft, in die Gemeinde einzutreten, nicht mehr im Haus seines Vaters wohnte. Einer seiner neuen Freunde, Paul Weaver, hatte ihn bei sich aufgenommen. Gemeinsam arbeiteten sie für Pauls Vater und machten eine Zimmermannslehre.

Die Frauen brachten alles Mögliche zum Essen mit, wie es Sitte war. Die Frauen aus dem einen Gemeindebezirk brachten Fleischkäse und Kartoffeln. Eine andere Gruppe brachte Makkaroni und Käse, Brot und süße Kartoffeln. Außerdem gab es gebratenes Rindfleisch, Hühnchen, Schinken, Pflaumenmus, eingemachte Rüben und Eier, Pfannkuchen, Rosinen, Apfelmus, Kuchen und Zitronenstrudel. Mit alledem wurde eine abwechslungsreiche Speisekarte für die Männer beim Scheunenbau zusammengestellt. Oft mussten die Frauen für bis zu siebenhundert Arbeiter kochen und planen.

Und so war auch Lavina da, zusammen mit allen anderen Frauen aus dem Gemeindebezirk der Alten Ordnung in Bird-in-Hand. Darunter waren Lea Stoltzfus und ihre Schwester, Susanna Zook. Beide mit Säuglingen auf den Armen und Krabbelkindern an den Röcken.

Seth Fischer nahm Gabriel beiseite und befahl ihm, ganz oben auf die Balken hinaufzuklettern und zu helfen, die Teile an der Spitze des hölzernen Skeletts, hoch über dem Betonfundament zusammenzufügen. Lavina deutete zu Gabriel hinauf und sagte zu ihren Schwestern und Kusinen: „Schaut ihm nur bei der Arbeit zu.“ Sie ließ den leichtgewichtigen und geschickten Mann, der ihr vor Jahren sein Geheimnis über sein Gebet anvertraut hatte, nicht aus den Augen, während er in gefährlicher Höhe in den Lüften arbeitete.

Unmittelbar vor der Frühstückspause um halb zehn sah sie, wie er ausrutschte und stürzte. Sie wurde mit Entsetzen Zeugin, wie er an dem langen Balken hinabrutschte und sein Fall in die Tiefe von etwas aufgehalten wurde, das seine Seite aufschlitzte. Sie schrie laut auf, als sie das dunkelrote Blut aus seiner Wunde laufen sah. Sie raste über den Hof zu der Stelle, an der er lag. Inzwischen war er von den anderen Arbeitern umringt.

„Er ist furchtbar schlimm verletzt!“, schrie sie entsetzt. Eine der Frauen hielt sie zurück, aber sie riss sich, so schmächtig sie auch war, von ihr los.

Gabriel stöhnte. Er war bei Bewusstsein. Er hielt sich die linke Seite und fühlte die klebrige Flüssigkeit an seinen Fingern. Seth Fischer kniete neben ihm nieder, legte eine Hand auf die offene Wunde und flüsterte etwas, das weder Gabriel noch Lavina verstehen konnte.

„Ich will keine Zaubersprüche ... über mir“, brachte Gabriel mühsam über die Lippen.

Seth Fischer richtete sich auf und starrte den jungen Mann, der mit grausamen Schmerzen vor ihm lag, finster an. „Gabriel

Esh, du wiederholst jetzt meine Worte: ‚Gesegnete Wunde, gesegnete heilige Stunde, gesegnet sei der Sohn der Jungfrau Maria, Jesus Christus.' Und du wiederholst es dreimal."

Gabriel weigerte sich. „Ich entscheide mich für die heilende Kraft von ... Jesus Christus, meinem Herrn und Erlöser. Ich will ... deine Zaubersprüche ... und Beschwörungen nicht."

Das machte Seth Fischer wütend. Er legte seinen Daumen immer noch in Gabriels Wunde. „Christi Wunde wurde nie ..."

„Nein! Du beschwörst deine Zauberkraft nicht über mir." Er machte eine Pause, nahm seine ganze Kraft zusammen und holte Luft, obwohl das schrecklich weh tat. Jeder Atemzug war eine Tortur. „Im Namen ... des Herrn Jesus Christus, befehle ich dir, Seth Fischer, ... dass du aufhörst." Es kostete ihn alle Kraft, seine Stimme so zu erheben, obwohl er ganz genau wusste, dass er dem Tod gefährlich nahe war.

Seth Fischer beugte sich vor und flüsterte: „Entscheide dich, die gesegnete Gabe in diesem Augenblick zu empfangen ... oder verblute und sterbe."

Gabriel konnte nicht mehr sprechen. Er war zu schwach dafür, weil er so viel Blut verloren hatte.

„Ruft einen Krankenwagen!", rief jemand aus der Menge. „Meine Güte, holt doch endlich Hilfe!"

Gabriel erkannte Lavinas Stimme und dankte Gott im Stillen für seine geistig minderbemittelte Freundin. Dann verlor er das Bewusstsein.

Lavina lief los, packte ein ahnungsloses Pferd in Prediger Kings Stall und ritt darauf mit nackten Füßen zu den nichtamischen Nachbarn, um einen Krankenwagen zu rufen. Sie war zwar in der Schule keine Leuchte gewesen und hatte keinen Verehrer, aber sie konnte trotzdem den Notarzt anrufen. Damit rettete sie Gabriel das Leben.

* * *

Die Landschaft von Lancaster zeigte sich im kräftigen Rot der Ahornblätter und in den leuchtenden orangen, goldenen und gelbgrünen Farben des Herbstes, als Adele Herr als Ersatz für Maria King kam, die amische Lehrerin, die in den letzten zwei Jahren die Kinder unterrichtet hatte. Maria, die Tochter von Prediger King, heiratete bald, was bedeutete, dass sie mit dem Unterrichten aufhören müsste. Das war schade, denn die Schüler hatten sie sehr gern.

Sie kamen jedoch schnell über diesen Verlust hinweg und schlossen die brünette Frau mit den strahlenden Augen, dem fröhlichen Lächeln und einem herrlichen Sinn für Humor ins Herz. Die Kinder sorgten dafür, dass sich Adele schnell zu Hause fühlte. Sie brachten Gläser mit selbst gekochtem Apfelmus, Bohnen aller Art, Karotten, Mais, Rüben, Sauerkraut und Gelee mit. Binnen kürzester Zeit lehrten sie ihre neue Lehrerin auch, ihre Sprache zu lesen und zu sprechen.

Eines Tages fand nach der Schule draußen bei den Jungentoiletten eine Rauferei statt. Der dreizehnjährige Samuel Raber und sein kräftiger jüngerer Bruder, Thomas, hatten die Fäuste gegeneinander erhoben und wollten aufeinander losgehen. Adele rannte hinaus, um diesem Treiben Einhalt zu gebieten, aber die Jungen waren aufgestachelt und gierten nach einer guten Rauferei. „Ich boxe dich zu Boden!“, rief Samuel und holte zu seinem ersten Schlag aus.

Thomas, der ungefähr genauso groß war wie er, brüllte zurück und holte ebenfalls zum Schlag aus. Die beiden wollten es jetzt genau wissen. Direkt hier neben der Jungentoilette und der Schaukel.

Kein noch so starkes Flehen oder Befehlen von Adeles Seite konnte die Situation entspannen. Sie wollte schon aufgeben und wusste nicht, was sie tun sollte, als von der anderen Seite des Schulhofes ein großer, schlanker junger Mann auf die Jungen zugelaufen kam. Sein Arbeitsanzug war mit Sägespänen, Spuren von Farbe und etwas, das möglicherweise Senf war, bedeckt. Unter seinem Strohhut guckten blonde Haare hervor. „Sam ... Tom

... Zeit, nach Hause zu gehen!", rief der Mann ihnen zu und trennte die Streithähne.

Sofort liefen Samuel und Thomas auf das rote Schulhaus zu und warfen besorgte Blicke über ihre Schultern, als müssten sie um ihr Leben rennen.

Adele wusste nicht recht, was sie zu dem gut aussehenden, blonden Mann sagen sollte. Sie wischte sich die Hände an ihrem Rock ab und lächelte ihn dankbar an. „Das war wirklich erstaunlich", sagte sie, als sie endlich ihre Stimme wiederfand.

Er erwiderte ihr Lächeln, und sie sah die grüne Farbe seiner Augen. „Diese Jungen sind die jüngsten Söhne meiner Schwester. Sie bat mich, sie nach Hause zu holen. Sie sind gute Jungen, wirklich. Sie haben nur zu viel ungezähmte Energie, wie Sie sicher bereits selbst festgestellt haben."

„Ich hatte bis heute keinerlei Schwierigkeiten mit ihnen", erklärte Adele und warf einen Blick zum Himmel. „Vielleicht ändert sich das Wetter. Manchmal hat es eine seltsame Auswirkung auf Kinder, wenn das Barometer fällt." Sie lächelte ihn an.

„Egal, ob es am Wetter liegt oder an etwas anderem. Ich werde dafür sorgen, dass sie Ihnen keine Schwierigkeiten mehr machen."

„Ich bin froh, dass Sie gekommen sind. Ich wollte schon jemanden losschicken und Seth Fischer holen lassen."

„Nein ... nein, das ist nicht nötig", entgegnete er schnell. Sein Lächeln verschwand.

Sie verriet ihm nicht, dass Seth Fischer ihr Großonkel war. Einer der Gründe, warum sie diese Stelle als Lehrerin bekommen hatte. „Warum nicht?", fragte sie.

„Das ist eine lange Geschichte." Er nahm schnell seinen Strohhut ab und stellte sich vor: „Ich bin Gabriel Esh. Sie können mich gerne Gabriel nennen." Sein Blick wich nicht von ihren Augen.

„Es freut mich sehr, Sie kennen zu lernen, Gabriel. Mein Name ist Adele Herr. Ich vertrete bis zum nächsten Frühling Maria King."

„Ach ja. Sie heiratet ja im nächsten Monat."

„Soviel ich weiß, wurde die Hochzeit noch nicht öffentlich bekannt gegeben, aber man sagt, dass sie sehr bald Seth Fischers Enkel heiraten wird."

„So ist es", erwiderte er und hielt seinen Hut immer noch in den Händen. „Sind Sie aus dieser Gegend?"

„Ich bin in Reading zu Hause, aber ich habe am Millersville State Teachers College meine Lehrerausbildung gemacht und bin also in dieser Gegend nicht völlig fremd."

Gabriel nickte und lächelte erneut. „Es kommt nicht oft vor, dass wir Außenstehende bekommen, die unsere Kinder unterrichten."

„Dann war ich wahrscheinlich zur richtigen Zeit am richtigen Ort, obwohl die Eltern und der Schulausschuss mich genau unter die Lupe nahmen, muss ich gestehen."

„Sie haben Sie wahrscheinlich aufgefordert, die Köpfe ihrer Kinder auf keinen Fall mit weltlichen Weisheiten zu verwirren?"

Sie war überrascht. „Ja. Genau das waren ihre Worte."

Die Jungen kamen mit ihren Brotzeittüten aus dem Schulhaus und schauten recht unsicher drein. „Es tut uns Leid, Miss Herr", entschuldigte sich Samuel.

„Ja, sehr Leid", murmelte Thomas zerknirscht. Sein Gesicht war vor Verlegenheit knallrot.

Gabriel forderte seine Neffen auf: „Lauft jetzt los, ihr beiden. Euer Vater braucht eure Muskeln in der Scheune."

„Auf Wiedersehen, Miss Herr", rief Samuel und rannte los.

„Auf Wiedersehen, Miss Herr", echote Thomas.

„Diese beiden werden Ihnen keine Schwierigkeiten mehr machen", versprach Gabriel. Er blickte sie noch einmal mit einem herzlichen Lächeln an, bevor er sich entschuldigte und loslief, um seine Neffen einzuholen.

„Man ist nie vor Überraschungen gefeit", murmelte Adele bei sich, als sie zum Schulhaus zurückging.

* * *

Zwei Tage später fuhr Adele das erste Mal mit Gabriel aus. Sie war sechsundzwanzig, und er war ein Jahr älter. Die Leute sagten, dass Gabriel wohl nie heiraten und eine Familie gründen würde, solange er keine Frau fände, die bereit wäre, sein unaufhörliches Predigen zu ertragen, und die damit einverstanden wäre, dass er durch den ganzen Bezirk fuhr und überall das Evangelium verkündete. Adele war froh, dass er noch ledig war, denn sie hatte lange darauf gewartet, einem Mann wie Gabriel Esh zu begegnen. Das einzig Störende dabei war, dass er von einem amischen Bauernhof stammte, während sie eine gebildete und durch und durch moderne Baptistin war.

Liebe macht angeblich blind, aber Adele war nicht so sicher, ob sie sich mit geschlossenen Augen in eine so ungewöhnliche Beziehung stürzen wollte. Also hielt sie die Augen weit offen, als sie in Gabriels offenem Einspänner, dem einzigen Fortbewegungsmittel, das er besaß, in Richtung Norden fuhren. Er war immer noch Lehrling bei einem Zimmermann und hatte wenig Hoffnung, einmal eine eigene Werkstatt zu besitzen, da er viel unterwegs war.

Bei ihrem ersten gemeinsamen Ausflug am frühen Abend gingen sie am Waldrand spazieren. Die ideale Umgebung für ein Picknick. Und was für ein Picknick! Es gab alles, was ein junger Mann sich nur wünschen konnte. Dafür hatte Adele gesorgt. Sie hatte sogar Gabriels Schwester Nancy, Samuels und Thomas' Mutter, gebeten, ihr zu verraten, welche Brote er am liebsten mochte. Es stellte sich heraus, dass Ochsenzunge mit viel Schweizer Käse, Mayonnaise und jeder Menge Senf seine Lieblingsspeise war.

Nach dem Essen spazierten sie tiefer in den Wald hinein und hielten an einer ungefähr ein Meter hohen Mauer an. Die Sonne ging jetzt schnell unter. Ihre rötlichen Farben leuchteten auf der steinernen Mauer warm und gemütlich. Es war ein herrlicher Oktoberabend.

„Ich hoffe, dass ich eines Tages auch ein solches Grundstück besitze", erzählte er zuversichtlich. „Es wäre ideal für ein geistliches Zentrum, in dem Leute dem Lärm und der Hektik ihres Alltags entfliehen und Gott begegnen können."

„Es ist wirklich sehr schön hier." Sie hielt jedoch den Atem an und hoffte, er würde nichts überstürzen und jetzt nicht sagen, dass sie beide einmal ein solches Grundstück besitzen könnten. Aber stattdessen griff er nur nach ihrer Hand, und sie blieben unsicher und schweigend nebeneinander sitzen. Über ihnen schlugen die Vögel mit den Flügeln und zwitscherten aufgeregt, aber Adele schenkte ihnen keine Beachtung. Ihre Hand passte genau in Gabriels Hand. Es war schwer, an irgendetwas anderes zu denken.

Als Gabriel aufstand, erhob sie sich ebenfalls. Hand in Hand gingen sie in den tiefsten Wald hinein, dorthin, wo die Ahorne so hoch waren, dass sie sich den Hals verrenken mussten, um die Baumwipfel zu sehen. Sie lachten miteinander und versuchten, ein Eichhörnchen zu fangen, doch als Gabriel das pelzige graue Geschöpf in die Enge getrieben hatte und die Hand in ein Baumloch steckte, machte sich Adele Sorgen, dass er gebissen werden könnte. Das war das erste Anzeichen, das ihr verriet, dass ihr dieser Mann nicht gleichgültig war. Ganz im Gegenteil.

Einige Tage später unternahmen sie einen weiteren Spaziergang, und am Tag darauf fuhren sie in Adeles Auto nach Honey Brook, um dort Hamburger zu essen. Kein Mensch kannte sie in jenem Ort. Die Leute gafften dieses äußerlich so ungleiche Paar – er in seiner amischen Kleidung und sie in ihrem besten Kleid und in Stöckelschuhen – unverhohlen an.

Gabriel kam mehrmals wöchentlich zum Schulhaus. Normalerweise nach dem Unterricht. Er sagte, er müsse etwas bei dem Holzofen nachsehen oder bei irgendetwas helfen, das repariert werden müsste, aber natürlich gab es nichts, das seiner Aufmerksamkeit bedurfte ... außer Adele. Sie wollte sich ihre Gefühle für ihn nicht eingestehen und fragte sich, wie eine solche Beziehung auf lange Sicht gut gehen sollte. Aber ihr Herz sehnte sich nach ihm, ob er nun amisch war oder nicht. Sie verbrachten viele fröhliche Stunden und erzählten einander von ihren Träumen. Sie sprachen über alles unter der Sonne, nur nicht über dieses eine schmerzliche Thema. Sie waren zu sehr voneinander angetan, um die Kluft, die sie voneinander trennte, anzusprechen.

Gabriel begleitete sie Ende November bei mehreren Wanderungen mit den Kindern über schneebedeckte Felder. Sie beobachtete seinen Umgang mit den jüngeren Schülern und bemerkte, wie sehr sich die Kinder zu ihm hingezogen fühlten. „Ich liebe diese Kinder", sagte er später, als sie ihn darauf ansprach. „Vielleicht deshalb, weil ich selbst nie kleinere Geschwister hatte. Ich war der Nachzügler in unserer Familie."

Es war Anfang Dezember. Gabriel hatte an diesem Abend das Auto seines Freundes ausgeliehen, um mit ihr zu einem Kirchenchor in Strasburg zu fahren. Sie hatten das Radio laufen und hörten auf die leise Musik im Hintergrund und genossen die Stille der Vollmondnacht. In diese friedliche Atmosphäre hinein sagte Gabriel: „Ich weiß nicht, ob du es weißt, Adele, aber ich glaube, ich habe mich in dich verliebt."

Ihr Herz schlug bei diesen Worten schneller, aber sie konnte seine leidenschaftliche Liebeserklärung nicht erwidern. Obwohl sie eine tiefe Zuneigung zu ihm empfand, konnte sie ihm keine Hoffnung auf mehr als eine freundschaftliche Beziehung machen. Sie wusste so sicher, wie sie eine moderne Frau war – „weltlich" nannte er sie –, dass sie immer nur gute Freunde bleiben müssten, wenn sie einander nicht das Herz brechen wollten.

Gabriel schwieg den größten Teil ihres Heimwegs. Als er in die lange, schmale Auffahrt zum Bauernhaus der Troyers einbog, in dem Adele ein Zimmer gemietet hatte, hielt Gabriel das Auto an und drehte sich zu ihr um. Er ergriff ihre Hand. „Ich weiß, wir haben es bis jetzt vermieden, über unsere kulturellen Unterschiede zu sprechen, aber vielleicht könnten wir mit Gottes Hilfe doch eine gemeinsame Zukunft finden."

Tränen traten ihr in die Augen. „So gern ich dich auch habe, Gabriel, als meinen lieben, lieben Freund, sehe ich doch nicht, wie wir ..." Sie brach ab und bemühte sich um die richtigen Worte. „Oh, Gabriel, dich und mich trennen Welten."

„Ja." Sein Blick wich nicht von ihren Augen. „Aber ich glaube, der Herr hat uns mit einer bestimmten Absicht zusammengeführt."

Adele wusste nicht, was sie darauf erwidern sollte. Gabriel hatte ein besonderes Gespür für Gott und seinen Willen. Das wusste sie, wenn sie sein Leben und die Art, wie er sich so ganz und gar auf den Herrn verließ, beobachtete. Er lebte wirklich im Einklang mit seinem Schöpfer.

„Für *eines* bin ich dankbar", entgegnete sie und hatte große Mühe, ihre Tränen zurückzuhalten. „Wir sind Bruder und Schwester im Herrn und gehören beide zu Gottes Familie. Du verstehst, was ich damit sagen will, nicht wahr?"

„Das heißt, wenn wir schon nicht als Mann und Frau zusammen sein können, ist wenigstens unser Geist im Herrn miteinander verbunden?"

„Ja", flüsterte sie. Es war immerhin ein gewisser Trost.

Trotzdem kämpften sie in den Wochen vor Weihnachten mit den Unterschieden ihrer Herkunft und tauschten niemals auch nur eine unschuldige Umarmung oder einen Kuss auf die Wange aus, obwohl Adele sich heimlich nach seiner Umarmung sehnte.

* * *

Adele hatte nicht mit der abweisenden Reaktion ihres Vaters auf ihre Freundschaft mit Gabriel gerechnet. Offenbar hatte Pastor Herr von Seth Fischer erfahren, dass Adele einen großen Teil ihrer Zeit mit einem jungen amischen Mann aus der Gegend von Bird-in-Hand verbrachte. Das verdarb ihnen fast die Weihnachtsferien und die Familienfeier, besonders Adele und ihrer kranken Mutter. „Ich vermute, dass du in diesen ... in diesen amischen Bauern verliebt bist", schimpfte ihr Vater eines Abends beim Essen.

„Gabriel und ich sind gute Freunde", war alles, was sie bereit war zuzugeben, obwohl mit jedem Tag der Trennung die starke Sehnsucht, ihren amischen Freund wieder zu sehen, in ihr wuchs.

Bei ihrer Rückkehr nach Bird-in-Hand erzählte Adele Gabriel, dass sie die Großnichte von Seth Fischer sei. „Seth Fischer hat die Tante meines Vaters geheiratet. Auf diesem Weg sind wir miteinander verwandt. Vor mehreren Generationen gab es eine Abspaltung von den Amisch", erklärte sie. „Die meisten in der Familie meines Vaters sind Baptisten. Ist das nicht interessant?"

„Und sehr ungewöhnlich, wenn man bedenkt, dass sie alle einen anabaptistischen Hintergrund haben." Gabriel betrachtete die Nachricht, dass Adele eine verwandtschaftliche Verbindung zu den Amisch hatte, als ermutigendes Zeichen. „Vielleicht trennt uns doch nicht so viel voneinander."

Sie lächelte über seinen Versuch, die Kluft zwischen ihnen zu überbrücken. „Vor drei Generationen wurde jemand mit dem Bann belegt und aus der amischen Kirche ausgeschlossen. Ich sehe nicht, was daran so gut sein sollte."

Sie machten darüber Witze, dass sie in gewisser Weise beinahe entfernte Verwandte waren. Gabriel kam auch weiterhin immer wieder zur Schule oder verabredete sich mit ihr. Es verging fast kein Tag, an dem er nicht mit Adele zusammen war.

Vier wunderschöne Monate lang genossen sie eine einmalige Beziehung, auch wenn diese rein platonischer Natur war. Mitte April ging dann das amische Schuljahr zu Ende. Drei Tage, bevor Adele nach Reading zurückkehren sollte, lud Gabriel sie zu einer letzten Fahrt in seinem Einspänner ein.

„Ich habe für heute Abend absichtlich das älteste Pferd im Stall ausgesucht", gestand er ihr mit einem leisen Lachen. „So haben wir genügend Zeit, uns zu unterhalten."

Der Abend war warm. Der süße Duft des Frühlings lag in der Luft. „Was würdest du dazu sagen, wenn ich dich bitten würde, darüber nachzudenken, ob du mich heiraten willst", sagte Gabriel und sah sie hoffnungsvoll an, während das Pferd von allein durch die sternklare Nacht trabte.

Adeles Herz fühlte sich erneut stark zu ihm hingezogen. „Ich ... ich mag dich wirklich sehr gern, Gabriel", sagte sie leise. „Aber ..."

Noch bevor sie mehr sagen konnte, rutschte er näher zu ihr heran und nahm sie in die Arme. „Bitte, Liebste, du musst das heute nicht entscheiden."

„Oh, Gabriel, ich wünschte ..." Als seine Lippen ihren Mund berührten, vergaß sie in seiner zärtlichen Umarmung alles um sich her.

„Ich weiß", flüsterte er atemlos. „Ich weiß, mein geliebtes modernes Mädchen." Er küsste sie noch einmal.

Sie kuschelte sich unter dem schwachen Licht des Halbmondes eng an diesen geliebten Menschen und wusste tief in ihrem Herzen, dass es keine solche Nacht wie diese mehr geben würde. Sie würde in das Haus ihres Vaters zurückkehren und Gabriel Esh nie wieder sehen. So sehr sie sich auch zueinander hingezogen fühlten, durfte ihre Liebe einfach nicht sein.

Sie fuhren schweigend weiter. Man hörte nur das gelegentliche Schnauben der Stute und das Klappern der Hufe auf der Straße. Adele schaute zu, wie der Mond hinter einer Wolke auftauchte und erneut hinter einer anderen Wolke verschwand. Ein schwerer Kloß steckte in ihrer Kehle, und Tränen standen in ihren Augen. „Gabriel, ich muss nicht warten, um dir meine Antwort zu geben. Die letzten Monate waren die wunderbarsten meines Lebens. Ich dachte, ich würde nie einen Menschen wie dich treffen, einen Mann, der so zart ist, so liebevoll mit Kindern umgeht, der so sensibel ist und den Herrn und mich so liebt. Oh, Gabriel, wir wissen beide, dass es nie sein kann."

„Pscht. Sag jetzt nichts mehr. Ich verstehe, warum du das meinst, Adele. Aber ich glaube trotzdem, wenn wir beide es wirklich wollen, können wir es schaffen." Er drückte sein „modernes" Mädchen fest an sein Herz, während sie beide zuschauten, wie der Mond unter einer Wolke verschwand, und nicht daran denken wollten, was auf sie zukommen würde.

* * *

Lily seufzte. Sie hielt die Postkarte immer noch fest umklammert in ihrer knöchrigen Hand. „Nicht lange nach diesem Abend bezeugte Gabriel einem amischen Bauern zu viel die rettende Macht Gottes."

„Wie meinen Sie das?", fragte Philip.

„Er fuhr zu Benjamin Zook und sprach vor den Ohren Benjamins und seiner Frau sowie ihren vier kleinen Kindern von Jesus."

„Benjamin Zook? Sie meinen doch nicht den Mann von Susanna Zook?"

„Ja ... ja, doch, ich glaube, so hieß sie. Kennen Sie die beiden zufällig?"

„Sie sind die Besitzer der amischen Frühstückspension, in der ich die Postkarte entdeckte, und die Eltern der jungen Frau, von der ich erzählte. Sie ist einer der Gründe, warum ich unser Gespräch auf Kassette aufnehmen wollte. Susanna Zook war mit Gabriel Esh verwandt."

Sie schaute ihn mit offenem Mund an. „Das hatte ich vergessen, aber ja, ich glaube, sie war Gabriels Nichte."

Philip staunte über diese Verbindung. „Was geschah auf dem Hof der Zooks, als Gabriel dort predigte?"

„Benjamin war darüber, dass Gabriel die Praxis der Wunderheilungen verurteilte, so aufgebracht, dass er sofort zu Seth Fischer, dem Ältesten der Gemeinde lief, und sich beschwerte. Ben Zook war der erste, der Lärm schlug und dafür sorgte, dass Gabriel exkommuniziert und mit dem Gemeindebann belegt wurde."

„Aber wie konnte so etwas geschehen, wenn er doch nie in die amische Kirche eingetreten war?"

Sie seufzte schwer. „Für Seth Fischer war Ben Zooks wütende Reaktion genau der Zündstoff, den er brauchte. Ein aufgebrachter Bauer und ein Ältester, der diesen Menschen nicht leiden konnte, das war genau der nötige Zunder, der ein loderndes Feuer entfachte, um Gabriel aus der Gemeinde auszuschließen."

In Lilys Zimmer wurde es allmählich dunkel. Die Sonne ging

langsam unter. Philip war überrascht, dass ihre Geschichte weit über eine Stunde gedauert hatte.

„Macht es Ihnen etwas aus, wenn wir für heute aufhören?", bat Lily. Sie wirkte ziemlich erschöpft. „Ich bin schon sehr müde."

Philip schaltete das Aufnahmegerät aus und dankte der Frau, dass sie sich so viel Zeit für ihn genommen hatte. „Ich hoffe, Sie können jetzt schlafen." Er stand auf, um zu gehen.

Sie schüttelte den Kopf. „Kommen Sie morgen wieder, Philip", sagte sie mit einer Stimme, die nicht viel lauter war als ein Flüstern. „Dann werde ich Ihnen die Geschichte zu Ende erzählen."

„Mich könnten keine hundert Pferde fernhalten", gestand er.

Sie reichte ihm die Hand und drückte sie leicht. „Sie sind ein guter Mann, Philip Bradley. Bringen Sie morgen doch bitte Gabriels Großnichte mit. Ich würde sie gerne kennen lernen."

Er fand es interessant, dass Lily Rachel kennen lernen wollte, obwohl er keine Ahnung hatte, wie er die junge Frau überreden könnte, ihn morgen in das Pflegeheim zu begleiten. Würde Susanna ihm überhaupt erlauben, mit ihrer Tochter zu sprechen? Das war eine Hürde, mit der er es nicht unbedingt aufnehmen wollte.

22

Philip fuhr auf seinem Rückweg zu Stephen Flory kurz bei dem Gästehaus am Obstgarten vorbei. Susanna öffnete ihm die Tür und war ziemlich überrascht, als sie sah, wer vor ihrer Tür stand. „Unsere Pension ist randvoll, Mr. Bradley", sagte sie abweisend, noch bevor er ein Wort sagen konnte.

„Ich bin nicht wegen eines Zimmers hier. Ich bin gekommen, um mit Rachel zu sprechen, wenn Sie nichts dagegen haben."

Susanna wich nicht von der Stelle. Keinen Zentimeter. „Ich fürchte, Rachel hat im Augenblick keine Zeit."

Er spielte mit dem Gedanken, Susanna die Kassette für Rachel zu geben, aber er war kein Narr. „Wenn es Ihnen nichts ausmacht, warte ich, bis sie Zeit hat."

„Wie Sie wollen. Wenn Sie mich entschuldigen. Ich muss mich um meine Gäste kümmern."

In diesem Augenblick erspähte ihn Annie und kam zur Tür gelaufen. „Mr. Philip", begrüßte sie ihn mit einem fröhlichen Grinsen. „Sie sind tatsächlich wiedergekommen!"

„Nun ja, das bin ich. Aber nicht, um hier zu wohnen."

„Wollen Sie sehen, wo mich die Wespe gestochen hat? Ja?"

Er beugte sich vor und betrachtete die winzige Stichstelle auf ihrer Wange. „Das sieht schon wieder viel besser aus."

Sie grinste und schaute mit bewundernden Augen zu ihm auf. „Mama sagt, Sie haben mir das Leben gerettet. Wissen Sie das?"

Er konnte sich ein Lächeln nicht verkneifen. Er lächelte sogar Susanna an, die mit ihrer rundlichen Gestalt immer noch den Türrahmen bewachte. „Es freut mich, dass ich helfen konnte."

„Sie haben mehr als das getan", beharrte das Kind.

Schmunzelnd richtete er sich auf und stand zu seiner Überraschung unmittelbar Annies Mutter gegenüber. „Oh, hallo, Rachel."

„Ich hörte Annie so laut sprechen. Ich musste kommen und nachsehen, was los ist."

„Mr. Philip ist hier, Mama!“ Annie zupfte Rachel am Ärmel.

Rachel lächelte. Susannas Miene verfinsterte sich.

„Ja, ich bin es“, sagte er. „Ich kam nur kurz vorbei, um Ihnen etwas von der Frau, die ich heute in Reading besuchte, zu leihen. Der Frau, die Adele Herr kannte.“

Als er diesen Namen erwähnte, drehte sich Susanna auf dem Absatz um und ließ Rachel, Annie und Philip stehen. „Ich glaube, es wird Sie interessieren, die Geschichte vom Onkel Ihrer Mutter zu hören ... und von der Frau, die er geliebt hat.“ Er reichte ihr die Kassette. „Ich glaube, diese Kassette wird einige Ihrer Fragen beantworten.“

„Danke“, sagte sie. „Ich kann sehr gut mit einem Kassettenrekorder umgehen. Er ist eines meiner wichtigsten Kommunikationsmittel.“

„Wunderbar.“ Er schwieg kurz und überlegte, wie er Lilys Einladung am besten weitergeben könnte. „Bevor ich mich verabschiede, möchte ich Ihnen noch etwas sagen“, begann er schnell und hielt vorsichtig Ausschau nach Susanna Zook, die jeden Augenblick mit Benjamin zurückkommen und ihn von ihrem Grundstück jagen könnte. „Lily würde Sie gerne kennen lernen. Sie lädt Sie ein, morgen mitzukommen und den Rest der Geschichte zu hören ... persönlich.“

„Lily?“

„Ja, Adele Herrs Freundin. Die Frau in dem Altenheim in Reading.“

„Wann?“

„Morgen Nachmittag. Wäre es Ihnen recht, mit mir zu fahren?“

„Ich ... ich mache mir nicht viel aus Autos“, sagte sie mit deutlicher Zurückhaltung.

„Ich bin ein sehr vorsichtiger Fahrer. Wenn Ihnen das ein Trost ist.“

Sie dachte einen Augenblick nach. „Ich könnte mich auf den Rücksitz setzen, wenn Ihnen das recht ist.“

„Kein Problem.“

Rachels Gesicht verzog sich zu einem spontanen Lächeln. „Ja. Ich fahre mit Ihnen."

Philip konnte während seines Abendessens im Restaurant an nichts anderes denken. Rachel Yoder hatte tatsächlich eingewilligt, mit ihm zu der Freundin der Verlobten ihres Großonkels zu fahren. Warum war er deswegen nur so aufgeregt?

* * *

An diesem Abend hörte sich Rachel Lilys Geschichte mit großem Interesse und wachsender Aufmerksamkeit an. Sie staunte über die Parallelen, die sie zwischen sich selbst und Gabriel Esh entdeckte: Seine Kindheit hatte so viel Ähnlichkeit mit ihrer eigenen Lebensgeschichte, obwohl *er* ein mutiger und selbstbewusster junger Mann geworden war. Was diese Veränderung bei ihm ausgelöst hatte, wusste sie nicht. Genauso wenig wie es die Amisch zu seiner Zeit verstanden hatten.

Sie konnte ihren Vater nicht danach fragen, was er in den ersten Tagen, in denen Gabriel gepredigt hatte, gehört und gesehen hatte, aber sie wünschte, sie wäre mutig genug, um genau das zu tun. Sie wollte noch so vieles über den Mann wissen, der seine Gemeinde vor vierzig Jahren so nachhaltig aufgerüttelt hatte.

Eines war ihr an ihren Eltern aufgefallen: Sie waren sich in letzter Zeit, seit Philip Bradley in der Frühstückspension gewohnt hatte, viel öfter einig. Hatte es damit zu tun, dass er diese Postkarte gefunden hatte? Sie dachte über diese Fragen nach, bis die Kassette in dem Gerät klopfende Geräusche machte und sie das Band abstellte.

Die sechzig Minuten lange Kassette schien nur ein paar Minuten gedauert zu haben. Sie konnte es kaum erwarten, den Rest der Geschichte zu hören. Wenn man sich vorstellte, dass ihr eigener Vater mit dafür verantwortlich gewesen war, dass Gabriel Esh zu Unrecht mit dem Bann belegt wurde. Das war wirklich sehr schockierend.

Sie fragte sich, was Esther und Levi zu all dem sagen würden, wenn sie davon wüssten. Aber sie würde damit warten, ihrer Kusine davon zu berichten, bis sie diese Frau in Reading besucht hätte. Morgen Abend würde sie dann Ihrer Kusine in Ohio eine neue Kassette besprechen. Dieses Mal hätte sie sehr interessante Dinge zu berichten!

Nach dem Abendessen dachte sie nur an die unglücklich Verliebten, Gabriel und Adele, und fragte sich, was wohl aus ihrer kurzen Beziehung geworden war, obwohl sie nie ein glückliches Ende genommen haben konnte, da Gabriel so plötzlich gestorben war.

Sie müsste zwar noch einmal in einem Auto fahren, und das mit einem nahezu Fremden, aber sie konnte es trotzdem kaum erwarten, Adeles Freundin persönlich kennen zu lernen.

* * *

Susanna hätte beinahe einen Anfall bekommen, als dieser Mr. Bradley wieder fort war. Sie hatte sich nur wegen Annie zurückgehalten, aber es fiel ihr überhaupt nicht leicht. Ihre Enkelin benahm sich so unmöglich wegen dieses Mannes, der ihr angeblich das Leben gerettet hatte. Bei allem, was recht war!

„Es ist einfach eine Frechheit, dass er so einfach an unserer Tür auftaucht“, machte sie ihrem Ärger Luft, als sie abends in ihrem Schlafzimmer waren.

„Warum hast du ihm nicht einfach die Tür vor der Nase zugeschlagen?“, fragte Ben ein wenig verärgert.

„Weil ich ein freundlicher Mensch bin. Deshalb!“

„Dann solltest du dich jetzt nicht bei mir beschweren.“

Jetzt war Susanna wütend auf ihren Mann. Sie nahm ein Kopfkissen und schlug darauf. Sie tat so, als schüttle sie es aus.

Um sie herum schien nichts mehr so wie früher zu sein. Sie fühlte sich irgendwie hilflos bei der ganzen Sache. Alles hatte mit diesem gut aussehenden, groß gewachsenen Reporter mit den aalglatten Worten angefangen. Was dachte sich dieser Kerl nur dabei, einfach wieder an ihrer Tür aufzutauchen? Es war schlichtweg unverschämt von ihm gewesen, so dreist darauf zu beharren, mit Rachel zu sprechen. Einer Witwe, die immer noch ihre Trauerkleidung trug. Konnte er denn nicht sehen, wie verletzt das arme Mädchen war? Konnte er nicht sehen, wie sehr sie unter dem Tod ihres Mannes litt?

„Ich kann mir nicht erklären, was dieser Mann von unserer Rachel will“, entfuhr es ihr. Sie war sich bis zu diesem Augenblick nicht bewusst gewesen, dass sie irgendein romantisches Interesse auf Seiten dieses Mr. Bradley vermutet hatte.

Ben schüttelte den Kopf und stand von seinem Stuhl auf. „Ich würde sagen, du machst dir zu viele Sorgen, Susie. Ein gut aussehender Mann wie dieser Mr. Bradley hat gewiss kein Interesse an unserer Tochter. Immerhin ist sie amisch und dazu noch blind.“

Susanna führte dieses Gespräch nicht weiter. Sie hatte keine Zeit für solche Spekulationen. Andere Dinge gingen ihr jetzt im Kopf um.

* * *

Susanna wartete, bis Benjamin fest eingeschlafen war. Dann schlich sie die Treppe hinunter und rief einen mennonitischen Fahrer an, der ein paar Kilometer entfernt in derselben Straße wohnte, und bat ihn, zu kommen und sie fortzufahren. Es war noch früh genug am Abend für das, was sie im Sinn hatte. Früh genug, um einem langjährigen Freund einen Besuch abzustatten ...

Rachel hörte die leisen Geräusche eines Automotors vor der Frühstückspension, als sie gerade eindöste. Sie verwendete kaum einen Gedanken darauf, da es ziemlich oft vorkam, dass der eine oder andere Reisende erst um halb zehn Uhr abends ankam und ein Bett für die Nacht suchte. Normalerweise kümmerte sich nach dem Abendessen Mama um solche Dinge, da Papa nach halb neun nicht mehr besonders fit war.

Annie hatte beschlossen, in dieser Nacht „ein braves Mädchen zu sein“, und hatte sich aus freien Stücken in ihr kleines Bett auf der anderen Seite des Raumes gelegt. Gähnend drehte sich Rachel um und streckte sich. Sie vermisste Jakob mehr denn je. Ohne Annie war das Bett viel zu groß. Sie holte sich das zweite Kopfkissen und drückte es fest an sich.

* * *

Eine Mischung bekannter Gerüche – durchdringende, würzige Gerüche – stiegen Rachel in die Nase und weckten sie halb auf. Aber sie war zu müde und schlief zu fest, um ganz wach zu werden. Sie vermutete, den Tabakgeruch gebe es nur in ihren Träumen.

Doch das eintönige Gemurmel einer monotonen Männerstimme holte sie schließlich doch aus dem Schlaf. „Wer ist da?“, flüsterte sie aus Angst, Annie zu wecken.

Die beschwörenden Worte gingen weiter. Sie erkannte die Stimme von Blue Johnny.

„Was um alles in der Welt geht hier vor?“, keuchte Rachel und setzte sich in ihrem Bett auf. Sie umklammerte ihr Kissen und fragte sich, wie das sein konnte. Blue Johnny hier in ihrem Schlafzimmer?

Dann begannen langsam ... auf unerklärliche Weise ihre Augen, einen verschwommenen Blick von einem kleinen Mädchen wahrzunehmen, das zusammengerollt auf einem Bett an der Wand lag. Lange honigfarbene Zöpfe fielen lose über die schmalen Schultern und ihren Rücken.

Was geschah hier? Kehrte ihr Augenlicht zurück?

„Annie?“, brachte sie mühsam über die Lippen. Dann tastete sie sich aus dem Bett und stand vor der verschwommenen Gestalt eines großen Mannes mit buschigen Haaren und auch vor Mama, die eine große Laterne hielt, deren goldener Schein sich im Zimmer ausbreitete. „Was machst *du* hier?“, flüsterte sie.

Seine Gesichtszüge waren unmöglich zu erkennen, doch der Lichtschein fiel auf ihn. Seine dunklen Augen waren schweigende, tiefe Brunnen. „Du weißt, dass ich die Macht habe“, sagte

Blue Johnny. „Und *du* hast sie auch, Rachel Yoder. Du kannst heilen, genauso wie ich es kann."

Sie spürte ihre Hilflosigkeit, sich seinen Worten zu widersetzen. Sie flossen wie warmes Öl über ihr sensibles Wesen und nahmen ihr Denken gefangen und lullten sie ein. Doch etwas tief in ihrem Inneren kämpfte darum, sich von seinem Einfluss zu befreien. Sie zwang ihren verschwommenen Blick, sich von ihm abzuwenden, und bemühte sich, nach Annie zu sehen.

Jammernd stolperte sie an das Bett ihrer Tochter und kniete dort nieder. Sie streichelte die langen, seidigen Zöpfe und sah zum ersten Mal ihre kleine Tochter wie durch einen Schleier, zum ersten Mal in zwei langen Jahren: Die Haut war so zart wie die einer Taube, die Wangen so rosa wie eine Rosenblüte. Wie schön ihre junge Tochter in ihren hungrigen Augen aussah, wie wunderschön. Oder bildete sie sich alles nur ein? Während sie Annie mit ihren verschwommenen Augen liebevoll ansah, glaubte sie, bei dem kleinen Mädchen eine Ähnlichkeit mit Jakob zu entdecken. Ja, sie sah eine deutliche Ähnlichkeit mit seinem geliebten Gesicht.

„Wecke sie besser nicht auf", riet Mama.

Noch während sie die seidigen Haare ihrer Tochter berührte, rief sie sich Lilys Geschichte auf der Kassette in Erinnerung, den erstaunlichen Bericht von ihrem eigenen Großonkel. Wie der junge Mann, der ähnliche Gaben besessen hatte wie sie selbst, den Zauberdoktoren seiner Zeit widerstand, wie er die starken Veranlagungen, die seiner Familie im Blut gelegen hatten – *ihrer Familie* –, abgelehnt hatte, und wie er sich gegen den Ältesten der Alten Ordnung zur Wehr setzte.

„Nein", hörte sie sich wie im Traum sagen. „Ich will diese Art von Heilung nicht akzeptieren ... und ich will auch nicht irgendwelche Kräfte übertragen bekommen."

„Aber, Tochter ..." Mama weinte jetzt.

„Sei doch nicht so töricht, Rachel", schalt Blue Johnny sie. „Du willst doch sehen, wie deine kleine Tochter heranwächst, oder?"

Rachel drehte sich jetzt um und erhob die Stimme gegen ihn. „Lieber bin ich mein Leben lang blind, als dass ich etwas mit den Gaben des Teufels zu tun haben möchte."

Annie begann, sich zu rühren. So schnell, wie die schemenhaften Bilder gekommen waren, versagte ihr Augenlicht jetzt wieder. „Bitte, geh jetzt", forderte sie Blue Johnny auf.

„Ach, Rachel ... „

„Mama, bringe ihn hinaus."

Sie beugte sich weit über das Bett und hielt die kleine Hand ihrer Tochter fest.

„Merke dir eines, Rachel: Ich habe die Macht, dir dein Augenlicht wiederzugeben", erinnerte Blue Johnny sie. „Eines Tages ... und zwar sehr bald, wirst du kommen und mich darum bitten. Merk dir meine Worte."

Eines Tages, und zwar sehr bald ...

Sie kauerte zusammen und verbannte die Wirkung seiner unheiligen Worte aus ihrem Kopf. Erleichtert hörte sie, dass Schritte das Zimmer verließen. Als es wieder ganz ruhig geworden war, rieb sie sich die Augen und überlegte, ob diese Begegnung vielleicht nur ein Traum gewesen war. Ein furchtbarer, schrecklicher Traum.

23

Philip mutete es komisch an, dass Rachel während der Fahrt nach Reading auf dem Rücksitz saß, als wäre er der Chauffeur für eine amische Frau. Bei allem, was recht war! Aber das war eben die Bedingung, unter der die blinde Frau einverstanden gewesen war, mit ihm zu fahren. Er ertappte sich dabei, dass er immer wieder flüchtige Blicke in den Rückspiegel warf.

Einmal, als er an einer Ampel warten musste, starrte er sie lange an und überlegte, wie Rachels Haare wohl aussahen, wenn sie lose über ihre Schultern und ihren Rücken fielen und von dem strengen Knoten und der Kopfbedeckung, die sie immer trug, befreit wären. Frei und anmutig und vielleicht sogar ein wenig gewellt. An den wenigen Stellen, an denen sich eine Haarsträhne aus dem Knoten auf ihrem Hinterkopf gelöst hatte, waren Ansätze von Locken zu sehen.

„Ich glaube, Lily wird Ihnen sehr gefallen", sagte er und versuchte, durch ein ungezwungenes Gespräch die Spannung, die sie deutlich gefangen hielt, zu lösen.

Rachel schwieg.

„Gabriel und Adele wurden für mich gestern ganz lebendig."

„Ja, für mich auch." Ihr Mund verzog sich leicht nach oben, nahm dann jedoch wieder seine etwas verkrampfte Haltung ein.

Er fragte sich, ob sie sich vielleicht unwohl fühlte oder gar Angst hatte. „Ich fahre weit unter der Geschwindigkeitsbegrenzung", versuchte er, sie zu beruhigen.

Sie nickte, sprach aber immer noch kein Wort.

Er gab es auf. Diese Frau brauchte einfach Zeit, um sich an die Fahrt zu gewöhnen. Immerhin war es noch nicht so lange her, dass sie ihren Mann und ihren jungen Sohn ... wegen eines Autos verloren hatte.

* * *

Rachel saß auf dem Rücksitz von Philip Bradleys Auto und spürte, dass er ihr gerne helfen wollte, sich zu entspannen. Aber sie zog es vor zu schweigen und dachte lieber über Lilys faszinierende Geschichte nach. Sie konnte es immer noch nicht ganz fassen, dass ihr eigener Vater mit dazu beigetragen hatte, dass Gabriel mit dem ungerechtesten Gemeindebann, der je ausgesprochen worden war, belegt wurde. Kein Wunder, dass Mama so abweisend reagiert hatte, als Philip sie das erste Mal nach Gabriel gefragt hatte. Kein Wunder, dass Rachels eigene Fragen über Gabriel Esh immer mit vorsichtigen, abweisenden Bemerkungen beantwortet wurden.

Was sollte sie von dem Traum oder der Vision der letzten Nacht, oder was immer es gewesen war, halten? Eine starke Kühnheit war übermächtig in ihr aufgestiegen. So etwas hatte sie bis jetzt noch nie erlebt. Diese Kühnheit musste daher rühren, dass sie kurz vorher auf der Kassette gehört hatte, wie Gabriel sich gegen die Gottlosigkeit in seiner Gemeinde aufgelehnt hatte.

Gott sei Dank, hatte über die Spanne vieler Jahre der gottesfürchtige Onkel Gabriel sie beeinflusst und ihr geholfen, ein für alle Mal eine klare Entscheidung zu treffen und ihr Zaudern in Bezug auf Blue Johnny und die anderen „Heiler“ aufzugeben. Kusine Esther wäre bestimmt stolz auf sie.

Rachel konnte es kaum erwarten, den Rest von Lilys Geschichte zu hören ...

* * *

Wenn Susanna ein wenig aufgeregt gewesen war, weil Rachel sich mit Philip Bradley unterhalten hatte, dann war sie heute völlig außer sich. Nachdem dieser neugierige Unruhestifter aus New York gekommen war und ihr Mädchen entführt hatte, lief Susanna wie ein aufgescheuchtes Huhn in ihrer Küche umher. Sie hatte große Mühe, die Zutaten für den Eintopf zusammenzubringen. Sie vergaß, dass sie fast alles, was sie dazu brauchte, unten in dem kalten Keller aufbewahrte.

Annie war über ihr Verhalten genauso perplex wie Benjamin. Sobald das Fleisch, die Kartoffeln, Zwiebeln, Karotten und der Sellerie für den Eintopf geschnitten und in einen großen schwarzen Topf gemischt waren, sank Susanna erschöpft auf einen Stuhl und musste sich frische Luft zufächern, obwohl Annie ihr immer wieder beteuerte: „Es ist kein bisschen heiß hier, Oma Susanna.“

* * *

Lily war von noch mehr Kissen als gestern gestützt, als Philip und eine Altenpflegerin Rachel in das Zimmer der alten Frau führten. Aber sie lächelte, als warte sie mit großer Vorfreude auf ihren Besuch.

„Ich habe Rachel Yoder mitgebracht“, sagte Philip und stellte die zwei Frauen einander vor.

„Es freut mich sehr, Sie kennen zu lernen, Rachel“, sagte Lily und reichte der jungen Frau ihre dünne Hand.

Philip schaute zu, wie Rachel Lilys Hand ergriff und kurz drückte. „Ich konnte es gestern Abend nicht erwarten, alles über meinen Großonkel zu hören“, sagte Rachel, fuhr mit der Hand in ihre Schürzentasche und hielt Philip die Kassette hin. „Es war die interessanteste Geschichte, die ich je gehört habe.“

„Mir ging es ebenso“, fügte Philip schnell hinzu und nahm Rachel die Kassette aus der Hand.

Die Krankenschwester holte einen zweiten Stuhl, damit sich Rachel und Philip setzen konnten. Sie nahmen beide dankend Platz und warteten gespannt auf die Fortsetzung von Lilys Bericht über ihre Freundin und Gabriel Esh.

Lily schien von Rachel wie gebannt zu sein. Philip fand es interessant, dass sie die blinde Frau so genau betrachtete. „Ich muss Ihnen etwas sagen, Rachel“, sagte sie schließlich. „Sie haben sehr viel Ähnlichkeit mit dem Onkel Ihrer Mutter.“

„Wirklich?“, fragte Rachel erstaunt.

„Ja, wirklich sehr viel“, antwortete Lily. „Die Ähnlichkeit ist so frappierend, als wären Sie seine eigene Tochter.“

Rachels Augen schienen auf ihren Schoß gerichtet zu sein, obwohl sie nichts sah. „Das hat mir ja noch nie jemand gesagt."

„Das kann ich mir denken", antwortete Lily leise. Ihr Blick wanderte wieder in die Ferne. „Es ist wirklich erstaunlich. Und es ist ein Kompliment für Sie, denn Gabriel Esh machte seinem Namen alle Ehre. Er hatte wirklich das Gesicht eines Engels. Wenigstens war Adele dieser Meinung."

Philip hatte das Gefühl, vor ihm schmölzen die Jahre dahin, als Lily, eine Altersgenossin von Adele Herr, und die junge Verwandte von Adeles Verlobtem in einem Zimmer nebeneinander saßen. Es war, als hätten sie die Zeit überbrückt und begegneten sich in diesem Augenblick.

Ihm fiel auf, dass jemand Gabriels Postkarte in die Mitte von Lilys Pinnwand gesteckt hatte. Offenbar bedeutete es der alten Frau sehr viel, die Karte in ihrem Besitz zu haben. Philip war froh, dass es ihm gelungen war, sie ihr zu übergeben.

„Schauen wir einmal", sagte Lily. „Wo habe ich gestern aufgehört?"

„Bei dem Gemeindebann", antworteten Philip und Rachel gleichzeitig wie aus der Pistole geschossen. Das löste bei allen im Raum ein belustigtes Lächeln aus.

„Ja, der Gemeindebann, mit dem Gabriel belegt wurde, war das Beschämendste, was je in dieser Gemeinde vorgekommen ist", bemerkte Lily. „Sie riss den Bezirk und die Gemeinde der Alten Ordnung förmlich auseinander."

„Wie meinen Sie das?", fragte Rachel leise.

Lily wandte der jungen Frau den Kopf zu. „Gabriels Bann teilte die Amisch in zwei Teile. Ich habe nie zuvor gehört oder gesehen, dass etwas eine amische Gemeinde derart gespalten hätte. Der Riss ging mitten durch die Gemeinde."

Rachel seufzte hörbar auf. „Vielleicht ist das der Grund, warum so viele amische Mennoniten und Amische der Neuen Ordnung heute in unserer Gegend leben. Viele meiner eigenen Verwandten gehören inzwischen schon nicht mehr der Alten Ordnung an."

Lily nickte nachdenklich. „Es überrascht mich nicht, das zu hören."

Rachel schwieg. Sie faltete die Hände auf ihrem Schoß. Philip konnte neben sich ihren leisen Atem hören und fragte sich, was ihr wohl durch den Kopf ging.

„Ich glaube, ich habe Ihnen nicht erzählt, dass Lavina Troyer diejenige war, die Adele in dem Jahr, als sie in der amischen Schule unterrichtete, ein Zimmer vermietete", meinte Lily.

Rachels Überraschung war unübersehbar. *„Lavina?* Wirklich?"

„Lavina gab der englischen Lehrerin nicht nur einen Platz zum Wohnen. Ihre Freundlichkeit ging noch viel weiter. Sie war viel weiser, als die meisten Leute ihr zutrauten, aber ich glaube, ich sollte lieber eines nach dem anderen erzählen ..."

* * *

Lavina lebte allein in dem Bauernhaus ihres verstorbenen Vaters, das er ihr nach seinem Tod hinterlassen hatte. Mit achtundzwanzig war sie bei den Amisch ein „altes Mädel", eine alte Jungfer, und da sie mehr als genug Platz hatte und die Nebeneinnahme gut gebrauchen konnte, bot sie an, der englischen Lehrerin einen Teil ihrer Räume im oberen Stockwerk zu vermieten.

An einem der letzten Tage, die Adele in Bird-in-Hand verbrachte, am Ende des amischen Schuljahres, war Lavina gerade damit beschäftigt, die Sahne von einer großen Kanne Milch abzuschöpfen, als Adele in die Küche kam. Ein erfrischender Aprilwind blies durch das Fenster, und der Geruch nach frisch gepflügten Feldern und Milchkühen breitete sich ebenfalls in der Küche aus.

Adele legte ihr Schulbuch auf den Tisch und starrte auf den Hof hinaus. Die Sonne schimmerte auf dem Teich südlich der Scheune und warf Schatten auf einen kleinen Hang, auf dem Weiden das plätschernde Wasser eines Baches säumten. „Oh, Lavina, ich werde diese wunderschöne Gegend vermissen. Und auch die ganzen Kinder", entfuhr es ihr unvermittelt.

„Ich hoffe, du wirst mich auch vermissen", sagte Lavina mit großen Augen und einem Grinsen auf dem Gesicht.

Adele drehte sich um und sah ihre Freundin an. „Natürlich werde ich dich vermissen. Du bist immer so gut zu mir gewesen. Ich weiß gar nicht, wie ich dir danken soll. Du hast mich so viele Tricks im Haushalt gelehrt – wie man einmacht und kocht und näht."

„Wir sollten lieber dir für deine gute Arbeit an unseren Kindern danken." Die amische Frau lächelte freundlich. „Du musst irgendwann wiederkommen und uns besuchen. Vielleicht kannst du ja länger bleiben, ja?" In ihren graublauen Augen lag ein freundliches Funkeln.

„Das ist sehr nett von dir, Lavina. Danke." Aber Adele wusste, dass sie nie nach Bird-in-Hand zurückkehren könnte. Sie eilte nach oben, um die wenigen Sachen zu packen, die sie mit nach Amischland gebracht hatte.

* * *

An diesem Abend fand ein privates Treffen der Ältesten, unter anderem Prediger King und Seth Fischer, statt. Sie planten, Gabriel Esh aus ihrer Mitte zu entfernen, und sprachen über die Art und Weise, wie sie am folgenden Sonntag, wenn sich nach dem Predigtgottesdienst die Gemeindemitglieder versammelten, vorgehen wollten.

Prediger King stimmte Seth Fischers Vorschlag zu, die Amisch darüber abstimmen zu lassen und darauf zu verzichten, den jungen Mann in der üblichen, biblischen Weise zu behandeln, nach der Gabriel verwarnt worden wäre und Gelegenheit zur Buße bekommen hätte. Wovon sollte er Buße tun? Er hatte ein anderes Verständnis von der Bibel als sie, und er hatte die Übertragung der Gabe der Wunderheilung von Seth Fischer abgelehnt: Das war alles. Sie müssten die ganze Sache unter Verschluss halten. Falls etwas davon über die Gemeindegrenzen von Lancaster hinaus in die umliegenden Bezirke durchsickern würde, könnte es sein, dass die anderen Amisch nicht nur über ihre Vorgehensweise bei dem Gemeindebann, sondern auch in Bezug auf ihre Gründe verständnislos den Kopf schütteln würden.

* * *

Gabriel fuhr an dem Tag, an dem Adele abfahren sollte, mit seinem Pferd und seiner Kutsche direkt in Lavinas Hof. Adele packte gerade ihre Sachen ins Auto. „Ich wollte mich noch verabschieden", sagte er und half ihr, mehrere mittelgroße Kisten in den Kofferraum zu hieven.

Sie wusste kaum, was sie sagen sollte. Vor ihr stand der Mann, nach dem sich ihr Herz immer gesehnt hatte, und doch stieß sie ihn von sich. Er hatte ihr bei einer wunderschönen, romantischen Kutschfahrt einen Heiratsantrag gemacht, aber sie hatte ihn abgelehnt.

„Wirst du für mich beten, Adele? Für die Arbeit, zu der Gott mich berufen hat?" Er schaute ihr fragend in die Augen.

Sie nickte. „Natürlich werde ich das."

„Darf ich dir hin und wieder schreiben?", fragte er und ergriff ihre Hand.

Sie dachte nach. „Nur, wenn du in deiner Muttersprache schreibst. Einverstanden?"

Gabriel fragte nicht nach ihren Gründen für diese Bitte, sondern schien einfach nur froh zu sein, dass sie einwilligte. „Wir bleiben immer Freunde, ja?", bat er und nahm seinen Hut ab. „Immer?"

„Mit den angenehmsten Erinnerungen, ja", antwortete sie. „Ich werde dich nie vergessen, Gabriel Esh. Niemals. Solange ich lebe."

Gabriel trat näher auf sie zu und schaute sie mit leuchtenden Augen an. „Ich liebe dich, Adele", sagte er noch einmal. „Vergiss das nie."

Sie sehnte sich nach einer letzten Umarmung, wich aber zurück. „Es tut mir Leid, Gabriel", flüsterte sie und legte die Hand auf den Türgriff ihres Autos. „Es tut mir so furchtbar Leid ..."

Seine Augen waren mitfühlend und zärtlich, aber die Muskeln an seinem Kinn zuckten wiederholt. „Ich bin so froh, dass der Herr uns zusammengeführt hat, wenn auch nur als Freunde, meine liebe Adele. Ich werde dich vermissen ... mein Leben lang."

Sie versuchte, den dicken Kloß in ihrem Hals hinunterzuschlucken, und flüchtete in den Schutz ihres Autos, bevor die Tränen unkontrolliert über ihre Wangen liefen. Sie schloss die Tür, steckte den Schlüssel ins Zündschloss, blinzelte ihre Tränen zurück und rüttelte an dem Schalthebel. Dann fuhr sie langsam aus dem Hof und winkte Lavina, die auf die Veranda getreten war, mit Tränen in den Augen zum Abschied zu.

Aber das Bild des deprimierten blonden Mannes, der neben einer kastanienbraunen Stute und einem offenen Einspänner allein in der Sonne stand und seinen Strohhut in beiden Händen hielt, würde sie für den Rest ihres Lebens nicht vergessen.

* * *

Drei lange Briefe kamen in der ersten Woche, nachdem Adele nach Hause zurückgekehrt war, von Gabriel. Sie war dankbar, dass er daran gedacht hatte, in seiner Muttersprache zu schreiben. Die Entrüstung ihres Vaters über diese Beziehung, die in seinen Augen noch weiterging, war der Hauptgrund für ihre seltsame Bitte gewesen, Gabriel solle in seiner Muttersprache schreiben. Aber sie beantwortete die Briefe ihres Freundes mit eisigem Schweigen.

Zwei weitere, quälende Wochen kamen seine Briefe, aber sie beantwortete sie nicht, obwohl darin keine Liebeserklärungen standen. Der junge Amischmann akzeptierte ihre schmerzliche Entscheidung und schilderte ihr stattdessen auf vielen Seiten, was der Herr alles tat, und beschrieb die Zeugnisse von Menschen, die Erlösung und in manchen Fällen sogar Heilung durch Gebet erfahren hatten. Ihr wunderbarer Gabriel, der so ungerecht mit dem Gemeindebann belegt worden war, folgte Gottes

Ruf und arbeitete mit einem Prediger der Beachy-Amisch außerhalb von Bird-in-Hand zusammen.

Adele fing an, sich auf seine Briefe, die jeden zweiten Tag kamen, zu freuen, obwohl sie fürchtete, sie würde in ihm falsche Hoffnungen wecken, wenn sie ihm antwortete. Deshalb sah sie davon ab, seine Briefe zu beantworten, auch wenn es ihr fast das Herz brach, zu schweigen.

Anfang Mai starb ihre Mutter, die seit Jahren krank gewesen war. Sie schlief friedlich ein. Ihr Tod war ein schmerzlicher Schlag für Adele und machte ihr bewusst, wie kurz das Leben war und dass jeder Tag ein großes Geschenk Gottes war. Der Tod ihrer Mutter zwang sie, ihr eigenes Leben im Licht der Ewigkeit neu zu beurteilen.

So trat Adele am Tag nach der Beerdigung leise in das frühere Wohnzimmer ihrer Mutter und schrieb ihren ersten und einzigen Brief an Gabriel. Während sie schrieb, fühlte sie richtig, wie ein Damm in ihr brach. Sie erkannte ohne den geringsten Zweifel, dass sie Gabriel nicht nur so sehr liebte, dass sie ihm ihre Liebe gestehen konnte, sondern dass sie auch bereit war, sich dem amischen Lebensstil unterzuordnen, um sein Leben und seinen Dienst mit ihm zu teilen.

14. Mai 1962
Lieber Gabriel,
deine kostbaren Briefe liegen alle vor mir auf dem alten Schreibtisch meiner Mutter, während ich dir diese Zeilen schreibe. Mein Herz kann es nicht länger ertragen, dir nicht zu antworten.
Bevor ich von dir fortfuhr, hielt ich es für unmöglich, dass wir zusammen sein könnten. Aber jetzt weiß ich, dass ich ohne dich nicht leben will. Ich bin bereit, mein modernes Leben für dich aufzugeben, mein geliebter Gabriel, wenn das nötig ist.
Seit wir getrennt sind, habe ich begriffen, dass du und ich trotz unserer völlig unterschiedlichen Herkunft die wichtigsten Dinge gemein haben. Wir sind uns ähnlich in unserem Eifer für Gott, in unserer Liebe zu den Menschen, die verloren gehen, und wir ge-

nießen beide die Natur. Ja, ich vermisse unsere vielen gemeinsamen Spaziergänge. Und wir mögen Kinder sehr gern ...
Wenn du immer noch genauso über uns denkst wie an dem Abend, an dem wir das letzte Mal miteinander ausfuhren, lautet meine Antwort jetzt: Ja. Ich warte gespannt auf deine Antwort.
Ich liebe dich von ganzem Herzen!
Dein „modernes" Mädchen,
Adele

Liebevoll half Adele ihrem Vater in der darauf folgenden Woche, die Kleidung, Möbel und persönlichen Sachen ihrer Mutter auszusortieren. Vieles davon schenkten sie wohltätigen Organisationen, nur der alte Rolloschreibtisch wurde in den Schuppen verfrachtet und wartete darauf, dass ein Antiquitätenhändler ihn abholen würde.

Adele wartete jeden Tag mit großer Spannung auf Gabriels Antwort, aber es kam keine. Die Tage vergingen, und sie hörte immer noch kein Wort von dem lächelnden blonden Amischmann. Sie fragte sich, ob er den Brief vielleicht nicht bekommen hatte, obwohl er nicht als unzustellbar zurückgekommen war. Tausende Male überlegte sie, ob sie einen zweiten Brief schreiben sollte, falls der erste irgendwo bei der Post verloren gegangen war. Aber sie entschied sich doch, zu warten und zu beten, dass mit ihrem geliebten Gabriel alles in Ordnung wäre. Sie hoffte, sein Schweigen sei kein Zeichen dafür, dass seine Zuneigung abnahm, oder noch schlimmer, dass sie ihm inzwischen vollkommen gleichgültig war.

Am Sonntag, dem einunddreißigsten Mai – zwei Wochen und zwei Tage, nachdem sie Gabriel ihren Brief geschrieben hatte – erhielt Adele am späten Nachmittag einen Telefonanruf von Lavina Troyer, die ihr mitteilte, dass Gabriel Eshs Leben und sein Dienst durch einen Autounfall brutal ein Ende gefunden hatte. „Er war auf dem Weg zu einem Predigtgottesdienst ... drüben in Gordonville", stammelte die junge Frau unter Tränen. Sie erzählte noch, dass seine Familie wegen des Gemeindebanns keinen

Beerdigungsgottesdienst für ihn halten wolle und auch kein Grab für ihn bezahlen werde.

Betroffen und gebrochenen Herzens musste Adele mit einem Schmerz, wie sie ihn noch nie zuvor erlebt hatte, das Bett hüten. Lavina sorgte mit ihrem eigenen Geld dafür, dass Gabriel beerdigt werden konnte. Dieses Geld hatte einer ihrer Brüder bei der Bank angelegt, damit sie eventuell eine Aussteuer hätte. Mit der Hilfe eines amischen Freundes der Neuen Ordnung, der Beziehungen zum Historischen Verein der Mennoniten in Lancaster hatte, kaufte sie eine Grabstelle und einen Grabstein auf einem Friedhof in Reading und sorgte dafür, dass ihr früherer Schulkamerad eine anständige Beerdigung bekam.

Adele und die junge Amischfrau standen gemeinsam auf dem Grashügel unter dem Grabstein und lasen bei dieser privaten Beerdigungsfeier abwechselnd Gabriels Lieblingsstellen aus der Bibel. Lavina schaute zum Himmel hinauf und sagte: „Gabriel war wahrscheinlich einfach zu gut für diese Welt, und der Herr, unser Vater im Himmel, hielt es für richtig, ihn zu sich zu holen.“ Adele war untröstlich. Sie lag in Lavinas Armen und versprach, auf jeden Fall mit ihr in Kontakt zu bleiben.

In den Jahren, die darauf folgten, blieb Adele unverheiratet. Sie stürzte sich in ihre Lehrtätigkeit für Kinder und füllte die leeren Jahre mit ihrem Beruf und der Pflege ihres alten Vaters. Sie fand nie wieder die Liebe, die sie bei Gabriel Esh erlebt hatte, und konnte sich nie vergeben, dass sie ihn hatte gehen lassen.

Es gab einen gelegentlichen Briefwechsel mit Lavina, der schlichten, einfachen Amischfau, deren Herz vor Güte und Nächstenliebe überquoll und die auf ihre eigene, naive Art Gabriel ebenfalls geliebt hatte. Wegen Lavinas mitfühlender Entscheidung, Gabriel in Reading beerdigen zu lassen, konnte Adele das Grab ihres geliebten Freundes, das nur einige Straßen von ihrem Zuhause entfernt war, oft besuchen.

Wochen später hörte Adele von Lavina, dass Adeles Brief unter Gabriels persönlichen Sachen gefunden worden war. Aber das konnte sie auch nicht trösten.

Jedes Jahr am siebten Januar bestellte Adele viele Blumen, die sie auf Gabriels Grab legte, um an den Tag seiner Geburt zu erinnern. Aber nach einer Weile legte sich ein Schatten über sie, und ihr Glaube geriet ins Wanken. Sie verbrachte die restlichen Jahre damit, sich nach dem zu sehnen, was hätte sein können. Sie war enttäuscht von Gott und enttäuscht von sich selbst.

* * *

Eine beklemmende Stille legte sich über Lilys Zimmer, als sie die letzten Worte der zu Herzen gehenden Geschichte erzählte. Rachel wischte sich Tränen aus den Augen. Philip hustete leise und hatte ebenfalls Mühe, die Fassung zu bewahren.

„Nach Gabriels Tod sprach Adele kaum noch über ihn“, sagte Lily. „Sie hob jeden seiner Briefe auf und lernte sie im Laufe der Jahre auswendig. Sie waren ihr einziges Verbindungsglied zu ihm.“

Philip schaute zu der Postkarte hinauf, die sauber an der Wand über Lilys Kopf angebracht war. Wie seltsam, dass etwas so Kleines und auf den ersten Blick scheinbar so Unbedeutendes diese drei Menschen an diesem Herbstnachmittag zusammengeführt hatte.

Lilys Altenpflegerin kam mit Medikamenten ins Zimmer. Philip und Rachel standen schnell auf, bedankten sich leise und verabschiedeten sich. Philip nahm seinen Kassettenrekorder und wünschte sich, sie hätten genug Zeit gehabt, um mit Lily noch länger über diese erstaunliche Geschichte zu sprechen. Außerdem hätte er gerne gewusst, woher sie Adele Herr kannte, vermutete aber bei genauerem Nachdenken, dass sich die zwei Frauen wahrscheinlich am College in Millersville kennen gelernt hatten, oder dass sie enge Freundinnen gewesen waren. Philip war sich jedoch bewusst, dass er und Rachel bereits einen großen Teil von Lilys Nachmittag in Anspruch genommen hatten. Es war nicht zu übersehen, dass es die Frau viel Kraft gekostet hatte, diese Geschichte zu erzählen. Nein, es war Zeit zu gehen.

* * *

Philip und Rachel brachen zur Rückfahrt nach Lancaster auf. Dieses Mal saß Rachel auf dem Beifahrersitz. Er hatte ihr geholfen, vorne Platz zu nehmen, nachdem sie das Altenpflegeheim verlassen hatten. Rachel hatte sich nicht geweigert, obwohl er nicht sicher war, ob sie wusste, wohin er sie geführt hatte. Ihm gefiel dieser Platz besser als der Rücksitz. Auf diese Weise konnten sie sich leichter über Adele und Gabriel unterhalten, falls sie das wollten.

„Wir hätten Lily fragen sollen, wann Adele starb und wo sie begraben ist", überlegte Philip laut, als sie auf eine der Hauptstraßen bogen.

„Ja. Es ist wirklich traurig, dass Adele starb, ohne Gabriels Antwort bekommen zu haben. Wenn sie diese Postkarte bekommen hätte, hätte das ihr ganzes Leben verändert, nicht wahr?"

Philip warf einen Blick auf die junge Frau, die neben ihm saß. Wie scheu sie gewirkt hatte, als er ihr das erste Mal begegnet war, aber sie schien sich allmählich in seiner Gegenwart zu entspannen. „Ich habe das Gefühl, diese Postkarte hätte alles geändert, sowohl für Adele als auch für Gabriel."

Sie nickte, schwieg aber eine Weile. Dann fragte sie: „Warum, glauben Sie, hat Gabriels Nachricht Adele nie erreicht?"

Er hatte, während Lily die Geschichte erzählte, auch schon über diese Frage nachgedacht. „Ich weiß es nicht. Es ist möglich, dass Adeles Vater sich ärgerte, weil schon wieder Post von diesem Amischmann kam, und sie in den alten Schreibtisch steckte, der bald abgeholt werden sollte. Aber das ist nur Spekulation. Wer kann das heute noch sagen. Wir wissen nur, dass die Postkarte in eine der schmalen Schubladen des Schreibtisches gesteckt wurde."

Sie war verblüfft. „In eine Schublade, sagen Sie?"

„Ja. Erinnern Sie sich, dass Adele an einem alten Rolloschreibtisch saß, als sie ihren einzigen Brief an Gabriel schrieb? Das muss derselbe Schreibtisch gewesen sein."

„Klingt fast so, als hätten Sie ihren Beruf verfehlt, *Detektiv* Bradley."

Er schmunzelte ein wenig. „Das ist das, was ich immer tue: Ich sammle Fakten für eine Geschichte. Man kann also vielleicht sagen, dass ich in gewisser Weise tatsächlich ein Detektiv bin. Was den Schreibtisch von Adeles Mutter betrifft: Nach Aussage von Emma in dem Antiquitätenladen in Bird-in-Hand kam er tatsächlich aus Reading. Sie konnte die Spur zu dem alten Schuppen eines Baptistenpastors zurückverfolgen."

„Dann haben Sie sich also wirklich auf die Spur dieses Schreibtisches gesetzt." Ihr Gesicht verzog sich zu einem echten Lächeln, und ein leises Kichern kam über ihre Lippen. Schnell legte sie sich die Hand auf den Mund.

Philip sagte: „Ich bin froh, dass ich jetzt weiß, was damals mit Adele und Gabriel geschah."

„Es ist wirklich erstaunlich, dass dieser Schreibtisch sozusagen den Kreis geschlossen hat und im Haus meines Vaters landete. Direkt vor Ihrer Nase."

Rachels Bemerkung verriet viel Einsicht. Er war froh, dass sie ihn begleitet hatte, um an diesem milden Septembertag die Geschichte ihres Großonkels zu hören.

Die Sonne stieg immer höher, als er an der weißen Steinmauer vorbeifuhr und auf den Parkplatz vor dem alten Friedhof einbog. Hohe Bäume standen wie riesige Wachsoldaten mit weit ausgestreckten Armen auf dem Grashügel.

„Ich hoffe, es stört Sie nicht, Rachel, aber ich dachte, wir könnten hier kurz anhalten ... und Gabriels letzte Ruhestätte besuchen."

„Das stört mich nicht."

„Ich war schon einmal hier, ließ mich aber leider ablenken. Jetzt, wo wir die ganze Geschichte gehört haben, wäre es schön, Gabriels Grabstein mit eigenen Augen zu sehen." Ihn interessierte die Inschrift, obwohl er keine Ahnung hatte, ob die Amischfrau daran gedacht hatte, mehr als nur Gabriels Geburts- und Todesdatum auf seinen Grabstein schreiben zu lassen. Er wollte ihn mit eigenen Augen sehen, und er ahnte, dass Rachel genauso neugierig war wie er.

Philip eilte um das Auto herum und half ihr beim Aussteigen. Sanft nahm er Rachels Hand und legte sie auf seinen Arm, während sie in der anderen Hand ihren Stock hielt. Dann führte er sie so vorsichtig, als wäre sie eine zerbrechliche Puppe, über den gepflasterten Weg. Er erinnerte sich an die Wegbeschreibung, die ihm der Friedhofswärter vor vier Tagen gegeben hatte, und lotste sie zu Gabriels Grabstein. Sein Herz schlug schneller, als sie abbogen und im strahlenden Sonnenschein über einen leicht abfallenden Grasweg spazierten.

Gabriels Grabstätte war ohne Schmuck. Es stand kein Kreuz und kein Engel darauf wie auf manchen anderen Gräbern. Der Grabstein war noch nicht stark verwittert. Es war ein schlichter Grabstein, passend für einen Amischmann. „Was steht darauf?", fragte Rachel, die ihren Arm immer noch bei ihm eingehakt hatte.

Langsam wanderten seine Augen über die Inschrift. Er las die Worte zuerst schweigend:

GABRIEL ESH
Geboren am 7. Januar 1935
Gestorben am 30. Mai 1962
Von Menschen ausgestoßen. Von Gott gesegnet.
Von Adele Lillian Herr geliebt.

Philip war zutiefst bewegt, als er Rachel diese Worte laut vorlas. Sie war ganz still und hob ihre geöffneten Augen zu dem strahlenden Licht der Sonne. Ein leichter Wind wehte über das Gras und spielte mit ihrem Rock und ihrer Schürze. Einen Augenblick lang war es, als könnte sie tatsächlich sehen.

„Würden Sie Adeles *vollen* Namen bitte noch einmal lesen", bat Rachel leise.

Philip schaute auf den Grabstein: „Adele Lillian Herr."

Sie atmete schnell ein und umklammerte seinen Arm.

„Geht es Ihnen gut?“ Er legte die Hand auf ihren Handrücken, um sie zu trösten.

„Ja, mir geht es gut. Aber ich glaube, Ihnen ist vielleicht doch etwas Wichtiges entgangen. Es ist unübersehbar.“

„Was meinen Sie?“

„Lily ... die Kurzform von Lillian, nicht wahr?“

Er staunte über die Klugheit dieser schönen blinden Frau. Natürlich! Lily war Adele Herr!

24

Sie schienen stundenlang vor dem Grab zu stehen. Regungslos, in Gedanken versunken über ihre Entdeckung, wer Lily in Wirklichkeit war.

Als sie sich schließlich umdrehten und die Grabstätte verließen, waren beide sehr nachdenklich. Philip fragte sich, warum Lily ihre Identität hatte geheim halten wollen. Warum hatten sie nicht erfahren sollen, wer sie war?

Während sie über den sanften Abhang zu seinem Auto gingen, achtete er sehr darauf, Rachel auf die unebenen Stellen unter ihren Füßen aufmerksam zu machen, dann schwieg er wieder und dachte über die Ereignisse dieses Tages nach.

Rachel ergriff als Erste das Wort und brach das fast ehrfürchtige Schweigen. Es war, als könne sie seine Gedanken lesen. „Lily wollte nicht, dass wir erfahren, dass sie Adele ist." Sie seufzte hörbar. „Sie muss furchtbar gelitten haben. Als sie Gabriel auf diese tragische Weise verlor, hatte sie anscheinend das Gefühl, sie müsse die Zeit anhalten und dürfe selbst auch nicht mehr weiterleben. Sie benutzte deshalb sogar ihren zweiten Vornamen. Es war eine Art, sich zu verstecken, sich in sich zu verkriechen, sich vor den furchtbaren Schmerzen zu schützen."

Philip staunte über Rachels tiefes Mitgefühl. *Sie scheint aus eigener Erfahrung zu sprechen,* dachte er.

Sie schwieg wieder und drehte sich zu ihm um, obwohl ihre Augen nach unten gerichtet waren. „Ich weiß nur zu gut, was Lily ... Adele durchgemacht hat. Sie konnte einfach nicht weiterleben. Das ist der Grund für dieses Geheimnis."

Während Philip ihr ins Auto half, fragte er sich, welche Geheimnisse wohl Rachel tief in ihrer Seele vergraben hatte und nicht ans Licht kommen lassen wollte.

Die Sonne verschwand hinter einer Wolke, als er den Motor startete und nach Lancaster zurückfuhr. Das machte es ihm leicht, sich auf die Straße und auf die hübsche, empfindsame junge Frau an seiner Seite zu konzentrieren.

„Adele hat Gabriels Nachricht doch noch erhalten, bevor sie starb", hörte er Rachel sagen. „Sie hat die Karte gerade noch rechtzeitig bekommen."

Bald waren sie in ein angenehmes Gespräch, wie er es noch nie mit einer Frau geführt hatte, vertieft. Sie unterhielten sich über ihre Kindheit und über ihre religiöse Erziehung, ihre Eltern und Geschwister, ihre Hoffnungen und Träume ...

Rachel erzählte ihm auch von ihrer Liebe zu Jesus Christus, und wie gerne sie Bibelkassetten und die Aufnahmen von Predigten hörte, die ihr ihre Kusine Esther aus Ohio schickte. „Wenn man mit Jesus lebt, ändert sich die ganze Welt."

Philip war von dem Gespräch mit dieser klugen und intuitiven Frau so fasziniert, dass er am Ende ihrer Fahrt fast vergessen hatte, dass sie sowohl blind als auch amisch war.

* * *

Stephen Flory und seine Frau freuten sich über die Einladung zum Abendessen. Philip berichtete ihnen von seinem und Rachel Yoders Besuch bei Lily, „die, wie wir zu unserem großen Erstaunen herausfanden, selbst Adele Herr ist."

„Kein Wunder, dass ich keinen Sterberegistereintrag finden konnte", lachte Stephen.

Philip nickte. „Ja, kein Wunder ..." Er erzählte ihnen, dass er am nächsten Tag nach New York zurückfahren würde. „Ich nehme den ersten Zug", sagte er.

„Ihre Arbeit hier ist also erledigt?", fragte Stephen mit einem verschmitzten Grinsen.

„Ich glaube, ich habe die Fakten zu einem aufwühlenden Roman über ein menschliches Schicksal." Er war nachdenklich. „Ich weiß nicht genau, was ich aus Gabriels und Adeles Geschichte mache, aber ich bin sicher, dass es mir schon noch einfällt ... zu gegebener Zeit."

„Vielleicht, wenn es sich ein wenig gesetzt hat“, schlug Deborah vor.

„Vielleicht ...“

* * *

Rachel schöpfte die Hühnersuppe für das Abendessen in die Schüssel, als ihre Gedanken wieder zu Philip Bradley wanderten. Sie hätte erwartet, dass sie von der erstaunlichen Geschichte gefangen wäre, die sie in den letzten zwei Tagen gehört hatte: den einen Teil auf Kassette, den anderen persönlich. Aber sie hielt es nicht für falsch, an jemanden zu denken, der so nett und so faszinierend war wie der Reporter aus New York. Er war sehr interessant, besonders für einen Engländer.

Sie dachte über die Geschichte nach, die er über Gabriel und Adele schreiben wollte. Aber es bestand wenig Hoffnung, dass sie diese Geschichte je lesen könnte. Es sei denn, Susanna wäre bereit, sie ihr vorzulesen. Wenn nicht, könnte sie warten, bis Annie ein wenig älter wäre. Trotzdem hatte sie großes Mitleid mit ihm, weil er in eine so hektische Stadt wie New York zurückkehren musste. Sie hatte die Kraft in seinem Arm genossen, als er sie über den Friedhof führte, wo Gabriel begraben war, und den leichten Geruch seines Rasierwassers, etwas, das sie bei Jakob nie gerochen hatte – niemals. Was nicht bedeutete, dass es ihr nicht sehr gefiel.

Etwas an Philip Bradley gab ihr das Gefühl, wieder zu leben. Sie wollte auf einmal nicht mehr so sehr, dass die Zeit stehen blieb. Sie konnte sich fast vorstellen, wieder ein wenig an die Zukunft zu denken. Einen winzigen Schritt nach dem anderen nach vorne zu gehen. Ja, sie hatte sich an seiner Seite so wohl und so sicher gefühlt.

Jetzt, wo sie darüber nachdachte, war Rachel richtig froh, dass er ihr Gästehaus am Obstgarten als Übernachtungsmöglichkeit ausgesucht hatte.

25

Während er auf dem Bahnhof in Lancaster auf seinen Zug wartete, spielte Philip mit dem Gedanken, Rachel anzurufen. Er hatte nicht aufgehört, an sie zu denken, seit er sie gestern Abend nach Hause gebracht hatte. Er glaubte nicht, dass in irgendeiner Art und Weise romantische Gründe dahinter steckten. Er wollte einfach noch einmal ihre Stimme hören. Er ging das Risiko ein, Susanna Zook am anderen Ende der Leitung zu erwischen, und wählte die Nummer.

„Gästehaus am Obstgarten", meldete sich die zarte, herrliche Stimme.

„Rachel?"

„Ja?"

„Hier ist Philip Bradley, der Mann, der ..."

„Ich weiß, wer Sie sind", unterbrach sie ihn zu seiner Überraschung.

„Ich wollte mich nur verabschieden, bevor mein Zug geht. Es war sehr schön, Sie kennen zu lernen ... und mich mit Ihnen zu unterhalten."

„Es ist schön, dass Sie das sagen, Philip. Ich bete dafür, dass Sie eine gute Heimfahrt haben. Der Herr segne Sie."

Er lächelte über ihre unverblümte Ausdrucksweise. „Sie auch", sagte er, ohne über seine Worte nachzudenken. „Oh, und bitte sagen Sie Annie auch schöne Grüße. Ich hoffe, ihr Wespenstich verheilt gut."

„Ja, das tut er."

Er hörte Geräusche im Hintergrund. Stimmen, als wollte jemand den Hörer haben. „Stimmt etwas nicht?"

Sie schwieg.

„Rachel?"

„Nein. Hier ist *nicht* Rachel. Hören Sie auf, unsere Tochter zu belästigen, hören Sie?"

Seine Stirn legte sich in Falten. „Entschuldigen Sie, aber ich hatte ein Gespräch mit ..."

„Jetzt nicht mehr", kam die steife Antwort. „Und nur zu Ihrer Information: Rachel ist nicht blind ... nicht wirklich. Sie leidet an einer geistigen Störung, einer Art Hysterie. Es kann also nicht in Ihrem Interesse sein, würde ich meinen, sich eine ... eine Frau wie Rachel auszusuchen."

Philip war wie vor den Kopf geschlagen. „Ich dachte, sie sei bei dem Unfall erblindet."

„Da haben Sie eben *falsch* gedacht!", sagte die Frau boshaft. „Sie ist geistig krank ... sagt der Doktor."

Geistig krank?

Rachel war alles andere als geistig krank, das wusste Philip ohne den geringsten Zweifel. Susanna war offensichtlich abgestoßen von ihm, und das mit gutem Recht. Immerhin hatte er ihre hilflose, verwitwete Tochter aus der Stadt gebracht, hatte sie der herzergreifenden Geschichte von ihrem abtrünnigen Onkel ausgesetzt, er hatte sie wieder sicher nach Hause gebracht und wollte sich jetzt nur unschuldig von ihr verabschieden. „Es tut mir furchtbar Leid, dass ich Sie belästigt habe, Mrs. Zook."

„Ja, das tut mir auch sehr Leid." Damit legte sie den Hörer auf.

* * *

Als seine Taschen alle im Gepäckfach über seinem Kopf verstaut waren, machte Philip es sich gemütlich und blätterte in einer Zeitschrift, die er sich gekauft hatte, obwohl er weder die Anzeigen noch die Artikel bewusst wahrnahm.

Er konnte die lieblosen Worte, die Susanna Zook ihm entgegengeschleudert hatte, nicht vergessen. Rachel war nicht wirklich blind? Wie konnte das sein?

Welche Frau erfand solche Dinge über ihre eigene Tochter? Er verwarf diese seltsamen Aussagen und vermutete, dass sie nur der verzweifelte Versuch einer Frau waren, ihre verwitwete Tochter vor der Außenwelt abzuschirmen. Dass Susanna das versuchte, war unübersehbar.

Statt über Susanna nachzudenken, wollte er sich lieber Rachels letzte Worte am Telefon ins Gedächtnis rufen.

Der Herr segne Sie ...

Rachels Stimme hallte in seinen Gedanken nach, als der Zug aus dem Bahnhof und an Lagerhallen und Fabrikgebäuden vorbeirollte. Innerhalb weniger Minuten nahm die Landschaft jedoch eine wunderbare Verwandlung an. Bilder von der Schönheit und Schlichtheit der Natur umrahmten die malerischen Felder und die rollenden Hügel, die alle seine Erfahrungen hier in Lancaster County unterstrichen.

Während er sich zurücklehnte, staunte er erneut über das Wunder, das Gott in seinem Leben wirkte. Die Gnade und die Güte, die er in seinem hektischen Leben an den Rand gedrängt und mit seinen eigenen persönlichen Zielen und ehrgeizigen Plänen erstickt hatte. Er dachte an einen kleinen Jungen, der am Altar kniete und mit unschuldigem und aufrichtigem Herzen ein neues Leben begonnen hatte.

Herr, vergib mir, betete Philip im Stillen. *Danke, dass du gewartet hast, bis ich endlich zur Vernunft komme.*

Von dem Schaukeln des Zuges eingelullt, schloss er die Augen und dachte an die zarte Frau mit den honigbraunen Haaren unter ihrer strengen Haube. Was für eine herrliche, altmodische, junge Frau. Ihre unschuldige Lebensweise war erfrischend, und dazu Rachels wunderbare kleine Tochter ... die beiden waren wirklich zum Verlieben.

Bitte, Herr, pass auf Rachel und Annie auf ...

* * *

Philip nahm sich ein Taxi zum Times Square und meldete sich bei seinem Redakteur zurück. „Nicht übel, deine Reportage“, sagte Bob und kaute an einem Bleistift. „Leben die Leute dort wirklich so?“

„Man muss es selbst gesehen haben. Sonst kann man es kaum glauben. Ja, sie leben wirklich so, und sie sind auch noch sehr glücklich dabei."

Den Stoff für seinen Roman erwähnte er absichtlich nicht. Deborah Florys Vorschlag, zu warten, bis sich alles ein wenig gesetzt hätte, gefiel ihm. Während er zu seinem Schreibtisch ging, hatte er das Gefühl, er selbst könne es auch gut vertragen, alles ein wenig setzen zu lassen. Nicht in dieser Woche und auch nicht in der nächsten, aber wenn sich die Blätter in Vermont bunt färbten.

Er nahm das Telefon und wählte Janices Nummer. „Ich bin wieder da", meldete er sich. „Ist Kari zu Hause?"

„Sie steht neben mir und kann es nicht erwarten, mit dir zu sprechen."

„Gut, dann gib sie mir."

„Hallo, Onkel Phil! Es ist ja eine Ewigkeit her, seit wir das letzte Mal miteinander gesprochen haben."

„Eine Ewigkeit, ja, ich weiß." Er starrte auf die breite Fensterfront hinter der nächsten Reihe mit Schreibtischen und sah die Mauern und Dächer der Gebäude, eine Säule nach der anderen, so weit das Auge reichte. „Willst du und deine Mama mit mir fortfahren und zusehen, wie die Blätter bunt werden?"

„In London?"

„In Vermont ... in Großvaters altem Haus im Wald."

„Aber du hast London versprochen", beharrte sie.

„London kann warten."

„Einverstanden, wenn Mama sich freimachen kann."

„Sie wird schon ja sagen, glaube mir", versprach er ihr zuversichtlich. „Es ist lange her, seit ich das letzte Mal ruhig dasaß und zuschaute, wie die grünen Blätter rot wurden. Vielleicht zu lange ..."

* * *

Philip packte gerade den Koffer für seinen Ausflug nach Vermont, als der Pförtner zu seinem Apartment hinauftelefonierte. „Sie haben einen eingeschriebenen Brief, Mr. Bradley. Soll der Postbote ihn hinaufbringen?"

„Ich komme hinunter. Danke."

Als er mit seiner Unterschrift den Empfang des Briefes bestätigt hatte, sah er, dass der Absender des Briefes das Fairview-Pflegeheim in Reading, Pennsylvania, war.

„Lily?", überlegte er laut, während er auf den Aufzug wartete.

Schnell öffnete er das längliche Fensterkuvert und holte einen mit Schreibmaschine getippten Brief, der an ihn adressiert war, heraus.

Lieber Philip,

ich bin so erleichtert, dass Shari, unsere Empfangsdame, Ihre Visitenkarte aufgehoben hat. Sonst hätte ich Sie nie finden können, um mich noch einmal von ganzem Herzen für Gabriels Postkarte zu bedanken ... und für Ihre Besuche.

Vielleicht wissen Sie inzwischen, dass ich Adele Herr bin. Es lag nicht in meiner Absicht, Sie zu täuschen, aber die jahrelange Trauer und mein jahrelanges Leugnen hatten ihren Tribut gefordert, und ich habe mir angewöhnt, nicht mehr vielen Menschen zu vertrauen. Ich muss gestehen, dass ich ein verbittertes, hoffnungsloses Leben geführt habe. Erst durch Ihre Besuche weiß ich, wie falsch das von mir war.

Die Postkarte ist eine Erinnerung an Gottes Treue, mit der er von Anfang an seine Hand über mir hielt, obwohl ich zuließ, dass mir meine große Enttäuschung meinen Glauben raubte. Ich habe mein Leben noch einmal meinem Herrn und Erlöser übergeben.

Vielen Dank, Philip. Die Botschaft von Gabriel, auch wenn sie mich mit großer Verspätung erreichte, hat mein Leben verändert und mir einen Grund zu leben gegeben.

Ich wünsche Ihnen alles erdenklich Gute, mein Freund.

Mit lieben Grüßen

Adele Herr

Philip faltete den Brief wieder zusammen. Sein Herz war voller Freude. Er musste wieder an die Bibelstelle denken, die Gabriel vor fast vierzig Jahren so treffend auf seine Karte geschrieben hatte:

Ich bin darin guter Zuversicht, dass der in euch angefangen hat das gute Werk, der wird's auch vollenden bis an den Tag Christi Jesu ...

Epilog

Seit unser Gast aus New York das Haus verlassen hat, ist hier alles ein wenig unruhiger. Mama ist gereizter denn je. Sie besteht immer noch darauf, dass wir häufig eine Familienandacht halten, bei der Papa eine Bibelstelle nach der anderen, die auf mich abzielt, liest.

Hier in der Gegend wird viel Apfelwein und Apfelbutter gemacht. Ich hoffe, dass wir auch ein paar Zuckeräpfel machen. Wenigstens um Annies willen.

Wir versorgen noch mehr Gäste. Jetzt, da der goldene Oktober kommt und die Blätter bunt werden, sind viele Leute da. Ich bin richtig dankbar, dass ich so viel zu tun habe. Aber es fällt mir immer noch sehr schwer, das südöstliche Gästezimmer sauber zu machen oder mit Annie über die Brücke am Bach zu gehen, ohne an den jungen Mann aus New York zu denken. Je mehr Zeit vergeht, umso weniger kann ich es glauben, dass ich das, was passierte, als Philip Bradley hier war, nicht nur geträumt habe.

Das Überraschendste ist die Geschichte, die hinter allem steckt: Wie ein demütiger, junger Mann, der schüchtern und scheu war, den Mut aufbrachte, sich gegen Seth Fischer und alle Prediger seiner Gemeinde zu stellen! Der Erbe der „Heilungsgabe“ entschied sich dafür, Jesu Ruf zu folgen und mit Jesus an seinem himmlischen Erbe teilzuhaben.

Es ist schade, dass Gabriel so furchtbar jung starb und ihm ein Leben mit seiner geliebten Freundin verwehrt blieb. Ich glaube, sehr bald werden sie sich wiedersehen und für alle Ewigkeit zusammen sein. Gabriel hatte trotz allem Recht, als er schrieb: *Bald werden wir zusammen sein, meine geliebte Freundin.*

Wenn ich so über das himmlische Jerusalem und dieses Wiedersehen im Himmel nachdenke, überrascht es mich, dass mir im Augenblick nicht Jakob in den Sinn kommt. Philip Bradley beschäftigt meine Gedanken in letzter Zeit immer noch ziemlich stark. Aber das darf keine Menschenseele wissen. Nicht einmal meine Kusine Esther. Niemand braucht zu wissen, wie mutig ich mich fühlte, als er bei mir war. Und obwohl er ein moderner Engländer und längst von hier fort ist, brauche ich nur daran zu denken, wie er meinen Namen aussprach – so, als wäre er irgendwie etwas ganz Besonderes –, wie wir auf der Heimfahrt von Reading miteinander lachten, wie er Annie das Leben gerettet hat ... Ach, jede dieser Erinnerungen gibt mir ein richtig gutes Gefühl.

Immer wieder ertappe ich mich bei dem Gedanken: Wäre es nicht herrlich, wenn Philip wieder in unsere Gegend käme und hier an irgendeinem Projekt arbeiten müsste? Wenn ich natürlich daran denke, wie Mama ihn am Telefon behandelt hat, als sie mir einfach den Hörer aus der Hand riss und ihm sagte, ich sei nicht wirklich blind, sondern verrückt. Wer weiß, was er jetzt überhaupt von mir denkt? Das nächste Mal – falls es je ein nächstes Mal gibt – werde ich vielleicht in seiner Nähe nicht mehr ganz so schüchtern und scheu sein. Vielleicht nicht ...

Ich weiß immer noch nicht, ob dieses verschwommene Bild von der kleinen Annie Wirklichkeit war oder nicht. Und ich weiß immer noch nicht, ob Blue Johnny tatsächlich in jener Nacht in mein Zimmer kam. Mama weigert sich, darüber zu sprechen. Also vermute ich, dass es doch Wirklichkeit war. *Eines* weiß ich jedenfalls: Die Zauberheiler haben ihre Gabe nicht von Gott. Soviel steht unverrückbar fest.

Dank Lavina besuchen wir wieder meine frühere Gemeinde. Aus heiterem Himmel bot die liebe Frau an, Annie und mich in ihrem kleinen Wagen zur Sonntagspredigt in die Beachy-Kirche abzuholen. Ich lerne, so viel ich kann, über Gottes Heilsplan mit seinen Kindern und vertraue auch darauf, dass er für mich den richtigen Zeitpunkt wählt und mich heilt. Esther schickt mir wertvolle Bibelverse auf unseren Kassetten, die wir uns immer noch gegenseitig zuschicken. Ich muss noch weiter im Herrn wachsen und immer mehr entdecken, was er alles für mich geplant hat. Ich habe das starke Gefühl, dass die Postkarte von einer unsichtbaren, göttlichen Hand geschickt wurde, die dafür sorgte, dass sie genau zum richtigen Zeitpunkt entdeckt wurde und nach so vielen Jahren uns allen die Wahrheit zeigte.

Bei den Amisch verbreiten sich Neuigkeiten schnell. Deshalb überrascht es auch nicht, dass viele inzwischen Gabriels Geschichte gehört haben. In gewisser Weise predigt er immer noch dieselbe Botschaft, die Gott ihm damals auftrug. Vielleicht sogar noch lauter als damals. Manchmal denke ich, mein Großonkel schaut vom Himmel herab und lächelt darüber, wie der Herr das Böse mit Gutem überwindet. Hier in Lancaster County nennen wir das Vorsehung.

Kehren Sie zurück in die faszinierende Welt der Amisch mit:

Beverly Lewis
Dem Glück entgegen
Band 2 des Amisch-Zweiteilers
Bestell-Nr. 330 502
Erscheinungstermin: Herbst 2001

Aus dem Frieden der Amisch-Gemeinschaft kehrt Phil Bradley zurück in die Hektik seiner New Yorker High-Tech-Welt.
Doch schnell wird ihm klar, wie stark die Bande sind, mit denen sein Herz bereits an diesem paradiesischen Fleckchen Erde hängt. Und an Rachel Yoder, der jungen Amisch-Witwe, deren sanftes Wesen ihn so sehr beeindruckt hat ...
Mit Macht zieht es ihn zurück nach Lancaster County. Hier muss er sich endgültig den Fragen stellen, die über sein Leben entscheiden werden:
Wird Rachel seine Gefühle erwidern und kann er dann die Kosten tragen, die ihm eine gemeinsame Zukunft abverlangen wird?

Weitere Bücher von Beverly Lewis

Was auch geschehen mag
Bestell-Nr. 330 382
230 Seiten, gebunden

In der beschaulichen Amisch-Gemeinschaft von Hickory-Hollow in Pennsylvania scheint die Zeit – auch für die junge Katie Lapp – stehen geblieben zu sein. Als sie urplötzlich einem Geheimnis um ihre Herkunft auf die Spur kommt, zerfällt ihr bisheriges Leben in seine Einzelteile ...

Kannst du mir vergeben?
Bestell-Nr. 330 419,
278 Seiten, gebunden

Ihrer bisherigen Identität beraubt, verlässt Katie die behütete Amisch-Gemeinschaft. Die Welt, in die sie auf der Suche nach ihrer Mutter gerät, ist unbarmherzig – der Bruch mit den liebgewonnenen Traditionen droht sie zu zerreißen ...

Werden wir uns finden?
Bestell-Nr. 330 447
240 Seiten, gebunden

Obwohl Katie das vornehme Leben in der Villa ihrer Mutter genießt, leidet sie unter der Trennung von ihrer Amisch-Familie. Und dann ist da auch noch Daniel, ihre erste große Liebe. Wofür wird sie sich entscheiden?